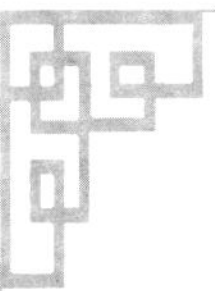

宾步程集 壹

艺庐言论集（上）

宾步程　著

宾睦新　宾恩信　宾睦胜　整理

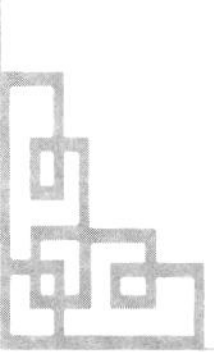

南方出版传媒

广东人民出版社

·广州·

图书在版编目（CIP）数据

宾步程集 / 宾步程著；宾睦新，宾恩信，宾睦胜整理. —广州：广东人民出版社，2019.12
ISBN 978-7-218-13858-9

Ⅰ．①宾…　Ⅱ．①宾…②宾…③宾…④宾…　Ⅲ．①中国文学－现代文学－作品综合集－民国　Ⅳ．I216.1

中国版本图书馆 CIP 数据核字（2019）第 198808 号

BIN BUCHENG JI

宾步程集

宾步程　著　宾睦新、宾恩信、宾睦胜　整理　　　　版权所有　翻印必究

出　版　人：肖风华

责任编辑：张贤明　周惊涛　柏　峰
装帧设计：瀚文文化
责任技编：周　杰　易志华　吴彦斌

出版发行：广东人民出版社
地　　　址：广州市海珠区新港西路 204 号 2 号楼（邮政编码：510300）
电　　　话：(020) 85716809（总编室）
传　　　真：(020) 85716872
网　　　址：http://www.gdpph.com
印　　　刷：广东鹏腾宇文化创新有限公司
开　　　本：787mm×1092mm　1/16
印　　　张：187.5　插　页：8　字　数：2600 千
版　　　次：2019 年 12 月第 1 版
印　　　次：2019 年 12 月第 1 次印刷
定　　　价：980.00 元（全 6 册）

如发现印装质量问题，影响阅读，请与出版社（020－85716808）联系调换。
售书热线：(020) 85716826

宾步程在德国（夏超一提供）

实业杂志社副社长宾步程（《实业杂志》1929年第136期）

照近程步生先陵敬賓

实业杂志社社长宾步程（《实业杂志》1934年第200期）

湖北唐　豸畱法

Tang Tcheu.
Étudiant en France.

福建方　和畱法

Fong Hoh.
Étudiant en France.

湖南賓步程畱德

Bin Bu Djin.
Student in Deutschland.

湖北胡瑞年畱比

Hou Soun Yan.
Étudiant en Belgique.

《欧美留学相谱》中的宾步程（宾步程总理：《欧美留学相谱》，1908年）

湖南实业杂志社欢迎社长何云樵、副社长宾敏介两先生摄影（民国十七年十二月三十一日）

1956年，宾步程二配夫人秦秋英和外孙女宾晓莉合影（夏超一提供）

宾步程三配夫人李青珍
（夏超一提供）

宾步程三配
夫人李青珍与子女
合影。自左至右：
宾琳、宾谱元、李
青珍、宾雨谷、宾
晓冰（夏超一提
供）

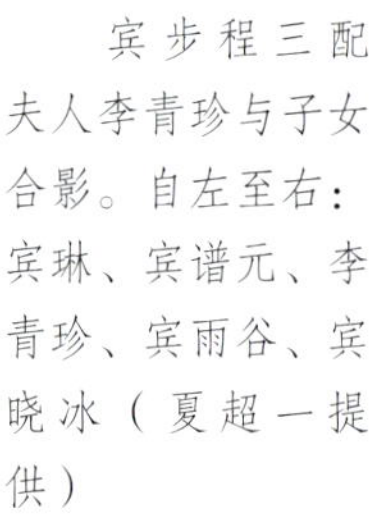

2019年6月，宾步程女儿宾晓冰（右）和宾琳（左）在新修的宾步程夫妻合葬墓前（夏超一提供）

宾步程侄孙宾泽欧全家福（宾泽欧提供）

2019年4月26日，宾步程后人在湖南东安合影

本书编者与宾步程后人合影。前排左起：宾步程儿媳李瑞莲，宾步程女儿宾晓冰，宾氏宗亲会会长、桂林信昌集团董事长宾恩信；后排左起：宾睦胜，韩国宗亲宾哲昇，宾氏宗亲会秘书长宾峰，宾步程外甥夏超一

湖南高等实业学堂铁道建筑科学生实习、学习情形（《实业杂志》1912年第1期）

湘路试车图（《实业杂志》1912年第2期）

湖南公立工业专门学校校门

明宪女子中学校门（《老照片
中的长沙》）

湖南东安大树脚村的宾步程故居（夏超一提供）

宾步程外孙夏超一在湖南东安大树脚村宾步程故居前与宾步程修建的水井留影
（夏超一提供）

湖南东安以宾步程命名的步
程路（夏超一提供）

湖南东安宾步程墓地原碑　　　　　2019年湖南东安新修的宾步程墓
　　　　　　　　　　　　　　　　　（夏超一提供）

宾步程以"实事求是"为湖南公立工业专门学校（今湖南大学）校训

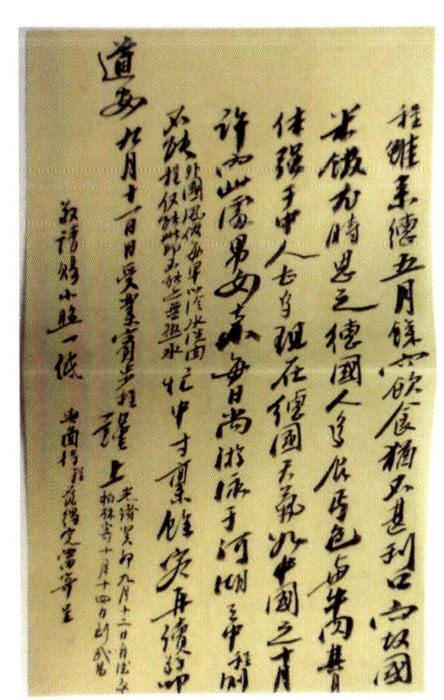

宾步程致陈庆年函（1904年2月29日柏林寄，11月20日武昌收）

宾步程题写的"工善其事，必利其器；业精于勤，而荒于嬉"楹联（湖南大学岳麓书院提供）

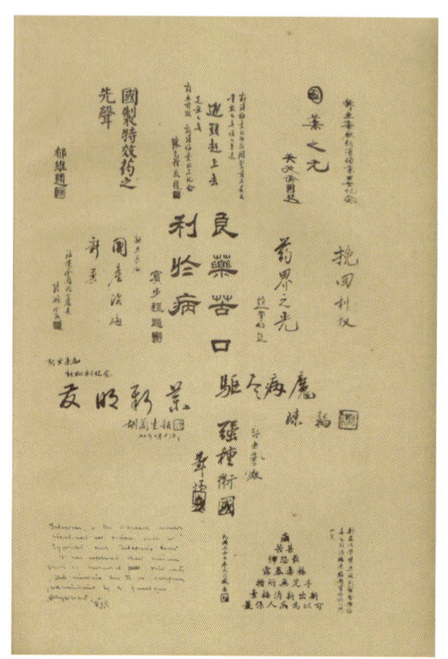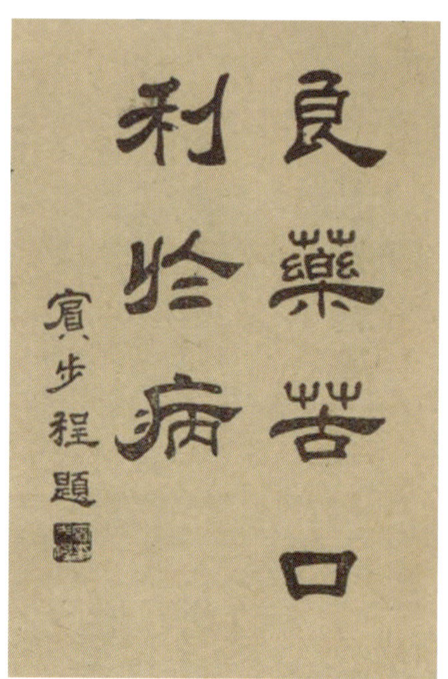

宾步程为《新医药刊》所题"良药苦口利于病"（《新医药刊》1938年第71期）

明宪女子中学校门联（长沙市第十五中学藏）

委任宾步程为金陵机器局局长的委任状（夏超一提供）

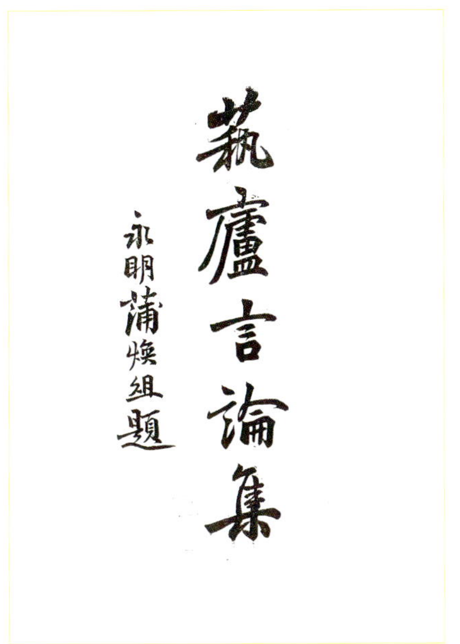

蒲焕俎所题"艺庐言论集"

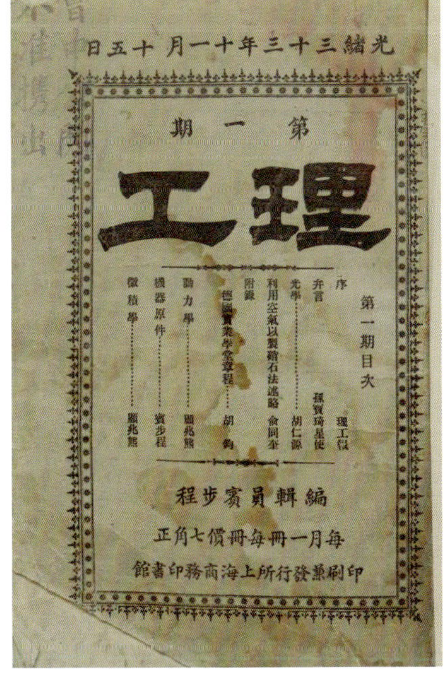

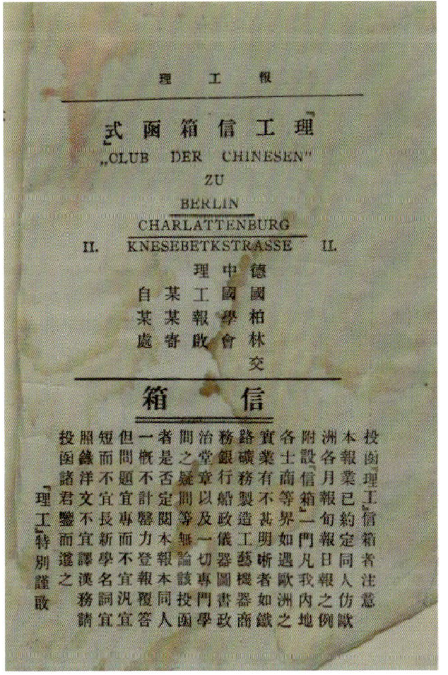

《理工》第一期封面

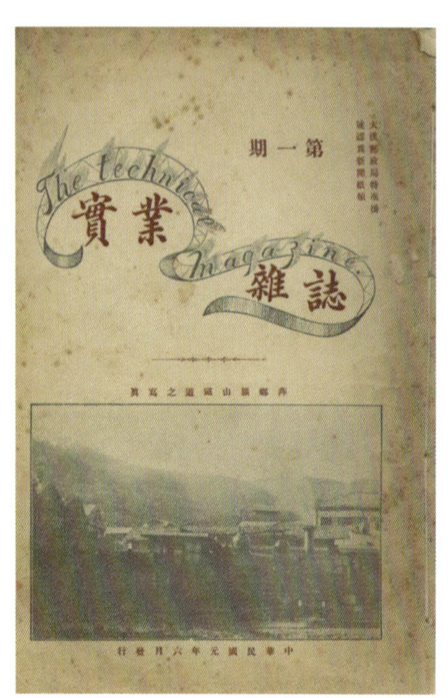

《实业杂志》第一卷第一期封面

工業特刊　湖南現代工業總刊詞

湖南現代工業總刊詞

本報創辦于民國元年。在全國雜誌中。其資格亦不後于人。歷年所登載全國實業消息。應有盡有。尤其對于本省調查。不遺餘力。試一檢閱本報各期。當可得窺余豹。但是限於篇幅。每期祇能登記一部份。而欲得全省整個之工業現狀。難以如願。鄙人久蓄此志。苦未實現。今長沙大公報二十週年紀念圖撰湖南二十年之工業一文。事前曾多方向各主管機關詳細調查。除摘要爲大公戰撰文外。此種有關實業之文字。未忍廢棄。爰將全稿在本報發表。俾留心我省工業者。亦可知近代工業之狀況。再者此次調查。曾經唐君仲庸。蕭君九成。邱君一鵬。劉君聱玄。楊君珮勁。饒君誠泰。黃君雲鶴。梁君國禧。彭君純安。鄧君貢卷。劉君伯屏。李君芴山。潘君封禧。以及湖南電燈公司。長沙市貧民工藝廠。寶華玻璃公司。常德電燈公司。分途貢賣。示我材料。書此鳴謝。

1

《实业杂志》特刊中的《湖南现代工业总刊词》（《实业杂志》第209期）

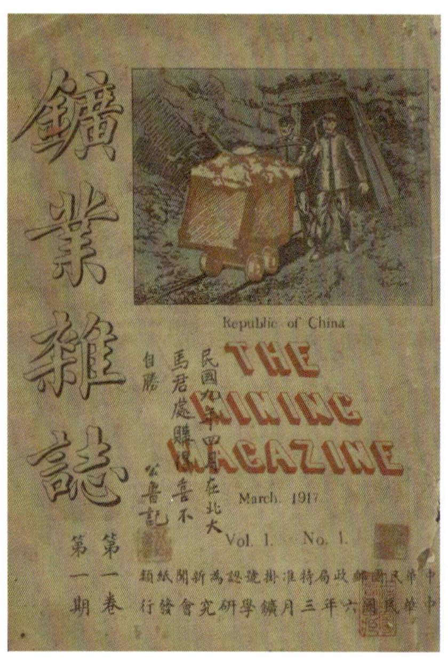

《矿业杂志》第一卷第一期封面

《矿业杂志》中的捐款启事（《矿业杂志》第一卷第一期）

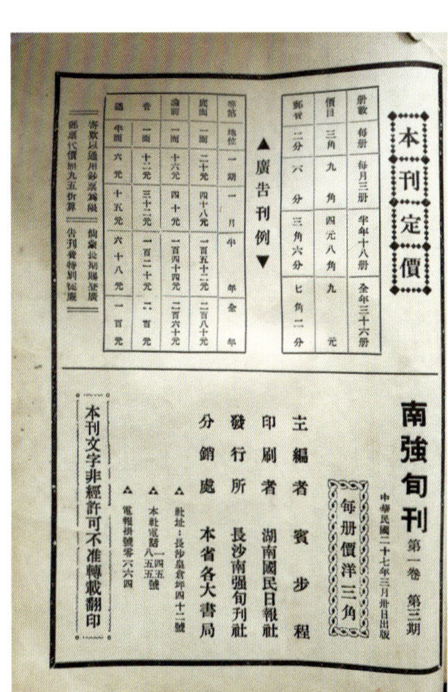

《南强旬刊》第一卷第三期封面及出版信息

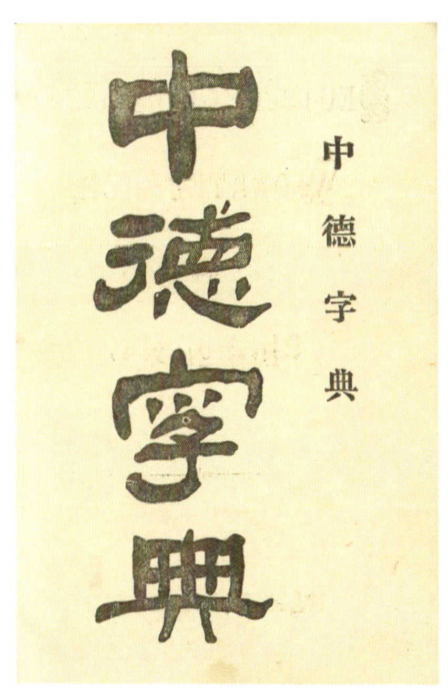

《中德字典》扉页

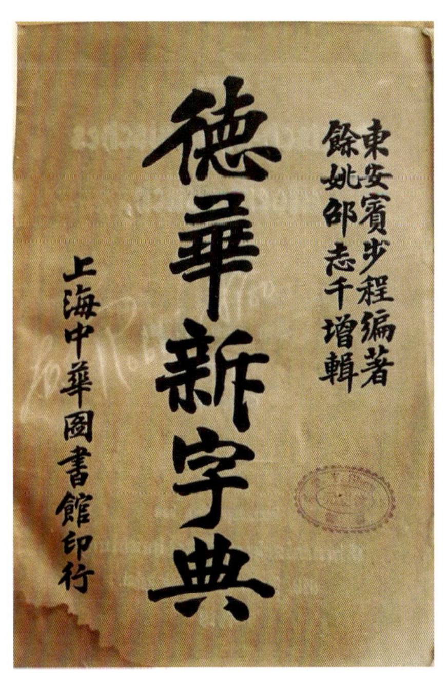

修订后的《德华新字典》扉页

13

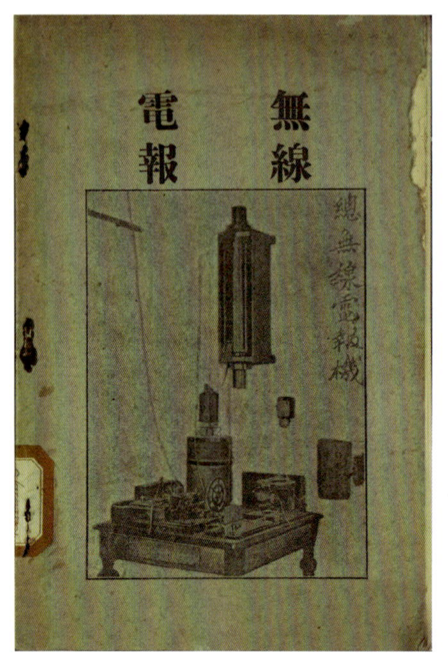

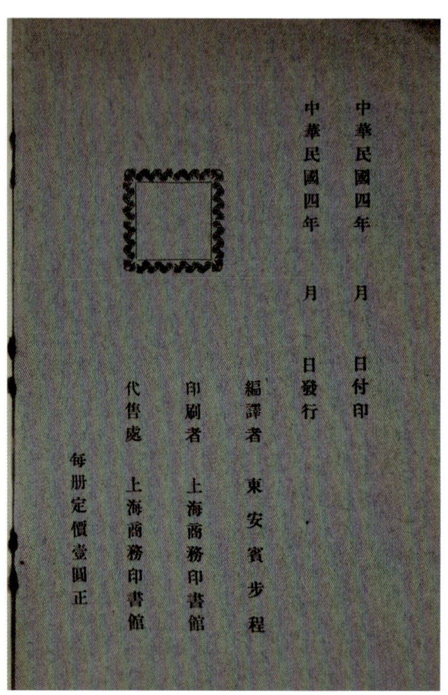

中華民國四年　月　日付印

中華民國四年　月　日發行

編譯者　東安賓步程

印刷者　上海商務印書館

代售處　上海商務印書館

每册定價壹圓正

《无线电报》单行本封面及版权信息

桂遊日記　賓敏階

《桂游日记》单行本封面（《桂游日记》，湖南地方干部学校，1938年）

《湖南国民日报》中《桂游日记》的版面（《湖南国民日报》1938年5月5日）

总　目

壹　艺庐言论集（上）

贰　艺庐言论集（下）

叁　报刊文汇（上）

肆　报刊文汇（下）

伍　欧美留学相谱

伍　德华新字典

陆　无线电报

陆　桂游日记

陆　案牍函电

陆　杂文楹联题词

陆　附录

序　一

近日，宾氏宗亲会组织第三次代表大会及举行吾祖父宾步程陵墓重新修缮祭拜大典，在广西全州遇见和认识了宗亲宾睦胜，才知晓他与其弟宾睦新一起收集整理资料，编纂祖父宾步程的文集，并即将出版，约我写点什么，当吾辈应尽之责，不便推辞，故怀恭敬之心，略表吾意。

将宾步程所有文集、技术论著、杂谈言论、楹联题词、信函案牍等集全出版，是一项浩大的系统工程，需呕心沥血方能为之，睦胜、睦新两兄弟必为此付出了很多，其为宾氏族人做了一件意义深远的大事情！

我父亲（宾步程三子，名雨谷）在我进大学不久后离世，父亲在世时，我还年少无知。因种种原因，父亲很少跟我们提及家族过去的事情，只有一事让我记忆犹新。记得小时候一家人在一起吃饭时，父亲常跟我们说起有关祖父的一件事：当年祖父家穷，只有两分田地，为供其外出求学，曾祖父变卖了全部田产，嘱其学不成就不要回家见他，祖父常把此话念于心，通过勤奋苦读，积极进取，终学有所成。吾父常以此教育我及弟弟、妹妹，让我们以此为榜样，要刻苦学习、努力拼搏才能有出息。至今我也常讲此励志故事以激励下一代。

祖父一生勤学上进，为人正直，从穷乡僻壤走出东安，走出湖南，走向世界。学成后也不忘报国，立志以教育为本，实业兴国，倡实事求是之作风，为后人留下了宝贵的精神财富。

祖父一生著述甚多，涉及面很广，涵盖政治、科技、人文、民生、工商、教育、艺术等等，今收集整理出版《宾步程集》，既是我们后人对其功绩之颂扬和思想之传承，更是学习为人处世之道的载体，实为一大幸事也。

宾步程嫡孙宾千帆

2019 年 6 月 20 日于湖南长沙

序　二

　　睦新编纂《宾步程集》是一个前所未有的创举，是我十多年来难得一圆的梦想！

　　2016 年 5 月，任职于中共江门市委党校的宾睦新给我一封电邮，首先介绍他是属于广西桂林市全州县庙头镇大碧头村的宾氏与辈份，并说明求学期间所学专业是中国近现代史，近来想多一些了解和研究一下本族的先贤宾步程，所以向我提出了给予一些敏陔先生的史料的要求。在台湾能找的地方都找过了，能找得到的都找出来了，我能贡献的实在不多，还有更多深入的细节资料收藏在中国第一历史档案馆、中国第二历史档案馆及中央和地方政府的文史单位以及党务机关、公私立图书馆。如今随着纸质资料逐渐被电子化替补，系统性追踪寻找有关步程先生的点点滴滴，我有极大紧迫感，但限于目前自身条件，只能寄望于年轻宗亲，尤其是睦新学的是中国近现代史专业，绝对有利于促进步程先生相关史料的发掘，因此随即寄送《艺庐言论集》电子文件以为赞助，并询问目前进度。睦新即发来《宾步程集》的目录，这标志着对资料的充分掌握，足见确是耗费多年心血搜集所得。更令人喜出望外的是，电邮资料交换往来才一年的功夫，睦新就开始对全部文稿进行校对，并随即在 2017 年 9 月告知出版社和出版经费已有着落的喜讯，约在翌年夏季出版。听闻消息着实令人感动，梦想竟然即将成真。

关于步程先生的生平，我自小都未曾听谁说过，随军队来台湾的父亲偶尔在家里提起的，只是抗日战争期间军中的一些轶闻，我当作是趣闻玩笑，也不甚在意。直到那年公余返家，父亲拿出 1977 年大陈义胞宾文安所编《旅台宾氏宗亲孝思录》，指着其中一篇宾碧秋（旅台宾氏宗亲会第一届会长）的文章《宾步程先生传略》，告诉我说："这也是东安人，是你的伯曾祖父。"该文还附有党史会收藏的孙中山签发的委任状。我这才意识到外头还有这么多姓宾的人，还有我从来不晓得的亲戚。

父亲没多说什么，但却触动了我的心思。根据"东安县"这一关键词，我在图书馆找到了 1979 年重印的《东安县志》，其中有东安县同乡会创会会长张溉（曾任东安县县长）写的《宾步程敏陔事略》，文章附有宾敏陔著的《我之革命史》；根据"中央党部党史会珍藏"这一关键词，又到图书馆查得 1963 年出版的《"中华民国"开国五十年文献》，其中一篇附录为《我之革命史》，署名宾敏陔。正是《东安县志》附录的那篇，步程先生自述对孙中山在欧洲组织革命事业身历其境的一段历史。为此，又写信到国民党中央党部党史会，蒙党史会副主任刘维开博士印赠由孙中山与黄兴共同签发之"任宾步程为金陵机器局局长状"彩色拷贝一份。但对于原本由国民党史料编纂委员会搜集并收藏的步程先生亲手书写的《我之革命史》一文原稿，仍然未能寻获。

父亲自开放探亲后返乡数次，家乡父老几乎已无步程先生的任何照片、字迹、文物，父亲出示与素民四祖父的信函，多次提及欲编修家谱，竟无照片一帧、文笔一幅以为后世族人追思，实为痛心。这促使我的搜寻范围愈形扩大，除了台湾图书馆等公私机构，更上网与各地宾姓宗亲联系，寻找大陆各省市学校、图书馆、档案馆，自此结识湖南图书馆历史文献部主任寻霖，经他介绍，原籍衡山、在浏阳工作、其祖为邑中名士、藏书甚多的宾瑞山愿意出让他家所藏《艺庐言论集》，当时由素民四祖父与浏阳电话联系，约在长沙亲自付款取书，并将《艺庐言论集初集》《艺庐言论集次编》一共七册全套装箱交寄，终于在2003年安抵台湾，父亲与我才有机会一睹先人遗物。经比对，初集中《我之革命史》一文，增加总理去后步程先生身怀手枪与驻德公使荫昌周旋二点钟之事，以及为克强向上海禅臣洋行定购枪炮子弹，遭袁世凯密电缉拿，返乡困守湖南高等工业学校校长十年之始末等事，其篇幅比起原先所知各处刊行的内容更要完整许多。只是步程先生手书《我之革命史》原稿依然未见。

《艺庐言论集初集》及《艺庐言论集次编》共七册，篇幅近600页，50余万字，原为当时步程先生发表在《霹雳报》的社论以及专文。《艺庐言论集》的内容涉及民国初年国民政府完成北伐、建都南京后至全面抗战前之政治、经济、实业、教育、民意等史事人物与社会现实的研究批评以及建议意见。步程先生旁征博引，以理工学科的学识背景讲求数据，"每一题目必根据事实，且标明数字以资证明"，更由于"凡所抒，公正平实，诛奸摘伏，无所假借，达民疾苦，欲解倒悬"，"常针砭政俗，毫无讳忌，敢言震天下"，所以"当路诚畏其口，亦每采纳其说"，对于当时湖南政经社会产生相当的影响。

　　步程先生在科学工程界有许多开风气之先的著作，如清末民初中国振兴实业、创建工厂所必要注意的建厂实务，他早于留德期间就在《理工》报上连载《办厂规则》，后又在《民吁报》上公开《上摄政王书》，介绍兴办现代化实业工厂或是兵工厂，所须擘划设计、架构组织以及人才选用、分工办理的事项。同样在返国任教、第一次世界大战初发之时，步程先生有感于国内现代化城镇次第设立、交通联系日渐频繁，他就将原先《理工》报上连载《火星电报》更名为《无线电报》出版，以向国内工程业界介绍无线电报机的基本原理。另外一个创举就是首先翻译出版《机算集要》，依书名揣测，步程先生应已注意到当时机械计算器（Mechanical Computer）的先进发展与潜力，故而首度向国内引介了机械计算器工程运用上的价值。由于早先在现代电子计算器尚未发明普及之前，科学工程业界人手一把计算尺，但是在大型的重复计算统计工作上，必须要借助机械式模拟型计算器，机械驱动比不上现代电子计算器轻薄短小快速多样，但基本四则运算、微分积分、统计与程序化功能却是完全具备，具有可观潜能，值得当时国人注意。可惜此书内容迄今未曾一见，只在贺培真的《留法勤工俭学日记》（湖南人民出版社，1985年）中提到过，贺培真在该书附录"在保定育德中学留法高等工艺预备班日记（1918年9月4日—1919年1月1日）"当中的十月二十四日记载："上午接王君安国寄来《机器图》《机算集要》共二本并信一封。"贺培真1990年8月去世，二儿子贺士恒曾是贵州省电子研究所所长，不知道贺家是否保存有目前所仅知的《机算集要》。

　　多年来，我曾经网上发布征求步程先生文物的公告，间接资料或有之，但是步程先生的著作只成功购得一册，即光绪三十二年正月商务印书馆再版的《中德字典（*DEUTSCH – CHINESISCHES WOERTERBUCH*）》，其他著作几乎只在各地图书馆之中才有保存，未曾见到私人收藏。综理目前所知，步程先生著作刊行于世的有：《中德字典》（德国柏林 MARGARITA STEIN 出版社出版，1904 年）、《理工》（商务印书馆，光绪三十三年至三十四年，共七期）、《欧美留学相谱》（德国柏林 GEDRUCKT BEI GEBRUDER FEYL 出版社出版，宣统元年）、《无线电报》（商务印书馆，民国四年六月）、《机算集要》（约在民国七年出版）、《桂游日记》（湖南地方行政干部学校，民国二十七年），以及代表性文集《艺庐言论集》初集不分卷三册与次编不分卷四册（长沙霹雳报社，民国二十三年、民国二十四年）。其他散见于湖南《实业杂志》《矿业杂志》等专门杂志，以及步程先生所创办《霹雳报》、主掌的《湖南国民日报》上刊登的各类文章，还有据素民四祖父记忆所及，未及刊行的文稿，如《读史杂记》《集古医方考》《集古工艺考》等。而耗时十年潜心撰写、积稿盈尺的巨著《中国历代考工记》，据步程先生次子一艺信函所说，抗日战争末期已将原稿交由时任五十七师师长、参与湘西雪峰山战役、歼灭日军一一六师团的抗日名将李琰（又名坦、炎光）带出沦陷区以便保存。但直至李琰 1984 年元月 20 日病逝于北京，遗稿仍然下落未明。

　　此次拜睦新等之功出版宾步程的文集，当中全都是直接出自步程先生各方面的思想著作，这将为研究近现代史的各方专家学者提供学术研究上的莫大便利，也能让步程先生这位"是以不顾一切，大声疾呼，以尽天下兴亡匹夫有责之义务"的知识分子，能够得到他在历史长河中应有的尊重，让后人得以评断。正如步程先生对自己一生言行的总结："千秋万世，当有定论。"

宾泽欧

2017 年 10 月 10 日序于台湾台中

自　序

　　步程公生逢清末民初风云变幻之世，当是时，大清帝国行将就木，而中国五千年未有之大变局已拉开帷幕。先生生斯时，家贫国弱，有幸为清末重臣张之洞所赏识，入两湖书院就读，而后张之洞用官费送步程先生赴德国学习炮兵，而步程先生之同桌黄兴君，亦为张之洞赏识，东渡日本学习师范。张之洞视步程先生为国之栋梁，故送德国学习军事；视黄兴君为教育之奇才，送之赴日本学习师范。造化弄人，黄兴在日本就读时，结识孙中山，走上革命之路，而后成为中华民国首任陆军总长，而步程先生从德国炮兵学校转至帝国工业大学，专攻工业制造，尔后成为湖南公立工业专门学校校长。蔡元培留学德国期间，步程公为留德学生会会长，对蔡元培多有照顾，两人归国后皆为南北名校之长，时称"北蔡南宾"，均为教育大家。

　　步程先生学贯中西，在欧洲八年，所学皆为当世前沿科技，如计算机、无线电、军舰制造等，无不涉猎。先生潜心学习先进科技以冀救国救民，其于宣统元年上书摄政王，条陈海防之策，今日读来依然如雷贯耳。先生学成归来，被聘为粤汉铁路工程师，中国第一台自主装配的火车头即先生所为，故时人赠先生"火车头"雅号。

　　先生在湖南公立工业专门学校治校之余，不断钻研科技，发明黑铅冶炼技术；抗战时期为国府建设委员，大力襄助军工科技，仿造马克沁机枪等军工产品，为抗战贡献出自己的才智；他如军舰、坦克等重军工产品，先生均已画图，惜国力不张，未能实施。现湖南大学图书馆藏有不少先生的科技发明。

20 世纪初，欧风东渐，各种学说冲击中国五千年文明，一些浮薄之士概欲彻底消灭中国传统文化，鼓吹全盘西化，先生处在各种风潮不断的年代，于当代科技教育没有迷失方向，坚持文化自信，尤其在欧洲生活了八年，深深感知西方工业文明会给未来带来一些负面的影响，而中国传统文化经过几千年冲刷，她的精髓应该为全世界所珍惜，中华民族要自强自立，绝不能丢失自己的文化而全盘西化。先生不但言传，而且身教，他身体力行，对忠孝廉耻时时奉行，孝敬父母，忠于职守，廉洁奉公，从教之余，主持续修《宾氏族谱》，为发扬家族文化殚精竭虑！

先生一生著作等身，内容涉及古今中外，工业、农业、商业及前沿科技均有论述，他如风土人情，亦有论及，尤其是为湖南公立工业专门学校所题"实事求是"校训，更是影响了一代伟人毛泽东。当年毛泽东曾在湖南图书馆自修，而湖南图书馆在湖南公立工业专门学校里面，毛泽东每天必然经过工专大门，入内自习，"实事求是"门额不知在少年毛泽东头上晃动了多少次。

今翻检故纸，潜心十年而成此集，功在当代而利在千秋。仅缀数言以为序。

宾恩信

2019 年 6 月 5 日于桂林碧水康城

前　言

宾步程（1880—1941），谱名孝聪，字敏陔，又作敏该、敏介，号艺庐、陆庄，湖南东安人。"步程"是求学两湖书院期间张之洞所取学名，因以之行世。

光绪五年十二月初一日（1880 年 1 月 12 日）未时，宾步程出生于湖南省永州府东安县井头墟镇山口铺乡大树脚村。光绪十六年（1890），由族中长兄宾孝圃启蒙。光绪二十年（1894），入井头墟町尾村秀才蒋甲圃私塾，寄住先生家苦读。光绪二十四年（1898），从湖南东安家乡步行至湖北武昌，入读两湖书院。其时张之洞见其千里步行而来，求学意志坚定，遂赠学名"步程"。光绪二十六年（1900），由两湖书院选入湖北将介学堂。这一阶段是宾步程的求学阶段。

在晚清那样一个饱受欺凌的弱国时代，"四书五经"和"二十四史"等已经无法解决当时中国社会的种种落后与腐朽问题，更无法打破中国被动挨打的局面。在这样的社会背景下，中华民族的有识之士、各路先驱、先行者纷纷前往日本和欧美等地方游学，以探求救国救民、自强富国之策。宾步程即是其中的一员。光绪二十九年（1903），端方和张之洞联署的一纸留学奏折改变了宾步程的命运——宾步程被派往德国留学。宾步程先是被送往德国炮兵学校学习军事，后转入柏林帝国工业大学学习机械工程。在留学期间，宾步程见识了欧洲社会的文明，更见识了欧洲科学技术的发达，同时对中国社会的封闭和落后状况有了更深刻的认识，由此产生了"科技救国"的梦想。因此宾步程除在学校刻苦学习各种专业的科学知识外，更是将"读万卷书"和"行万里路"结合了起来，到欧洲各国进行考察和实习，足迹遍布20多个国家，留有像《操工日记》等类似"实习报告"的文字，记录了他的实习过程以及心态，更记录了当时欧洲留学生的百态。在求学和考察期间，宾步程不仅收获了大量科学知识，更极大地提升了他的格局，开阔了他的视野，为他以后的人生道路以及志趣打下了坚实的基础。

宾步程经历了中国近代的艰难时期，亲历了中华民族在内忧外患中受挨打的悲惨命运，也见证了一大批仁人志士探索救亡图存道路的艰辛历程。他身处其中，积极参与其事，在教育、实业等方面建言献策、出资出力。如果说宾步程从小山村步行到武汉求学，是他用坚定的意志和迫切的求知欲改变了自己的命运；那么他再从武汉到柏林留学，则是他的民族意识和国家意识的觉醒，想要通过到西方国家学习军事和科技来改变国家落后挨打的命运。而他的一生也正是在做这样的努力。

光绪三十年（1904），宾步程编著出版了第一部由中国人编纂的中德字典——《德华字典》。"德国工业发达，实在各国之上，中国若欲研究其进步或改良之处，非先通其语言文字不可。"（《宾步程〈德华新字典序〉》让更多中国人了解德国先进的工业技术，这显然是宾步程编纂这一字典的初衷。在编纂中德字典方面，宾步程是具有开创之功的。同是这一年的12月5日，宾步程出版了中国第一份理工类学术杂志——《理工》，上面刊登了马君武、王崇惠、胡仁源、俞同奎、胡钧、顾兆熊、夏元瑮、朱启烈、张继业、马德润等留学生所翻译或者所撰写的各种学术论文，在德国编辑成册，再寄回上海商务印书馆出版发行，以便更多国内学子了解欧洲学术情况。

如果说宾步程在德国留学的初期是梦想着要"科技救国"的话，那么当孙中山把革命的星星之火带到了欧洲之后，宾步程很快就成了一个"革命者"。光绪三十一年（1905），宾步程提倡组织"德国留学生会"，并任首任会长。在此期间，他安排接待了旅欧的孙中山，秘密宣誓加入同盟会，并且为孙中山筹措革命资金。这段历史，在宾步程的《我之革命史》中有着详细的记载。这不仅对考察宾步程的思想有极重要的价值，更为研究当年孙中山革命思想在欧洲的传播以及孙中山等革命人士在欧洲的活动提供了资料。

教育是宾步程一生用力最多的领域。宣统二年（1910），宾步程从德国留学归来，在长沙任教。民国成立时，他赶赴南京任职，初涉政坛，亲历了政坛混乱、军阀混战后又回到了长沙办学、任教，选择了"教育救国"的道路。1913 年，宾步程与雷铸寰在长沙等创办濂溪中学，后改名为湖南第十三联合县立中学。1913 年，他出任湖南公立工业专门学校（后为湖南大学一部分）校长，历时近10 年。1916 年，他将湖南公立工业专门学校由河东落星田迁入岳麓书院，撰书校训"实事求是"横匾悬于讲堂之上，影响了一代又一代湖南大学学子。1922 年，他与曹典球等人共同发起，由湖南公立工业专门学校校及筹资成立了明先女子中学，首任董事长，直至去世。这所中学至今犹存，即今天的长沙市第十五中学。1939 年，他主持筹建省立第七中学（今永州一中前身），并主持校务，直至1941 年 12 月 27 日因病突然去世于校园所在地双牌乌鸦山。

宾步程的教育思想，应该可以从其 1917 年为湖南公立工业专门学校所提的"实事求是"校训中得到体现。在当时的社会背景之下，教育思想也呈现出各种各样的形态，宾步程的这种从客观实际出发的理念，无疑是渊源有自的。这应该得益于他独特的受教育经历：既受中国传统教育的启蒙，又受中国近代新式教育的熏陶，更受国外先进教育的影响。但更多的，还是他在中国传统中汲取的养分，这可从他在讲堂旁题的"工善其事必利其器；业精于勤而荒于嬉"中可见一斑。而从宾步程主持湖南公立工业专门学校的履历中，从当时学校的课程设置以及各项规章中，亦可见他是切切实实践行这种教育思想的。

宾步程有过较短暂的从政经历。第一次从政是民国肇立，孙中山和黄兴请宾步程到南京任职。宾步程与黄兴是两湖书院的同学，当时宾步程经常暗中资助黄氏。留学德国期间，因宾步程曾对孙中山进行过资助，并加入了同盟会，所以民国刚成立，孙、黄两人立刻在上海登报，请宾步程赶赴南京接受委任。1912 年 3 月 15 日，中华民国临时大总统孙中山与陆军部总长黄兴联署委任宾步程为金陵机器局局长（制造局局长兼火药局局长）。不过由于孙中山将大总统之位让与袁世凯，宾步程也随之辞职回长沙任教。第二次从政是全面抗战时期，宾步程被国民政府委任为湖南省政府委员。1937年，日本发动了全面侵华战争，此时宾步程已过天命之年，远离战火的他并没有退隐山野，而是重返政坛，在报刊舆论、难民慈善等方面为抗战出力。1937 年，宾步程先后担任湖南省政府委员，兼湖南国民日报社社长、难民救济总署主任、湖南省民众抗战统一委员会等职。1939 年卸职后，他又被选为湖南临时参议会驻会参议员、驻会委员，担任湖南省高等顾问和军事委员会政治顾问，积极建言献策，发挥余热。

宾步程在民国初年也尝试过"实业救国""科技救国"。1915年，他与唐生智的父亲唐承绪、雷铸寰等东安同乡在东安县大牛头寨创办了天宝锑矿公司。1922 年，他与唐承绪等人筹备创办"永州电灯灰面公司"①，设在永州零陵城北。宾步程举荐自己的学生兼下

---

① 《永州电灯灰面公司之创设》，长沙《工业杂志》1922 年第 1 卷第 8 期，第 92 页。

属蒋国琛出任筹建主任。蒋国琛是永州零陵县人，1921 年毕业于湖南公立工业专门学校机械本科，1922 年到湖南省造币厂机械所当所员，同时兼任明宪女子中学教员。唐承绪等人集资向德国西门子公司定购了动力机和发电机，于 1925 年 6 月正式发电，厂名改为有耀电灯公司，装灯 600 多盏，直至 1928 年因经营不善而停业。① 1921 年，宾步程等人集资 18000 元，创办了岳华皮革股份有限公司，地址设在南门外灵官渡正街。② 1924 年 5 月，宾步程又与人集资 5 万余元，创办了岳嵩皮革股份有限公司③，厂址在长沙北门外新河。④ 1928 年岳嵩公司与泰记公司合办，改名泰记岳嵩公司。⑤ 由于战乱和销路不畅等原因，宾步程投资的这些公司大多经营困难，最后以失败告终。宾步程不仅在实业方面亲力亲为，而且在不同的场合一直提倡实业不遗余力。这无论是在他的《艺庐言论集》，还是在《实业杂志》《湖南国民日报》等报纸杂志中，均有大量的文字记录。此外，宾步程在中国矿学、无线电学等方面亦颇有建树。

宾步程一生创办学术杂志和新闻报刊多种，不仅传播科学知识，而且也表达他对时局的看法，体现了他的立场。他在德国留学期间创办了《理工》杂志，回国后，又先后参与创办《矿业杂志》和《实业杂志》。1922 年秋，宾步程与杨绩荪等创办《霹雳晚刊》，

---

① 蒋国琛：《永州的第一个电灯公司》，《永州市文史资料》第 1 辑，永州市政协文史工作委员会，1986 年，第 3—4 页。

② 孟学思编：《长沙重要工厂调查》，长沙：湖南经济调查所，1934 年，第 G4 页。

③ 《岳嵩皮革公司》，长沙《实业杂志》1935 年第 209 期，第 47—48 页。

④ 湖南省地方志编纂委员会编：《湖南省志》第九卷，长沙：湖南人民出版社，1989 年，第 322 页；长沙市志编纂委员会编：《长沙市志》第七卷，长沙：湖南人民出版社，2001 年，第 8 页。

⑤ 孟学思编：《长沙重要工厂调查》，长沙：湖南经济调查所，1934 年，第 G1 页。

后改为《霹雳报》，社址在长沙市司门口，日出一小张。次年 8 月，《霹雳报》停刊。1932 年，复刊《霹雳报》，社址在长沙市经武路 111 号，发行了 65000 份。宾步程撰写的《霹雳报》宗旨写道："记的是当天所见闻的事，说的是大家要说而不敢说的话，在现今十几家堂堂皇皇的大报当中，本刊愿拿出短小精悍的能力，担负冲锋陷阵的责任。篇幅虽小，精力不弱。出版伊始……请看霹雳一声，可能惊醒多少的沉梦。"因该报敢于针砭时弊，屡遭湖南当局查封，又屡次重办，不改初衷。"你有枪杆，我有热血；你有势力，我有冷眼。"1934 年 11 月 21 日，因所撰之《霹雳报》社论《今日之湖南人民》，抨击国民党政府围剿红军时的"坚壁清野"政策，《霹雳报》旋遭湖南当局查封，被迫停刊。1934 年，将《霹雳报》的部分社论整理成《艺庐言论集初集》3 册出版。次年，继续整理《霹雳报》的社论而成《艺庐言论集次编》4 册出版。1938 年，宾步程主办《湖南国民日报》期间，深得当时舆论的支持，"继罗（尔瞻）为社长者为衡山宾步程，老于党务，亦老于新闻界，文笔雄健，宾甫接任即刊布一长文，极力惩矫前此之失，并标举尔后新闻报导方向，文极可读"①。宾步程不仅创办的报纸杂志很多，而且也在上面发表了非常多政论一类的文字。这些文字蕴含了他的思想主张，从中可以窥见他刚正不阿、侠肝义胆、敢于直言的性格和品质，这也是近代湖南人所呈现出的共有特质。

宾步程是一位学贯中西的教育家，更是一位著述勤快的学者。除先后参与创办《理工》《楚声报》《霹雳报》《南强旬刊》《实业杂志》《矿业杂志》，以及主办《湖南国民日报》，刊载其社论、时评、学术论文、读书笔记等文章外，他还有不少著作，如《艺庐言论集初集》《艺庐言论集次编》《桂游日记》等，编译有《中德字

---

① 张之淦：《遂园琐录》，台北：台湾学生书局，2002 年，第 69 页。

典》（修订版改名为《德华新字典》），译有《无线电报》和《机算集要》等。

宾步程整理归集的著作不多，大多是散见于报刊的单篇文章，因此我们这次整理，尽量将目前能搜集到的宾步程的各种著作收集在一起，大致根据内容及分册的需要类分为八个部分。

第一部分《艺庐言论集》。本部分收录了《艺庐言论集初集》（以下简称《初集》）和《艺庐言论集次编》（以下简称《次编》）两个单行本。其内容主要是宾步程为《霹雳报》撰写的社论。

《初集》3 册，由吴更生和丁嘉赟校订，长沙霹雳报社发行，长沙和济公司印刷，民国二十三年（1934）四月出版。《初集》由永明（今湖南永州市江永县）蒲焕俎题名，有东安席启骊撰序和宾步程自序，跋为宾氏弟子常宁方新所撰。书后并附唱和诗集，收录宾步程 50 寿诞时，宾步程、钟麓生、江浩襄、张秋尘、丁希陆、方西耕、黄宗禹、易伴白、陈耀南、皮钰、唐伯球、曾毅存、席叔揆、蒲焕俎、游卧霞等 15 人的诗作 36 首。

《次编》4 册，由吴更生、唐伯球和丁嘉赟校订，长沙霹雳报社发行，长沙锦文印务馆印刷，民国二十四年（1935）九月出版。《次编》由长沙徐桢立题名，东安席启骊撰序和宾步程自序，成吉皆作跋。书后亦附有唱和集，收录宾步程与蒲凡生、钟麓生的诗作 12 首，以及赵启霖、曹伯闻、朱经农、陈光中、陈浴新、叶琪、周启洛、易书竹、文一智、周大荒、成吉皆、刘惠堂等获赠《艺庐言论集次编》后的回复诗文 17 篇。

整理时，我们将这两个单行本的内容分为三个部分：《初集》《次编》《唱和集》。《唱和集》是将原《初集》最后的《附唱和集》和《次编》最后的《唱和集》《附录》单独抽出编成，以便于阅读和研究。《唱和集》共收录宾步程 55 寿诞、蒲焕俎 50 寿诞和钟麓生 40 岁生日时的唱和诗，另有《艺庐言论集》赠书的复函、赠诗。

　　第二部分《报刊文汇》。本部分收录了宾步程在《理工》《实业杂志》《南强旬刊》《湖南国民日报》《矿业周报》《湖南省建设月刊》《道路》《国防建设》等报刊上发表的各类文章。本部分主要根据各文章发表的报刊分类：宾步程在《理工》杂志发表的《机器原件》《开厂规则》《炮钢》等数篇专业文章，数量不多，但文章较长，大多都是分几期连载，我们整理时合为一篇，并加页下注注明各期的连载情况。在《实业杂志》发表的主要是世界工业以及中国工业情况的文章，范围较广，对中国整体的工业状况以及一些具体工业门类均有涉及。《矿业杂志》所刊宾步程的文章亦不多，但比较专业，篇幅亦较大，多是分数期连载。《南强旬刊》刊发宾步程的文章，国防、农业、交通、教育、水利、畜牧等均有涉及，内容广泛。《湖南国民日报》多为社论及读书杂记，社论主要是关于湖南的方方面面，而读书杂记则是较切于当时社会实际的一些读书札记。此外，还有一些发表于其他刊物的文章，我们统一归到"其他期刊"中，这部分文章有相当一部分是涉及工商业及国计民生的。

　　整体来看，《报刊文汇》所收录的文章颇能体现宾步程的政治、经济、教育观点，同时更能体现他后半生思想的变化。在整理这部分内容时，由于涉及的报刊较多，所以有同一篇文章发表于不同刊物的情况，亦有他在一些报刊发表过的文章后来结集成单行本发行的情况，对于这些文章，如果是全文相同或仅仅是改易其中极小的一部分而发表在不同报刊的，我们只保留较早发表或内容相对完备的，其他重复的则删去；如果是已有单行本发行的，那么我们一般保留单行本，如《无线电报》《桂游日记》等。

　　第三部分《欧美留学相谱》。这是一本清末欧美留学生相册的合集，由留德学生宾步程担任相册总理人，其他各国分收人为湖北潘宗瑞（比利时）、福建陈箓（法国）、湖南萧焕烈（俄罗斯）、江苏庄文亚（英国）、江苏杨恩湛（美国）。相册收录德国、法国、英国、比利时、俄罗斯、美国等 6 个国家的 157 名留学生的相片 137 张，其中单人照 130 张，双人照 3 张，三人照 3 张，12 人照 1 张。157 名留学生，按照留学国分类：留俄学生 7 人、留法学生 13 人、留美学生 14 人、留英学生 19 人、留德学生 36 人、留比学生 68 人；按照生源地分：安徽 2 人、湖南 5 人、福建 8 人、浙江 8 人、江南 9 人、四川 12 人、广东 15 人、江苏 21 人、湖北 77 人。这对考察欧美留学人员的状况非常有价值。

第四部分《德华新字典》。这是第一部由中国人编纂的中德词典，最初命名《中德字典》，光绪三十一年（1905）五月由上海商务印书馆印制首版，光绪三十三年（1907）再版，宣统三年（1911）第三版，民国元年（1912）第四版。1914 年，宾步程邀请邵志千在《中德字典》基础上修订和增加新的内容，并改名《德华新字典》，于 1916 年由中华图书馆印行。本集采用 1916 年修订本为底本。

第五部分《无线电报》。《无线电报》是一个单行本，由宾步程编译，上海商务印书馆于民国四年（1915）出版。全书共 24 章，收图 63 幅，图文合计 66 页。书前宾步程写的《弁言》，对该书的缘起作了简略说明。《无线电报》原名《火星电报》，曾在《埋工》连载，后因资金问题而停版，而宾步程回国后，连载便停了下来。在《理工》上所刊载的《火星电报》并不完整，仅有 3 期。宾步程回国后，"今值欧洲战争之秋，无线电报最关紧要，即吾国各重要城镇亦次第设立。步程有鉴于此，汇集前此已印行及未印行之稿，加译近年来各报所纪录之新发明者，编成是书，付之手民，以供世览"。其后，此书又在《实业杂志》登载，然亦未刊完，仅刊载了 1 期。此次整理，以单行本为底本，并做了极为简略的注释。又因为是编译作品，故并未与《理工》《实业杂志》版进行校勘。

第六部分《桂游日记》。1938 年 4 月，湖南组织"西南政治考察团"，由宾步程任团长，率省政府各厅所抽调之人员赴广西考察

20 余天。宾步程逐日记录考察所得所感，汇成一册，最初连载于《湖南国民日报》1938 年 5 月 5—30 日，分 12 次连载；又在其所创办之《南强旬刊》1938 年第 1 卷第 8 期和 10 期连载，并刊发在桂期间所影之"广西南宁梧州击落敌机残骸"和在桂林所得之"广西金石拓本及全碑文"；最后由湖南地方行政干部学校整理出版（非卖品），作内部学习之用。但是，单行本收录与报刊所载略有不同，有未收录之处，亦有改动之处，详细情况在文中有注明。

《桂游日记》日记起止时间为：1938 年 4 月 2 日自长沙出发，至 4 月 25 日离桂林抵零陵。《桂游日记》有周天球、晏阳初、易君左三篇序文和自序，文末有宾步程的《纪念周上报告考察广西经过》为跋，总计 3 万余字。

第七部分《案牍函电》。这部分收录了自 1903 年宾步程留学德国时期写给两江总督端方的禀函，至 1941 年去世前，呈给湖南省教育厅的《省立第七中学概况》，跨度将近 40 年。其中既有宾步程留学期间的信函，也有任金陵机器局局长、湖南公立工业专门学校校长、湖南造币厂厂长、水口山矿局局长、河南中原公司副监督、岳嵩皮革股份有限公司董事长、湖南第七中学之校长期间的案牍函电，其他还有任湖南省委委员、参议员和湖南矿学研究会会长等职务期间的各种呈文函电以及一些零散之件，诸如联署的讣告和启示等，对研究宾步程的人际交往有参考价值，亦收录其中。

第八部分《杂文楹联题词》。这部分收录了宾步程所题写的匾额、楹联、祝词、题词、弁言、行状、寿序（言）、挽联、诔词以及打油诗等零散的文字。

后面还有四个附录，是与宾步程相关的一些资料，包括与宾步程相关的文献、研究论文、宾步程家谱、宾步程年谱简编等。

值得读者注意的是，宾步程在各种言论中，对当时的社会状况以及人民大众的苦难有比较深入的揭露和鞭挞，对无产阶级工人亦抱有较大的同情，并在一定程度上为他们执言，这些都可以看到宾步程在思想上的进步之处。但亦要看到，宾步程在任职期间，受其思想认识、立场的局限，对当时代表中国革命方向的中国共产党并未有科学的认识，故在一些政论中多视之为"匪"，这些问题，读者在使用资料和阅读时是需要注意的。

在整理《宾步程集》的过程中，我们尽量保留原作的面貌。因为大部分是近现代的作品，对于有不同版本的著述，我们在注释中加以详细说明有哪些版本，但不对版本做校勘，仅编者认为有需要说明的地方出简略的注释加以说明。对于宾步程所处不同时代的文字风格和用字习惯等，我们也不作改动，但明显的错误，我们则径改，不另作说明，以避繁琐。

由于编者的能力和时间所限，《宾步程集》收录宾步程的著述史料肯定还存在很多遗漏。其未刊行的《集古医方考》《集古工艺考》《中国历代考工记》等，因战乱频仍，至今尚未觅得。在德国柏林、湖北武汉、江苏南京、湖南长沙和永州等宾步程生活、学习和工作过的地方，史料发掘工作仍在继续。

《宾步程集》的出版，只是宾步程研究的第一部史料集，今后还需要学者和有兴趣的历史爱好者接力下去，找到更多史料，进行更多相关研究，这些工作不但可以推动宾步程研究，而且也能为近代留学史、近代报刊史、民国史、湖南地方史、湖南大学校史等相关研究提供更多实证，找到新的视角。

宾睦新

2019 年 8 月改定于澳门科技大学社会和文化研究所

目　录

贰　艺庐言论集（下）

艺庐言论集

一　《艺庐言论集初集》

艺庐言论集叙

席启駉

艺庐先生以一年以来所著论，见诸《霹雳报》者，汰存之，得百数十篇，都为一集，俾余题其端。乃受而读之，其用心之勤，立言之不苟，今之持论者，未有能及之者也。吾与艺庐所处之世，号称言论自由，而其实清议久亡，徒恣好恶以为毁誉，是非之公，殆难言之。治国闻者，非博物通才、孤怀阏识之选也。而竞借报章以自鸣，寝且代他人鸣，同乎街谈巷议者之所造。谠言正论，绝无闻焉。以此为人所诟病，而清议终无所托。呜呼，可以观世变矣！

艺庐以硕师负物望，垂老欲著空文以自见，则与其弟了创《霹雳报》，日讨国人而申儆之。因时立论，遇事而发，其词直而不讦，屏爱憎之私，不随俗为是非。盖艺庐留意当世之务，更事多，故能核其实。每一篇出，人争诵之，即未相识者，于广坐中问知艺庐名，辄惊服。其言论之深入人心如此。偶有忤时之篇，忌者将兴狱，然卒无事，固由艺庐闻望使然，亦以见是非之公未尽泯也。抑艺庐之作，理胜于词，平易近人，未尝雕章琢句，而真挚之情自见。其论教育，每兢兢于读经，以为养正之资，此尤可深长思也。昔顾宁人谓："救民以事，乃达而在上位者之责；救民以言，亦穷而在下位者之责。"艺庐兹集，其具"救民以言"之责欤？弥足贵矣！

余与艺庐同乡里，客长沙，赁其庑以居，晨夕相见，不徒其议论之取益，窃敬其为人之直谅，故承命不辞而为之序，实不足以尽之也。

同里席启驷叙。

自 序

以平生从事于钻锤斧凿、烧煤加油之人，今亦欲伏案执笔，效文人学者论列天下之大事，适足以见笑而自点耳。虽然，各人有各人的见解不同，我不欲以文章鸣世，考据炫奇，故每当事实当前，觉有可以研究与批评之处，不妨以我之见解加入研究与批评之中以求得一结果。不必引证法律第几条，亦不必根据古书第几页，以在野之眼光，本之天理、人情、风俗、历史发为议论，以贡献于当道之前，并冀当事人之垂听。既无背景，亦无作用，纯粹以闲云野鹤之身发为《盛世危言》之论。"知我者谓我心忧，不知我者谓我何求。"不过秉性激烈，下笔轻易，不顾对方之能否承受，一意孤行，无形中不知得罪了多少伟人先生。然而，我之意毋他也，或者一般伟人先生谅而恕之，作为"老少之言，概毋禁忌"小木可知。但是，我之言论因立场而异，是编所集系去年在各报纸、杂志上所发表者。报纸之文章，以激烈为正宗，方足以兴奋阅者之耳目。加以"九一八"事变以来，吾人受日本人强暴之刺戟最深。惟其深也，所以见于笔墨间，亦几欲与日本人拼一个你死我活。因此，连想到我国政治不良，民生凋敝，经济破产，土匪遍地，加以外侮频仍，无法抵抗，遂不觉感慨系之矣。古人所谓："言者心之声也，有诸内必形诸外。"初无丝毫假借粉饰于其间，实有言乎其不得不言之势耳。

文字要有价值方足以传世，明知此集之刊仅能作覆瓿之用，以之发行，不亦轻文坛，羞当世之士，以自露其丑陋耶？曰："非也！

此集乃个人之自由言论，纵有错误或不通之处，作为言论看待可也，不能如当今要人，一言一论，有关天下之安危。或作为一种街巷小说，供闲人酒后茶余之消遣物，亦不必劳博学鸿儒之批评，以增此集之声价。"

此系上年之言论集，以待来年还有继续出版，所谓"要丑丑到底"者是也。

民国二十三年四月，东安宾敏陔自识于长沙回龙山庄。

中日小学教科书之比较

（四月十三日）

伸正义，扶人心，培气节，挽颓风，端赖教育。教育不良，影响于国家将来者，至为巨大。我国自倡办学校以来，各种教科书本多出自各书店之自由编订。甲店编一教科书，教部审定曰可。乙店又编一教科书，教部审定亦曰可。夫以百年树人之教育大事业，付托于一般牟利书贾之手，岂不怪哉？其中尤以小学教科书为最荒谬，满纸禽言兽语，侪儿童于小猫、小狗之林，殊觉毫无意识。又如世界书局出版之一年一级国语教科书中有云：

姐姐敲鼓，妹妹打锣。
冬冬镗，镗镗冬，冬镗冬镗冬冬镗。

此种野人俚句，也称之为国语教科书？且一年一级学生，在认识简单之字母，若遽授以此等繁难之字母，试问五六岁之小儿，能乎否乎？再观二三年级之教科书，亦无非苍蝇、老虎、小獐之说话，于国家历史、国民常识无丝毫之裨益，反不若村学究训蒙《三字经》材料之为正当丰富耳。

再进而考察日本小学教科书之内容，如：

三省堂《外国史》云："支那是地理的国名，古来称中华，自夸中国，都是妄自尊大的，支那是一个无严密国名的国家。"

三省堂《国文读本》云："支那古来虽自夸为中华，安知他日灭此中华民国的不是蛮夷呢？谁能保证呢？"

三省堂《东洋史》云："支那已土崩瓦解，吾等应注意支那问题，看其过去的历史，定将来的手段，图帝国的发展，朝野应共同研究支那。"

《地理参考书》云："满洲地广而肥，有大平野，在大森林，矿产又富，是将来工业绝好经营地，作为日本的'殖民地'，再好没有了。"

日本教科书如此，我国的教科书如彼，相形之下，未免见绌。且日本教科书侮辱我国极矣。我们最低限度，纵不侮辱日本，也应该将日本之狂妄情形编入课程之内，使后生小子得知奋励。何得将大鸟、小猫、小狗以及苍蝇、老虎、小獐之假托说话，以授知识初开之幼童？在书肆方面，只顾营业发达，未闻君子之大道。独惜握有全国教育之权者，不将我国固有道德或嘉言懿行编授青年，致令大权旁落于一般书贾之手。禽言兽语，荒谬绝伦！恨不得现代再生秦始皇一人，聚此等课本，付之一炬，以快吾人之耳目耳！

中日国民爱国心之差异

——以飞机捐为证

（四月十日）

航空救国，本报已再三著论言之，人民热心航空，当时何等激烈。至于今日，五分钟热度已过，吗啡针之效力亦失，沉寂又沉寂矣。中委陈立夫此次在津市党部讲演，有"少开会，少喊口号，少贴标语"等语，诚有探究我国一般人病根所在之处。凡事要"先行其言，而后从之"，若果上下都中了宣传症，而不去切实力行，断未有成功之一日。

天津日文《京津日日新闻》短评云："本社开始募集飞机捐款后，《大公报》即发表同样计划。中国他方面虽亦有此种计划之发表，唯迄今能集得相当款项者，只有《大公报》一家，而其数不过二万九千余元，此乃天津百万人口之捐款。本社所募天津日侨五千人飞机捐款，现已达三万一千余元。"比较两方，岂非大可具体表现中日国民爱国心之差异云？

该报又载称："现由该报发起，由天津日侨捐款购置'九二式'装甲汽车一辆，交与日本驻军，以备保护日侨之用。此项装甲车，为折衷唐克车与汽车之最新式武器，车价及车上所备枪炮共值二万六千六百元日金。预定本月内即可运到，已命名为'天津号'，并将举行献车式"云。

回顾我国已闹了两个月之久，迄今并无具体小法，亦并未见那一省购了一架飞机献给前方军队，实行航空救国。不过我每于各处航空救国会议，于报纸上看见了许多慷慨激昂议论，有剑及屦及之势。即以我湖南而论，航空救国会始则拟定章程，推举若干常务干事，费尽光阴，糜费口沫，成此大会。奈墨渖未干，言犹在耳，继则曰："本会以大会之设，专为航空救国，不涉其他。"今政府既限令停止募捐，则本会无法集款，根本上失其效能，终则曰："本会自应遵照办理结束，以清手续，而符政令。"一场热症，埋以冰水，而以寿终正寝闻矣。

据去年上海报载：我国旧军阀存款于外国银行达千万者，有二十人之多。以百万为单位者，指不胜屈。现在国势危急，满蒙失陷，覆巢之下，焉有完卵。倘彼激发天良，于所存款内酌捐百分之十，购机救国，将来编史者原情定罪，当予末减。若依照前十五年"犹太人"宗旨进行，则吾末如之何也矣。

哀满蒙

（四月十七日）

　　断送辽、吉、黑、热东北四省之军事长官张学良，今已安闲率同眷属赴意，再转瑞士私人营造之别墅，实行过其快乐生活去矣。并且临行时，将天津海关医院卖与法人，又带去若干颐和园字画，以作点缀之品。中央宽大为怀，对于张氏并不加以惩办，"准其辞职"四字了结一切。近闻对于失守热河之汤玉麟，又将畀以七十五军军长之职，使其带罪立功矣。果尔，则断送四省之张学良可以宽宥，失去一省之汤玉麟，又何尝不可以重用耶？

　　虽然，满蒙已失矣，主管长官出洋者出洋，逃匿者逃匿，所苦者我满蒙同胞，处于暴日铁蹄之下，今已十九月矣！我关内当局日日言收复，而收复无期；日日言抵抗，而抵抗向后；各省长官日日通电请缨，而请缨无路。报章宣传，何等壮烈，实际上则未闻各省有"勤王"之举。虽然是军事秘密，我们不能知道，但是大队人马北上，谁也不能偷渡，总会给有眼睛的老百姓看见，"北上杀敌"，"吾闻其语矣，未见其人也"。至侵略我们土地的日本人，决不畏我们军事当道几个虚张声势的电报就悄悄的收兵，逃回三岛。

　　近来传说中央对日有妥协之举，此种谣言，想系日方所捏造。蒋委员长曾说过："今日再无李鸿章第二人。"此种宣言，何等坚决。所以，外间谣言自不可信。然证以近来空气与前方情形，又有疑信参半之痕裂。且我国既不愿为城下之盟，亦宜"振军秣马，灭此朝食"。乃近来北方各军徘徊于长城各口，未闻有进取之心。规复失地，不知等到何年何月。惟抗日健儿，今日尚能与倭奴周旋者，其志实深钦佩耳。尤可怪者，关内朝野人民，荒淫无度，任情嬉游。试听上海跳舞厅之琴声，南京夫子庙之歌声，北平戏院之唱声，以及各省电影院之机声，比较热河、滦东、冷口人民之呻吟声，惨无人道日本飞机之轰炸声，其愁苦快乐，自不可同日而语。我关内同胞，不欲收复满蒙则已，如欲收复满蒙，还我山河，登诸衽席，则请各尽匹夫之责，共同努力，渡过难关，再行娱乐。决不可师张学良之为人，忘却了日本人杀尔父亲！忘却了日本人掘尔祖坟！忘却了日本人占尔地盘！捆载而逃，逍遥异域，将"爱国"二字丢在九霄云外。

敬告征集出品委员会

——为芝加哥博览会事

（一月二十八日）

此次美国芝加哥举百年进步博览会，筹备四年之久，费款千万元之多，并非一种小规模、无意识之举动，乃是一种"会考"方式，意欲举世界各国近百年来之科学、工业、农业、艺术、运动、戏剧等，收集一室，作一整个考试，不过借芝加哥百年进步纪念会题目以举行之。我国既然接受美国通知，并在美国会场内建筑中国式陈列馆，则馆中所陈列者，当然为中国各省之特产，毫无疑义。所以各省建设厅对于此事非常聚精凝神，拼命征集出品送上海筹备委员会审定优劣，以便转运美国陈列。在各省建设厅所以如此认真办理者，固为博览会是一个绝妙的宣传部，是一个很好的广告场，并是一个绝大的竞卖所。如果我国国货已在外国销售的，尽可借此机会推广。如未曾在外国销售的，亦可借此机会设法宣传或试销，并可借他人之所长以补己之所短。我国今日国情已非闭关时代可比，若国产不能在外国市场推销，听外货日输国内，则国际贸易出入不能平衡，金钱外溢，莫可抵塞。今欲鼓励我国厂商与一般企业家共知国际贸易为救国无二法门，则今日芝城博览会实为推销国货及发展中国对外贸易之良好机会，并可以于两相比较之余而获生产品及技术上之改良方法。是我们应先抱一种竞争心理，择善而从，严格审定，总不可在会场上"自己丢自己的脸"方好。

现在实业部博览会筹备委员会，征集各地物品，以备运美参加。截至最近止，各省物品均已络续运抵沪上。其中最著名者，如江西瓷器千余件，北平特产五百余件。该会决乘物品未运出以前，在上海举行展览会，现已确定二月四日起，至十九日止，在白利南路兆丰公园对门中央研究院陈列展览。一切接洽事宜，由商品检查局负责。（见《申报》）

我湖南不亦曾成立芝加哥博览会征品委员会乎？不亦在长沙市各大街悬有各种标语乎？不亦曾说所征集各品在长沙市开一个预备展览会乎？现在上海已定二月四日，将各省出品陈列展览，我们湖南是否已运去若干？或我湖南不愿加入此次无意义之博览会乎？何各省踊跃输送，而我湖南独寂然无闻？纵然是旧厅长将此案移交新厅长办理，然新者未来，旧者未走，应抱"做一天和尚撞一天钟"主义，何得因一人之去留，而置我湖南出产之生死于不顾？当宣传者，不令其向国际去宣传；不当宣传者，偏宣传到十二分火候。错用宣传，关系甚大。厅长既存"五日京兆"之心，而所派之委员又各为保全饭碗计，忙个不休，结果我湖南出品倒霉，用特大声疾呼：

本年六月一日为芝加哥博览会开会之期！

本年二月四日为上海举行展览会之期！

我湖南征集出品委员会委员，注意！注意！

北平富户与大学生

（一月二十五日）

自"九一八"国难以来，凡属中华民国国民无不气愤填胸，有灭此朝食之慨。尤其是一般大学生，贴标语，喊口号，与夫登台演说，莫不慷慨悲歌，极尽爱国杀敌之本事。即有钱的富户，亦愿解囊输将，以救抗日将士。足见中国人心未死，区区三岛，又何足畏哉。近日来，倭寇山海关，又进攻热河。我那爱国将士出入冰天雪窖之中，执干戈以卫社稷，论衣则不足以御寒，论食则不足以饱腹，论军器则枪窳弹缺，所恃以与倭奴周旋者，则在为国家争生存，为民族争人格，并无其他利禄功名之心所驱使。此辈士兵，将来论功行赏，"也不过千百把总"而已。今日肯牺牲头颅作万死不顾一生之计者，无他，明耻而已矣。否则，"人而无耻，胡不遄死"。

不观乎北平之富户，近因山海关失守，一若倭奴即临，相惊伯有，纷纷迁入东交民巷，达八百余人，预备将来出而做亡国奴。孰意东交民巷今年为日本值年，现已由日本巡捕官对于东交民巷各侨民户口严厉调查取缔，不准华人寄居界内。因此，一般避难东交民巷内者，大起恐慌。兹将该通告译文志下：

为通告事：照得东交民巷保卫界内，根据《辛丑条约》各规定，原系为各国使馆人员及侨民人等所居住之地，并非普通之租借地，可能任令华人寄居？现在华人如有迁入保卫界内，一律不得容纳，使馆界事务管理局亦不负保护之责。仰即知照。

再观北平各大学学生，平日自命为爱国领导者，此次亦畏倭寇之凶，较之一般普通人民，怕死尤甚！于是开会通过提前放假不预考试议决案，好似大祸临头，惟恐去之不速者。大学生如此，将来毕业后出任国家大事，可想而知，毋怪南京教育当局加以"卑怯"之考语也。今将段次长语及清华大学布告录后：

一月十四日，教育部段次长锡朋语人云："当兹强邻压境，正上下一心抵抗之时，不谓受高等教育之大学生，平日尚知以标语、传单督促政府、民众者，竟敌尚未至，而仓皇欲避，卑怯胆小，实堪浩叹。"

一月九日，北平清华大学教授会告同学书：

当我们民族生命在呼吸之顷，我们如果不能多做事，至少不要少做事。假如你们真去拼命，我们极端赞成你们不读书。假如你们担任了后方的切实工作，我们决不反对你们告假。且平心静气的、忠实的想一想。有，不必说。没有，你们就该做你们每天做的事，绝对不应该少做、不做。不知你们读过《最后一课》这小说没有？我希望你们看一看，或者重新看一下。假如北平并不危险，那你们无所用其张皇；假如北平实在是危险，你们对于这最后的一课，又何忍没有稍许的留恋。听说你们要全体请假，全体都有事情么？

现在学校没有准你们的请求，但是你们还是要全体不考。听说你们所以如此，因为要执行大会的议决案。你们的议决案本是全体告假，而不是全体罢考。你们已向学校请求过，就是议案已经执行过了。至于允许或否，那另是一件事。你们又何必坚持不考，贻社会以口实呢？我们不忍看你们的行动趋于极端，更不忍社会对于清华学生失了期望。所以，我们用最诚恳的态度进一忠言，而且这忠言也许就是最后。

　　呜呼！中国未亡，人心已死。若果人心死，则中国大事去矣！前年，倭奴炮轰南京，各部署人员家眷尽室逃至上海，托庇他人之宇下。上行下效，相习成风，吾于北平富户与大学生复奚责？

停付庚款问题

（四月二十三日）

自拳匪闯下了滔天大祸，联军入京，结果赔款退兵，订定《辛丑和约》，当时列名者，有德、法、义、美、奥、英、日、荷、葡、瑞、挪、西、比、俄等十四国。按照和约所定，赔款总额为关平银四百五十兆两（即四万万五千万两）。此项赔款，按周年四厘行息还本，期限定为三十九年，总共连本带息关平银九万万八千二百二十三万八千一百五十两，以新关各项进款、常关各项进款、盐政各项进款三种为赔款之担任品。历年来，忍痛忍辱，照数支付，嗣英、美、法等国不忍见以少数人之无识举动祸延全国人民，于是主张退还中国，用以发展科学、修筑铁路、导治河水及各种教育文化事业之用，意甚善也。

自"九一八"国难发生，暴日侵掠日亟，中国财政愈趋紧张，在去年已停付一年。时至目前，又届支付庚款之期，无如国难尚未回复，近且更趋严重，财政当局对于筹措经济以应付国难，已觉罗掘俱穷，焉有余力偿还赔款。外部曾照会有关系各公使，均以请训本国政府为辞，尚未得正式答复。但是，以我国目下之财政情形，及满蒙大局而论，无论承认与否，势必再停付一年。

《凡尔赛条约》规定德国赔款之数，上年洛桑会议已减除百分之九十，在德国尚以为不应取非所有，并有完全要求免赔之举。我国事同一例，除停付外，更进一步仿德国先例，要求减除百分之九十，或完全免赔，以示同等待遇。如果我们的对头日本鬼子，表示反对，则我国即实行对日宣战，并取消一切所有借款，杀一个你死我活。

未知当轴诸公有此大胆否？姑妄言之于此。

中国工业衰败之前因后果

（三月二日）

我国之弱幕，自鸦片战役之结果，完全暴露于世界。始则缔结《南京条约》，开放五口通商，协定不平等之海关税率，而外国之资本主义遂如长江大水滚滚而来。至英法联军之役，我国败北，又订立《天津条约》，厘定子口半税，而帝国资本主义更肆行无忌，长驱而入。我国历史上之自然经济，遂呈崩溃之状。中东战后，国民经济益加紧张。最足以制我国工商业于死地者，即李鸿章签定《马关条约》，承认日本人在我国内地有建设工场、兴办实业之权。于是，外人各挟其雄厚资本，利用我国丰富之原料、低廉之工资，制造各种用品，而获取最大之利益。迄今沪、汉、津、京各大埠，无不有外国人所设立之极大工厂，遂将我中国自然经济时代之一切手工业为之打破无遗，不得不趋于倒闭一途，而俯首听命于帝国经济侵略旗帜之下。除此以外，又加以帝国主义者日日将其制造之品，不断的输入中国，使中国之市场变为若辈生产过剩之尾闾。我国国民经济自然而然成为一种贫血症。时至今日，全民经济已至总崩溃界线。忧时之士咸抱"侨将压焉"之惧，对于中国工业，自动的建设或发展起来。但是，萌芽之枝，支持无力，杂捐苛税，相继惠临，人民本意，在将本图利，孰知利未获而本已先剥。加之工潮时起，弱小之资本决无幸免于摧残。又益以内地不靖，于是一切封建资本与夫官僚、政客、军阀等所搜刮之金钱，遂集中于都市或租界内，而内地农村以及一切工商业，其势不得不破产。即以上海一埠而论，如民国十九年十一月至二十年十月中，银行存银条增至一万万三千零三十一万两；从十九年三月至二十年八月，存银元增至二万万四千八百二十二万元。彼达官巨富既拥有如许之金钱，舍其生产事业而趋于证券、地皮之经营，从此有资本者不善运用资本，而政府又不能为资本家加以保障，结果全国之工业遂永无发展之可能。日本帝国主义之资本家大刀阔斧、风卷云涌，以压迫我国国民之经济于万劫不复之地位，工业既不能振兴，而全国经济自然趋于拮据困难之状况。而首当其冲者，就是乡村破产。乡村破产，即是社会不安宁，而金钱愈向都市集中。反之，金融愈紧缩，工业愈不振兴，而乡村生产愈加急转直下，实有互相增长之关系。

所以，我国工业外受帝国主义资本之侵夺、束缚、压迫，使之无生存性；内受金钱向各大都市集团之影响，搜刮榨取，使丰年亦变为饥馑。前因与后果既如此，虽有善者，亦末如之何也矣。

时乎时乎不再来，望吾国上下热心工业之士迎头赶上去，尽量的发展建设，打破一切难关，或者工业前途有一线生机之可望。

澈底抵制仇货

（三月九日）

据三月十三日《大阪每日新闻》载："中国政府在热河抵抗，只须支持三个月，结果中国政府必改变对日外交关系，在华经济界，尚可脱离恶劣环境。故近来日货交易，已渐呈活泼之状。譬如纺织，虽因热河问题发生影响，然不若从前之排日，销路反呈踊跃，棉布一月间由日本输入上海者计二千七百五十五箱，二月输入三千零五十五箱。虽热河事变发生，二月之输入反比一月为多，棉丝以零拆为最多，今后更可望交易之活泼。杂货比其他商品尤为活泼，购买力已渐回复。糖类，数日来定货甚旺，去年精糖之输入上海，达四万八千零八十担，现在可望进步。洋纸，自排日以来，本为加拿大、德国品所压迫，今排日气势已衰，亦有相当进出。一般工业，最近工场已扩张至十分之三。船舶在上海改装而销至汉口之货物，二月中约三千吨，比一月增加五百吨。煤及工业药品，均由悲观转而渐次回复原状之势。"

又，日文《上海日报》载："大阪纺绩联合会调查二月中对华棉布输出，激增至一千三百万平方码，其数为三万五千二百八十八平方码"云。

又，四月一日汉口海关方面消息："汉市日货，除棉纱进出口较稍逊外，匹头、海货等三月份达七十余万件，进口量仍在英美上。"

又，据四月七日天津海关某员司谈称："迩来本关收入较上两月为佳，进口货除各国之例常者外，日轮报关者，每隔二三日，必有二三只不等，大概以棉纱、米类为多。"

观于上项记载，即知吾国人目前所日日高唱之经济绝交，直等于痴人说梦。此皆由于国人之不自觉悟也。

目前，日货在世界上已共趋于厌弃之一途。自"九一八"事件发生，美国人首先仗义抵制日货。后印度因日货倾销，已取销《日印互惠商约》以示抵制。近日，土耳其亦向日政府通告，取销《通商条约》，并对日货再提高关税。英国麦克唐纳与罗斯福在华盛顿谈话时，讨论由全世界抵制日货，并称除非全世界对中日争议案采取强硬手段，则此事在根本上终为裁军问题之梗云。观此则知，全世界总动员抵制日货之动机，行将发见。

吾人于此，苟能坚持到底，实足以予倭寇以重大打击。试观武汉近日锄奸团之活动，日货顿起恐慌，其成绩已足惊人。据日文《上海日报》载："盖武汉自国货提倡专门委员会组织调查队以来，凡由日清公司仓库搬运之货物严被监视。因此，日商陷于未曾有之穷况。而日清轮船公司之载货，自三月二十五日起至四月三日，计航行四次，平均每次输入货物约百二十五吨，输出货物不过十五吨；四月三日开出之'洛阳丸'，输入货物仅十五吨，输出货物仅四吨，实为未曾有之记录"云。

国人乎，日人亟亟谋夺我关内土地矣，吾人究何所恃而不恐？欲求自存之道，惟有澈底抵制日货也，国人其猛省。

布衣运动之根本办法

（三月十二日）

近日，何主席通令四路总部所属各职员，须一律着布衣军服，如再有西装革履者，严惩不贷（近闻粤省当局亦有此项禁着西装之举，且西南政委会已有正式命令，凡所属各机关职员，不论出入任何娱乐宴会场所，皆须一律着国货布衫，以资表率，如有故意违抗是项命令者，决予以撤职处分）。余建设厅长籍传亦向省府提议，谓"年来提倡国货运动，声浪极高，而成效依然微少，舶来品仍旧充斥，即就服装一项而论，所有全国党政军各界工作人员之服装资料，大半采制华丽外货，竞尚新奇，虽上令频颁，严格取缔，往往视为具文。现值国难方殷，实非厉行节约，并从党政军主管长官及全体工作人员首先倡导布衣运动，不足以资表率"等语。查十九年度海关册，毛织品输入中国为二千二百七十二万四千零一十两。此种巨大的数目，大半始于西装之用。若果是禁止穿西装，固可以省减一笔输入。但同时棉花输入，据二十一年度海关册，棉花居第二位，为值一万万一千八百万两；棉货居第三位，约值七千二百万两，共计为一万万九千万两。此种数字，至为惊人。为拒绝毛织品起见，则禁穿西装，但人不可以不着衣，提倡布衣，难免不为外国推销棉花。我国处此时代，真所谓"啼笑皆非"矣。

其根本办法如何，要在提倡种棉，达到自给程度，方不至仰外人之鼻息。乃建设厅正在进行棉业之时，因财厅要缩减预算，将棉业试验经费，凡关于事业费者，一律裁得干干净净，仅留少许职员之事务费，成为告朔之饩羊，不如直截了当完全停办之为尤痛快也。此种自杀政策，真令人痛哭欲绝。今欲挽回此中厄运，首在广种棉田，用自产之棉花，织成布匹，染成种种花样，以应社会之需求。此才称之为真正国货，此才谓之布衣运动。若运动购外国棉花（二十一年进三百七十万担）经过人工纺织，只可称之为半国货。

四路总指挥部实行布衣救国，日昨特向第一纺纱厂首先订购土布一万匹，作为缝制军服之用，以示赞助实施布衣运动之意，而发展湘省纺织事业。及余厅长提议布衣运动，均与古代卫文公大布之衣、现代甘地之大布主义适相符合，不佞十二分赞成。但有一故事，不得不附带重提者，我之废除西装、改着布衣，始于辛亥反正，民元见拒于南京枪炮局自己之卫兵，民六见拒于林省长公署之门役，民九见斥于陈警察厅长之门房（罗定庵先生亦有同样被拒之事）。经此三次打击之后，渐着丝物，非本意也。希望提倡布衣诸公，严饬门役先生、卫兵老爷，毋对于着土布衣之"中国甘地"痛加斥责，不胜感激之至矣。

读熊秉三致友人书后

（三月二十日）

熊秉三先生自前方致上海友人书云：

此间军民，均有爱国抗敌之勇气，惜无通盘筹划，能力薄弱，殊可痛惜。弟于前月二十六日率红万字会救护队亲往喜峰口、古北口前线视察，深感想于我军民之努力爱国也。河北各县农民将车辆、骡马、柴草输送于军队者，已及千万。车辆一项，得五百二十万元，遵化一县已一百万余元，皆农民汗血所入。毁家纾难，为国牺牲，可敬可佩。反观都市大有力者，一毛不拔，而捐户多属于中下级之人，博得爱国之名，以视于河北农民为何如？良心抚省，宁毋愧死！但民力有限，过此限度，即不能生存矣。……

仁人之言，读之令人可歌可泣。我国时至今日，乃是生死存亡之秋，非如一般出风头老爷日日信口开河，慷他人之慨，所能挽回此日之国运。

夫中华民国者，四万万七千人之中华民国也。大家若是要中华民国不使沦入异族，那么，大家应该各尽其力、各倾其财，共同站在一条战线上，以与倭寇作殊死斗。今观在战区之人民，屋宇被毁，田园被荒，妻女被奸，子孙被掳，其情形何等凄惨愁困。特我南方民众以及政府要人未曾设身处地想想，仍是一般酣歌恒舞，钻营者还是钻营，荒淫者还是荒淫，责以急公仗义尚不能，求之毁家纾难者全国中竟无一人。倘照此情形做去，亡国即在目前。统制经济之法规，在今日麻木不仁之国民，实有实施之必要。

日来，倭奴又要进占平津，并且目标觊觎冀、鲁、察三省，其地图上已明明白白告诉我们矣。我们只喊着"长期抵抗"，其结果实得长期退让；我们只高谈"航空救国"，其结果实一钱莫名。我们只听得"精神团结"，其结果是一盘散沙或各怀鬼胎，听暴日得寸进尺，大步而入，而不下十二分决心拒之于千里之外。寝假黄河以北失矣！寝假溥仪入据北平，演其后清之傀儡把戏矣！中央除乞怜于国联之外，惟有徒呼奈何而已！不知今日之国联，对于暴日之侵占久已噤若寒蝉，无有谈及者，国联之价值可想而知，依赖国联之大梦当可以醒矣！

古语云："养兵千日，用在一朝。"我们全国军队合计已有二百万，比较全世界军队还要多些，我们如求中国民族生存与独立，应将全国军队征发用作抗日之用。我们不可只谈抵抗！我们要前进收复失地，还我整个中华民国地域！我们要将全国民众所有金钱一律统制起来作为战争之用，不使河北农民受畸形之痛苦。否则黄河以北危，黄河以南者亦将候补矣。

失业原因与救济方法

（三月二十八日）

在欧美各国，因机械工业发达，将手工业人之饭碗打破而成为失业，或因机械生产力过强，供过于求，无法推销，以致工场倒闭而失业。此种失业事项，在外国已屡见不鲜。若我中国，其失业问题，此类情形尚属少见，而最大原因，则别有在：

第一是各处土匪横行，人民不能安居乐业，流离奔散，四处就食。此种失业，上中下产之家均有之。

第二是子弟不务正业，依赖父母之遗产以为生活，一旦消耗殆尽，无业可职，变为流氓。此种失业，上中产之家有之。

第三是废病衰老之人，欲务业而不能，不得不成为失业。

第四是天灾战祸所发生之失业。其时间虽短，但是经过此一度之损失后，财力荡尽，亦变成失业。

第五是懒惰成性，不事生产，嫖赌吹吃，四者俱备。此种失业，咎由自取。

我国以农立国，农民人口占百分之八十以上，苟无以上各原因，每户如有数亩之田耕种，即可生活。虽不免辛苦，然亦毋须外求。农民安定，中国可称太平。无如苛捐杂税相逼而来，土匪兵灾不时光顾，终岁勤动不得以养其父母妻子。加以谷价低贱，百物昂贵，以一亩田之收入，不能备一御寒之土布衣，有相率舍其耒耜作揭竿之举，而社会于以不安宁矣。救济之法如何？

第一是工厂设立，分布各处。

第二是人口禁止集中，实行"到农间去"主义。

第三是设立职业介绍所。

第四是调查人丁有无职业者，勒令受职业教育，无论贵贱，一律实施（如前德皇习木工、德太子习皮鞋业）。

第五是取缔依遗产为生活者。

第六是绝对禁止招兵。

第七是保护乡村安宁，使其有业可乐。

救济之法多端，此不过荦荦其大者。查我国古无失业之事实，近代来始有之。但目前失业之人数尚未趋于严重化，实行救济亦易为力。若待其人民失业总崩溃，虽有善者，亦末如之何也矣。

包办粤盐之泰利公司

（二月六日）

当民国十六年时，杨剑青任湖南榷运局局长，马某任收支，泰利公司曾许杨局长洋二十万元，全局员司五万元，并请马君向杨局长要求通过包办案。杨局长比即答覆："若泰利公司明日再来，说此无聊之言，定行拘送法院严究，以为剥夺小民生计者戒。"当鲁咏安主政湖南，胡星池任榷运局长，泰利公司亦来试其故技。胡局长亦答云："我不忍以二十万元之金钱自挖坟墓。"不允所请。至李耀南任局长时，泰利公司又以同样之卑劣手段向李局长行贿。李答云："我不愿因解决我一人之生活，而置一千万人民于不顾，钱非不爱也，小民之生计，尤不可不爱。"包办之案，亦未予承认。前者系马君负责对记者言之，后二者系周君勃丞负责言之，周君因此次因赈务关系，在上海时胡、李二君当面所言，并非虚语。此泰利公司包办粤盐之经过史略也。呜呼！杨、胡、李三局长，今而后不得复见之矣。

粤盐今已实行包办矣，泰利公司历年苦心积虑所要求之包办目的，今已达到矣。记者不敢以小人之腹度君子之心，但是湘南及宝庆一带，小民挑盐之苦力生计，完全为此次泰利公司少数人所摧残：从前湘南小民每年以鸡蛋、鸭蛋等贩至广东易盐归者，今已无复望矣；从前由宝庆经衡、永、郴、桂以至广东挑盐，沿途各客栈今已门前冷落，扁担稀矣；从前小民每于农隙之时，呼朋引类往广东挑盐者，今已在家抱膝长叹矣；从前在广东开设盐栈之湘商，今已关门大吉矣。谁为为之，孰令致之，以至于此极也？

夫食盐为人人所必需之物，世界各国未闻以民食事业，由少数人把持操纵。当姜济寰主持湖南财政，曾议全省厘金包与扦子团。此种秕政，不久亦取消。因税务系国家特权，税务而可以包与公司，则生死之权亦未尝不可包与商人。想我湖南贤明政府，一时未加深考，为泰利公司所蒙蔽，故有许可包办之举。但"君子之过也，如日月之食焉"，"解铃还要系铃人"，深望政府"仍旧贯，如之何？何必改作？"救济此辈驯良失业之小民，即无形中减少许多凶恶新出之土匪。否则，"为丛驱雀，为渊驱鱼"，所得亦不偿所失，曲突徙薪，愈于焦头烂额多矣。

一得之愚，望有以采纳为幸。

古物与土地孰重

（二月一日）

　　国家有三大要素，土地、人民、政事，而人民、政事，均恃土地以为生存者也。我国自"九一八"国难以来，失地数千里，近且进据榆关，图犯热河，于是北平发生恐慌，而中央不于此时出重兵以与倭寇作殊死战，听其长驱而入，其计已左。而行政院为保存故宫古物计，设保存委员会，并由内政、财政、铁道、教育各部会商办法。现各部均已派员联合办理，经将各古物装成数千箱，铁部车辆亦已到平候运，政府加派多人前往监视，运京日期及存放地点俱未决定。而北平保存古物协会电呈中央，反对古物迁移，内有"不亡于迭经事变，而亡于借口保全"等语。于是，北平市民及自治会工联会，联合设法阻止北宁、平汉两路局装运古物离平，并派员监视，以示北平市民与土地、古物共存亡。至中央研究院历史语言研究所将古物装三十箱、古书九十箱，定日内运京保存，今该院派员赴车站接洽车辆（见《申报》一月二十日专电）。

　　又，中央研究院于二十三日派杨杏佛赴平，将在平重要书籍运上海存储。北平国立图书馆中各珍藏之品，亦择要运沪。是历史研究所古物运京已成事实，而故宫古物正在装箱与北平市民反对之中尚未成行。记者认为古物有保存之必要，而保存土地比保存古物尤为必要。如果冠履倒置，对于土地可以日蹙百里，而对于古物则手忙脚乱，"皮之不存，毛将安附"。则今日由平运京，辗转装箱，破坏与遗失，固在所不计。万一中国实行抗日，或与日宣战，则南京未必安全。前年日舰炮轰京城是其前车。彼时又未知将此项古物移至何地？

北平为我国数百年建都之地，可搬移之古物固多，而不可搬移之古物亦复不少。如天坛、故宫、颐和园等建筑物，在历史上之价值，当亦不亚如今日搬移之古物。今仅将钟鼎、字画、磁器、书籍、碑帖、珠玉、金石等南迁，而置此巨大之建筑物于不顾，亦未为得计。我以为与其零零碎碎保存，不如拼命与倭奴决胜于千里之外，作一整个保存。非然者，古物能往，寇亦能往，则一迁再迁，岂非笑话！

此次，平校各生提前放假，南京教育当局斥之为"卑怯"。试问中央迁移古物，是否政府"卑怯"？"放饭流歠，而问无齿决。"毋乃躬自厚而薄责于人乎！居今之世，惟有停止古物南迁，以镇定北平市民，一方面赶快运兵北上，保全土地，并恢复失地。

古人云："其所厚者薄，而其所薄者厚，未之有也。"吾于此次运移古物南下亦然。

对鄂省各县党部一律撤销之感言

（三月四日）

据《申报》二月二十一日专电载："总部《整理党务纲要》公布后，鄂省各县党部一律撤销，经费领至一月份止。省党部二十日开全体执监会，讨论党务实施及党员养党办法，决在党员较多交通较便各县设立党务机关，全省共三十余处，干事由民众馆员兼任，不假手县府职员，免被操纵。并遵中央办法，酌给事业费，分三百元、二百四十元、二百元三等，连同省党部经费，月仅支万余元"等语。此种办法，适合今日一般民众对于党之心理。除党官以外，无不欢欣鼓舞，认今日撤销各县党部，为裁并骈枝机关之第一先着。

不佞系一党员，并且系一欧洲同盟会老党员，本不应乱说话。但今日党之威信，比之从前已一落千丈。党员之举动，人民对之久已敢怒而不敢言。党还是从前之党，党员已非从前之党员。从前之党员均抱一种牺牲精神为国家革命，今日之党员则各怀一种升官发财思想，为个人谋幸福。前则为国，今则为己，所分别者在此而已。

查财政部发表中央党部经费，每年有八百万元之多。若合全国计算，其数目更足惊人也。自"九一八"以后，全国经济久已陷入崩溃状况。近日来，航空救国正在积极进行，其成绩尚未显著，不如直截了当，将全国党部照湖北办法一律撤销，否则改为无给制，节省经费，移作购买飞机之用。想各县党员均抱救国救人主义，打破一时之饭碗其事小，亡国灭种其事大。如系真正爱国，应不致发生如何反响。且国之不存，党于何有？

此是良心上之主张，抗日中之良策，若加以反动派或反革命之罪状，则万不敢当。

可佩之长沙市党部主张

（三月十四日）

日前报载长沙市党部佳电，略云："今日形势险恶，国亡可待，除却购械筹饷，别无重要工作。自古兵行讨贼，最苦饷械不继。际此农村经济破产，搜刮实不可能，爱国虽具热忱，劝输亦觉难强，遭非常之事变，须非常之应付。本党向以党国利益为前提，当此库帑空虚、民财竭蹶、筹饷万分困难之时，应将全国党费暂充抗日军需。登高一呼，以为倡导，并通令所属文武机关，将不急之工程、可省之繁费一律报罢"等语。

捧读至此，不禁踊跃三百。此真正一个模范党部，此真正一个救国国民党市党部。不佞前著论根据总部《整理鄂省党务纲要》，意欲将全国党部照湖北办法一律撤销，否则改为无给制，节省经费，移作购备飞机之用，与长沙市党部主张不谋而合。可见，爱国之心，谁不如我，诚以大难临头，在个人固宜节衣缩食。即在整个党治之下，尤须拿出牺牲精神，以为之倡。佛云："我不入地狱，谁入地狱。"党部居领导民众的地位，自应站在民众前面，倘不以身作则，而空喊别人救国，甚至一闻有人建议撤销党部或改为无给制便大起恐慌，指为毁党，目为反动，则与长沙市党部之贤不肖相去远矣。

不佞亦党员也，所主张固站在党的立场者也。盖国势日危，有分别缓急之必要。若果缓其所急，而急其所缓，则国将不国，党于何有？故欲救党，必先救国。《传》云："皮之不存，毛将焉附？"

不佞深恐国亡党亡，所以请求照湖北办法，或改为无给制者，正此意耳。

抑又有进者，广西省于上年七月一日颁布命令："除省党部存在外，其余各县党部一律撤销，以每月应开支县党部经费移作民众教育之用。"此次我长沙市党部登高一呼，电请将党费暂移作军费，尤为扼要之举。我湖南各县党部，其感觉此举有响应之必要乎？则所深望于眼光远大之各党部当局也。

错 误

（五月二十七日）

　　不佞于本年三月四日，因见蒋委员长对鄂省各县党部一律撤销之明令，当兹国难紧急，觉得此举实足以一新全国之耳目，遂感而著论，于本报发表。愚意以为，党既高于一切，即应以义务为一切之倡，所谓"我不入地狱，谁入地狱"。盖爱党之忱，异于常人。乃未得各县党部谅解，竟误会为诽谤，致烦呈请究办。兹奉省党部训令，拜诵之余，深幸中央执行委员会，鉴于区区意见，谓属错误，尚非荒谬，仅予纠正，幸免究办。具见党务当局，确能仰体总理言论自由之主张。此种宽大为怀之精神，自当感激涕零，谨九顿首以谢。

　　至于我们以后的态度，还是始终抱定以代表民意为前提。关于这一点，想是不错的吧。

所希望于余新建设厅长者

（二月十九日）

我湖南自成立建设厅以来，厅长一席向为强有力之军人政客所占据，不但我湖南历年来建设之成绩无有可以慰吾人企望建设之热忱于万一者，并且日加紧缩，现状难维，言之痛心。此次中央政府商同何主席，以余省委籍传兼任建设厅长，用建设人才主持建设事业，此为我湖南"破题儿第一遭"之盛事。但湖南应建设之事万绪千头，责任重大，将来之成绩如何，虽不可预料，而目前可称快意者，只在以建设人员任建设厅长而已。不佞于欢迎之下，提出最低小限度的希望，想余厅长必有以偿我全省三千万人民之愿也。

一、湖南财政向来困难，在国难时间为尤甚。此时想政府拨一笔巨款来作建设事业，事实上不可能。惟有以建设厅所辖各机关每年之余利谋发达建设本身之事业，日计不足，月计有余，幸毋以小而缓忽之。

一、建设事业宜用建设人才，而建设人才又要注意于品行道德上。如果"小有才未闻君子之大道"，此种人才即可不重用。余厅长达人，毋庸多说。至外间所传某某至戚将委为科长，某某又系至戚将委为处长。不佞敢说余厅长决不至于用人不公开如此，想系外间传言之误，不日即有事实证明矣。

一、湖南创设白铅炼厂，不佞在京时曾几次与兵工署磋商，以水口山所存白铅碎砂一万八千吨作抵，借洋十万元（已领三万元），以作开办费之用。不意白铅炼厂正在开办之时，传建设厅忽有售砂之事，希望余厅长视事后，为维持白铅厂将来原料计，毋再变卖。

一、斗大之长沙市，用不着自动电话，湖南财政委员会已言之甚详，毋庸赘述。希望余厅长毋爱惜已交之定洋一万元，即毅然决然与之废约。

一、湘潭锰矿业已停工，所存锰砂应须保存。敌人正在穷兵黩武，准备与世界大战之时，我国应将一切关于制造军器原料，拒绝敌购，即备重价，亦所不顾，总不可使有颗粒矿砂东渡。希望建设厅毋使有"藉寇仇而赍盗粮"之事发生，以贯澈何主席积极抗日之主张。

总之，湖南建设事宜，所欲言者甚多，非本文所能毕辞，俟有兴趣，再行披露。不佞很相信湖南建设有办法，但非其人则无办法。所希望余厅长者做湖南建设厅之建设，不希望做湖南建设厅之厅长，并希望以十二分之努力与奋斗，为湖南建设界开一新纪元，为湖南建设界争一口饿气，注意实际，免除宣传。

不佞对于新厅长无恩，旧厅长无怨，既不拍马，亦不下石，不过凭良心上说几句话，以贡献于余厅长之前而已。知我罪我，付诸公论。

建设人才应注重做工

（三月五日）

不佞前办理湖南高工学校垂十年之久，所造就工业专门人才约有一团人数之众。各擅一艺之长，均可自食其力，凡省内外各大工厂各大矿山，无不有湖南高工学生服务其间，猗欤盛哉，为之浮一大白。

自中央发表余剑秋任建设厅长以来，不佞乃失业工人，同学之欲谋进取而来相告语者，户限为穿。迨夫厅内外部署已定，得者固属趾高气扬，失者甚至老羞成怒。因得失而发生误会，由误会而酿成动武，报端宣露，腾为笑柄。此种不检之行，实堪痛心。

我湖南建设人才号称多矣，而尤以矿科为最拥挤。但矿业人才，十之八九生平未曾一进矿窿，日夜营谋，惟在做官。抑知工业之事，学问与经验二者缺一不可。试问今日营谋做官之同学，究有几人曾在矿山中作过数年工程之事？不过凭着在学校中所得书本上之知识，昂然自命为专门人才而已。湖南官矿虽多，各同学除有做局长资格者以外，又有几人能担任工程师一席耶？平日长袍大袖，西装革履，开房间，坐包车（全省机关以建设厅包车为最多），与达官显要相往来，谁肯蓝衣短裤匍匐窿内，与彼葬而未死、满身臭汗之苦力相聚处耶？夫如是，人才虽多，亦奚以为？

吾湘建设事业犹在萌芽时期，工业人才固不患其多，亦不患其无用处，患在此项人才专欲做官而不做工耳。所以造成此种现象者，其症结不外乎"好逸而恶劳"。夫好逸恶劳，本人之常情，惟习工业者，非从劳处做起决不能得到安逸，决不能成为大工程家。我希望余厅长将厅内所有专门人才，素未做过工人事业者，轮流派往工厂、矿山做工，定期换班，以资实验。所谓"学而优则仕，仕而优则学"者是也。

贼与逆

（三月一日）

民国十五年以前，北洋军阀绾掌兵符，每次对南方用兵则揭起"讨贼"二字，如孚威将军也曾尝过讨贼军总司令滋味。自十五年以后，北伐军兴，自广东打到北京，统一全国，中国当然从此太平矣。孰意十六年以来，各新军阀拥兵自卫，渐生不臣之心，于是中央政府又揭"讨逆"之旗，如讨冯、讨唐、讨阎诸役，无不师出有名，剑及屦及，将全国有训练、猛勇知方之士卒打得落花流水，并将所余存之残兵败将编成五马分尸，澈底解决，至今尚未将各省讨逆军第几路总指挥之名义取消。此外，军糈之糜费，良民之遭殃，田地之荒芜，屋宇之破坏，土匪之横行，"共党"之猖獗，果谁之所赐欤？

前之所谓贼，统一后即谓之为革命巨子、党国先进；前之所谓逆，今则"临时抱佛脚"即尊之为国家元勋、军界领袖。究竟当日之贼与逆，果属之何人？当日之贼与逆，今日又往何处去矣？岂今是而昨非耶？抑放下屠刀立地成佛耶？岂既往不咎耶？抑天下莫予毒也耶？贼不贼，逆不逆，究用何种化学方法以分析之？定性欤？抑定量欤？记者思之，恐采用定量方法为适当也。

现在国难当头，各军人已有觉悟之处，将从前所谓贼与逆合冶一炉，共御外侮。其现象虽好，未知亦曾念及曩日之讨贼讨逆捐躯将士之土尚未干否耶？亦曾念及孤儿寡妇、残躯废疾之四处无告否耶？这一笔报销，究将何处开支？阎王有灵，当亦曰："死得冤哉枉也！"

呜呼！白云苍狗，世事本无定局；内忧外患，风云日益紧张。希望全国当局各释前嫌，共同团结，枪口向外，前进抵抗，拿出从前做贼、做逆之手段，与夫讨贼、讨逆之精神，以与此倭寇相周旋，所谓"兄弟阋于墙，外御其侮"者是也。如果如川、贵之勇于内战，或当局各怀鬼胎，则中国大事去矣！贼逆可以亡中国，贼逆亦可以救中国。为圣为贤，在此一念之差别而已。

汤玉麟之肉不足食

（三月八日）

我们的东三省失矣！

我们的山海关失矣！

我们的热河失矣！

我们的古北口、喜峰口险要又失矣！

我们每年所养的兵士二百万人，往何处去矣！

我们的勇于内战之军事领袖，往何处去矣！

我们的中央政府至今尚无所表现，听日奴在热河横行，不加以制止，要人民沉着，人民已沉着到十二分时期矣！要人民镇静，人民已镇静到零度以下矣！

眼睁睁看此大好山河即日变色，除一般汉奸以外，孰有不引颈企望中央马上发兵，以与日奴作背城之战？孰有不希望蒋委员长亲身北上，统率三军规复失地？若果是将中国生死存亡之大事付托不抵抗将军，则失地永无恢复之日。平津即将继续见告，华北大事去矣！华南亦决无宁日也！在不佞预备做亡国奴，在今日当道衮衮诸公亦须预备做亡国大夫！大小一例，断难幸免。

我国伟人向来说话不兑现，非仅该死的汤玉麟一人而已。汤玉麟发表电报最多，无一不说得坚决激昂，有指天誓言日之慨。最后电呈中央有："日本如欲得热河，非先将热河军民杀尽后，不能让与之。纵余一民一卒，亦必誓与之周旋。"其对美联社记者伊金士云："非至中国人死尽，必不容日人得热河。"乃墨尚未干，言犹在耳，悄悄的不战而抛弃热河，并且扣留运输汽车二百八十辆，以改运私人细软。何部长呈请中央严惩，自属死有余辜。然而罪奴之肉，其足食乎？

国家与教育

（三月六日）

中国今日之政治，距离轨道尚有十万八千里，一切用人行政，多以感情出之。而求其如古来之"傅说举于版筑之间，胶鬲举于鱼盐之中，管夷吾举于士，孙叔敖举于海，百里奚举于市"，在今日已绝对无有之事。而今日所流行者，如钻营的，运动的，吹牛的，拍马的，裙带的，同乡的，家属的，抬轿的，死党的，以及各伟人先生们介绍的。除此以外，而欲在政治界上谋生活，纵令你有管仲之经济，孔明之智谋，孙子之兵法，公输之巧技，仲尼之道德，苏韩之文章，亦无用武之地。政治既然如此，人才何由得以判别？人才既不能判别，则莘莘学子，亦不能专心学问，只求混过年限，取得证书。如果有人提携，马上可以取得重要位置，谁肯埋头伏案，与科学作劲敌哉！

在国家设立学校，其目的在造就一般人才以应国家之需用。在各父兄节衣缩食以送子弟入学，其宗旨在使成一专门人才，以免成为无职业之流氓。国家虽设有考试院，有时并举行抢才大典，而学生仍不能谋一正当出路。学校虽然造就人才，而国家不以人才为去取之标准，一旦为饥饿所逼迫，急不能择，不得不夤缘于权贵之门，只求有事可干，不问用非所学。欲求"人尽其才"，戛戛乎其难矣！此非人才之过也，政府不采用人才之过也。

民国十八年四月二十六日，颁行"教育宗旨"，为："中华民国之教育，根据三民主义以充实人民生活，扶植社会生存，发展国民生计，延续民族生命为目的，务期民族独立，民权普遍，民生发展，以促进世界大同。"此种宗旨，未尝不尽善尽美，如果遵此而行，则我国今日之教育，定可以适合国情，不至于腐败不堪。不佞本欲在此段文内多说几句，但是惊弓之鸟，不敢多言；又如骨鲠在喉，不得不说。兹将某君拯救中国危亡与今后学校教育根本改革之建议，摘录于下：

中国民族一般的劣根性，便是过分注重个人切身的利益和现实的享乐，而漠视社会全体普遍的发展与"个体"对于"群体"之适应。自来的教育中心，也都只是注重个人的发展，是以学生入学的目标，只是为了谋取一种升官发财的工具。而教育之方法，其训练"个体"亦只是为"个体"而训练"个体"，不是为社会而训练"个体"。今日中国何以独多学习法律、政治的人员？这无非是为了更换接近于升官发财的途径。具着这种心理以入学的青年学生，欲求其能于专门学术有精辟的研究，欲求其毕业后对于社会有相当的贡献，欲求其能挽救将来的国运和民命，宁非梦想？因此，今后兴学的方针，应积极打破这种以升官发财而升学的传统观念。

我国自迩年以来，内忧外患相逼而至，欲求澄清政治、挽回国运，舍提倡教育、造就多数专门人才不可。今欲达到此种目的，应于各种机关上尽量的支配各种人才，为毕业学生打开门路。前者既有所展布，后者亦自知观摩，则国家与教育合作，政治自然入于轨道之上矣。

欲弭外患先修内政

（三月十日）

　　孟子告齐宣王曰："君之视臣如手足，则臣视君如腹心；君之视臣如犬马，则臣视君如国人；君之视臣如草芥，则臣视君如寇仇。"我国今日官民之对视，究等于何种态度，一言以蔽之曰："欺诈行为而已。"上不能以子弟待下，下亦不能以父兄侍上，上下交相欺诈，所以酿成今日之现象。东北之失，热河之亡，已有事实证明矣。查张、汤当时主政，横征暴敛，"取之尽锱铢，用之如沙泥"，以致一般平民恨入骨髓；以言政治，则贪污腐败，黑暗已极，人民久已敢怒而不敢言。暴日来侵，不崇朝即占领全省，莫肯为之抗御者，盖孟子所谓："桀纣之失天下也，失其民也，失其心也。"

　　民国二十　年以来，一切措施，方之满清时代不如，即方之袁世凯时代亦不如。军阀之割据，政治之腐败，财政之困难，土匪之横行，官吏之贪污，教育之敷衍，农村之破产，风俗之日坏，道德之沦亡，无一不比前更甚。内政不修，则外患自至，所谓"物必先腐而后虫生"，"国必自伐而后人伐"。故处今日之中国，欲弭外患，先修内政，"源清则流清"，"本固则邦宁"。如果政府对于内政不拿出改革决心，日以敷衍了事，即无暴日之侵占，其国势已有"岌岌不可终日"之势。古人所谓："民为贵，社稷次之，君为轻。"治国者欲知民为贵，则政府一举一动当以民意为前提，"民之所好好之，民之所恶恶之"。政府既与民同好恶，民自当与政府合作，一旦有事，则自然"如身之使臂，臂之使指"，为国效命，共同御侮，所谓"凿斯池也，筑斯城也，与民守之，效死而民弗去，则是可为也"。

现当国家危急存亡之秋，对于暴日当然要作长期抵抗。对于国内小民，亦要开辟一条生路，使人人皆得尽其力，并且人人皆得自食其力，不至流离失所，或少者散于四方，老弱转于沟壑。此虽是一种微小限度的要求，亦望政府身体力行，毋以小民可欺则欺之！毋以小民可弄则弄之！

总之，改革政治，本非在此期间所应言，须知"攘外必先安内"，国治而后天下平，望政府毋视为"老生常谈"而忽之，幸甚。

印日商约撤销后之中国工业

（三月十六日）

自日本施行倾销政策后，其受害最烈者，首推中国，其次印度。所以，印政府商务委员威廉于立法议会提出《抵制倾销议案》之动议时，谓"印度政府已实施取消一九〇五年之印度日本协定步骤"，并谓"已致文日本，内称最惠国之待遇将于六个月后废止"。威廉宣称："印度政府采此步骤，并非对何国有恶感，但完全为缓和特别情势之自卫计划，如货币跌价，货物低价倾销等等，凡此皆足破坏印度之工业"云。又，立法议会通过《抵制倾销议案》，谓："该案授权政府，对足以危害印度任何实业生存之逾格廉价外货，加征入口税，借以抵制之，已由英外相西门通知日本驻英大使松平，声明不再继续之意。"是印日商约已决定本年十月十日满约时即行废止，并增加入口税矣。

查日货在印度，因价廉之故，销路极为畅旺。计一九三二年统计，日货输入印度，价值一亿九千二百万元。其输出商品，以棉织品、丝织品、人造丝为大宗，日用品次之。如陶磁器三百四十六万三千元，玻璃品四百十万六千元，机械九十万元，铁具三百三十二万二千元，玩物一百四十六万五千元，洋灰一百三十三万七千元，纸一百十六万元，镀铅器皿二百九十八万九千元，樟脑九十七万二千元，电泡九十万九千元，帽子八十九万九千元，啤酒六十九万四千元，胰子九万八千元，伞二十六万五千元，刷子十七万二千元，销场之佳，可见一斑。甚至英国制品亦不能与之抗衡，无怪英人之积忿不能平耳。将来该约废止后，印府一定提高入口税，以保护本国工业。则日货在印度当然不能再与英货竞争，而处于退缩地位。所以，日商一闻此议，筹商对付方法，并发起反对运动。惟印度已下决心，日本虽强项亦不能挽回，嗣后日货倾销，势必受极大打击而影响于全般产业而莫可如何者也。

日货既不得意于印度，势必"掉转头来"，向薄弱之关税壁垒中华民国进攻，势必失之于印度者，收之于中国。加以中国地广人众，销畅力最强，正可为彼生产过剩之市场。只要略试身手，或稍予倾销，我们中华国民即可敬谨接受。在日本以后并不起恐慌，起恐慌者惟有尚在襁褓中之中华民国工业耳。望国人注意为幸！

全国纱厂减工问题

（三月十九日）

近因我国棉价高涨，纱价低落，上海全国纱厂联合会遂有停工之议，以资维持纱之行市。但纱厂工友众多，一旦停工，关系人民生活、社会安宁至为重大，不可不注意者也。

世界经济恐慌，商务不振，非独我国为然。但是，我国有几种特殊情形为他国所无者，如：

东北四省大销场为日本人占去。一也。

统税未开办以前，纱布成本较轻。今则纱税既增，厂布亦就纱增税。而由外国进口之布，则不以纱论，只有关税，而无统税。纱固因税重而滞销，布亦以横受外商压迫，无法图存。二也。

在上年三四月间，十八支标准纱价尚在一百六十两上下。自日商生产过剩，贬价倾销，一年之中遂跌至一百一十两。华商资本薄弱，政府既无补助，银行又不允贷款，勉强支持，终难持久。三也。

年来天灾、匪祸相逼而来，农村破产，人民购买力亦弱，加以外患凭陵，国难日亟，销路滞塞亦必然之趋势。四也。

有此四大原因，而欲在此时期谋纱厂之生存，非有雄厚之资本，断难继续维持。而日货倾销，尤为纱业致命之伤。所以，全国华商纱厂联合会议决："全国各纱厂一律从四月二十一日起，一律减工百分之二十三，并暂定以一月为期，如届时市面稍佳，即恢复原状"云。

此次全国华商纱厂减工，固为不幸之事，然亦系不幸中之幸事，否则不顾存货，只顾制造，其危险更不堪设想。所以日本在中国的纱厂已早为之所。例如上海的工厂，决定减工百分之五十；青岛工厂，决定减工百分之三十，并且将所存棉料，概行输送日本内地工厂消纳。其计划何等精细！我国此次纱厂紧缩生产量，实缘于年来纱业，外受洋货之倾销，内感捐税之痛苦，致造成今日华商纱业之极度亏累。幸处置得法，尚不至于一致歇业。在工友方面，亦必能谅解，暂忍目前之痛，共渡难关，想不至于发生如何严重局面耳。

敬告长沙市民

——为湖南电灯公司电表事

（一月九日）

世界各国对于科学上所用之仪器规程，常有每数年邀集各国专家开一次会议，力求统一，事已常见，并非謷言。即我国今日民间所用之度量衡，极不一致。上年，中央实业部有设立度量衡制造所，以求全国度量衡之划一，无使有大小长短轻重之不齐。近且更进一步，有检定各省度量衡之举。乃我长沙市湖南电灯公司所用之电表，素无定准，由来久矣，若长此以往，不加矫正，则市民未免过于吃亏。

夫电表度数之规定，根据科学，即每千瓦（犹言一千支光）经燃一点钟之久，谓之一度，犹如以七十五镑经一秒钟之久，提高一米达，谓之一匹马力。今我长沙市电灯公司所用电表，既极不准确，甚至以五百瓦经燃一点钟之久，即成一度，比之京沪，已打对折。查长沙市电灯公司每电度收洋两角，比之京沪各处，已不为廉，若以对折计算，实达每度四角，则比任何处电价为高。我市民如谓不信，则请按照上法，在家试验；即不然，则请向各洋行定购新电表一只。如不经公司开表调验，改快速度，决不代为接火。电灯公司之此种内幕，未闻有人揭破。而长沙市政处，只知每电度附征二分，对于电表之不准确，未闻加以检验，殊不可解。

且湖南为产煤省分，某煤价比京、沪、汉各处为廉。电灯厂之消耗，以煤为大宗，煤价既廉，则所生产之电流，当然比煤贵各地者之价值为低。今该公司名义上虽比京、沪、汉略低一二分一度，究其实际，已增加一倍，毋怪夫该公司之股票，涨至对倍以上也。

不佞今提出最低限度之要求如下：

一、请公司将各家电表一律改为法定式，即以每千瓦经燃一点钟之久为一度。

二、既改正之后，每电一度仍以大洋二角计算，不得增加。

三、长沙市政处既每月征收电灯市府附加捐，应即令该公司克日将电表改正。

四、长沙市政处应设立电表检验科，嗣后住户所用之电表，应由市政处检验后，用火漆封固，不得假手公司人员。

以上所举各条，如该公司不同意，即请筹款收回市政所有，不得以事属地方公益，任少数人所垄断。质之全市人民，以为何如？

湖南电灯公司电表问题

（一月十七日）

电灯为公用事业之一，其办理是否完善，影响社会极大，故中央于颁布《民营公用事业监督条例》之后，继有《电气事业取缔规则》之颁行，规定綦严，务使经营电气事业者，在政府监督指导之下，办理臻于完善，不致市民受无谓之牺牲而不自觉也。如上海市之各水电公司均属民营，自经市政府切实监督后，咸改旧观。故今日上海电气事业办理之善，可为全国之冠。

我长沙市湖南电灯公司办理之不善，固为人所尽知，无庸讳言者。若电灯之不亮，电表之不准，与夫电线之走火，尤为吾市民所大不满。市政处向未依法监督，责令改良。而吾市民亦复容忍，不明内幕，欲言而不知其所以然，听之任之而已，遂致全市幸福所关、公众日用所需之电灯，为少数人所垄断把持而莫可如何。本报前曾著论及之，意在促市政处之监督，有以整顿之耳。昨接市政处函称，已拟定《检查电表办法七条》，实行检验。是市政处之从善如流，有足多者。

至于湖南电灯公司对于本报所论电表不确事，来函声请更正各点，尚觉未中肯要。兹为根据学理与事实，说明于次。

夫电光之大小，系以万国标准烛量之亮度与一标准烛相等者，谓之一烛光，电泡上所载之烛光额。例如一百支烛光者，谓该电泡如燃于其额定电压时所生之亮度，适与一百支标准烛燃烧时之亮度相等。至每烛光所消耗电力，则随灯泡之种类及大小而异，灯泡愈大，则每烛光所耗之电力愈小。而充气钨丝灯之消耗又较真空钨丝灯为小。根据科学家之试验结果，烛光与电力之关系，可列表如次：

真空钨丝灯电额表

电泡瓦特	电泡烛光	每烛光所需瓦特
10	7.7	1.30
15	13.0	1.15
20	18.2	1.10
25	23.8	1.05
40	28.8	1.03
90	60.0	1.00
100	105.0	0.95
150	167.0	0.90
250	278.0	0.90
400	441.0	0.90
500	556.0	0.90

充气钨丝灯电额表

电泡瓦特	电泡烛光	每烛光所需瓦特
75	88	0.85
106	120	0.83
200	267	0.75
500	741	0.70
750	1154	0.65
1000	1667	0.60

上列两表之所纪录者，尚系在电泡额定电压时之情形。至现在长沙市所用电泡，其额定电压为二百二十弗而次，而电灯公司送来

之电，在下午八九点钟时，有降低至 180 弗而次以下者。似此则电泡既在其额定电压以下，所耗电力，当更较表上所列者为少矣，此显而易明之理也。例如，以 25 烛光之灯泡燃于额定电压 220 弗而次时，每烛光所耗电力，即以 1.2 瓦特计算，亦仅用电力 30 瓦特（1.2×25＝30 瓦）；至在电压 180 弗而次时，则此 25 烛光之灯泡，不过消耗电力 20 瓦特耳（30 瓦×180 平方÷220 平方＝20 瓦）；电压须至 200 弗而次时，此 25 烛光之灯泡，方能消耗电力 25 瓦特（30 瓦×200 平方÷220 平方＝24.8 瓦）。即每烛光方消耗电力一瓦特，是本报前论所谓一烛光约消耗电力一瓦特者，系根据科学家之试验，参照本市电压情形大概约计而言。实则长沙市之电灯，每烛光消耗实力，尚未及一瓦特也。该公司来函所称"根据学理上每烛光消耗 1.25 瓦特者"，未审果何所本而为此欺人之谈也。

更有进者，该公司又称其电表尚为准确。不佞昨曾托某君借来精确之瓦特表与弗而次表，将该公司装置封固之一表实行测验。综其纪录，电表错误等于百分之十五，即此电表较标准每度已快至百分之十五。反言之，即装此电表之用户，每百元电费，所应出者只八十五元，其余十五元则为多出之数，而电灯公司所不应取者也。全市各表之错误，或多或少，虽不敢臆断，然即以此百分之十五数计之，为数殊不少矣。而该公司之所称精确者，竟如是耶！

总之，电表之不准确，已为不可掩饰之事实。依照《民营公用事业监督条例》第三条及第十条之规定："市政处应负监督之责，限令改良。"又依照《电气事业取缔规则》第八章各条之规定："切实履行，凡未经较验准确之电度表不得装用。"至长沙市所用电灯，电压为二百二十弗而次，而该公司所送至各用户之电，其电压相差甚远，故电光暗淡。应遵照《电气事业取缔规则》第十六条之规定："电灯电压高低各百分之五，但其最高与最低之差，不得超过规定数百分之六。"又电灯之不时熄灭，殊令人厌恶，应严加整顿。

全市所装电灯线之不合法者甚多，或电线太旧，其绝缘性已失；或电线号数大小不合规定；或装置不适宜，遂致不时发生走火之事实，应将全市电线依法检查一次，并切实取缔，以保安全。

或曰：电灯公司内部组织之需整顿，管理方法与工务上之需改良，及设备之需扩充，诚如所云矣。然用电各户中之照例不缴费者甚多，习惯既成，损失自巨。又如各处窃电之消耗，为数亦不少，此则有赖全市用户之各本天良，政府之切实取缔，有以督促保护者也。

湖南电灯公司标准电表较验之结果

（五月二十八日）

湖南电灯公司电表之不准确，本报已于本年一月九日及十七日曾著论及之。后长沙市政筹备处拟定《检查电表七项办法》，并根据本报评论，令行湖南电灯公司具复在卷。继于三月间，由电灯公司派人携带该公司所谓标准表二具，前往南京中央建设委员会，交由电气试验所较验。现该公司所派之人带回电气较验所所给予之证明，呈报建设厅，请令行市政处及省会公安局出示布告，以便按户检验电表。兹经建设厅批示："呈及照片均悉。查建设委员会电气试验所，发给检验回转标准器较验单，备注栏内第二项，业已明白载记：'该表已旧，准确百分数，不能尽使在 100 ±0.5 以内。'等语。是该表太旧，不能准确，已无疑义，自不能据以较验用户电表。来呈竟谓尚无不准确情事，显见有意朦混。应即遵照《电气事业取缔规则》第八章第四九条第二项之规定，从新设置各项器具，再行呈候核办，仰即知照，此批"云云。观此可知，该公司所称之标准表，业已太旧，不能准确。

即该公司一月十日致函本报第三条亦有云："本公司自开办时，即备有美国奇异厂之标准较验器具。"查该公司自前清宣统元年开办，所谓"自开办时……"尚属真情。电气试验所证书备注该表已旧，准确百分数，不能尽使在 100 ±0.5 以内，亦属实情。是该标准表之不标准，已无疑义。

又该公司来函三条内继云："此标准较验器具，每年须检验数次，以昭慎重。"则该公司之标准表，应该准确。何以电气试验所谓其不准确，所谓每年须检验数次，究在何处较验耶？

该函末又云："本公司开办迄今二十余年，所安各用户电表，曾经长沙市商会派员会同本公司挨户较验一次，尚称准确。"夫以开办二十余年之电灯公司，其用户电表仅较验一次已属不合。但不佞寄居长沙亦二十余年，家中电表曾无该公司派人来较验之事。未知全城居民亦曾忆及有此事否？又不知长沙市商会当时所派何人？若果含糊其辞，实不足以资征信，市商会亦不宜代人受过。

自本报披露该公司电表不准确以来，延至半年之久，始得建设厅"再行呈候核办"之批，似此拖延复拖延，实行检验之期究在何时？在公司一方面言，利于长久拖延，拖延一日即有一日之浮利；在市民一方面言，盼望从速解决，拖延一日即有一日之损失。本报一月十七日评论内曾云："综其纪录电表错误等于百分之十五，即此电表较标准每度已快至百分之十五，反言之即装此电表之用户，每百元电费，所应出者只八十五元，其余一十五元则为多出之数。"现该公司每月约有十万元之收入，若照上数按实际而言，只应收八万五千元，其余一万五千元即为用户不应出之数，合计全年该公司浮收一十八万元。如将历年所浮收之数统计，为数约得三百余万元。此我长沙市民用户因电表不准确，历年所牺牲血汗于电灯公司者也。

湖大唐院长艺青住回龙山十八号，装有五个安迫电表，比不佞楼上十个安迫之电表，计每度快二分，即十度快二度。四月全月，陡然快百度，唐院长惊骇，与该公司交涉，派人检查，准其照平常所燃之度数给价，其浮收之数，一律发还。此亦可证明该公司电表之不准确也。

再查电表装置一节，用户须缴押金四十元方与安置。若以目前时价言之，每一只电表不过美金二元五角，合中洋十元，统计长沙全市用户约有二万家，每只以四十元计算，实缴纳八十万元，内中扣除电表原价二十万元外，实多收六十万元。以之拆息，每月约可得非分之息钱六千元。该公司此种手段，未免太辣。关于核减电度价，已有市民代表粟君墨庵等发起照加价时之原呈办理。又公司内容腐败情形，有股东邱君等质问和改良，不在本问题之内，姑不赘及。

总之，该公司电表不准确，浮收电费，于市民有切身利害关系，不佞前所以不惜词费，一再揭论，完全根据事实，为数万用户之多出冤枉钱而抱不平。乃该公司直视全市用户为愚盲可欺，犹欲始终朦混，以遂其永久诈取之计。现在该公司黑幕既经揭破，希望主管官厅坚定站在民众的立场，迅予严切取缔并澈底追究，庶足以平市民之愤。若任其肆施手腕，拖延朦混，则全市用户，恐不能永久愚弄而听其宰割也。

四论湖南电灯公司电表事

（七月十一日）

未下笔，先与阅报诸君申明一句：不佞对于电灯公司，素无仇怨，何必一而再再而三著为论列，不知者定指为捣乱。因为电气事业，关系市民公益甚大，且系现时代之新式科学，不比其他营业，可以自由伸缩。兹根据事实，参以科学，以与电灯公司一商榷之，并答来函。

查电灯公司标准表之不标准，已有建设委员会暨湖南建设厅之书面证明，乃该公司犹喋喋不休，欺人乎？欺天也！即退一步说，即令该公司之标准电表准确，无如用户之电表不准确自不准确。因该公司之标准电表，终年搁置高阁不生关系故也。谓余不信，请以质之长沙各用户家中所置之电表，曾有该公司派人来换表及检验之事否？进一步言，即令该公司将来之新标准表到湘时，实行逐户取表较验，但仍须聘请公正专家监同较验，以昭信用。该公司自本报揭穿黑幕以来，始有将博物院陈列之标准表送至建会较验，建会认为太旧，准确百分数不能尽使在 100 ± 0.5 以内，全市民大不以为然。该公司乃规定四个月期限，向美国奇异厂定购新表。白云苍狗，人寿几何！如公司有心迅速表白电表之准确，向美电购，不过五周余即可将标准表运寄来湘，何待四个月之久？再不然请南京建设委员会令派专员携带标准表来湘，由各用户略备检验费，自由送表较验，如有差误，市民亦可向该公司算总账。

电表快至百分之十五一节，事实上有许多用户，尚不只此数。

前有湖大唐院长家之事可为明证，今又有贫儿院三月份电费仅五元九角，而四月份电费突增至八十七元四角，较上月增加十六倍有奇，而该院并未增电灯。电表不准，一至于此。不佞曾遇许多友人，面诉其家中电表赛跑情形，其一种愤慨不平之状，形于辞色。我们要根据《电气事业取缔规则》第八章第四十九条、第五十条及第五十一条、第五十二条，要求该公司克日履行，以昭公允。

复查该公司所有发电机，共为四千余启罗，但冬夏平均，每日仅开三千启罗之数，每日平扯以开车六小时计算，亦应发电一万八千度。每日净收一角八分（以九折计）计算，每日应收电费洋三千二百四十元，即全月收洋九万七千二百元。今该公司前函本报，谓其每月电费收入不过五万余元。相差竟如此之巨，不是该公司报告不实，即是该公司办理不善（如杆线漏电太多之类）。

以言漏电，尤属可笑。一般用户在下午一二时至五六时之间，家中电灯全未开明时（总机关需照常受电），请各用户注视其屋内电表玻璃内之平行圆片，是否走动（该圆片边上有一红色记号，可以察知圆片是否徐徐转动）。不佞以为几乎无一家不是电灯未开，而电表已先走动，半夜以后，全家电灯已熄，而电表仍然走动。此乃电灯公司办理不良，而使用户蒙受长期损失之一最大原因（敬告各用户，在此办理不善之电灯公司，欲节省电费，最好用灯则开总机关，否则关住）。在办理完善之电灯公司，在接到用户接火通知时，须即刻派员前往检验，油线粗细、瓷夹疏密、穿墙瓷管、转湾接头等等，必察知合于公司规则，然后以手摇电箱检验该宅所装之灯确不漏电，方与照常接火燃灯。此不独于公司名誉、用户利益直接有关，即公众安宁，社会秩序，所关尤巨。否则，火患频仍，触电之害，在我湖南一般民众之无电气常识者，犹不可胜数。就不佞所知，该公司除照例收四十元之电表押金再行接火以外，绝不遵守《取缔规则》第四章第二十三条、第二十六条、第二十七条之法令，市政处亦无取缔之条规，致市民之因忽明忽暗受害者，几达百分之九十九。如漏电受损也，油线年久质劣，潮霉鼠啮，走电起火也；十八号油线负载过重，装灯店只知省费，不愿用十六号粗线或分装二三路线，致用户时有发火之虞也；油线转湾，不用接火盒也；油线穿墙，不用磁管也。诸如此类，不胜枚举。不佞以为，长沙市政处急宜颁布《管理长沙市装修电灯电力条例》，以资遵守。夫该处每年坐收市民六七万元之脂膏，亦应稍为市民着想，谋一点安全保障也。

以言电表押金，尤其是岂有此理！据该公司前来函所云，有："因原有发电机电力不足，急须添购新机，以期发展。……一时金融上不能活动，不得不呈准建设厅，每电表一只，准予加收押金十元，以为添购新机之用。……"此种想入非非，令人惊骇万状。该公司要新购机器，尽可发行债券或增加股本，何得对于用户每家加缴押金十元？是我们各用户，当然享有十元股金之权利，或为十元之小股东。三十元电表押金已属过多，今又加收十元，未免剥削太甚。查电表中有一种形式小巧之三号五号十号电表，其价在美未取销金本位以前，每只为美金二元至二元五角。此项电表采用甚广，其标准程度亦不在湖南电灯公司现所采用之电表下。前次来函所言十七年所购慎昌洋行五安培电表，每只为美金六元八角四分，以十七年之金价计算，亦不过国币十五元上下。若就来函所述现在慎昌洋行五安培电表，每只为美金三元六角五分，以现在美金价值计算，则每只仅国币十一二元矣。查《取缔规则》第六章第三十九条第二项，有"电度表保证金（即押金），不得超过表之原价"云云，今则新机久已装置，我们如有新安设电表，仍须缴纳照原价加三倍之四十元押金，此何为者？前任建设厅，既无年期限制，冒昧批准。现任建设厅，听市民所组织之电灯减价较表促进会闹个不休，未闻有所表示，迨至焦头烂额，始行出而调解，未免有失政府威权。

最后，不佞为一般机关军队并军官住宅以及街灯进一忠告：电灯公司乃系民营事业，纵不赚钱，也要顾全血本，方能支持长久。若果有势力者每夜点最大、点最多之电灯不给价，则该公司一切人工煤料等开支，从何取给？则失之东隅者，势必收之桑榆。我们市民所以负此重担之电度者，未始非该公司一种取巧弥补方法。希望各机关、各军人住宅，不分阶级，给予电价，或打五折亦可。至于街灯装置，现已紊乱不堪，随时安置，市政处并无取缔条文。我们既然责电灯公司减价较表，我们市民亦应先遵守《取缔规则》第六章第四十二条半价付款，使自立于不败之地位，然后可以有尽量发言之权。

以上所言，有根据科学者，有根据事实者，有根据法令者，并有根据天理人情者，一秉至公，绝无左右袒，知我罪我，付诸公论。

（附载）电气事业取缔规则条文

第四章第二十三条：线路设备至少应每年检验一次，其检验结果应列表记载备查。

第二十六条：用户之电气装置非经电气事业人检验合格不得供电。

第二十□条：电气事业人至少应每三年检验用户电气装置一次，其检验结果应列表记载备查。

第六章第三十九条（二）：电度表保证金不得超过表之原价；不收电度表保证金者，得酌收表租。

第四十二条：电气事业人对于供给公用路灯应廉价取费，但最低不得低于普通用户电灯价之半。

第八章第四十九条（二）：第二等电气事业至少应备有旋转标准电度表、计秒表、电压调整器，暨得有制造厂所给标准证明书之电压表、电流表、电力表及其他必要附件。

第五十条：前条各项所列之电度表、旋转电度、标准电度表及电力表，每年应送由左列任一处所较验，并得其证明书。

（一）建设委员会电气试验所。

（二）建设厅或市政府所设之电气较验处所。

（三）学术机关或其他处所备有电气较验之设备，并经建设委员会认可者。

第五十一条：电气事业人应依左列之规定较验用户电度表，其较验结果应有正式纪录。

（一）定期较验。

（甲）交流单相电度表在二十五安培以内者，每三年较验一次；超过二十五安培者，每两年一次。

（乙）交流三相及直流电度表，每两年较验一次。

（二）非定期较验。

非定期较验于电度表使用期间，认为有疑义时举行之，但出于用户之请求而较验，结果并无不准确者，用户应缴纳较验费。

第五十二条：凡未经较验准确之电表，不得装用。

直截了当解决电灯公司纠纷方法

（九月二十四日）

电灯公司较表减价事，将长沙市闹个不休。这一场风波，即谓之为我惹出，未尝不可。当初不佞本意，在请电灯公司将电表较准，实不欲公司挂羊头卖狗肉，以科学事业来欺骗市民，所以著为评论，以唤醒公司觉悟，并无丝毫恶意夹杂其中。孰意市民旧事重提，除较表外，并要求公司遵照当年增价原案，在米贱煤贱时间，恢复原价。其理由甚为充足，于是全市民一致向主管机关请求。无如此推彼诿，一味官腔，所谓天下本无事，庸人自扰之。查当年公司要求加价，曹前建设厅长，未闻将此案提交省务会议通过，一纸命令，布告市民，即俯首贴耳，如数付给。今日市民要求恢复原案，建设厅不难援照成案，饬令该公司遵照办理，何必破格提交省务会议，牛刀割鸡，实为小题大做。有建设厅之畏事不负责任，然后有市政处收附加不管事。层峰既然如此，该公司乐得拖延，任凭市民今日开会好，明日再开会也好，开会由你开会，高价我自收之。寄语全市民，今日之官厅，怕莫是帮有钱的说话，不如起来，作正当合法之解决。

首先请市政府遵照总理遗训，将属于地方公益事业收归公有，我们市民，愿将电表押金移助政府，以成其美。如果市政府无意经营此项事业，而该公司又不肯履行原呈，则请各用户自备煤油灯，一致起来，交还电表，索取每表四十元押金。即以公司来函所言，电表总数为九千二百五十二具（实际恐不止此数），每具押金以四十元计算，实应退还现洋三十七万零八十元。我们既有此现款，自愿再加二十元，为一十八万五千零四十元，合为五十五万五千一百二十元，等于现在之电灯公司资本，即可另创一合理化之新公司，或者各重要商务繁华街道团，分别各组合一柴油电灯公司，更易成功。事虽琐屑，方之点今日极贵之电灯，便宜多矣。如果各市民以余言为然，一切计划，竭诚帮忙，否则日日开会，徒费口舌与笔墨而已。

责难建设厅

——为湖南电灯公司电表事

（十一月二日）

因为湖南电灯公司用科学事业欺骗我长沙三十万市民，记者不甘受该公司欺骗，一再论列，唤醒该公司觉悟。孰意该公司手腕甚高，闻拉有后援之某某新加入董事会，任市民如何呼吁，充耳不闻。三十万市民至今仍在无可奈何之中。在直接管辖之市政府，只知每度坐收二角之附加，表走愈快，得利愈多，所以乐得一个装聋作哑的态度。至于间接管辖长官，则为建设厅。若论我湖南工界优秀分子，惟建设厅为集中之地，商矿农工，各色皆备，独对于电灯公司电表事从未检举。我市民现已力竭声嘶，呼恳较正，而该厅自厅长以下，视为无病呻吟，漠然无所动于中，亦怪矣哉。

湖南电灯公司白有某某为新董事以来，现已态度强硬，有所恃而不恐矣。电表之较正与否，只以拖延了之。曾记得本年六月二日，该公司有函致本报有云：

……惟本公司为力求准确设备完全起见，现已向慎昌洋行定购美国奇异厂新式回转标准表。惟此种标准表，上海现无现货，须由美国奇异厂寄沪转运来湘，约在四个月以后。届时即当逐户较验，以期准确。

屈指六月二日至本日，已五个月矣，该公司所谓四个月，业已到期。若以"以后"二字为标准，则前途茫茫，伊于无底。不佞并不反对电价一度二角为高，而却反对收取二角一度电价，又不给以实在之一度电流，暗中于电表上又打个七折八扣。譬如买布也，不嫌布价之高，而嫌尺寸之太短。又如买米也，不嫌米价之贵，而嫌斗升之太小。原我们既照价付款，应享有一定量限之权利。今该公司既不遵照原呈减少电价，而又于电表上暗占便宜。市民之反对，并未违乎情理之外，何以建设厅一再不予解决，反提出省务会议，牛刀割鸡，令人莫明其妙。

如果建设厅认电表无较正之必要，则中国一切事均可以马虎，何以对于"度量衡"犹挂着统一与较准招牌，不知电表是否属于"量"之一种？此种极容易极简单之"量"不去理落，反举其极广泛、极复杂之度量衡迫令改正，是何异"吾力足以举百钧，而不足以举一羽"之谓乎！吾市民之呼吁较正电表，已至再至三，而建厅之官样文章一味敷衍。前次，不佞提出用户退电表取押金一层，未获市民同意。继又闻开较表减价促进会，闹个不休，发言盈庭，除七折或停付电费之外，绝无其他办法。不佞再为该会提出二点：

一、请求中央建设委员会派员带标准表来湘较正电表。

二、该会即日拆取此间五至十安培电表两个，派人持赴南京，请建委会代为较正，发给证明书。

此种举动，简而易举，所费亦不多，谅亦乐而为之。

至于电灯公司，如果自认电表无弊，也应从速较验，表明心迹，何得一再拖延，予人口实？不佞敢掬诚敬告电灯公司，科学事业，不能欺人，欺人以科学者，人亦可以科学反欺之。水能变汽，汽亦变水。凡在电气工场试验过电表者，可以使电度针前进，亦有法可以使电度针后退，一举手之劳，即可解除弊端。不佞此后再不对于电表有所论列，此后或将电表构造及前进后退之法公诸全市民，俾大众亦可乘此机会，研究并试验电表。

独惜我湖南建设厅，日任全市民对于电表奔走呼号，若无所事。而"吃自己饭担他人忧"如不佞者，反喋喋不休。不知我者，谓我对于公司有所要求不遂；知我者，当认我为全市民谋利益，不忍受该公司用"科学"二字来欺骗民众耳。

平津危矣

（四月一日）

我国家养兵二百余万，比全世界各国为多，若区区日本，更望尘莫及。乃以东三省之大，不崇朝而失掉。热河天险，易守难攻，日本竟以一百八十名士卒入据。此外，多伦、古北口、喜峰口、滦河等处，日人无不唾手而得。近且对于平津取包围之势，于数小时内即可取得。试问我国每年人民出如许多之血汗，豢养如许多之将士，其目的究竟何在？

以言抗日乎，则日兵长驱而入，如入无人之境，我们只见报上《变更战略，或改守新战阵》之标题，未闻有杀敌致果，驱逐敌人于数千里以外之事实。以言"剿匪"乎，则愈剿愈多，且有整个师团为"匪"所围，丧师缴械。此次，黄郛在平对记者所言，亦曰："余最近曾至南昌一次，所知'共党'情形，不但肃清困难，且日益滋长"云。以数十万国兵不能剿清"共匪"，是我国国军对外既不堪一击，对"匪"亦不克奏效。

若言内战，则无一次不拼命去干，如曩日冯阎之役，近日川黔之争，无不有余勇可鼓。可怜我们小百姓，既输将卖儿鬻子之钱以充军饷，复不能得一安居乐业之实惠。日来，暴日将光顾平津，人民精神上既受恐慌，财产上亦遭损失。民以养兵，我们当然遵从。但兵以卫民，政府何尝实施？"长期抵抗""誓死抵抗"之文字，我们读之已熟矣，证以今日之事实，未免太近于矛盾。

城下之盟，君子所耻！日昨本城各报载："日方提出无理条件四项，我方未予接受，和平遂告绝望。"蒋委员长曾发表宣言："今世无李鸿章第二！"而我却认有黄郛第一。究竟黄郛此次北上之任务，必有人主持之者，谓之李鸿章第二，亦未尝不可。

现在华北已临最危险时期，平津首当其冲，难免于难。黄郛则进行和平，宋哲元、徐庭瑶则力主战斗，恐"宋论未终，金兵渡河"。居今之世，惟能战乃能和，若不战而言和，则和的条件未有不为之屈服。汪院长所谓："一面抵抗，一面交涉。"亦惟能抵抗，乃能言交涉。今我北方长官，只进行交涉，而不极力抵抗，则吾人只有准备着红顶花翎，欢迎溥仪重登大宝，间接做日本之奴隶而已。

平津危矣！可奈何？我们四万万五千万国民，将整个中华民国领土付托于中央政府，很希望抱定"尺地不可以与人"之宗旨，百般保全，毋使满清袁世凯及北洋军阀诸人窃笑革命政府之无能力、丧权失地，则幸甚。

亡中国者古物也

（四月三日）

前番故宫古物南迁，致招各方人士之反对。

如华世奎等支电有云："惟念勃碣旧封，源于禹域；编民万族，系出轩辕。若与古物相衡，其价值当在夏鼎、商彝之上。今皆未闻保存之法，独于古物汲汲南迁，毋乃重物而轻人，贵货而贱地。"

严智怡敬电则云："纵令古物岿然独存，讵足供人凭吊？况在全国敌忾之时，惟斤斤于古物之安全，前方战士，能不寒心？"

平市七团体敬电有云："不谓文化机关压迫甚于军阀，前者盗卖金器，监察院调查有据，岂堪信任？近闻装箱损坏瓦器，将珍贵朝珠拆散。种种传说，中外惊叹。……是古物不亡于迭经事变，而亡于借口保全。"

彼此争执数月之久，始借军警之力装运南下。从此古物千古，华北亦千古矣。

不谓一波未平，一波又起，监委高友唐上月又提《弹劾张学良窃取颐和园古画案》谓："张学良提取颐和园字画多件，迄不交出，嗣经张继严电追索，始承认存于天津租界。即使以后能原璧归赵，张实已构成刑法上之侵占罪。"夫古物与土地孰重？张学良失去东北三省，各监委寂然无声，乃独对古物喋喋不休，何其轻重倒置若此耶？

现在长城以北土地尽失矣，而故宫古物扣至今日，亦尽数南运。在各要人保全古物之苦衷，不能不令人钦佩。独惜华北数千万同胞日呻吟于无情飞机炸弹之下，莫有为之拯救者。倘政府移其爱护古物之心，转而爱护人民与土地，谁也不敢訾议。其所厚者薄，而其所薄者厚，不幸见诸今日之革命政府。

呜呼，古物南迁矣！近日来，日寇平津，人民亦纷纷自动南下，即各大校亦将南迁，如清华迁湘，平大迁豫，师大迁陕，北大迁杭，所有北平动产，不久为之一空。所不能迁移不动产之土地，则完全让与敌人，而作俑则始于古物！

呜呼，亡中国者非他，古物是也！

抗日军事中之运输问题

（四月五日）

热河之失，论者皆曰："运输不及敌人。"喜峰口之失，论者亦曰："运输不及敌人。"此种论调，虽有片面之理由，未便加以否认。然当此科学战争时代，人用飞机、汽车等以运输子弹食料，而我则仍用三代以上之四轮牛车、两轮驴车以作行军运输之用，其成败已不待龟筮。查此种牲口为农家耕种所视为命脉而不可一日无者，当此春耕时期，农人一年之希望全系于此，一经征发前方，决不能再作还珠之想，接近战地一带之农民，一家生活为之断绝，岂仅军事失利而已哉？

反观内地汽车如何？化外之上海固无论矣，即首都之公私汽车，往来如织，满街塞巷，如水如龙，曷若将此类汽车输送战场，以作运输之用，不独便利，且可以救济农民相依为命之牲口。顾一般坐汽车之大人先生，只顾一人之安逸，坐令前方将士以运输迟钝而缺乏子弹与给养，殊堪浩叹！

或曰："北平当局不亦曾来电向湖南公路局征发汽车乎？"

予曰："事诚有之。查公路局奉电后，即输往十辆，不足，又益以十辆。孰意送至北平，热河已告失陷，此项汽车，遂无人理落。所有车上机件，完全为流氓地痞窃去，仅余之四轮及车身早已返骸骨于故里。虽系不幸中之幸，但北平军事当局未免视同儿戏矣。"

总之，我国人士只讲求个体之安乐，而不顾群众之休戚。尤其是一般达官伟人，一举一动，总以利己为前提，论捐输则一毛不拔，论行军则只图自己实力之保全，一念之差，遂置国家安危于不顾。欲求中国不亡，无是理也。

壹　艺庐言论集（上）

是一般达官伟人，一举一动，总以利己为前提，论捐输则一毛不拔，论行军则只图自己实力之保全，一念之差，遂置国家安危于不顾。欲求中国不亡，无是理也。

马占山抵柏林与张学良抵罗马

（四月八日）

抗日中之名将马将军占山，自从北满与日寇血战之后，现已由俄国沃木斯克行抵德京，柏林报纸用大字登载《中国之英雄来德》，文中盛赞马之英武，谓："以千三百疲乏士卒，抵御二万之日本精兵，洵可称为东洋之汉尼巴（古罗马名将）耳。"马将军随行六十六人，柏林市民频回目睨视，群相语曰："此马将军！""此马将军！"真英雄之令人钦佩，无中外国界之分。可见公道自在人心，绝不容丝毫假借者也。

实行不抵抗主义张学良，亦于五日行抵意京，报纸并无特别记载，仅对记者云："意大利法西斯蒂青年及现代化之精神，引起渠之注意，希望得以进见意王、意相及教王与巴尔波将军，作友谊谈话"云。

当东北未失之前，举世只知有张学良，并不知有马占山。东北既失之后，马占山之名始洋溢乎中外。时世造英雄，此言诚不我欺。使当日无马占山将军在东北与日寇周旋血战，不但为中国军人全体之羞，抑亦为中华民国全体民族之耻。观其在柏林与《大阪每日新闻》特派员大塚谈话，有"在中国脱离日本之压迫为止，在满洲脱离日本之支配为止，否则决不休止斗争"这几句话，把中国长期抵抗之决心表示于此，实足以使日本人惊心吊胆。惟大英雄始有此口吻！

同时，张学良亦对意国新闻记者有言："渠在欧洲休养之后，倘中国对渠有所需要，则立将离欧。"无如中国目前所需要者抵抗将军，至不抵抗将军，其如中国永不需要何？

统观马、张二人之谈话，各有各的身分，所谓"言者心之声"，心系乎国，则所言者不知不觉流露于外，否则所言者系一种觊觎禄位之心。以马占山之谈话，不能用之于张学良之口。而张学良之谈话，又不能用之于马占山之口。事实具在，绝对不能抹煞。所以二人之谈话，恰如其人。

寇深矣，可奈何？吾人惟有引颈西望马将军从速启节返国，招集东北健儿，重整旗鼓，灭此朝食！柏林虽好，终非久住之所。行矣乎？企予望之！

"应负责任"

（四月十三日）

我国外交上对于暴日"应负全责"这一句话，久已成为历史上一种惯例。无论日本如何横暴野蛮、残忍压迫种种，我们外交官或军事长官就拿出来搪塞国民，抵抗日本。

不观乎暴日之入占沈阳也，则曰"日方应负责任"。

淞沪之役，我方除通告日本外，并通知各国公使，则曰"日方应负责任"。

及至溥仪登傀儡之台，我国外交部通知日本"应负全责"。

日本炮击南京，外交部抗议日本，亦曰"日本应负责任"。

天津巷战，除良民死伤外，并逮捕我市民，我国通知日本，亦曰"日本应负责任"。

日本进攻滦东，因《辛丑条约》关系，我国通告各国公使，亦曰"日方应负责任"。

此次，何部长在北平与路透记者谈，亦曰日军无故再扰滦东，事态之扩大，"日本应完全负责"。

日本今日冒天下之大不韪进犯华北，其心目中那里还有中华民国？即国联屡次警告，亦若无所事，一意孤行，无所谓责任与不责任，只求于自己有利，蛮干到底。

有强权无公理！我国外交官对于暴日一而再，再而三照会，"应负责任"矣，日本负责任则如何？不负责任又如何？我们要使对方有实行负责任之能力与魄力，则所发出之负责任照会，方可发生效力。今自己不振作有为，而日以"应负责任"之言通知日本，在我方不以为羞愧，恐对方接受，难免不有点生厌。

弱国无外交，乃是天演公例。以中国土地之大，人民之众，养兵之多，并非蕞尔小邦，何以对于三岛之倭奴不能抵抗，有失陷四省之多，至今尚未能恢复者？思之恧然。

战争与科学

（四月十六日）

今世之战争，乃是科学之战争。若其国科学不发达，其战争未有不为科学发达之国所压迫。吾人所谓"精神胜物质"一语，此系自宽自慰之词，加诸实际，鲜有见效。彼日本自"九一八"以后，在沪在热，种种暴烈，无非运用科学上之物质，大炮也，飞机也，几令人迭遭损失而莫可抵御。所惜者，我国政府历年来对于战争应需之科学，未尝加以研究与预备，一旦对外战争，徒遭无谓之牺牲。孙子所谓"与无兵等"，确系至理名言。

吾人如对于物质设备既完全矣，再进而施以相当之战术科学以运用此物质，纵不能操必胜之权，亦可与敌人相抵抗于疆场之上，不至于日蹙国百里。热河之失，一方面固由我国军队器械窳败，不如敌人。而其最大原因，据日本军事专家谈及华军未确立统帅权，故未能作战，尤以战事行将开始而统帅之张作相，犹在关内趑趄不进，实为主因。此外，指挥之系统未经确立，散置兵力皆有弱点，部队之素质恶劣，不堪作战，省之长官，久失民心，民团辄加妨害军队行动，日军乃得长驱而入。若果日本人之言确实，则我国虽有精良之军器，授之此辈庸懦无学之将官，亦未见有若何裨益。其失败也，不过迟早之间而已。观此，则战争似有需用科学者。

鄂、赣"剿匪"已有数年之时间，数十万之精兵，时非不久也，兵非不多也，乃愈剿愈多，愈剿愈近，师长殉难已有六七人之多，兵士伤亡更不可以数计。以言军饷，"匪方"不如我也；以言军器，"匪方"不如我也。乃不如我者，我反为彼所困制，虽以蒋委员长之精勇善战，尚待肃清，则战争似有不需科学者。

不佞非军事专家，对于军事不敢有所论列。我觉得用兵，武事也，两军交战，纯是实际问题，非标语口号所能为力，必先有完全科学的物质之设备，再继之以勇敢之志气、救国之精神，虽不中，不远矣。若处今日科学战争时代，而我方仍运用三代以上之大刀，牺牲未免太大。

质之当局，以为何如？

从实际上去担负救国工作

——读何主席南昌归来之报告后

（四月十八日）

何主席四月二十四日在扩大纪念周报告内，有一段话可谓对症下药，值得吾人个个自省，即"此外，还有一点最危险现相，就是日寇每有一次大暴动或占据我大城市，当时国人为一时爱国心所冲动，即奔走呼号的起来救国。如果日寇稍为停顿一下，就很健忘的，以为无事了。这种五分钟的热度，实在是中华民族一种取亡之道"云云。暮鼓晨钟，令人猛省。

自万宝山案发端，以至"九一八""一·二八"、锦州、热河日寇暴动以来，我国人何等愤慨激昂！奈一伏一起好像是打吗啡针一样，少则五分钟，多则一二日，便失其效力。近至于航空救国，各省闹了一阵以后，今则烟消云散，不但一架飞机未购，即谈也无人谈起，谓之发神经病未尝不可。

暴日既日日向我国领土不断的进攻，我们究何所恃而不恐？靠政府乎，则各方领袖各怀鬼胎，意见既不能一致，何能精诚团结。靠人民乎，则抱定"不在其位，不谋其政"之古语，纵有一二热心之士，不过出而说几句欺人议论。所以，何主席又继云："当此国难日急的时候，凡我国人如要救亡图存，就要一致起来，各尽其责，从实际上去担起抗日救国的工作。"吾闻其语，未见其人，何主席纵然大声疾呼，其如国民之不悟何？

总之，现在世界有强权无公理！甚么国联！甚么《九国公约》！

甚么《非战公约》！都是些欺骗一般弱国之文告。我们在此国难紧急时候，不要希望国联、《九国公约》《非战公约》来解决中国之危局。我们只有希望我们自己用自己的力量来打开一条生路，以救中华民国。我们不宜只有五分钟热度。在未雪耻报仇以前，我们要子子孙孙毋忘倭寇今日之侵掠残杀行为，应将"十年生聚，十年教训"之成规缩短为五年，加紧工作，共同努力，则今日千疮万孔之中华民国定有执东亚牛耳之一日。只要大家抱着乐观，迈步前进，不达灭倭目的决不中止。

对于国联特派员所谈
中国农业危机之感言

（四月二十日）

国联特派农业经济专员特赖贡尼博士来华，视察已逾半载。天津《大公报》记者曾与特氏作长时之谈话。其对于中国农业问题之观察与意见，实为对症发药，今摘录于下：

但有一点为吾人所宜深切注意者，即中国农民生活，日在变化崩溃之中是也。中国过去之农民，多半自耕而食，终岁勤劳，尚可温饱，相让相安，社会呈太平之象。今则不然，农村土地经种种盘剥，多集中于少数富绅之手，大都农民已至穷无立锥境地，四季辛苦，不得一饱，而地主坐享其成。此种不平，实为社会政治紊乱不安之主因，未可忽视者也。从另一方面言之，假使中国农民生活能得改良，则中国社会经济之基础必将益增稳固，其他各项建设问题自可迎刃而解，彼时中国将成世界上最大之市场。因中国工商业之发展，必须建筑于全国人口最大多数农民之购买力上也。

并认为："中国农业目前最大之问题有三：（一）增加生产；（二）增加耕地面积；（三）改良农民生活"云。

查我国今日之农民已到死亡线上，欲挽回此种厄运，实非几句空头支票所能济事，必要政府拿出十二分决心，对于全国农村总崩溃之危险予以救济。最先问题，要使人民得到"安居乐业"四字之实惠；再进而讲求农业之事业，使农村之本身基础稳固；然后对于生产与耕地之增加，乃有着手之处。否则，恐事实上适得其反。至于农民生活之改良，乃是环境之自然结果，所谓"仓廪实而后知礼节，衣食足而后知荣辱"。至于有害于农民之苛捐杂税以及高利贷等，政府亦宜取缔，以苏其困。此系一种最低限度之要求，如尚吝而不予，则中国农业之危机，非天使之然也，乃政府造成之耳。

英日交恶之由来及其影响

（四月二十一日）

近日来，据各报纸电讯所载，英、日交恶声浪甚嚣尘上。缘上月英国通知日本废弃《通商条约》，并增加进口税，日本货物输入印度，不但受极大之打击，势必有全行消灭之日，而代以英国之出品。此系英国对于暴日在东亚横行时，略施压迫之一大表现。据东京一日路透电，东京今日遍贴排英标语，斥英国弃信背义，于华府会议迫使日本接受不公平之海军比例，并于日内瓦鼓励反日空气，并要求英国解放印度云。查英国与美国携手后，即行取消英日同盟。日本对英感情，早已不如从前之亲爱。而日本恃其军精械足，以侵掠我外强中干之庞大中华民国，对于历来国联之忠告，悍然不顾，一意孤行，以致侵占我四省之多。近且进陷多伦，将有独占东北商场之势，各国又岂能坐视日本之独吞？于是，各会员国为保持国联立场起见，名义上虽未实施经济裁制，而骨子里则处处取消最惠国待遇条约，如菲律宾，如土耳其，如印度，如越安等，无不予日以"膺惩"之实际。至于英国对于日本，其始也不过鉴于日货之倾销影响印度工业，其所以废弃《通商条约》者，其主要目的在排斥日本之纱业。今则更进一步，即对日本船舶亦有排斥之势。今印度长官已发出通告，对于日本船在印度沿岸贸易行将驱逐。该通告系根据一八五三年英国《关税统一法》三百二十四条"英国船对于外国航海船舶，得直接间接禁止或限制之"等规定。如果万一实行，则日本船所蒙损失非常重大矣。

英、日交恶，已有事实证明矣。故日本棉织业总会会长阿部，声称日本棉织同业会，将慎重考虑适应新局势之方法。又，东京日印协会决定请愿政府，将在华盛顿经济会议提议本问题，惹起世界各国之注意。同时，要求英印当局之反省。而英国则谓，日本以低廉工资胁迫产业文明之危险，实比其军事威胁为尤甚，欲保持国民生活合理的标准，各国应采取不许以奴隶的劳动所造之物质输入国内云云。自此双方民意对峙，即为政府对外之一种方针，所谓"民之所好好之，民之所恶恶之"，并不是如我国对外政策与民意背道而驰者也。

日本既知与英交恶为不可隐讳之事，于是遣派大员石井出席华府经济会议，转移方针，变亲英而为亲美，并悔恨日前退出国联，为英国主动所致。至美国是否接受日本之骗局，尚在不可知之数。

总之，英、日交恶，其对立在经济上之利害冲突，但一在天之涯，一在地之角，军事上接触目前尚非其时耳。

毋以小利而忘大义

——斥粤商反对洋米洋煤征税

（四月二十四日）

洋米入口，向未征税，上年因全国丰收，谷价低贱，中央有意将洋米入口征收进口税以示抵制，而免倾销。广州商会反对，一再电致上海市总商会转呈中央，请予打消此议。政府采纳粤方之意，未即实行。近月来，外货来华倾销，以煤为最盛，现日本之抚顺煤、英国之开滦煤同将来华倾销。征收倾销税，手续异常复杂，中央成立倾销审查委员会，对于煤的问题亦将征收倾销税。无如粤方商人向来仰给外煤，对于征收倾销税表示反对。中央为顾全各方种种起见，必须慎重商付，兹为通融计，已将日煤进口每吨仅加征银一两，作临时征收性质云。

粤商此种反对，太无理由，只顾一部分少数之利益，而不念及全国大多数之痛苦，征收洋米税则反对之，征收倾销税又反对之，影响全国自产之米煤，至为重大。粤商既不赞成征税，应该自己努力于米煤之自给自足。以粤省之富足，何事不可为？何事不可成？今不自争气，依赖洋米、洋煤以生活，又反对征收关税。拒之，则中央与粤方恐发生误会；不拒，则各省产米、产煤之省份无以自存，难乎其为中央政府矣。

吾人试检阅二十一年度进口统计：洋米入口为二千二百四十八万六千六百三十九担，价值一万万零一百二十八万三千九百九十四金元；洋煤入口为一百四十二万零九百三十一吨，价值一千一百一十一万七千二百九十九金元。倘我国对于洋米每担征税一元，全年可得二千万元；对于洋煤每吨加征税一元，亦可得一千多万元。此系显而易见之数字。至于维持农村经济，保护矿山生产，其间接所得之利益，更十百倍于此者。

粤商以局部之私见竟牵制全国，而使征税之事不克即日见诸实行。所以，使我国农村破产、工业凋敝，粤商应负其责。

对川黔内战感言

（四月二十六日）

日来，倭寇又开始攻击我滦河、南天门、龙井关等处，飞机炸弹，备极惨苦。幸我前方士兵，奋勇浴血，毫无所惧。但器械精窳，相差太远，损失之大，不待龟筮。不意关内忠勇之士，正在与敌作殊死战，而四川、贵州又起内哄。据重庆电，刘文辉、邓锡侯两军在灌县石羊场接触，邓于四日晨突离省。十四日行政院汪院长亦有电去制止，闻以国难当前万不能再有内战发生等语。至由川回黔之蒋在珍部，由桐梓向遵义前进，在祖师观、娄山关、板桥各处，与王家烈部师长廖怀忠、旅长侯之坦等部接触。王部失利，退却至黔西县。蒋遂占领遵义，犹国才部以盘江为止未前进云。

夫今日何日也？千钧一发，即团结全国之兵力，犹恐不足以对外。暴日率伪满步步向北平、天津推动，以图遂其平日所谓"大陆政策"。稍有国家思想者，稍知国家兴亡者，应出全力援助中央，灭此朝食，以保全我中华民国整个领土。乃川黔将领不此之图，各怀争权夺利之心，剑及屦及，以与同袍作煮豆燃萁之惨举，使我数千年文明黄胄沦于三岛木屐儿之手，是可忍孰不可忍！吾侪弭战有志，制止无方，纵然痛苦陈词，焚香拜祷，终不能使勇于内战者有丝毫之觉悟。

自近年来，中央对于各省将领日以敷衍欺哄为政策。各将领看破中央软弱无能，渐生不臣之心，养成内战之恶习，甚至故意挑拨甲派与乙派内战，使其自相残杀，而坐收渔人之利。此事虽不可尽信，却证之已往，不能不令人生疑。时至今日，中央惟有拿出十五年北伐时之威力与手段，对于一般内战贼予以严处，以伸国法。若果视同化外，听其自生自灭，或仅发几个空洞劝解电报，实属无济于事。

寄语川黔将领："枪口向外！"

国难中之旧都与新都

（四月二十八日）

北平为中国数百年之京都，又为中国京调策源之地，所以戏迷之人以北平为最多。此种高上娱乐，在承平时，与其在外嫖赌，不如出入戏场，尚可以赏心悦目。无如暴日入寇以来，士兵饮弹，将帅浴血，人民日呻吟于无情炸弹之下，几有朝不保夕之虞。凡属战区外之国民，若一念及关外数千万同胞之苦状，当亦坐卧不安，闻乐不乐。乃心死之中华国民，其行事竟大谬不然者。

自榆关失陷，北平依然歌舞升平。曾有爱国之志士于戏院投以炸弹，于是听戏者稍为末减。迨声销烟散，而一般戏迷之人又蝟集于中和戏院、开明戏院等，管弦呕哑，车水马龙，仍不减当年之热闹，纵然是北平陷落，若与彼等不生关系者也。

以言南京，更是岂有此理！民气之消沉，青年之堕落，当局之偷安，足以代表全国民众之意志。自前年暴日炮击南京，政府迁往洛阳，京中娱乐场中曾一度稍为停顿。迨去年政府回銮以后，一般官员与民众均抱"今我不乐，日月其除"之志。于是，自古驰名之秦淮河，粉白黛绿，招摇画舫，官员则匿藏徽章，趋之若鹜，平民更无论矣。至于夫子庙前，茶楼比栉，歌女如云，各机关之大小公务人员，每当华灯初张即趋车前往，好整以暇，实行"人生行乐须及时"之主张。此外如各种电影院，无不车马盈门，有"座上客常满"之概。南京所少者，只有跳舞厅而已，倘前年该厅不开罪某要人，继续营业，吾敢说今日之热闹，当亦不亚于上海也。

回忆上年国联调查团员李顿有言："中国何尝有国难，试看上海、南京、北平，无处不歌舞达旦。"这几句轻描淡写，都把全国心理表现出来。但是，我们知识阶级无一日不言国难，确无日实行救济国难，国难还国难，却与他们无甚干涉。非等到日本兵炮击南京，他们决不会停止。娱乐不忘救国，又是他们今日自解之口头禅。

呜呼！"商女不知亡国恨，隔江犹唱《后庭花》。"堪为一般革命官吏、国民咏之。

对德国希特拉演词之感言

（四月三十日）

本月十日德国劳动会议，希特拉致开幕辞，内有一段云："原来筑成德国经济福利基础之大多数人士，并非富有，其出身多为工人。彼等以十指之力量与灵巧之心思，造成吾国经济之伟大基础，吾人今日不得不向彼等致谢。盖无此等人士之工作，在此狭隘之国土中，断不能容五千五百万人繁荣生活也。"希氏之结论称："余之一生将引为莫大之荣幸者，即在老年能宣称余能为德国工人征服德国"云。

查德国重视工人，其所由来者渐矣。在废皇专制时代，无论何种工厂开幕或纪念，德皇每御驾亲临，对于工人奖励有加。至万不得已时，亦必命皇太子或亲皇前去参加，代表一切。所以德国工业发达，并非无因。特以德国人士习焉不察，近来有轻视工人之意。所以，希特拉对于此次劳动会议，特别提出工人之关系经济重要，并向彼等致谢者也。

反观我国政府，对于工人则何如？拿出三代上"劳力者治于人"之古语，以对付二十世纪劳工神圣之潮流，奴隶之，牛马之，卑之毋甚高论。而不知工人亦四民之一，物质文明非工人莫属，试屈指吾人日用所需用之物品，无一不非工人血汗所造成，尤其是人民四大要素之衣、食、住、行，全赖工人十指之力量与灵巧之心思，孙中山先生所谓"双手万能"，其意盖指工人也。所以，工人身份虽贱，确有生死世界之能力，如不幸发生怠工或罢工之事，对于任何工业无有不生恐慌者。所以希氏谓以德国工人征服德国，实属至理名言，可谓得工人之三昧者矣。

照希氏所言，一国经济福利之基础，系于大多数工人之手，是工人与国家关系，何等重大！我们工友，亦不宜妄自菲薄，走入歧路，须将各人之心思智巧，尽量的贡献于社会国家，实行"人尽其才"之遗训，以转移俗人之耳目。其道不在他求，工友勉乎哉！

日本与石油

（五月一日）

石油在今日科学时代，无论对于交通上、国防上，实居重要地位。日本深知今日石油之严重性，努力的寻求，无如日本本国产量甚微，所以对于石油之供给，至为忧虑。

查日本每年石油产量不过三十万吨，而全国消费之量约在一百九十万吨。日本自产之油，除上记之三十万吨外，尚有萨哈岭石油公司及满洲抚顺煤矿采得之石油，为数亦不甚大。现虽极端设法，目前尚无显著之增加。一九三一年，外国石油输入日本计一百四十万吨，其中百分之九十来自荷属印度及美国，其中由苏俄输入者，不过十一万二千吨而已。

日本知石油为目前战争时代必需之物，本国既无出产，不得不向外国早为之所，否则飞机汽车，等于石田。前次，松冈赴荷兰，其目的即在与荷兰皇家石油公司有所接洽，并欲向荷政府建议缔结一种互不侵犯条约，而以石油供给问题为基础。查日本上年曾与苏俄签定石油合约，今又欲与荷政府进行石油，意恐日本将来如有与美、俄发生战争时，不至受石油之恐慌而已。

日本并不止向外国运输石油，且欲进一步作根本上之解决，即如向苏俄要求出卖北桦太半岛，拟定交涉三条：（一）要求俄方出卖北桦太半岛；（二）如俄方不肯出售领土，则要求出售煤油矿区；（三）北桦太半岛与日陆海防有重要关系，故采取积极手段，以取得其煤油产区。日本人处心积虑既如此深刻，倘苏俄不深加考虑，贸然允许，则将来破坏世界和平者，此石油矿实为之厉阶。

本月六日，日本拓务省发起殖民地产业开垦谈会中，有除由与商工省之内地石油采掘统制外，并于殖民地乃至外国寻求资源，网罗石油关系者，设立大协会，以进行调查与试验，务求将来达到自给自足程度。据纽约本月十一日电讯，美国火油公司闻日本政府有意在满洲设立炼油厂之消息，极呈不安之象。美人深恐此举，将于该国之火油营业有重大之妨碍。观此可知，石油不仅与军事上有极大之关系，即于国际贸易上亦甚关重要焉。

日本欲达到石油自给自足之目的，不惮百般设法以经营之。本国之不有，则求之国外；天然之不足，则继之以人造。日本人研究酒精中可以炼石脑油而能代替汽油之用，于是将四年前已停工之哈尔滨日本酒精蒸油厂，添加五十万元，重行复业。从普通眼光看来，殊无注意之价值。若认真而言，则上项酒精蒸油厂，亦颇为重要。此举若成，非但影响油业进口业，且又创造一新而足可供给日本战器贱价、流质燃料之富源。闻该厂生产总额约在一百五十万加伦以上。当此世界商业不振之秋，日本人竟以五十万巨金投资于北满业已停工四年之事业，大叮令人注意也。

反观我国则何如？有陕西、甘肃、新疆、四川、西康等省之富于石油煤矿（东三省、热河暂行除外），并不似日本国内之缺乏或向外求，乃听其货弃于地，不予开采。谓中国无人才也，则攻矿冶者甚多；谓其无金钱也，则用之于不急之建筑，每年不知若干万。此外，各伟人所搜刮人民之血汗存于外国银行者尚不在此数。若果有钱而不善用，或存而不用，则中国唯有死路一条可走。石油为今日国防上、交通上所必需之品，如我国不紧赶讲求自给自足，一旦发生国际战争，来源断绝，或经济封锁，其将何以生存？即使我国有传统之和平政策以及实行不抵抗主义，石油之有否不关重要。但是，民间每年所需之量，以二十一年度而论，入口量为一万万四千五百九十一万八千七百九十四加仑，价值为五千一百二十四万二千一百四十七金单位，漏卮之大，除棉米外，实居入口货第三位。日本则拼命设法，我则"有的就是钱"，谋国之方，贤愚立见。所以，墨西哥问题因英、美争夺油场而起。美索帕达米亚问题亦系美国与土国争执油田而生。近日，英波石油公司之取销，美国政府授权内务部管理油业。可见，石油在今日时代已成为严重性矣。

秉国钧者，尚祈未雨绸缪，毋至临渴掘井，则中国幸甚，幸甚。

无计划之中国政局

（五月二日）

当暴日"九一八"入寇，首先以"不抵抗主义"揭示国人，有张学良。自张氏发表"不抵抗主义"后，凡属国民，无不对之唾骂。蒋委员长认"不抵抗主义"有反国民之心理，于是提出"长期抵抗""誓死抵抗"之口号与电文，博得全民之赞助。

自汪院长荣升行政院长，吾侪小民无不引颈企望其高谋硕划，以慰国人救国之热忱。不意自始至终，不外乎"一面交涉，一面抵抗"，折中张、蒋办法之两句老话。到了现在呢，黄郛北上进行交涉，抛弃抵抗，愈趋而愈下，愈演而愈奇。人谓妥协，渠则否认，并力辟谣言。不知中国事，谣言多成为事实，证以往事可知矣。

日本侵入关内，以国联之威严尚无所顾忌，何以黄郛一到北平，华北人心安定，前方即入停战状态，我军均达到预定防线（即退守），日军停止前进，并将石匣部队向古北口撤退。至今日，包围平津之日军亦不敢急进。果用何术以致日寇之改变方针？早知黄郛有此神妙不可测之威风，何不提前发表，免得多死一些人民，多损一些财产？即将黄郛抬至东三省，亦可以马上收复失地，何劳我们小百姓天天来喊救国哉？

有人说："中国目前民气主战极盛，倘有人于此时提出'妥协'二字，无有不义愤填胸。某公希望日本攻陷平津，进据黄河以北，到那时，人民一定呼吁停战、妥协、和平，由某公出而签定城下之盟，人民不但不敢反对，并称为'救国之神'。"其然？岂其然乎？

死亡线上的中国农民

（六月二日）

我们中国农民已到死亡线上，并不止破产而已。农民仅仅破产，将来运转鸿钧，或有回复从前状态之一日；若宣告死亡，虽有善者，亦末如之何也矣。

此次中央召开复兴农村委员会，各委员多有提案。计实业部提设立农民银行，以调节农村经济。张伯苓等提："一、组织各省分会，从事实际工作；二、便利交通；三、疏浚水利；四、调剂粮食"等。综合各人提案性质，不外金融、农业、粮食、技术、水利、交通等，倘能一一施行，于农村经济不无小补。我认为目前之最急者，在减除苛捐杂税以及田赋附加或预征等事，先救农民之生命，徐图挽济。若果农民死亡，纵有补剂，无济于事。我湖南此次省委出巡，以裁减田赋附加为主旨，实有见到之处。倘各省委均本政府之意志为意志，认真核减，亦系救济农民死亡之一良策。

不佞虽居省垣，对于"耕"字，却不肯轻轻放弃历代祖宗传统之家策，每年无论盈亏，须本家法，种田数亩，俾后生小子，亦知稼穑之艰难。前数年种田收支，尚可相抵。近年来，则有亏无盈。今将我之决算宣布如下（以一亩田计）：

犁田三次	一万二千	办肥料工八天	一万二千八百
挑肥料入田工二天	三千二百	掬粪工一天	一千六百
大粪半担	三千	石灰	一千

（续表）

担灰一工	一千	插田和采田一工	一千六百
割禾二工	三千二百	打禾一工	一千六百
完田赋合附加	五千七百	学款亩捐	七百
每年农器修补	一千	牛之饲养	一千
共计单位铜元＝四万八千文，以六千五百文折合银洋＝七元三角			

计种田一亩，需成本洋七元三角，究竟能收获若干，可以足偿成本？以东安而论，每亩田可得谷三担五斗（此系就丰年而论，若遇水灾、旱灾以及牛瘟等事，尚未计入）。目前谷的时价，每担值洋一元八角（指十斗一担而言，非省城之斛斗），计得洋六元三角，除去种田成本七元三角，实负洋一元。此雇农之实在情形也。

至于租田，计每亩三担五斗，须纳租一担二斗，佃农只能得二担三斗，于上表内除扣去归田东负责完粮亩捐二项约洋一元外，也需成本六元三角。若以一元八角折合谷价，刚得四元一角四分，实亏洋二元一角六分，但佃农之自种工资，比较雇农工资虽轻，最低也要亏一元左右。

至于富户收一担二斗之租，折洋二元一角，计完饷亩捐、收租工、鼠吃、斗耗、让租等，约合洋一元五角，可净得每亩田六角。此六角之费，即作为义勇队捐、救国公债以及乡间慈善事业之用，尚嫌不敷。

根据以上实情，无论自耕农、雇耕农、富农，无一不在亏累之中。所以今日乡间之田，既无受主，亦无人种，荒芜日多，产量日缩，欲求洋米不进口，乌可得乎？

此外，现在百物昂贵，生活程度日益加高，农民享受最贱之油、盐、柴、茶，亦比前十年加高一倍，而以血汗换来之代价的谷，反比前低一倍。此农民今日之所以到了死亡线上也！

可怜的我国当局

（六月三日）

自美总统罗斯福发出共同之申请各国缩减军备，绝对废止侵略之武器，并同意制止武装军队之逾越国境，冀以挽救军缩会议之失败，而促成世界经济会议之成功。是诚一高瞻远瞩之伟举，且亦为美国最近外交政策上之极重要的表示。

我林主席接阅通牒之后，曾覆一电云："……中国现已为侵略之牺牲者，即为过量军备及新式攻击战具之牺牲者。大批武装军队无权利，竟已越过中国国境，而留驻于其领土之内。城市被毁，男妇儿童之丧失生命者不可数计。此次外国侵略，已使中国国家政治及经济组织摇动，故在其他国家仅为一种侵略之恐惧者，在中国已成为事实。……"

而外交部罗部长亦发表对罗斯福电文意见云："……中国自始至终，即祈祷并努力助成世界和平之实现。中政府过去迭受野心家之侵掠，但总以不引起事变之扩大，及努力使被人破裂无遗之局面弥补完正……"

而最可怜汪院长之言曰："抗日要集中力量，剿匪军队既调不动，即他处队伍亦调不动。暴日此次对于中国，实行其'有强权无公理'之黩武主义，任何舆论之讥讽，与夫国联之谴责，均在所不顾，以求贯澈梦想之'大陆政策'。所以，松冈对于英薛西尔爵士对日封锁提议有云：'日本不能将关于自己安危之问题，委诸国联及其他团体。'……"

反观我国当局，事前不准备抵抗，事后又不实行抵抗，一味将自己安危问题听命于口惠之国联。始则仅失去东三省，继而由热河而及关内，并包围平津矣。虽黄郛应运而起，吾恐舍妥协、屈服二者之外，别无良策。英报称之为"不荣誉之和平"，或者已先得我心之所知。但闷葫芦里究竟卖些甚么药，小百姓实无从揣摩。所以，平市舆论要求休战谈判公开，使人民明了休战之代价，将来政府难免不以"外交秘密"四字答复之。

昔桓温登平乘眺瞩中原，顾谓僚属曰："遂使神州陆沉，百年丘虚，王夷甫诸人不得不任其责。"今神州陆沉矣，任其责者为谁欤？为之一叹！

呜呼抗日团体

（五月三日）

天津电："停战后，此间日商大活动，日货畅销，华北各抗日团体，因无事可为，已于本月十一日奉令即日解散"云。夫倭寇此次无端侵入满洲，继陷热河多伦，及于河北。我政府为保全平津计，不惜委曲求全，签定《停战协定》，以作城下之盟。汪院长并郑重声明长期抵抗。自欺欺人，实属可笑。当此之时，正我国在野人士坚持经济绝交，以示政府可欺、人民不可欺之表现，无如消息传来，华北各抗日团体奉令解散矣。

日本人不明内容，犹云："中国排斥日货问题，违反经济会议之本质的精神。对于世界经济会议披沥日本立场，尤其是对于中国抵制行为，提出国际的禁止抵制案，作为一种国际协定，以禁止一切抵制行为"云。而不知我国顺官早已将抗日团体下令解散，不劳贵国再向世界经济会议提案，有费笔墨。

试观内田报告："日本对华贸易，已有转机。"此乃由于中国各处尤其是广州反日潮流平息。即以啤酒一项而论，据上海日文报告："最近十日来，由日本输入啤酒达八千箱，不日进口之生驹丸、阿苏丸约有数千箱。诚可谓啤酒泛滥之特有现象，由此足征上海人饮量之大。此外，由青岛输入者数量尤大。"亡国酒徒博得日人之称赞饮量，其荣施不知当何如耳。

此外，华北停战后，日货输入势如潮涌，销路畅旺，已创新纪录。据日邮船会社统计，上月下旬输入上海一方面之仇货达六万七千八百吨之多。近因邮船不敷应用，特增三艘。所以，日本对华贸易咸抱乐观。再据上海日本商务参事官事务所报告："四月份对华贸易，计输出总值日金一千二百万元，输入值日金五百万元，出超日金七百万元。"自中国言之，则为对日贸易之入超竟当进口日货总值十分之六。反之，对日输出仅占进口日货十分之四，比较去年同月则输出减百分之十二，入增百分之二十三。

所以，日本前次预备向世界经济会议拟提出禁止排货案，现深知中国排货不过表面上功夫，并不澈底，名为排斥，实际上并无妨碍日货之推销。所以，对于该案将不提出大会云。

中国人心果死耶

（三月十一日）

古人有言："哀莫大于心死，而身死次之。"我中国今日之人心果死耶？或尚未耶？不佞每日打开津、沪各大报一看，见广告上登有"东北义勇后援会""宁波旅沪同乡航空救国募款大会""筹募豫鄂皖灾区临时振会""中国航空协会征求募捐办事处"等，则为之心喜，觉中国人心尚有一线之生机。但此寥寥之渺小广告，总值不上"大中华跳舞厅""辣斐花园跳舞""电影皇后选举大会筹备委员会"等等之字大，每日之收入以及消耗合计总在万元以上。视彼与日本肉搏之关外义勇军及冻馁之抗日士卒，漠然无所动于心，只知紧贴乳峰，以与粉白黛绿之舞女极尽人间之乐事，谓"商女不知亡国恨，隔江犹唱《后庭花》"者是也，心死而何？

自"九一八"国难以来，全国莫不众口同声与暴日经济绝交，并组织人民抗日委员会，检查仇货，登诸报纸，无日无之。究竟我国上下是否真正与暴日经济绝交？或仅作表面上工夫以粉饰人间耳目？非然者，何以上海日本商务参事官事务所发表东京官电："本年一月份对华贸易，共值日金九百万元，而结果则为入超日金一百七十万元，比较去年同时期，输出增百分之八十，输入增百分之三十八，入超减少百分之三十四。就各地分晰，则对华北方面，比去年同时期输出增百分之三十，输入增百分之五；对华中方面，输出增百分之二十一，输入增百分之九十四；对华南方面，输出增百分之三十四，输入增百分之二十；对香港方面，输入增百分之二十；

又对东北三省贸易，输出共值日金一千五百万元，结果入超日金二百万元，比较去年同时期，输出增百分之一百三十五，输入增百分之二十七，入超则减少百分之六十五”云。我们既以经济绝交表示民众，而尤以华中、华南最为坚决激昂。今观日本官电，去年俱有增加输出之数目，所谓人民抗日委员会，其成绩已暴骨的表露。难者曰："日本对华买易，输出输入，均有增加，子又何必痛恨。"余曰："暴日正在穷兵黩武之秋，一切原料多仰给于地大物博之中国。彼之输入增加，皆我所供给其为侵略我用之原料也。"所谓"藉寇兵而赍盗粮"，非心死而何？

自北伐以后，我湖南得到一句褒词，即："若要中国亡，除非湖南人死尽。"时至今日，我湖南人并未死尽，而我湖南人心则已死尽。试看热河正在酣战之时，而我长沙各戏馆、电影院每夜坐位有人满之患，觉视热河之存亡与我湖南无甚关系之概。此外，一般富商大贾、达官要人非外国烟不愿吃，非外国布不愿服，每日酒食相征逐，赌博相往来，对于航空爱国捐则又一毛不拔，非心死而何？

吁，予欲毋言！

层床叠架之省税征收局

（三月十五日）

湖南财政本甚困难，丁此农村经济破产时代，尤为困难中之困难。今欲渡过难关，非有实心任事之当局设法开源与严紧节流之外，别无他径可寻。而节流之法，首在裁撤骈枝机关。

查湖南国省各税，向由各县政府代征代解，久历年所。后添设财政局，已属多事。近年来，又设置省税局，尤为层床叠架，而每局开支之大，超过县政府。即以邵阳省税局而论，每月开支至一千六百元之巨，而所司之事，不过田赋、屠宰、营业、契税四者之征收而已。方之县政府管理全县之事，而开支仅有一千一百元，繁简之相差如此，开支之浩大如彼。财政当局之用意，以为县长系民政厅所委任之人，往往延缓解款，或从中舞弊，不如直接管理之省税局，凡事听指挥，较为便利。不知民、财两厅均省府委员之一，对于各县县长概用命令，何分彼此而有延缓解款之事。如虑其从中舞弊，则县长可为者，局长何尝不可为？倘用非得人，其舞弊一也，不过将县长之财运转移到省税局长之手而已，甚至局长或有不及县长廉洁之处。至于局长行使职权，非借重县长之力，未必处处行得通。是局长虚有其名，在事实上不见其利，徒见其弊也。

不佞以为今日之各县省税局实有裁撤之必要。如虑县长不服命令，不如改局为科，附设县政府之内，其科长一席由财政厅派人充任（如今日各县承审员由高等法院委派），或委托县财政局代办，或改组县财政局与省税局合并，由财厅委任局长亦无不可。以我湖南全省而论，每县平均开支以一千元计算，至少每月可省七万元，全年即有八十万元之谱，用之购置抗日战斗飞机，至小可买十余架。即不然，现当各县实施自治开始时期，正患筹款无着，若省移此项糜费，用之自治项下，则自治亦易于着手。

总之，县有县政府，有财政局，而又有为各省所无之省税局，每月消耗七万之巨，复各县加派查催员一人，并差役四名，每月开支至二百元之多。吾侪小民诚不知其用意之所在。寄语财政当局，湖南民力已尽，省一笔开支，即为湖南保一分元气。政权统一，亦为今日治国者所当注意者也。

大家来救国

（三月二十二日）

自暴日挟其械精饷足侵占东北以来，得寸进尺，近又复陷我热河，国势之危，有如累卵。此时如有人提议救国，除汉奸外，谁也不能反对。但是，欲救中华民国，要政府与人民共站在一条线上，无所谓官民，须大家拿出良心来作事，决非个人出风头，讲几句爱国空洞言论，贴几张救国标语，便谓之救国，便谓之领导救国。

救国之事多端，而救国之先着则在于筹款。如果款项有办法，救国之工作亦易于实现。否则，所言者均属空谈泛论，无补实际。我湖南政府近日有发行五百万元救国公债之举，凡属中华民国人民，当一致表示赞同。因为关外之士兵及义勇军，正在与敌人拼命之时，我们安居后方，捐派款项，助以物质，自属责无旁贷。

不佞以为，五百万元，其数尚觉太少。今湖南既打出救国捐招牌，不妨扩大，暂定为一千万元。

难者曰：湖南人民不但宣告破产，且已宣告死刑，即此已恐不胜负担，何堪再倍其数？

余应之曰：另有理由，请毕其词。

查今日之救国捐，尽分配在各县老百姓身上，而对于特殊阶级之官员以及伟人轻轻放过，似救国之事，仅责在老百姓，而与若辈无涉者。可怜一般老百姓，平日节衣缩食，手胝足胼辛苦中所积蓄之苦力钱，或置有小小产业，或营小小工商业，均不免于摊派。当此农村经济破产，谷价贱落，三个月筹足五百万元，恐非易事。但天下兴亡，匹夫有责，我湖南人民最怕官，且又富于爱国性，一闻救国捐，即卖妻鬻子，亦愿输将。我很相信此五百万元，定能如期募集，所便益者，全省之官员以及省外湘籍之伟人耳。不佞以为要救国，须大家来负责，无分贫贱富贵，一律加入，所有全省大小官员，自主席以下，视其地位，一律捐薪一月或数月。此外，并撤销或归并骈枝机关，以减轻人民负担。至于省外我湘籍伟人挟有重资者，亦宜劝其尽量捐助。集腋成裘，吾更相信此增加之五百万元应比现在举募之五百万元较为容易负担也。

火已燎原，杯水焉能济事？所望于政府与人民共同负责，不宜将救国捐大事干干净净推到老百姓身上，而自己站在黄鹤楼上看翻船耳！

民族之耻

（三月十七日）

世界绝无仅有之千古奇闻，即我国邵团长本良投降日本一事。暴日此次敢冒天下之大不韪，率师进犯热河，我中央军事长官未尝不竭力防御。保全热河，即所以保全华北，此种重大的关键，断非用前清之马贼汤玉麟所能胜任，加之任后方之指挥者又系乳臭之不抵抗将军，一榻横陈，懂甚么军国大事。

据天津《大公报》所载：汤玉麟待部下极苛，故兵心愈解体。用人尤多失当，守开鲁之崔兴武，为汤部较有力者，此次希望得军长，而汤乃以畀孟昭明，并副军长亦不之予。崔甚怨望，故日军甫进，崔即全师撤退天山。守朝阳之董福亭旅，前有团长邵本良者，因故与董之子不睦，故邵衔董甚深，此次甘为虎伥，引日军进入朝阳，而将原经统带之两营煽诱从逆。此为朝阳失守之真相。事后邵曾致函某要人，谓此举纯是雪恨，并非甘于叛国，今后仍愿听指挥云。

呜呼，两国交战，何等大事！因私人位置之得失，不顾国家之生死存亡，反颜事仇，认贼作父，坐使南岭、北票、开鲁、朝阳不战而失，此种民族之特性，求之世界各国，鲜有其人！

征之历史，如严将军、嵇侍中、张睢阳、颜常山等，其大节炳耀史册。降至前清，尚有殉城殉国之举。迨入民国以来，每次内战失败之军事长官，不远走东西洋，即近匿租界，所能例外而不托庇于外人旗帜之下者，只有吴佩孚一人。

时至今日，"气节"二字早已无存！东北傀儡政府之组织，一般人趋之若鹜。今且愈趋愈下，以一堂堂团长，投降日本闻矣！我民国二十年养士深恩，其结果竟造成此辈无心肝、无廉耻如邵本良者，不但为中华民国军人之辱，抑亦为中华民国民族之耻！

管子云："礼义廉耻，国之四维。四维不张，国乃灭亡。"我民族其猛省。

日本人对华之妄言

（五月十日）

驻华日使有吉前月返国，除报告张学良下野后之中国时局外，并认为现在中国情态，尚不急于与日本开始交涉，目前对于国民政府，不取何种积极的措置，因为看透现在中国的形势：

（一）中国国民之抗日气势，依然继续，用否认满洲国及拒绝直接交涉之强硬标语，以迫政府当局，故国民政府非待此风潮稍和缓，决难与日本直接交涉，此确系实情。

（二）一方面观察中国之政局，如西南五省之反中央气势，华北诸势力抗争之表面化，共产军开始积极行动等种种问题，同时一齐激烈化，全中国动乱发生之必然性颇为浓厚，故国民政府存立的基础渐有濒于危险之倾向。

日方根据此两种观察，大体仍采取消极态度。

又，石井此次赴华府会议前，曾对报界演说，述其赴华盛顿之使命时谓："中国愈早觉悟中日满之合作，以助中国脱离骚乱之必要，则愈有益。若不依此方针而合作，则中国将陷于无希望之地位，而世界将遭遇较满案愈益严重之问题。渠拟竭力劝喻美国与中国之领袖，使知中日两民族与政府，共同努力，解决相互问题之绝对必要"云。

有吉则曰："国民政府存立的基础，渐有濒于危险之倾向。"石井则曰："中国将陷于无希望之地位。"此二人者，系日本今日外交上之重要人物，狂言谬论，侮辱已极。但是败军之将，本不可以言勇，我们不要怪日人乱吠，我们要返躬自问。今日中国之情势，证以有吉第二项之言论，"如西南五省之反中央气势，华北诸势力抗争之表面化，共产军开始积极行动"三者，目前有无事实证明？如其有之，吾人不能禁止他人之不说。如其无之，吾人只作为一种妄言诬语。

古人所谓"有则改之，无则加勉"，不佞恐怕有则不能改，则事不可为也已。

中日朝野目前之态度

（五月八日）

东三省沦于日本人之手，已十九个月于兹矣！

热河失陷，至今亦二个月矣！

在日人固洋洋得意，趾高气扬！

在我国人自然垂头丧气，若丧考妣！

所以，松冈洋右在美国芝加哥向日侨演说，有："吾人使用武力，但求适可而止。"这一句话，在我们贵国人闻之多么"感激不尽"！乃口沫未干，而滦东又以失陷闻！寖假而北平失，寖假而天津亦失，我们究取何种态度以与暴日相周旋？

但是，我等识见短浅，不明大势，兹将关于中国当道之态度略举于下：

东北长官张学良，前以日本寇入三省，无丝毫抵抗能力，仅曰："国际终有公道。"又曰："公理战胜强权，日本此举，不啻自速其亡。"

中委张溥泉之议论则曰："日本在十年之内，一定要革命。"所以，他劝我们静待十年。

中委戴季陶始终信仰菩萨，以为佛法无边的，总可以在冥冥中为我们设法拯救，引起了基督教作祷告。即我湖南人本诸此意，正在南门外做四十九天法会，法鼓咚咚，惟恐不速步印度后尘。

此外，又有一般文学家引经据典，说满洲在历史上属之我国，如章太炎、马相伯等是。

军政部长何应钦在平招待报界，亦云："从此中日问题已成为国联全体对日问题。我国既已接受国联报告书，则在外交上应取之途径业已明白确定，决无变更。"

此我国今日朝野对于目前国难所表示之态度，大概如是。

至于日本，自《田中奏折》种下了祸根，正在实施期间，松冈则四处向各国游说；政府拼命的向各国购运军用原料，即我国铁铅砂，亦用重价收买；日货则到处倾销，不计血本；北平与汉口军人则演习巷战；东京、阪则试验防空；长途试飞则南至台湾；旅津日侨则集款购赠飞机；刺军情则收买字纸篓；援后方即贿通汉奸。在此时间，已有屦及剑及之势！方诸我国朝野态度之安闲镇静，真不愧为大国之国民！

总之，我国已入于"求生不能，求死不可"之地位，和既不可，战又不能，所谓"事之以珠玉，不得免焉；事之以犬马，不得免焉"。第一条出路，只有实行宣战，驱逐内地敌舰，消灭日货倾销，作破釜沉舟之举，或可置之死地而后生。若再取今日"缓性病"式之态度，恐华北亦非为我所有！

最奇怪者，我国失地已四省有零，而两国公使居然存在，中日邦交可谓亲善之至矣！又何国难之有云？

世界总动员抵制日货

（五月七日）

暴日恃其武力发生"九一八"事变以来，激动全世界公愤。所以，美国首先抵制日货，而菲律宾继之，仍不足以抑暴日之野心，并且更变本加厉，施其倾销政策，到处惹祸。于是，英国照会日本，取销《印日商约》，并授权印度政府，对足以危害任何实业生存之逾格廉价外货，加征入口税，借以抵抗之。

又，华联社三月十七日东京电，"九一八"事变后，日商因侵略军事，失其在华商场，为补救此种损失，积极在南洋各属印度、埃及与土耳其取倾销政策。因之土耳其民族工业受其打击殊巨，为保护本国工业与防日之倾销政策，土耳其政府遂向日本通告，取销通商条约，对日货再提高关税。日外部闻讯，虽即命令吉田大使向土耳其政府接洽，但土耳其将仿印度办法，势难妥协云。

又，越南步印度后尘，亦抵制日货倾销。据三月二十四日日贸易商接到消息，法属安南政府对日货倾销政策，已感觉产业上之不安，对日货将提高关税，抵制其倾销政策。

日商工省以为日货到处受排斥，决心运用重要产业统制法、重要贸易品统制法，使企业组织、工业组合及输出组合，加以所需之统制，以此政策求各国缓和抵制日货政策云。

英国工党议员亚特里，在下院辩论外交问题时，主张麦克唐纳与罗斯福在华盛顿谈话时，应讨论由全世界抵制日货，并称："除非全世界对中日争议案采取强硬手段，则此事在根本上，终为裁军问题之梗。"

统观以上情形，世界各国对于日货倾销，无处不设法防止。惟我身受其害"老太爷"式之中华民国政府，闹了二十个月之久，对于日货倾销，尚未有若何之表示。及至上月底，实业、财政两部鉴于日货倾销，于我国工商业所受之影响甚巨，始有设法防止之意，并组织倾销委员会，查明日货倾销之情形，设法制止，以维护我国之工商业。但是，夜长梦多，议虽已动，正式成立，尚待日期。我们中国外交政策，其传统方法，向来以夷制夷，此次日本逞其武力之强盛，侵掠我四省有奇，此时切肤之痛有不可以笔墨形容者，自不能人云亦云，口头上说几句抵制日货倾销大话。我们对于暴日既不能以武力前进驱逐，惟有经济绝交可能亦可为。

我们国势现在已走到死亡路线上，我们要在死亡路线上辟一条生活新路线，以保此泱泱大国，救此芸芸众生。若从前以夷制夷之传统政策，已不适用于今日，我们不可再存此种希望，总要拿出自己的力量放在前线上，方可以左右自如也。

抗日会与日货倾销

（四月二十九日）

　　长城内外，正在与倭寇作殊死战，而日货进口竟不断的偷运而来。在日本各商，深恐战事扩大与海运大有妨碍，故纷纷将存货提前起运来华。自三月二日起至二十日止，日货运来上海者，共计有二十五万件之数，内中以布匹、海味、电料、玻璃以及橡皮制品等居多，而漂粉亦属不少，更有大批东糖，约计价值七百万元。除此以外，其倾销最猛烈者莫如电灯泡，计三月中上海方面达二百五十五万个。据去年度输华统计，达一百二十三万个，以价计之为一百五十万金单位，竟超过抵货运动开始以前输华统计数字。长此以往，华商电泡将无立足之地矣。

　　查日货倾销我国之原因，以我国关税税率较其他各国为低，且运输甚便。日货之销路，向以我国为彼最大之销场，深恐受抵制后，其他各国外货乘机输入，夺取地位。又日本货品本质恶劣，不能与欧美货品竞争，自不能运往欧美各国推销，特由日本政府补助，令其在华倾销；并利用我国一般奸商，或改牌，或包运，为之兜销。自此计得售后，我国工商均受打击矣。

　　近闻中央实业、财政两部，鉴于日货倾销，影响我国工商业甚大，特组织倾销委员会，查明日货倾销之情形，设法制止，以维护我国工商业。此举亦当今应有之文章，为时虽晚，惜乎尚未见实行耳。

　　独怪全国抗日会，不明明白白告示我们"以抵制仇货为宗旨"

乎？通衢大街墙壁上不大贴特贴着"对日经济绝交"之标语乎？何以日货仍源源而来，且又变本加厉？奸商图贪利卖国，想抗日会决不至卖国贪利！此项大宗日货，究从何处偷渡？究从何处推销？抗日会如果有心实行抵制日货，应有严密之组织、刻酷之处理。此辈"愍不畏死"之奸商，不可以理喻，不可以情动，惟有仿锄奸团之办法，处以死刑而不宣布。否则，抗者自抗，而销者自销耳。

提倡中国固有文化

——见国联教育考察团所著之《中国教育之改进》

（四月二十七日）

自一九三一年五月国际联盟行政院开会时，中国政府关于国家教育之改造，请求国联专门机关之协作。本月十九日行政院决议，九月三十日派专家考察团至中国研究中国教育之现状，及中国古代文明所特有之传统文化，以便准备建议最适宜之方案贡献我国，以备采择。兹将关于中国固有文化各议论摘录于后，可见，提倡固有文化实为今日主持教育者所当采纳奋起也。

第一编第二章：

……此辈学生固富有海外智识，而对于本国传统文化几于毫无所知者也，彼等所带归本国者，即其在留学时对于彼国制度与方法所娴熟之观念，而不加以变通。……

……极多之中国青年知识分子，徒摹仿美国生活之外形，而不知美国主义系导源于美国所特有之情状，其与中国所流行之情状完全不同。……故中国新时代之知识分子，自革命以还，咸努力于依照某种舶来之思想以改造中国之教育制度，而中国几千年以来之传统文化则认为不合时宜。……举凡一民族之精神，系由其文字表现，此种文字，或属于诗歌，或属于哲学，或属于历史，如欲将一种外国文明之产物代替此种传统之文化，即不啻忽视一民族之智能与其文化上之表现，其间有一种自然之关系也。中国之维新，固不能不利用外国文明，但纯为机械式之摹仿，其危险实不胜言。……

……因此种进展之目标，断不可在求中国之美化或欧化，而在求中国固有之民族特性与历史特性之维新耳。……

……中国乃一有悠久文化传统之国家，凡将一国固有历史上之文化全部牺牲者，其结果未有不蒙其害者。……

以中国民族智力之高，人民达四万万至五万万之众，且构成人类极特殊而重要之部分。如其不追随他国所不得不采取之艰苦途径，从清查固有文化开始，断不能完全造就其自己之前程。所谓清查固有文化，即谓从本国之历史哲学及文学中，抽绎中国人在知识上之情状，与西方昔日所有之情状相当者。盖西方各国当文艺复兴及唯理运动时代，亦曾经过与此相等之情状，而后始能达到在自然科学与专门技术范围内有实际作为之时期也。……

……新中国必须振作其本身之力量，并从自有之历史文献及一切真属固有之国粹中抽出材料，以建造一种新文明，非美非欧，而为中国之特产也。

第三章：

……吾人因见中国在固有艺术与技术上成就之历史，及其青年趋向新文化之热忱，深信中国必将重行发挥其固有之文化。

……中国过去既有令钦羡之丰富史迹，今日自应以此为根据，取得新创造之力量。……

中国欲返乎昔日之安定状态，端赖一种教育组织，其大部分须建筑于固有文化上，并须受实验科学精神同样深刻之激发。……

……吾人常见学校教室中之画片均系来自外国，且系美术上之劣品。又常见店中所贩卖之艺术品，每为易受欺骗之民众所购买。故在各方面皆须尽量取之于中国过去固有文化之宝库中，因各种形式之艺术皆在宝库内，与华人生活上各种表现深相融合者也。

第二编第二章

……外人不能告中国人，在中国旧有文化中，究竟何者应为此种教育制度之基础，何种要素为组成中国自然的文化所必需，此非由中国人自己发现不可也。

……中国采用与本国国情毫无关系之欧美出版的教科书，殊属无益。……

编者按：一国有一国民族之性情，即一国有一国固有之文化。我国创立学校，提倡教育，应从我国历史上着想，根据固有文化进行，始不至有削足就履之病。此种主张，若出自国人之口，鲜不斥为文妖，指为腐化。今考察诸君言之，如是彼鄙弃我国固有文化者，盍亦反其本耶？

撤销田赋附加之福音

（四月二十五日）

父老苦田赋附加久矣！

日前，中委冯玉祥等提议："各省田赋附加税，应于最短期内完全撤销，以后更不得巧立名目附加征收，以纾民困，而免农村益形破产。"今院部训令各省财厅遵照，冯中委等此种提案，值得吾人搬着喉咙叫好。

查世界各国田赋之重，以中国为第一。中国政府不知生产方法、节流办法，遇有需用经费之时，动辄增加田赋，人民之生死，置之不问。逊清旧制，永不加赋，行之已二百余年。至民国虽未加正供，而附加几超过正供十倍以上。四川在今日且预征田赋已至民国六十年（阅者疑吾言乎，请查天津《大公报》本年二月十六日所影印四川民国六十年收税缴验影片）。即以湖南而论，在赵前省长任内各县抵借田赋以及留抵种种事实，若果合盘推测，也达到民国三十年，但不像四川民国二十年须缴至六十年之怪象而已。至于一两附加至三十元者，则有宜章、醴陵等县。其余在二十元以内者，各县一律，并不足奇。再以敝县东安而论，每两正供，折征银元二元四角，合之各种附加，已达十三元余之巨。内有县党部经费附加，每两一元，计每年一万零八十元，而省款又每月支三百元，合之党部经费，每年为一万三千六百八十元。揆之先总理"以党员养党"之明训，似未有适合。全国田赋较轻之省只有浙江，田赋正供一两仅折合银元一元八角，而附加最高如奉化县亦仅三元三角二分，其余各县不过二元零而已。

再，查美国田赋数目，如一九二一至一九二二年，每英亩的田税，为英金七角九分，合中国每亩洋二角四分。日本土地税，平均每亩五角六分（见董汝舟所著《中国农村经济的破产》）。反观农民垂毙之中华民国，其担负比任何国为重，以每亩田全年之收入，仅足以偿田税。如江北新浦县每亩平均岁入数为五元二角，岁出数为四元九角三分六厘（合各种赋税各经常用费而言），每亩岁余仅二角六分。即以一夫受田百亩计，中稔之年，已不足维持其生活，稍遇灾歉，其何以堪？财政部有见及此，关于减征田赋附加案，由财部召集内、教两部及建委会各机关联席会议，决定减征办法十一条，规定附加不得超过正税百分之百，并限本年度内各省一律减至上项定率内。现财部已将该案整理就绪，呈请行政院通令施行矣。

总之，中国农民已全体走入崩溃线上，将有不可收拾之势。“终岁勤动，不得以养其父母妻子。”而手胝足胼所获之代价，又为如狼似虎之强盗设法征去。与其在家饿死，不得不为非犯法，尚可于死中求活。此中国社会今日之所以不安宁，其祸根即在农民负担太重。取销附加，实是一种澈底救济农村办法。所虑者议而不行，或阳奉阴违，以致口惠而实不至，则中华民国前途之劫运，不堪设想矣。希望此次省府委员分赴各县巡视，获得各该县田赋附加情形，遵照院令，无论为何机关而用，一律撤销，救此孑遗。

“不再前进”与“抵抗”

（五月六日）

《中日停战协定》已于五月卅一日在塘沽大阪商船会社签字矣。条文计五。

第一条：“中国军即撤退至延庆、昌平、高丽营、顺义、通州、香河、宝坻、林亭镇、宁河、芦台所连之线以西以南地区，不再前进，又不行一切挑战扰乱之暴动。”

第二条：“有日军可用飞机或其他方法施行监视，中国方面应行保护，并与以便利。”

第三条：“日军且自动概归还至长城之南”等语。

夫延庆等处以北、以东之地，亦属我国领土；即长城以北，以及东北四省，亦莫非中国领土。今协定文内仅言及长城以内，则长城以外者，显系非我所有，已意在言外，不然何以无一字及之？今双方既签字退兵，何以我方须日本监视？但不知日方退兵，又请何人监视？

所以，冈村于签字之后乃谓：“……这回迅速解决，实在是痛快，不消说关东军还要监视中国方面是否遵守本协定。……”我国代表熊斌亦言：“……日方代表冈村少将以次均以极诚恳亲善之态度商洽，俾协定得以迅速成立。虽难期国民全体之谅解，然自问良心尚安。惟望双方本此诚意，日臻亲善，实所欣幸。”寥寥数语，令人肉麻。我东北四省之四百三十五万方里之土地，即断送于“自问良心尚安”六字之手。想当日举杯互祝协定成功之时，不知若何高兴、若何得意耳，倘一念及东北四省同胞今日尚慑服于暴日铁蹄之下，当亦食之不能下咽矣。

汪院长谈中日问题云："此次华北停战，我方抱定专讨论军事部分，不签订任何政治条件。"此话尤来得奇怪！夫日本入据东北四省，是否用政治条件或系用军事力量？无论何人，当然承认系用武力侵略！我既对于军事协定，则日本之志愿已偿。我国从前屡次宣言，不与日本直接交涉，今日之协定签字，是否矛盾？而罗外交部长亦言："此次停战，完全为军事方面，并不牵涉政治，故对抗日主张，仍未稍懈。"此种欺人之语，不值有识者一笑！夫所谓抗日者，系用武力去抵抗！今协定上明明书明"不再前进，又不行一切挑战扰乱之暴动"，试问到那里去抗日？恐怕枪口不久要掉转头来了！从此后，日本对于满蒙炸弹平安吞下，而"大陆政策"已成，《田中奏折》亦逐一实现！毋怪乎"中日亲善"之空气又弥漫三岛矣！

呜呼停战协定！

呜呼东北四省！

吃饭也要靠外国人

（四月四日）

一日不吃饭则饿，十日不吃饭则死，吃饭问题关系人之生死至为重大。古人云"民以食为天"，吃饭一事，任何人所不能免。我国人口，农民占百分之八十以上，并自称以农立国，除工业品以外，吃饭当然不成问题。乃检查二十一年度国际贸易局发表贸易报告，有令人惊惶失措者，在近年来洋货入口，以棉花居第一位，在二十年度，我国长江流域各省均遭水灾，外粮进口势所不免，计洋麦入口为百分之六点一一，居第三位；洋米入口为百分之四点四九，居第七位。不意二十一年度，全国各省均以丰收闻，而入口统计，除棉花仍居第一位外，洋米进口，由第七位一跃而居二位，计占百分之十一点二六；而洋麦则出第三位降至第六位，仍占百分之四点九二。比较二十年度，计洋米增加白分之六点八七，即数量为二千二百四十八万六千六百三十九担，若二十年度仅一千零七十四万零八百一十担而已。除米、麦以外，又有所谓面粉一项，计上年度亦增加进口百分之二十四。此三者均为民生主要食粮，其入口之增加，与年俱进，总计去年农产物入超为五万万四千余万两，岂非骇人听闻之事？

古人所谓"谷贵病民，谷贱农伤"，但是我国上年丰收，因洋米"不尽长江滚滚来"，并用其倾销政策，以中国为彼销纳生产过剩之尾闾。内地既感交通之不便，农民为顾全血汗起见，亦不愿贬价出售，所以产米省份不能大量的推销于各大埠，而沿海各省又利用轮船之便利，如台湾、安南、暹罗、印度、南洋各岛、美国等外米遂不客气的大批而入。倘政府目光远大，亦购运内地米、麦照外粮价倾销，纵然倒贴，亦楚弓楚得，无伤国计，或者对于外来粮食征收进口税，犹可抵制。乃政府不此之图，反向美国订购巨量小麦，此真理之不可解者。

再回顾近三年米、麦、面粉三项之进口数量，计十八年进口米为一千零八十二万担，麦五百六十六万担，面粉一千一百九十三万担，共值关平银一万四千三百三十一万两；十九年进口米为一千九百八十九万担，麦二百七十六万担，面粉五百一十八万担，共值关平银一万六千四百四十一万两；二十年进口米为一千零七十四万担，麦二千二百七十七万担，面粉四百八十八万担，共值关平银一万八千零六十二万两。此种巨大的漏卮，乃在于农产品之输入，如果当道不急图补救，则农村经济立见溃崩，定有不可收拾之一日，恐焦头烂额，无补事实。现当暴日来寇之时，一方面要御侮，一方面也要救济内地农村，内外兼顾，是在政府诸公善为谋之。

打倒帝国主义

（四月六日）

辛亥革命，满清政府被几个反正电报吓退。袁世凯洪宪帝制，亦被各省几个独立电报气死。十五年北伐顺利，亦系几张标语，先声夺人，一帆风顺，由广东直到北京。电报与标语之作用大矣哉！

此种宣传工作，对内已屡试屡效，我国人近年来袭用故智，意欲对于各红白帝国主义亦提出打倒口号。所以，通衢大道以及会议游街，无不以"打倒帝国主义"相号召。初闻之则心惊，继闻之则肉麻。帝国主义，诚哉要打倒。但是，打倒须有打倒能力，有打倒方法。既然他是帝国主义者，决不畏人打倒，决不畏人几张标语口号就可以打倒。如标语与口号可以"打倒帝国主义"，未免太容易了。

我们中国受帝国主义者之害不小，我们要打倒"帝国主义"，当然一致赞成。我们不可学长沙人打里手架子，捞衣褶袖，满口狗婆养的，闹了半天，仍未用武，仅显着一副狰狞面目，令人难堪。我们要学西南路人打架子，先打几捶，踢几脚，再行臭骂。对于"打倒帝国主义"亦然，若照长沙人打架子办法，只好贴贴标语，喊喊口号，永世不实行去打倒他；若照西南路人办法，先打倒了，再行贴标语，喊口号，作为收队的一种口令，此真是"打倒帝国主义"一个好模样，值得吾人仿照。

尤可笑者，大年首都城内所贴"打倒帝国主义"标语，触目皆是。闻国联调查团由沪经京北上，政府深恐此种标语有伤各国调查团之友谊，连夜派警兵满街洗刷。此何为者？难道"打倒帝国主义"之标语，仅为对内而设？所谓骄其妻妾者邪？"打倒帝国主义"之标语，尚且畏帝国主义者看见，又何能实行去"打倒帝国主义"？

我以为，口头上、纸面上"打倒帝国主义"，仅与各友邦树敌，不如大家来作实实在在"打倒帝国主义"工作，则帝国主义不打而自然倒了，再也不来光顾贵国。若仅空喊"打倒帝国主义"，彼真是帝国主义者决无所畏惧。日本帝国主义者对于东三省、热河是其明证。

彼空呼"打倒帝国主义"者可以休矣！

公务员救国捐标准之商榷

（三月三十日）

此次湖南举募救国捐办法，其抽收公务人员及教职员薪俸标准，系根据中央规定，递进至三百零一元以上，月捐百分之十为止。但是，中央及各省公务员月薪在四百元以上者，指不胜屈。即以我湖南而论，省府委员不是每月六百二十元以上之薪俸乎？若按标准捐百分之十，亦只六十二元。又，省委之公费二百元，兼厅长公费六百元，此项公费实际不过为巧立名目之俸外津贴，而并不在抽收之列。是省委每月所得八百元，只抽收六十二元。省委兼厅长所得一千二百元，亦只抽收六十二元。此种规定，似欠公允。岂以省委为特殊阶级，不能与大小臣工同一丝丝入扣么？阶级虽有上下之差，救国应无大小之分。若严格说起来，官愈大者，其救国责任比小小属员为重。今乃官愈大者，其救国捐数目，反比小小属员为轻，是救国捐专对小属员而设？大官员只不过略一点缀？是所谓领导救国邪？是所谓提倡救国邪？抑知所得愈少者，虽少捐，犹不免打破其生活必需之预算；所得愈多者，虽多捐，仅不过稍停其私囊积聚之增饱。

基于上述之理由，私谓吾省救国捐，抽扣薪俸标准，应鉴于中央所定之办法欠于公允，百尺竿头，再进一步，适用累进法，规定：

所得薪俸公费合计在四百零一元以上、五百元以下者，捐百分之十五；

五百零一元以上、六百元以下者，捐百分之二十；

六百零一元以上、七百元以下者，捐百分之二十五；

七百零一元以上、八百元以下者，捐百分之三十；

八百零一元以上、九百元以下者，捐百分之三十五；

九百零一元以上、千元以下者，捐百分之四十；

超过千元者，捐百分之五十。

如此递进，依本省情形，与中央所定标准比较，所增加之捐额，虽不甚多，但举办非常之事，必须以公允出之，方足以服人心而免愤怨。且也风行草偃，为之上者，更未可以避重就轻也。

不佞有心救国，无薪可抽，以旁观者之地位，聊贡区区之见，愿与贤明一商榷焉。

闹了一阵航空救国以后

（三月二十六日）

　　我国人们日前因为吗啡针的效力，对于航空救国一事，精神抖擞，血潮喷涌，闹得轰天价响。但是吗啡针之效力，虽比五分钟为久，不多几天功夫，仍退回旧日之萎弱颓衰态度。此种态度，实非今日垂危之中国国民所应有。大凡天下事，慷他人之慨则易，若要自己掏腰包拿出钱来作公益事则甚难。即如航空救国，已闹了有一个多月之久，各省对于飞机名称，亦久已拟好，报纸上宣传得多么好看，究竟有那一省那一处集成巨款购了一架飞机否？方之日本人民之热心航空，已募购一百架者，惭愧多矣！

　　南京明故宫之飞机场，当"一·二八"之前，每日清晨无不有许多架飞机翱翔空中，煞是风光。淞沪战后，此项飞机不知藏到那里去矣。若谓中国尢钱买飞机，何以各伟人先生无不时而飞南时而飞北，作为私人来往工具？热河之失，据前敌将官报告，无不曰："日本以重爆飞机轰炸我军，以致不能保持阵线。"何以我国始终没有一架飞机去抵挡一阵？纵或是数量不多，但是当兹紧要关头，即仅一机一弹，与其藏在家里，像去年藏在杭州的飞机，终不免为敌人的炸弹所销毁，何不拿向前方去牺牲，还比较的有点代价？

　　国人饱尝了敌人空军的蹂躏以后，大家知道要抗日，必须备办多数飞机。于是，大伟人，小伟人，以及准伟人，天天在告诉和指导一般阿斗们"航空救国"。但是，在事实上，各级伟人，并不愿拿出分文以为之倡。在平日，则国家事只要阿斗们镇静，不容过问。到了要钱的时候，又说中华民国者，四万万人民之中华民国也。不错，阿斗们希望抵抗强寇，恢复失地，比较衮衮诸公，还要恳切些。购机救国，自应视力量之所能及尽量捐助。但是，也得要有几个诸葛孔明来自己破点钞，才可以提倡领导。不然，请看航空救国的成绩，到今日连空洞的呼声都在若断若续之间矣。

现在祸已燃眉，一面应请当局的诸葛先生实心实力的积极提倡。以中国今日之民气，若善为领导，未尝不可以立集巨款，赶速购置飞机。同时，并应即日训练驾驶人才，以资应用。一面应请中央政府先将国内所有公私飞机一律征发，开赴前敌御侮。即或力量不足，但最低限度亦胜于无也。

英日棉业之商战

（五月十二日）

日商自近年来有政府为后援，努力扩张棉业，并获得政府津贴，所以到处施行倾销政策，以中国与印度为出发点。中国政府懦弱无能，无所表示。惟英领印度颇不甘受日货之倾销，除取销最惠国之《印日商约》外，并对于日棉业课以禁止输入的关税，以抵制倾销。查本年第一季输入英国之日货达一千七百一十九万日元，而去年同季仅为一千四百四十二万九千日元；其输入英领印度者，今年第一季为四千七百九十一万六千元，而去年同季为三千一百零七万五千日元；输入澳洲者，今年第一季为九百九十五万一千日元，而去年同季为四百八十八万二千日元；输入南非洲者，今年第一季为四百八十四万七千日元，而去年同季为一百七十五万八千日元；输入英领东非洲者，今年第一季为四百七十四万八千日元，而去年同季为二百六十四万九千日元；输入纽西兰者，今年第一季为一百零四万五千日元，而去年同季为五十三万七千日元。据英国晨报并指出："日货侵入英帝国市场之程度，在本年四五月间尤为加速之增加"云。

英国鉴于日货之倾销，实有危害本国之工商业，不得不放弃传统的自由贸易政策，并从印度以及英领殖民地驱逐日本商品，以膺惩日本棉业之不正当竞争。其方法则废止一九〇四年《日印商约》之不适用，将值百分之五十增至百分之七十五税云。

在日本，认英印联合抵货实为生死关头，故讲究对策乃系当然之事。乃由各关系当局，对全部英货实施倒外的报复关税之策，一变从来隐忍自重之态度，而掀开对英关税战之火。盖如英国本部各种机械类、铣铁类，印度、埃及之棉花，澳洲之牛、羊、小麦，坎拿大之木材、小麦等，一律课以类似禁止输入的高税。

日本目前在朝鲜、满洲（已视为"殖民地"）竭力讲求种棉，以求达到自给自足程度，并谓："日本之输入棉花，美占百分之七十，印占百分之二十二，埃及占百分之五，倘英政府不示诚意，而任意排斥日本货品，则日本不买印棉，亦不至受大影响。"此系外强中干之言。所以，日政府决定管理日货出口事宜，缓和倾销，以减少英人之愤慨。此次日本出席世界经济会议代表，与英国贸易局长罗伟谈，请印政府取销棉织品所增进口税，而罗伟答称颇觉为难，则英日棉业战争，恐愈演愈烈云。

据十二日东京电称："棉业与棉织业联合会发表文告，热烈的赞助棉纺同业会所决定抵制印度原棉之议，并称英国如坚主排日态度及取销商约，则日本必须抵制一切英货。据日商纺织公会议决，一律拒用印棉，自即日起，应用纺织原料，以华棉暂代，如华棉缺乏时，即实行忍痛减工，以示坚决。"可见，日本所宣布输入棉花印度占百分之二十二之数字，完全不确，敢说日商纺厂，其原料差不多全数来自印度。所以，英印实行封锁日货，日本棉业之生命线即发生极大之恐慌，以致本月十四日日本经济同盟电请英国产业界取销抵货。其要旨有云："印度之提高关税，系与日本输出棉布以致命的打击。"又扬言："将抵制全部英货。"作种种恐吓之词。而英国工商界则情形完全与日本异，并由各工商家组织联合委员会，向英政府请求立刻取销英日商约，并在全国设立一种优惠制度以排斥日货，或竟对于一部分进口日货建立一监督制度。该委员会并力持此议，应于未与日本作任何议判之前先行采用。日本向以强项称，对此劲敌，除屈服之外，谅亦无多办法。

我国今日不曾借口棉花不足自给，向美国赊借四千万元之美棉乎？何以日本商人则云“应用纺织原料，以华棉暂代”？是中国产棉，并非不足！未知此次借棉者作何解说。因谈日英棉战问题，故附带及之。

异哉军缩会竟限制我国空军发展

（四月十五日）

据最近美国航空署长在众议院之报告，美国空军之实力，现占世界第二位。至五强空军实力之比较，法国三千二百四十四架，美国三千零十四架，日本二千八百二十二架，意国二千六百八十八架，英国一千九百架。美飞机中有一千九百四十八架属于陆军，一千零六十六架属于海军。

观之上列数字，日本已占世界第三位。

此次世界军缩会议，因限制空军问题致陷入僵局。近来，英国首相麦克唐纳、外相西门提出各限制空军之标准。其内容为："英、法、美、意、日五强国不得过五百架（记者按：大约指战斗舰），其余以次递减。"我国则竟限制不得过一百架云。该议案能否通过，不得而知。但是，我国海岸线之长，边疆之远，土地之广，比之全欧，不相上下，不但百架不敷支配，即有一万架，亦仅敷用。海军有似饩羊，陆军亦有名无实，将来一线之希望惟空军是赖。倘空军又被军缩会加以限制，堂堂大国又何所恃而不恐？自无异置我国于不能自卫之地位！

一方面固盼我国代表极端反对，一方面希望我国政府与人民一致合作，迎头赶上去，俾我国目前所唱之"航空救国"主义早日实现。

抗日保国，在此一举！

我国国际贸易之危机

（三月二十九日）

"商战"二字，义甚明显，不似争城争地者，用大炮、飞机，演出杀人盈野之惨剧，而系运用其多财善贾之手腕以追逐于市场，吸人膏脂，使人不知不觉，日就枯槁。方之明用兵力以侵略人国之土地者，其结果尤为酷烈。我国商人目光短小，只知在国内争蝇头之利益，而对于国际贸易观念至为薄弱。所以年来我国经济日趋衰落，而一般忧时之士总呼"不得了"，而其所以"不得了"之病根，多有未之知者。

我国人士均羡慕外洋物质之文明，尽量的销受。而外人复挟其倾销政策，以我国为彼生产过剩之尾闾。据海关发表二十一年国际贸易表册，出口净数为四万九千二百六十万两，入口净数值十万零四千九百万两，总计为十五万四千一百八十余万两，若与前年之二十三万两比较，仅及百分之六十六。此种贸易衰落，为近年来所罕见之事，全年合计，入超乃为五万五千六百四十余万两。此种差数，若不设法挽救，其危险之程度，实过于日本之大炮、飞机也。

现丁世界经济恐慌时代，各国无不深筑关税壁垒，限制外货入口，对于国内，处处讲求自给。我国自"九一八"以及"一·二八"国难以来，对于工商业，当然受极大之影响。但我国朝野人士倘能一致努力研究，将国产货品设法改良；一面免除苛捐杂税，以奖励其生产，疏通其销路，或可挽回此漏卮。纵不能与各国相竞逐于海外，而亦可使惊人之入超不致日益增加也。否则若又从而摧残之，则吾中国纵不亡于倭寇，亦必亡于舶来品矣。

对于美国减政之感言

（四月八日）

　　素称"黄金国"之美国，据华盛顿上月二十八日路透讯："罗斯福总统下令，自本年四月一日起，削减政府雇员之薪俸百分之十五，一切雇员，包括海陆空军人员在内，均受削减影响，此项削减，系按照撙节案规定，此举可节省美金一万二千五百万元"云。夫世界各国之丰富，莫如美国，至今尚有减政之举。若我中国生活程度既低于美国，加以国难当头，筹款匪易，在当局既罗掘俱穷，在人民亦救死不暇，纵不欲全国大小臣工毁家纾难，亦可较美国减政，暂渡目前难关。

　　难者云："俸以养廉，俸薄难免不出于贪污一途。"

　　余曰："诚然。夫以国难而减政，不过一时之痛苦，就发生贪污行为，此尚有心肝耶！民国官员薪俸之厚，方之满清，有一倍或二倍有奇，不但可以一时减政，即永远减政，亦未尝不可。减政可以减少人民担负，减政可以煞住人民做官之热心。一举两得，其计至善。"

　　无逸君在《生路月刊》上著有《统制经济与中国民族的生存问题》一文，内有一段甚合鄙人口味，特摘录于后，以作结束本题。

　　如果说为了增进大众福利而需要政府，那么，政府中的官吏是不能无俸以养廉的。可是，即使我们假定政府官吏的机能和效用，然而我们也不应当把他们的报酬提高到寻常生产社会之最高所得以上。这是因为他的间接生产，充分假定他有这样效能的话，也不应超过直接生产者之上的。我们就在资本社会去观察，也可以知道政府官吏的报酬是不会超过于寻常企业家与乎工程师所得。至于以资本社会中的最高官吏与技术家的比例收入，这尤其是不可相提并论的了（苏俄官吏最高薪为二百四十罗卜，而技术家薪俸则有超过于资本社会中者）。中国社会是怎样，我们没有适当的技术薪俸的统计，可是从中华职业教育社的职业介绍指导所的征求标准看来，大概是留学的平均最高不过三百元；普通大学教授平均起来，还不到此。然而，政府里的薪水却超过若干倍了，一个寻常部里的荐任科长就是三百到四百，简任的则是五百到六百七百。此外，高级的还有办公费、活动费种种名目，总计下来都要到二三千元。以这样巨大相差的比例，怎样不会把知识分子群驱之于做官一途？又何怪乎无论医工商矿的专家结果都非走入仕途不可呢？……因此，我们现在无论审查那一机关的预算，没有不是薪俸费、活动费超过于正式的事业费的了。然而，不平衡的现象，就在同一政府之下的各机关也呈现出来，因为各种机关俸给也不能一致。如同自己有收入的机关，则在那里度他们的国难，更有的全部不发薪水，而机关及其他一切则仍旧存在的。这个便不单是政府和人民之间，显分厚薄，即是政府与政府之间，也就大相径庭了。

以下所言者乃是党费，不佞恐怕闯出滔天大祸，或祸延本报，再也不敢录登。阅者欲窥全豹，请检查《生路月刊》一卷二期该题十四页便知端的。

布衣运动中之绸缎业

（五月五日）

自何主席、余厅长提倡布衣运动以来，一般人均认此为目前应行之事。因为中国当此经济拮据、农村破产之秋，非从俭约入手，实不足以维其个人生活与社会安宁。古人所谓"俭以养廉"，即此意也。

不谓布衣运动正在开始之时，长沙绸缎业有一二人，呈请何主席，恳求暂缓施行，以维市面等语。夫中国今日之风俗，奢侈极矣！无外国人生产之能力，有外国人消耗之程度。一袜之价，费至七十元；一套西装，费至五百元。相习成风，恬不少吝，奈之何民不穷且盗也。试披阅民国二十一年度进出口商品统计，毛织品入口价值为一千八百四十八万七千七百七十三金元，人造丝入口价值为一千一百四十万四千六百三十金元。此种巨大的数字，有不令人惊愕失措者乎？倘我国上下一致以布衣为前提，如古时卫文公大布之衣，近世甘地大布主义，则此项漏卮自可免除，于国家经济、个人预算岂曰小补之哉？

"衣食"二字，为人生所不能免，但求适可，何必过奢。如果我们一致提倡布衣，每年尚有一万零一百八十三万九千零八十四金元之棉花入口，将来布衣主义发展，其数字或者较上年加大。然而提倡布衣运动，据一般心理都表示十二分赞成，不佞以为根本上解决办法，首在提倡种棉。如果棉料不能达到自给程度，专恃输运外国棉以供给各纱厂之用，则不如提倡绸缎（非人造丝），尚属完全国货。若我国今日之布，只能称之为半国货。

希望何主席、余厅长于提倡布衣之外，再进一步提倡种棉，达到完全国货布衣之目的，非然者"头痛医头，脚痛医脚"，非有一个具体办法，工业前途未见有何顺利。我们国势颠危，东北失守，在此时期，开源既不能，节流未尝不可。今日之布衣运动，即"节衣"之谓也，亦即"节流"之谓也。

在业绸缎业方面，以为提倡布衣，不啻间接摧残绸缎。须知今日经济恐慌，百物都趋于凋惫时代，即不提倡布衣，绸缎业未必有如前数年生意之兴隆。所谓"穷则变，变则通"，平江大布、浏阳夏布实为我湖南最有名之土产，改绸缎庄为大布庄可矣。全国财政已入于颠躓状况，我湖南尤甚。广义的说，我们要提倡国货；狭义的说，我国还要提倡省货。想绸缎业各商友，必不因改变营业货品而发生反对，想政府亦必不因一二人之请求而停止提倡。虽然，农村经济已入于总崩溃界内，人民购买力亦微弱不堪，纵绸缎业每日西乐喧天，将那"不顾血本"及"买一丈送二尺"之红白长旗招摇市上，终仍无人过问。

世界恐慌，我湖南自不能例外，此甘地之所以白织白衣也。

"不妄用一人，不乱用一钱"

（四月十九日）

我湖南财政，据当局者说，困难已达极点，几有不能支持之势，以致二十二年度预算无从着手编造。不佞认为今日湖南之财政，诚哉困难，源既不能开，节流亦未尝不可。节流之道首在裁撤骈枝机关，而财政当局尤宜以身作则，"请自隗始"。

湖南四厅所成立骈枝机关最多者，莫过于财政厅，县有财政局，而又设立省税局，"关门闭户掩柴扉"，本报前已著论及之矣。所谓省税局，并不仅办理田赋、屠宰、牙帖、税契而已，除地方税以外，应包括所有省税在内；乃长沙、益阳、湘潭等县，又设有营业税兼产销税局；岳阳、梅堤口等处又设立米捐局。不知营业、产销、米捐等，是否可以由省税局兼办？若果谓省税局不能兼办，则田赋、屠宰、牙帖、税契等，未尝不可分设四局办理。此种层床叠架主义，局外人实不知用意之所在。

不佞闻财政当局就职之日，其誓词有云："不妄用一人，不乱用一钱。"此种无中生有为各省所无之骈枝机关，是否有违誓言？我湖南今日应设之机关甚多，应办之事亦甚多，自应统筹兼顾，用得其宜。今当编造新预算在即，财政当局又首当其冲，希望拿出公平的主张，合理的计算，定一兑现之预算。若果只劝他人撙节开支，繁缩数目，而自己却任意支配，不加限制，古人云："放饭流歠，而问无齿决"。其湖南今日财政当局之谓乎？

停战后之日货

（五月十五日）

四月份上对外贸易，因日本感于关税协定期满，赶运来华。及俄货激烈入口，对外贸易额逾一万万元，入超至六千二百余万元，其数字已属可惊。自中日协定签字后，上海日邮社已增派八轮来华，每间一日有一船到沪，每次进口货恒在一万八九千件；每星期之劣货输入上海者至少达六万件，长江方面转去亦多。故日清公司从六月起，已开始整理船舶，预备复业。

查日本商轮近来已形活动，其在长江方面，向有六航线，如沪汉线、汉宜线、汉常线、汉湘线、沪宜线、宜渝线，以为日货推销之工具。自"九一八"事变发生后，日轮营业大减，六线中已有五线停驶，仅有沪汉线并行，聊资点缀。两月前虽有志恢复船运，无如客货沉寂，议而未行。今则中日停战协定，日航商遂乘机复业，以恢复长江航线原来之地位。经各公司会商结果，决于六月一日起，将长江六线一律复业，所有客票运脚特别减低，如客票减半，货运六折，以迎合我国人之心理。将来各线开航时，定有拥挤不堪之现象。

不但此也，据西报载自"九一八"事件后，华人抵制日货极烈，讵事过境迁，不五分钟抵制日货已渐形废弛，只重表面，不重实际。换言之，即日货可以鱼目混珠，一经奸商改换中国牌，即变为国产，于是销路更形踊跃。最近据海关报告，已有死灰复燃之势，奸商贩卖如故，人民购买如故。沪日商等以日货在沪尚无统一销售机关，决在虹口蓬路间设立十层楼之极大日货商场，俾与西洋物品竞售，闻在二年内即可完成。

反观我国，日日张开嘴巴闭着眼睛大喊"打倒资本主义"，而不顾国内之工业状况如何；日日言"抵制日货""检查日货"，而不去运用资本以制造代替日货之国产品。既要抵制日货，当然要设厂自造。既要自造，当然要筹集资金，方可着手。今一面要抵制日货，而不自造；既要自造，又要打倒资本主义。此种矛盾政策，何啻缘木求鱼。中国工业决无发展之一日，只好听日货之充满市场，囊括我们膏脂以去。

此次中日天津会议，第五条有取缔排日问题。嗣后日货之运华推销当如水银泻地，无孔不入。一方面有政府之取缔，一方面又有打倒资本主义者两层帮忙彼日本商人，自当感激流涕、三跪九叩首以谢耳。

抵制日货与日货倾销

（五月十七日）

经济绝交，乃弱国对于强国"无可奈何"之一种政策。我国抵制日货，已非一次矣，不过五分钟之久，即行"烟销雾散"，并未从根本上解决之。自"万宝山案"发生以来，各省又竞言抵制。"九一八"以后，抵制更为剧烈。自表面上观测，诚哉其剧烈矣！贴标语，喊口号，与夫登台演说者，无不言之成文，听之动心。若一进而究其实际，于抵制日货毫无影响。虽则由"丧尽良心"之奸商输售，而上自中央实业部，下至各省建设厅，当负半责。夫实业部与建设厅之设立，其宗旨在计划与提倡国货，并非要部长与厅长信口讲几句官腔，动笔做几篇空文，在各报上宣传宣传，便谓毕乃能事，尽乃职务，要脚踏实地，"坐言起行"。所以，外国人批评世界各国民族性质有言："德国人说起就做，英国人做而不说，法国人做了再说，中国人说而不做。"此"说而不做"四字，描写极当。试观我国无论甚么会，研究章程者几次，修改字句者又几次，费尽了咬文嚼字之能力，卒之文字与实行，完全分为两途，甚至在报纸上披露，博得社会上一时之赞许，即可束之高阁矣。以此种"吹牛"之人而使之主持部长与厅长，是国货永远不能振兴，即日货终古不能抵制，人民纵言抵制，确系一种自欺欺人之语而已。

我国人日日言抵制日货矣，而不知日本人早已准备一种对策，而使中国一线之企业，永远地摧残，永远地不能复兴。其对策如何，可分为二点言之：

一、日本出版之《东洋贸易研究》，上年七月号中有言："……故今后欲为新对华企业，必须以相当之大资本、同时藉工场规模之扩大及制品之改良，渐次将销路扩至海外市场，以确立广泛之营业政策，实最为得计，且亦一求免于排货影响之方法也。"此一段文字，浅视之似乎不关重要，若进而深究其用意，确系一种最毒辣政策。盖日本从前对华以商品输出为原则，今则改用资本；从前以商货竞争，今则改用工业。以中国薄弱之资本、幼稚之工业，今遇一大资本、大工业之劲敌，不但失败而已，恐难免"全军覆灭"之惨。况彼又言"渐次扩至海外市场"，则中国企业界更无发展之可能。以我之空言抵制，易彼之新对华企业对策，其危险为何如也？

二、我国自前年抵制日货以来，于日本果受丝毫影响乎？据上年十二月日本商务参事官驻沪事务所披露："至于对华贸易，则十一个月总额，共日金一万万九千八百万元，内输出占日金一万万三千三百万元，计出超日金六千七百万元（在中国言则为入超）。"近且日货进口激增，尽量倾销于长江流域一带，每周平均约有五万余件，全月即有二十余万件。用其倾销政策，不患商人之不自入牢笼。即以煤一项而论，从前汉口最销行祁阳之煤，每年由湖南输出，虽无统计，为数当亦不少。近来不但祁煤绝迹，即他处国煤亦将无立足之余地。夫日本所开之抚顺煤，在东三省售价，每吨为日金六百五十元，今则运至汉口，仅以日金四百零三元出售。其一种倾销政策，不言可知。彼既用倾销政策，不但抵制失其效力，而国货并受打倒之影响。其手段之毒恶，令人望而生畏，特我国人未深加注意者也。

由前之说，中国将来企业之危险；由后之谈，目前抵制毫无效验。吾人将束手待毙欤？抑将有以同心挽救欤？盖"哀莫大于心死，身死次之"，我国人今日可谓心死矣！讲起来头头是道，做起来处处落后。抵制日货，应从提倡国货做起。而提倡国货，必先有良善之国货代替品。此种代替品，非振兴实业、开办工厂不可。环顾国内，究有若干相当生产机关以供人民之需求？夫不从根本上解决，抵制日货，畅销欧美之货，犹之前门拒狼，后门进虎。设使我国有真正大工厂，制造洋货之代替品，则日本倾销政策不过一时之发见，决不能永久支持。

吾人只要抱定宗旨，和衷奋斗，不甘为任何舶来品之奴隶，则日本之倾销不足畏，日货不抵制自然抵制矣！非然者，堂堂独立自由之中国一变而为世界各国之市场，可哀也已！

民国二十二年之希望

（一月一日）

中华民国产生，今满二十一岁！

回顾此二十一年之中，天灾人祸，迭相乘除。凡属中华人民，无日不在颠沛流离、水深火热之中，是人民最低限度所希望之"安居乐业"四字，尚不能如愿相偿。政府高唱"解除人民痛苦"，而事实上，不但不能解除痛苦，反较未革命前之痛苦日益增加。如田赋附加、产销税、营业税、烟酒税、印花税、屠宰捐、烟苗税、灯捐、特税、房捐、牌照税等，凡此种种，均畅行于民国元年以后。嗟我小民，何堪任此重负！设使所征之税款点滴用之于人民身上，当此农村破产救死不暇时代，已觉难于支持。而况所收之税款，什九支给军费。夫人民出粟米养兵，原为卫国。乃东北失地已经年余，至今尚依赖国联乞怜解决，未闻政府提一旅之兵以与倭寇相周旋。近且更进一步，向热河攻击矣。恐进不止步，北平亦在危险之中。不抵抗将军，届时亦不能株守地盘，恐要贯彻不抵抗主义，不之南，必之西。我国家何须此类军人！如谓中国之兵不堪应战，何以山东韩刘之争、四川两刘之争、贵州毛王之争，无不杀人盈野、杀人盈城，何勇于内战、怯于对外之如此其极也？

吾侪小民，实无能力与政府算旧账，今本"以前种种譬如昨日死，以后种种譬如今日生"之成语，希望各级各省政府：

凡属主持民政者，肃清吏治，与民更始！

主持财政者，节源开流，取消苛捐！

主持教育者，培植固有道德，注重实业教育！

主持建设者，提倡农业生产，扩张对外工商！

主持军政者，外拒强权，内清土匪！

其步骤不可有丝毫缺少与纷乱。并希望今后之政府，尽可少唱"解除人民痛苦"之空调。如果达到以上各小小要求限度，则解除人痛苦多矣！

本报今当二十二年元旦之辰，回顾政府以前成绩，实不敢盲从庆贺。况值国难当头，尤不敢有所庆贺。一方面，只有希望政府与人民意志一致，多作实事，少开官样文章之空会议。一方面，希望本报同人各尽天职，苦口婆心，努力奋斗。

"十年生聚，十年教训。"是在全国上下人民共同站在一条战线上，对于此次生死关头，用十二分毅力，下最大决心打破之。

"多难兴邦，危而复安。"以待来年，再行补贺。

湖南重要兵工出品

（五月四日）

锌（即白铅）与铅（即黑铅）为我湖南之重要出品，即为兵工之重要原料。中国产铅与锌之省份甚多，而能制成熟货者，惟湖南独有。不佞于民元时代曾任金陵兵工厂，所需用黑铅尽量在矿务总局采购，此为湖南黑铅销入兵工厂之嚆矢。厥后黑铅炼厂所出之货，除一部运销上海外，其余概作茶箱装潢之用，而兵工厂直接来湘采办者，久已寂然无闻。虽每月全国各兵工厂所需要之黑铅数千担，惟洋货是赖，几不知湖南尚有国货代替也。

现在抗日"剿匪"严重时期，各兵工厂对于制造子弹异常忙碌。前所需原料多系舶来品。汉阳兵工厂郑厂长家俊，湘人也，对于提倡国货素具热忱，此次呈请军政部回湘购运锌、铅以充军实，日来正与矿产营业处接洽，计每月可销黑、白铅各一千担之谱。而金陵兵工厂李厂长亦系湘人，与郑厂长有同样之主张，积极采用国货，每月销数与汉阳厂相等。诚为我湖南出品前途之福音耳！

湖南锌、铅前此所以不能畅销之故，不知者以为洋铅倾销，其实洋铅并未倾销，而使其倾销以打击湘铅者，政府为之也。查我国所销之洋铅来自坎拿大，每担在上海交货市价二十一元三角，政府予以免税护照，计每担减少四元五角。各兵工厂只备十六元八角，即可购得洋铅一担。若湘铅每担成本十五元九角，如系兵工厂所购，准免税一元，计十四元九角。此系在汉口交货，若运至津、沪等处，运费当然加多，并不得与洋铅享免税四元五角同等之利益，只准减少一元。所以，湘铅运至沪、津，其价比洋铅略高，在各兵工厂为避重就轻计，不得不购用洋铅。殊不知海关损失一笔收入，即系国家损失一笔正税，正所谓"见牛未见羊也"。加以身为厂长，对于采办洋铅，难免其中不有不可告人之好处，若对于官办营业机关，彼此以印收为往来，丝毫不苟。湘铅之不畅销于各兵工厂者，此亦是一大原因。今郑、李二厂长向以提倡国货为前提，毅然决然，亲自回湘定订每月一千担，排除一切黑幕，殊可令人钦佩耳。

吾湘西法白铅炼厂，正在设厂开办之时，目前所出白铅，均系水口山唐局长伯球在松柏用改良土法所炼成者。其成分含铁百分之零点零九六，含铅百分之零点三六四，纯锌为百分之九十九点五四。但是锌中含有铁质，于制造弹壳容易脆碎，不甚适用。现唐局长察知土法炉上所用之盖系铁质制成，其挹锌所用之瓢亦系铁质，所以每次炼出之锌，总含有少量之铁养。此次改用铜盖铜瓢，即可免除前弊，而成为合金，堪为兵工厂制造弹壳之用矣。

继又闻郑厂长除在湘定锌、铅外，并向石门口煤矿局定购大批烟煤。如此热心推销国货，实可为全国各厂之范模。设使各厂长均对于郑厂长表同情，又何患我国工商业不发达哉？

举棋不定之中央钢铁厂

（五月十一日）

实业部陈部长自到部以来，拟定"十年计划"，如筹办钢铁厂亦为计划中之一，因无研究统计材料，致使未能即行实现。其厂址，有主张在浦口者，有主张在雷家沟者，最近又有主张在焦作者，各有各人理由，所以对于地点尚未下一决定。计自筹办之日起，迄于今日已有年余，作舍路旁，未知何年方告厥成功耳。

我国铁的产量，虽未有正确之调查，然约计总在三十亿吨以上。我国现在出产之铁额，多为日人所把持，如汉阳，如大冶，如本溪湖，如安山，完全借日款或由日人专办。此外，扬子、浦东等厂，亦不脱外债拘束。只有龙烟一厂，清白传家，政府既没收于前，又不肯继续于后，听其功亏一篑，致生禾黍之感伤。环顾国内，竟无一厂之可数。夫钢铁为各种工业最重要之基本原料，若不设法发展，不特铁的本身前途不堪设想，即全国各种重要工业亦无法使其存在。实业部认为出产铁量为目前最重要之事，故与德商好望公司订立合办合同。但是夜长梦多，河清难俟，成大事固宜考虑周详，不可苟且，而优柔寡断亦足以败事。

不佞对于地点一层有下列之主张：

曩日张文襄公创办汉阳铁厂，煤则取诸萍乡，砂则来自大冶，不于煤、砂二者之中就一地建设厂屋，而独择取汉阳以为厂址，其计已左。闸北为我国工厂林立之地，自"一·二八"日暴炮击以还，所有该处一切工厂化为乌有。现当国家多事之秋，外侮之来不克预料。此种重大工厂于军事上大有关系，所以根据以上二种理由，我认为就原料避敌忌起见，其地点应设在湖南。因为浦口交通虽便，不产煤、砂，且临近大江，最易发生危险；雷家沟虽有烈山之煤，而砂则来自他地；若言焦作，地点虽好，但武安产砂有限，本地所出之无烟媒，不合炼焦之用，最困难者，该地缺水与河道，不宜于建厂之用。惟我湖南，煤与铁砂弥布全省，萍乡之焦，朝发夕至，既不虞原料转运之艰难，复不虑任何敌人之忌刻。加之食粮既廉，人工亦低，以言交通，水有湘江，陆有粤汉。地点之适宜，全国再无有如我湖南者也。

今当中央钢铁厂厂址举棋未定之时，特贡一得之愚，希有以采纳为幸。

于无办法中求办法

（五月十三日）

中国现处于内忧外患之秋，有心时事者，均说无办法。论政治则黑暗已极，论军事则拥兵自卫，论财政则罗掘俱穷，论教育则敷衍门面，论建设则一事无成，论农村则经济破产。环境如此，虽圣人复起，亦无办法。

不佞以为今日国势之坏，坏在人心，而所以造成此种人心者，教育界不能不负一部分责任。我中国以农立国，农民占百分之八十以上，平日"日出而作，日入而息"，自耕自食，不计其他。自一般文妖掉五寸之笔，左一篇农民解放文章，右一篇解除农民论说，娓娓而谈，极尽挑拨扰乱之本事，恍惚惟恐天下之不大乱者。时至今日，全国鼎沸，农民痛苦，丝毫未予减除，而农民之负担，比较任何世界为重。迨至不胜其担负，相率而为土匪，于是社会不安宁矣，于是国家不太平矣。向之以文字作宣传工作者，今且自悔其前日之错误，即思有以纠正之，惜乎于事无济矣。

国事果无办法乎？曰：非也！有人类而后有社会，有社会而后有国家。今欲求国家之安定，必先有健全社会之组织，乃能造就一般优秀之人类。不佞前居乡间，见多数农民有"人人称王，个个称霸"之意，造桥修路，目为多事，赌博吃吹，视为职业。有以好言相劝者，彼则现出一副狰狞面目，甚至以武力相加，反说"打倒劣绅"，一呼百和，不由人不寒心吊胆。如此"君子道消，小人道长"，欲求社会秩序得以维持不乱者，不啻缘木求鱼。人心如此，虽有少数人"想做好的干"，无如孤掌难鸣，一木难支，抱着"各人自扫门前雪"主义，而大局遂至于不可收拾。

今欲于无办法之中求办法，惟有举办自治，庶可纳全民于轨物之中，晓以大义，教以八德。先安定社会人心，再图发展一切工商事业，实行"庶富教"三字，则内忧既除，外患可弭。

一得之愚，或不以人而废。

对于职业学校一点小贡献

（三月九日）

近来主持教育长官以及教育界人士均认为中学生升学困难，主张多办职业学校，替中学生谋出路。其用意固不可厚非，但今日全国办理之职业学校，根本上已属错误。只要打起职业学校招牌，便谓即毕乃事。"挂羊头卖狗肉"，政府并不过问，且从而提倡之、奖励之，认为得当。所以职业学生毕业后，仍不能谋一职业者，所在皆是也。

即以我湖南而论，公立职业学校已有七处之多。究竟身为校长者，对于"职业"二字有深确之认识否？我敢说一句："大都未明职业界线。"既有此弊，我们应将今日职业学校之组织根本推翻，澈底改组。所谓职业者，以做工为主，实习时间应多于理论，而理论即是改良实习，纠正实习，并视环境之需要与夫当地之原料，为之开班招生。本"工之子恒为工，农之子恒为农"主义，分别收取学生。其授课时间，不必规定年限，一年、数月亦可毕业。将一切不关职业之功课概行删除，须使出校后实实在在有一艺之长，可以自食其力。若此方合夫职业学校之办法。

反观我湖南今日之职业学校，有一部"老太爷"式之发动机，几座伤兵式之制造机，一入工场，好像欧美之古物陈列所。学生对于工作，好像秀才骑马，混过三年，便算毕业。但是今日毕业之职业学生仍是无业可职，因中学生无出路而办职业学校，今职业仍无出路，是谁之咎欤？不得不归罪于办理职业学校校长及主持教育事业者太不明职业之原则耳。

与其误人，不如停办。质之当局，以为何如？

再来谈谈职业教育

（三月三十一日）

我中国开办学校已三十年于兹矣，近且进而提倡职业教育。谋国之忠，谁也不敢批评。我认为今日之主持教育者，对于职业学校，根本上大错特错。所以我国职业其名，失业其实，因研究职业而至于失业，岂非骇人听闻之事？

不佞以为今日之职业学校，有完全改组之必要。因为现在各校，无一不因陋就简，敷衍塞责，求其有一整个设备完全之学校可使吾人满意者，实不可得。与其徒撑门面，无补社会，不如澈底改造，较为有益。我意最好今年暑假，将全省各处职业学校，一律改组。如：

某校设有纺织科者，附设于纺纱厂；

某校设有窑业科者，附设于醴陵窑业试验场；

某校设有金工科者，附设于民生工厂；

某校设有矿科者，附设于水口山矿务局；

某校设有土木科者，附设于公路局；

至各校设有化学科者，一律并设于长沙，以便就近在各化学公司实习。

如是可以减少许多设备款项，学生可得良好之实验场所，在政府并不蒙摧残职业学校之恶名，而社会上亦可以减省若干有职业知识之流氓。

至于毕业年限，视所学科目之难易为标准，并不一定规定三年。如德国各处所设之职业学校，有一年或数月毕业者。若不论"大屦小屦"，一律三年，则难者不得效用，易者虚耗光阴，非善办职业教育之道也。

以上主张，系实事求是。倘蹈故难改，则此次教育厅厘定二十二年度预算标准，亦宜对于各职业学校经费予以增加，绝对不能以普通中学之预算标准移作职业学校之用。盖职业学校，须有相当之设备以资实习，且聘请普通科学之教员易，而聘请专门科学教员难。今不分难易，一律每点钟一元三角，恐良好之教授未必肯为此区区之数而呕心血也。

至于教育厅之人才组织，尚有应加健全之处。我湖南学校林立，科目各别，商榷预算，批札公牍，督察学务，审核成绩，厘定各科教程，须有各种专门人才以资应付，绝对不能以学师范者办理职业之事，学工业者办理法政之事，否则政令与事实每多柄凿不容之处，办学者或与之商量实情，彼则莫明其妙，"毋庸渎请""遵照前令"等等官腔又来光顾，则今日之办理学务者真苦极矣。所以欲求教厅与学校一气贯通，不至有"削足就履"之叹，则今日之教厅亦宜如开药店然，各门齐备，以应单方。若果仅有甘草一门，于事无济。

因谈职业教育，连想教育厅所定之预算标准。因预算标准之不合事实，连想及教育厅人才组织之不健全。扯杂成文，未知当局以为然否？

谁是消费者

（五月十四日）

我们中国每年入超有五万万元之多，此种巨大的漏卮，固然是全国国民所担负，而其所以成此种消费数者，则作俑于各种官僚。而官僚所以极端发展消费者，并非自己拿出若干金钱以作消费之用，还不是拿着老百姓来榨取，间接输送到外国人之手。以我们之膏脂供若辈之挥霍，"取之尽锱铢，用之如沙泥"。"一粥一饭，当思来处不易"之格言，他们何曾想到？即想到矣，他们又何尝顾惜？实行"无君子莫治小人，无小人莫养君子"主义，使他们真正是一个君子，我们小人不但养之，即祖之宗之亦可。却是他们自命为君子，其所作"丧尽天良"之事，比任何小人还要加三级。当其官之未得也，则朝暮乞怜，极尽人间之丑态；既得之矣，则又百般搜刮，有"为阎王老子挖煤"之势。一衣之值，等于中人之家产；一殽之费，可供十口之家一年之食，奈之何民不穷且盗也！

中国今日"不耕而食，不织而衣"之人为谁？

工人乎？则每日八小时以上之工作，谁也不能例外。

农人乎？则披星戴月，手胝足胼，谁也不能幸免。

商人乎？则持筹握算，百计经营，谁也不能偷安。

士兵乎？则执干戈以卫社稷，头颅早置之度外，谁也不能吃太平粮。

所谓消费者非他，即是欺骗老百姓、敲诈老百姓、强夺老百姓，一般残酷性成之各种官僚。

各种官僚，平日不知生产，而消费能力却比生产能力大过几十倍。他们不认识我国经济困难、农村破产，他们只拿出优胜的地位、特殊的阶级，对于我们老百姓"要如何，便如何"，稍为声请，即加以"反革命"或"反动派"之罪名。所谓"为人民谋幸福，为民众解除痛苦"，那里有这回事？说尽了千古好话，做尽了千古坏事，不使我四万万五千万人民不堕入十八层地狱不止，东北四省已有事实证明矣。其所以致此者，四省内各种官僚不能其辞咎。在各种官僚之心理，东北虽沦于日本人之手，亡国大夫，在在唾手可得，较之老百姓为日本人作奴隶，尚加人一等。如此演进下去，"中国不亡必无天理"。所谓"长期抵抗"或"抵抗到底"，果谁之欺？结果只有更加速我们整个民族的灭亡而已！

在今日国难期中，民众固然要节衣缩食、毁家纾难，为政府的后援。而各种官僚对于民众，亦不可尽量的讲求消费，可节者节之，可省者省之，必须体恤生产之不易、物力之维艰，努力并实行民众生产，整个的来解决民生生活，不可只讲求个人生活之解决。解决民众之生活，即是解决个人之生活。若果民众生活不能解决，即个人生活虽解决亦等于未解决。黎前总统有"有饭大家吃"之语，真是解决民生之要义。

现在中国民众已到了死亡线上，如果只知消费，而不去发展生产，则帝国主义之经济侵略，自然而然的，日益扩大而毋底止矣。用特大声疾呼于各种官僚之前曰：

中华民国非亡国之国民！

中华各种官僚乃是亡国之官僚！

各种官僚不要责我之言论激烈，请环顾全国，生产如何？消费又如何？生产是何人？消费又是何人？如能以消费之量数，转而为生产之量数，中国其庶几乎。

省督学

（五月三日）

各省教育厅为实地考察各地学校实在情形起见，设置省督学数员，以补厅长耳目之所不及，意至善也。我湖南教厅亦有督学八员，每学期照例向外县各校视察一周，归省时集合所带回各学校之表册，加以批评，呈报厅长，即毕乃事矣。此种手续，各省督学皆然，我湖南又不能例外。

最足异者，我湖南督学出巡时，不由厅长指派区域，而由"八路诸侯"用拈阄法定之。其故因道路有远近，交通又有便利与不便利之分，加之所往之地，又恐怕不安宁，彼此争论不清，于是各凭各人之运气，在未出发之前，约集拈阄。此种办法，除我湖南以外，恐为各省所无也。

我湖南向分中、西、南三路，其学校所在地，性质各别，有中学，有师范，有职业，而尤以职业学校科别复杂，非素习该科之人，鲜有批评得当者。今督学前往视察，分区不分科，每年照例惠临一次，不过看看学校是否尚存在而已。又加以督学到校，每次最多不过一二日，"走马看花"，焉能得其真相？而在办学校者，见督学"启戟遥临"，格外将学校打扫得干净，布置得整齐，以博得一字之褒。在教育方面，恐督学之报告与批评，于前途名誉大有关系，不得不格外打起精神，高声授课。迨督学去，仍呼一声"复原位"，现出一种腐败不堪、颓靡不振气象。但办理优美者亦有之，不能一概而论也。

不佞以为今日"八路诸侯"式之督学，应由厅长各就所长，分派视察，实行分科不分区办法，并须从各校开学之日起，轮流前往各校视察。并于各校内辟一督学室，以为督学常川"驻节"之所，不得以流动性质之督学常在省城住家。现在各校开学已四阅月矣，而各督学尚未有出发之动机。千呼万唤，望眼欲穿，如再姗姗迟来，本学期即届束矣！

有旁观者曰："君独责难教育厅督学何也？夫教厅督学，年尚照例往各校视察一次，时间虽暂，尚存告朔之饩羊。其余各厅之视察员，终任不越厅门一步，未闻君有所论列。"

吁，余欲毋言！

禁烟委员会与流动检查所

（五月十八日）

六月三日为中国禁烟纪念日，何主席致词内有云："烟与匪同为危害人类的毒物，我们大家今后要以剿匪的精神去禁烟，决不能因稍具效果即行松懈，否则不仅前功尽弃，而且流毒无穷。……"曹民政厅长于报告禁烟现况之后，并郑重声明："省政府对于禁烟政策，绝对仍本着澈底肃清流毒的宗旨，严厉执行，决不稍有松懈"云。

不意省政府对于禁烟下最大决心之时，外县竟有弛禁之举。日昨，东安李县长来省，言及："东安全县，经宝庆特税分处派员成立流动检查所，除各大市外，并推行及于乡间，零贩零卖，只要贴有印花，无论何人，不得过问。省政府要禁烟，而特税处设流动检查所，办事甚形棘手，现已呈请辞职"云。夫东安为湖南省之一县，并非化外区域。政府要禁烟，特税处则设立流动检查所，始则设在市镇，继且及于乡间，惟恐烟毒之不普遍全境，惟恐鸦片之不极端发展。细味"流动"二字，可以知其用意之所在。如果政府知之而不为之取缔，则是矛盾政策；如果政府不知而系出于该处之私自为政，则亦应即电令撤销，以副政府禁烟之决心。东安境内，向不产烟，吸者亦少，今既有流动检查所之设立，则从前禁烟之成绩付诸流水。

我省何主席与曹厅长向来说话负责与兑现的，所以我读了何主席与曹厅长之演说，相信一定马上取销流动检查所。我想东安如此，其他各县未必不有此种举动。希望政府通令严禁，以符"禁烟、'剿匪'同等重要"之宣言。

违法殃民之流动检查所

（六月七日）

此次国联会鸦片问题咨询委员会开会，拟将麻醉品在中国制造。我国代表胡世泽拒绝承认，并谓："中国政府认为不适宜，内单独对中国调查，向他国则否，足滋中国人民之疑虑。且使调查颇有所得，然其结果，亦不过证明国际上对此问题无法解决而已。故为目前计，宜由各国迅速自动坦白合作，而毋庸等候调查之结果"云。我国鸦片之流行，愈演愈进，胡代表深知国内烟毒之普遍，不可以调查，只好打几句官腔避开调查，为我国鸦片烟回护不少。我国现在以特税为一种现款收入之良好机关，当此政府罗掘俱穷之秋，决不肯牺牲此项税款，只要有钱可得，宁蒙不荣誉之名。所以政府年年言禁烟，而禁烟之成绩何在？今日禁烟，明日又弛，徒事纷扰而已。

我湖南省政府今年制定《禁烟单行法》，对于全省烟毒大有澄清之势，而中央政府认为有抵触。此种消息传来，将湖南省府数月来苦心孤诣之禁烟热忱，突遭冰水之浸润。表面上虽云"交由各县长继续进行"，实际上可谓完全恢复原状，并且有变本加厉之事实。日昨东安李县长来省，谈及禁烟无办法，且无所适从，言下不胜感慨，谓："奉民政厅命令，继续禁烟，我们为县长的当然遵行。不意宝庆特税分处派来一批流动检查委员，在东安各小市设立流动检查所如石期市、白牙市、芦洪司，并推及乡间。凡零贩零卖，贴有分处之印花，公开运吸，谁也不敢过问。并时有函件来县，请求协助。岂不是左右做人难哉？"

政府行政，可谓矛盾已极！要禁烟则禁烟，要公卖就公卖，何得同隶一政府之下，民政厅要禁烟，而特税处除自己运输外，又要在各县设立流动检查所广播烟毒。既要普及鸦片，民政厅自不宜再谈禁烟，听他们烟雾蔽天，毒传全省可矣。今则禁者要禁，卖者要卖，此种矛盾政令，令人费解。

我湖南经何主席数年之统治，已博得模范省之美誉，今年下令禁烟，尤为各省所绝无之事。不意墨渖未干，委员在道，而特税处竟成立流动检查所，难免不为盛德之累。希望何主席对于特税加以整理，而将各县所设立之流动检查所，即日下令撤销，造福乡间，其功不在禹下。

语云："惟君子能受尽言。"拭目以俟之耳。

东安果系化外之区耶

（六月十五日）

宝庆特税分处在东安设流动检查所，本报前已言之矣，政府尚在装聋作哑，不置可否。查此次东安成立流动检查所，特税分处未予批准，系由监护处一手包办，谓："以东安为实验县，其余各县尚在考虑之中。"呜呼！何东安人民之不幸至于此极也？

犹忆六月禁烟纪念日，何总指挥演说"剿匪"与禁烟并重之意义至为明了，稍有血气者听之无不动心。此种伟大的决心与卓见值得吾人钦佩。凡全省机关应如何一致赞助何总指挥计划，促其实现，成为名实相符之模范省。乃监护处利令智昏，在东安设立流动检查所，于政治清明之湖南省留此污点，实亦未免为我何主席盛德之累。

仆佞并不是故意来闯祸，觉得何主席在湖南一切想做好的干，我们也要体谅何主席之心理，一致来援助，使政治日上轨道，大家才有快活日子过。此种流动检查所成立，未免太属荒谬，名为检查，实则是一个零买零卖机关，一两半钱，随便剪购，穷乡僻壤，无孔不入。其意欲推销鸦片，使东安全县人民尽为黑籍之鬼。俟东安办有成效，再推行全省，其画划未免太酷。"始作俑者，其毋后乎？"毋怪乎国际禁毒委员会要将毒药制造机关移至中国办理，胡世泽代表之反对，想湖南监护处一定不赞成的。

蕞尔东安，人民向以树艺五谷为事业，对于播植烟苗全为罕见，所以吃鸦片烟之人亦甚少。监护处有见及此，故设立流动检查所，认为一种绝妙好生意，故敢冒天下之大不韪成此机关。在我东安人民自愿受一廛而为氓，未知我湖南省政府肯拿出待他县子民之礼待东安人民否？如其一视同仁，则请即日取消流动检查所。并盼各县父老，毋"站在黄鹤楼上看翻船"，若不打倒东安流动检查所，则利之所在，祸将普遍矣。

明知此论发表不免获罪于监护处，但吾人站在民众的立场，利害各别，为救我东安"县难"计，拼死力争，不知其他。

各国之养鸡业

（六月二日）

养鸡事业在各国视为一种专门科学，若执此事以与我国人士言，鲜不哑然失笑。其意以为此种卑贱之事，村妇老媪人人能之，何待于学？殊不知事业愈浅近，竞争愈激烈，因有激烈之竞争，其浅近事业乃生出一种高深学问。吾国人习焉不察，卑毋高论，一切浅近之事业遂依赖历代传统之古法，而不知改良，所以各种事业俱无进步之可言，并不徒养鸡业而已。

试观各国对于养鸡事业，无不积极提倡。如日本近年来，因乡间农民感受丝业不旺之影响，多改养蚕而为养鸡。政府于民国十六年时，并提出七十二万元以资奖励，对于府道县农会、产业组合会等，均分得补助。此外对于爱知县之养鸡事业，日政府单独拨七十万元以为奖励。所以该县养鸡事业之进步，有令人不可思议者。今则全国普遍发展，视为农户最有利益之副产品，并同时由政府向外国购运良种，产生鸡卵，贱价售与人民，以作改良之用。又发行刊物，指导人民养鸡事业之进行，以期获最后之胜利。

俄国在五年计划中，对于养鸡事业亦力求猛进，曾拨六千四百万金以作扩充养鸡之用。即新式鸡房增至三百七十七所，计每年可产蛋一百三十六万万个除供国内消费外，尚有三十六万万个运销国外。

英国于一九三〇年在伦敦开第四次世界家禽大会，参加者五十国。计英国自一九〇三至一九二九年，家禽之繁殖已从二千八百万头增至四千八百万头。近年来英国养鸡事业极形发达，各县当局亦竭力提倡，而兰开夏尤为养鸡总区，在一田庄中设有人工孵卵器一万六千具，藉电气运转。

丹麦对于养鸡事业，自一九一四年以来，成立丹麦王家农事协会、丹麦农业合作社、丹麦小农家合作社，丹麦鸡蛋输出合作社，并共组一会名曰"联合家禽委员会"，而注意在养鸡技术、产卵能力及饲养法与管理法。至一九二八年，统计全国鸡数有一千八百五十二万四千只，每年输出鸡蛋计有七万万八千九百万个，值美金二千零八十五万元。

养鸡事业之在美国更视为一种专门学术，并称为农家重要之副产品。查美国农部于一九二〇年之统计，已饲有家鸡三万六千万头（至农户私饲者尚不在内），年产蛋一百九十八万七千二百万个，合美金四万九千六百八十万元。此外尚有因转运而发生损坏者，至少亦在四千五百万美金以上。

各国对于养鸡事业既提倡不遗余力，用种种科学方法以孵卵，成本既轻，管理亦简，所以发育亦甚猛进。反观我国，养鸡方法尚不脱原始时代，人优我劣，胜败不待龟筮。今日中国虽为鸡蛋输出之国，恐不数年后将变为输入之中国矣。

尚望国内明达，对于有肉可食、有蛋可卖、有毛可暖、有粪可作肥料之养鸡事业加意提倡为幸。

谷价跌落之原因

（六月七日）

日来有乡人到省，询问："谷价何以如此跌落？普通谷一担（以衡斗论）仅值洋一元八角，即上等谷最多亦不过二元一担。现在一般壮年自耕农，情愿抛弃或出佃自耕之田，改居雇农地位。因每一壮年，每年可耕十亩之田，丰年可收三十五担至四十担谷之间，除去一切开支及完田赋之外，每亩田要倒亏一元有奇。此系以丰年而论，若遇天灾或牛瘟等事，即有破产之虞。反不如代人耕田，每月除火食外，可净得洋四元，全年可得四十八元，以之购谷，可得二十四担，八口之家，可以毋饥矣。目前乡间田地荒弃，触目皆是。有田无人种，实因农民用血汗换来之代替谷，一再跌落，无人过问。究竟跌落之原因，可得闻欤？试明以告我。"

余曰："我国仕逊清末年，洋米入口不过六千余担。鼎革以后，扩充军队，广植莺花，加以虫害水灾洊至，所有各省田亩荒芜频臻，生产当然逐年减少。复益以土匪横行，社会不定，有钱之富户席卷资金向租界而去。于是各银行集中现款，除经营地皮证券外，又借贷商人以购运外国粮食为能事。于是，沿海各省历来仰给内地谷米者，今则改食洋米。二十年，达一千零七十四万零八百一十担，查吾国对外输出农产品，占贸易总额三分之一。今则各帝国主义者深筑关垒，除拒绝我国农产品进口外，并将过剩者向我国倾销。近两年来，总计输入我国之米、麦、面粉、棉花、烟草五项，每年价值已至三亿五千万两以上。查此五项之农作物，皆为吾国固有之产品，尤其是米、麦。我国岂不号称以农立国乎？农民占人口八十分以上乎？今乃听其破坏崩溃，以藉洋食为生活。去年国内收获稍形丰足，而洋米源源而来，掠夺我国谷米之销场，使价日趋低下，致有'丰荒'之叹。所以，我国谷价之跌落实因洋米之倾销，一半由于商人运入，一半由于政府订购美麦。而内地交通不便，关卡林立，不能运至沿海各大埠以与洋米竞争，亦是一大原因也。"

几年计划

（二月十三日）

"计划"二字见诸政府命令者，滥觞于袁世凯时代。曾忆北京教育部有令省专门以上学校拟定"五年计划"之语，不佞当时忝任高工校务，亦曾照令拟呈。未及半载，洪宪政变，所谓"五年计划"者遂成泡影矣。自是以后，各伟人登台，不言计划而言"大政方针"。甲登台，则宣布甲之"大政方针"；乙登台，又宣布乙之"大政方针"。各抒卓见，娓娓而谈，亦若即可见诸行事者，实则言不顾行，行不顾言，已成为当道之通病也。

北伐完成以后，各级政府及各部要人又不言宣布"大政方针"矣，于是效颦苏俄有"五年计划"之美举，敦请专门家多人，代拟具"几年计划"之内容，登之报章，藉博社会上一时之赞美。卒之计划是计划，实行永远无期。古人所谓"人亡则政息"，今也人存而政亦不举，岂"橘逾淮而为枳"乎？抑官僚政客之徒知铺张门面，固不必实践有所表现之功效也。故纸上堂皇之计划，即其装饰门面之重要工具。三年好，五年好，十年更好，欲求其兑现，则当期诸百年以后矣！

上年陈公博登实业部长台，首先在中央党部纪念周报告："实业计划，是以扬子江作为第一期计划，并且以扬子江作为第一重要工业中心区。外间传说实部'四年计划'，是模仿苏俄的。其实在去年底，中央有一个决定，就是说中国一切建设计划，要在四年以内完成。本人到实部，本着中央决定，以作此计划。……"查实部计划，有煤矿计划，有钢铁厂计划，有硫酸铔厂计划，有机器工厂计划，所谓要在四年以内完成者，今已时过半矣，按其成绩，渺不可得，不知果待何时而后设施也。

粤省主席林云陔定于今年起开始实施"三年计划"，属于建设部分者，有政治、经济、交通、学务四大纲领。陕西建设厅宣布"三年造林计划"，并炼油、制漆、造纸同时并举，如育苗、桐油精炼厂、造漆厂、制纸厂、银耳试验场、单宁厂等。山西阎锡山更进一步拟定"晋省十年实业计划"，逐次实施，将于今春令各县植树，于榆次设植棉分场，增加棉业生产，并于太谷、曲沃、清源选地试种烟叶，派员研究果木苗圃云云。此外，各省想亦拟有若干年计划者，不佞耳目有限，不能尽知。

总之，苏俄"五年计划"，四年完成，即继续实施第二届"五年计划"，真是"说到那里便做到那里"。我国则不然。曾记外人批评各国民族性，有云："德国人说起就做，英国人做而不说，法国人做了再说，中国人说而不做。"此"说而不做"四字，实描尽中华民族之特性。所谓一切计划者，极尽咬文嚼字之能事，几经修改与通过，结果仅作宣传之材料而已。

古人云："先行其言，而后从之。"无复望于今之从政者矣，悲夫！

洋米进口税问题

（六月二十九日）

日前，何主席电商鄂、皖等省府，一致电达中央："请加征洋米进口税，以维农村"等语。捧读之下，钦赞莫名。窃我国海关税规程，洋米麦与书籍地图，同隶免税之列，行之业已数十年。所以，每年外人以其所剩余或废弃之米、麦，转向中国运输。计二十一年度，洋米入口为二千二百四十八万六千六百三十九担，价值一万万零一百二十八万三千九百九十四两；小麦入口为一千五百零八万四千七百二十三担，价值四千三百九十六万八千七百二十两；面粉入口为二千八百六十三万六千六百五十八担，价值三千零一十一万二千三百四十二两。此种外货巨大的输入，而我国海关并无丝毫之收入，听外人无折无扣所得是实以去。而我国农村经济，因此遭非常之打击，几无恢复之可能。近且宋部长向美借款于五千万元之内，以一千万元购麦与面粉，惟恐中国农民之不速死。此种借刀自杀政策，实不敢赞成也。

去年中央有意征收洋食进口税，而广东商会则极端反对，致未实行。此种局部少数人之利益，竟使全国百分之八十以上农民均受极大之损失，殊为浩叹。

此次何主席主张"加征洋米进口税"，似有未妥之处，应称之为"征收洋米进口税"。由征收之后，再言加征，或征收倾销税。今骤言加征，浅视之似像从前洋米已有进口税者，今再为加征若干之意义耳。

洋米征收进口税实为保护我国农民之第一良策。但中央政府是否采纳，广东商人是否反对，外人是否赞同，辗转电商，垂毙之农民，何能久待？我何主席向以民瘼为怀，励精图治，不必远求南海，先就本省权力之所能，且马上可以救济一部分者，急起图之，即米护照一项是也。查六月二十一日，江苏省政府认米护照有碍谷米之流通，毅然决然，通令各县："准许米麦粮食自由运输出境，毋须颁给护照"云。我湘省从前米护照收入，本有数百万不等。今则全国丰收，洋米又不断的输入，而湘米出境，已成强弩之末，不如当年之激烈矣。今年究竟米护照收入若干，局外人不得而知。但是财政厅谷米稽查总局经费，以及长沙、醴陵等所设之稽查处，每年开支二十二万二千六百二十元之多，加以临时费一万二千一百二十九元。现当财政紧缩之时，为提倡谷米出境起见，此项机关应在取销之列，俾农民之谷米自由输出，免受盘剥。加之转瞬新谷登场，今年民食已无问题，开此恩关月余，人民得以谷米易钱，补救农村经济。

未知财政当局采纳此一得之愚否？

我湖南应提倡农民副业

（五月十六日）

我国以农立国，百分之八十以上为农民。但是农民之主要工作为耕种，如南方种稻，北方种麦，其下种收获，俱有一定时期。此外，农隙时间甚多，若果任其虚度，难免不发生许多作奸犯科之事。吾人宜利用此等时间教之以各种副业，使每年除正项稻麦收入之外，又得一第二生产利益。今欲维持农村经济，则此举应当特别注意也。

江苏建设厅对于农民副业非常提倡，其令各县有云："……农业副产多未克分别划一改良方法，故农间率多沿用陈法，致未克日臻富国。欲求产量增丰，改良实为必要之图，为此令仰各该县县长将县属主要农业副产品之品名、种植法或制造法、种植时期或制造时期、收获时期、年产量、年产值等详细调查，列表呈报，以便统筹各种改良方法。……"又，除令各县设立推广所外，又积极提倡各种副业，有："应提倡副业种数三种至四种，二种至三种，上项副业为养鸡、养猪、养蚕、养蜂、养牛，及编制草帽鞭等小手工业。"

至于蒋委员长曾令鄂省府，以吾国以农立国，对于农本业大抵向知重视，而于农副业则忽视不讲。就鄂省地理上加以考察，农副业实占有重要位置，应即注意提倡，或以个人经济，或用合作方法，从事经营，则于农村之救济与兴复必大有裨益。原令撮举四事如下：

（一）鄂西川湘边境，桐、漆、茶等林业所制油类，皆为输出要品，急宜设法保护奖励，加以改良。

（二）湖北境内长江襄河两岸，堤线数千里，民院数百所，菱藕之类，随土可种；鱼鸭之属，尤便饲养，轻而易举，实利农村。

（三）湖北气候温和，适于养蜂，方法简单，妇孺优为。墙头院隙，皆可容置。采无用之花液，酿无上之妙品。倘能提倡有方，繁殖可期，将来以蜜代糖，可塞漏卮。

（四）湖北水产，如江鱼、鳊鱼、野鸭等；植物，如各处之桃李菜品，以及襄阳白菜，洪山菜苔、蒲菜、莼菜，与夫汉水一带之竹笋、白菰菜，鄂北之大麦片，均为食料佳品，可用简易方法制为罐头运输出口，推销国外。

又，江西省府经济委员会，以赣省气候温和，雨量适宜，土质肥沃，农产素丰。惟农民墨守成规，罔知改进，遂致农产日趋衰落。现为救济振兴计，拟就本省各主要农作物产量较多之县份，择其最优者以为试验区。如栽种稻麦、蚕桑、杂粮、茶叶、棉花、苎麻、烟草、靛青等，是江苏、湖北、江西各省，对于农民，除尽量改良农业主要品外，并对于一切副产品亦在提倡与试验之中矣。

惟我湖南近年来有模范省之美誉，但是农村之苦况有非笔墨所能缕述者。外受经济之侵略，内被土匪之滋扰，不但本省农产品受其排挤，即农民生产能力已遭重大之打击。为今之计，政府对于农村加以静定，使其安居乐业。人民亦宜鉴于全国农村经济破产之危机，自动的加紧提倡副业，使农民工业化，工业农民化，所谓农即工、工即农之意也。但是向来政府有所用费，辄以农民为对象，田赋附加，苛捐杂税，无一不取诸农民之身。

不佞以为将来副业提倡后，政府应宽大慈祥为怀，毋视为又是一种征税新生路，百般敲索，则幸甚。

湖南之夏布业

（六月六日）

我湖南每年出口贸易，除桐油、红茶、纯锑、鞭爆等外，夏布亦为一大宗。"浏阳夏布"之名久已驰名中外，不但为内地各省所欢迎，即亚洲各地无不视为一种美满之衣料。如十九年度，我湖南粗细夏布出口共计十八万五千四百二十八两，无如年来"共党"扰乱浏阳，产量减少，近日虽有少数出口，系多来自醴陵，而浏阳夏布已成为历史之名词矣。

查全国夏布销场，向以"日本台湾"[①]、朝鲜为主要地点。十九年，计运去价值二百三十三万八千三百八十三两，比之从前已形减少。上年，朝鲜仁川海关宣布增加夏布进口税，而朝鲜京城府积极提倡植麻自织。据朱领事苇呈政府："朝鲜总督府又有谋杜绝我国夏布进口之计划，并称凡关于销售朝鲜诸区域之夏布，其品织尺寸、色泽及纤维之粗细，须均能适合鲜人之嗜好方可与之竞争，挽回我国夏布输出一线之生机。现朝鲜海关规定，至宽夏布不得过十八英寸七英分，又密度每五米里米达平方内之线数，不得超过十九条线数，加以种种限制。"至二十年，细夏布出口总数值为关银四百二十一万九千八百二十八两，其中运往朝鲜者占总数百分之九十五有奇，即关银四百零八万三千二百六十两。据贸易局季泽普谈话："历年在朝鲜销行之夏布，殆已至衰萎不振之势。现在朝鲜对

---

① 中国台湾，因当时为日据时期，所以作者称"日本台湾"。

我夏布之输入税率，为从价百分之二十五，但因日关吏之滥自估价，所抽之税实不止此。朝鲜当局对我夏布税率拟再增至百分之三四十。……更拟实施亚麻殖产计划之议，藉以发展麻之生产事业，俾便驱逐我夏布之在鲜销行"云云。

夫麻为农民之副产物，而夏布又为农民家庭一种小手工业。我湖南之沅江县，产麻多量，英、美、日本等国亦均设庄栈，专事收买，纤维佳良，称为华麻之王（见《农声》一五六期）。惟近年来土匪滋扰，植麻织布之业已不如前之盛；加之世界商场不景，购买力弱，而夏布生产已有暮气垂危之现相。现在上海万聚恒所出之夏布，其纤细，其色白，远在浏阳夏布之上（在南京国货陈列馆所见）。如我湖南人不应用农学原理，谋适合麻作之栽培，或对于织布手工业，不统一尺度，以及漂白、熏干等法，不深加研究，而欲夏布业之发展，必无之事也。希望主持实业者注意及之。

中国棉花与棉业

（六月十五日）

棉货为中国人人必需之物品，棉业又为中国目前极大之工业，华商各厂资本，已有一百五十兆元之巨，工人亦数十万，而商界以贩卖棉花、棉货布者，为数更多。可见棉业在我中国国民经济及国家财政上关系之重要矣。

我国棉花为农家之副产品，向为出口大宗之一。自近来土匪蜂起，内战不息，加之虫旱水灾，农村经济破产，生产之量已不及从前。所以华商纱厂所需之棉料，不得不仰给于美国及印度棉花进口。六月二日，上海市政府与银行界讨论救济华纱办法，内有云："华商纱花押款，各银行可尽量放款。原料缺乏，电请宋部长在美接洽办法。"是华商纱厂对于原料已起恐慌矣。查民国二十一年，外国棉花进口为海关银一万万零·百八十三万九千零八十四金单位，棉布为六千一百六十二万八千九百四十七金单位，若将棉花与棉布二项合计，为一万万六千三百四十六万八千零三十一金单位。其数字之大，令人惊骇。查我国棉产量，以民八为最丰，全国共为九百零一万八千三百九十担。以后逐年低减，至民二十年，只有六百三十九万九千七百八十担。在民八以前，对外贸易都是出超。至民九起，即入超三十万零二千零六十七担。至民二十，入超竟达三百四十五万六千四百九十四担，比较过去十二年中，入超竟增加十一倍有奇。此我国纱厂所以不能与外国纱厂竞争之·大原因。

日本纱厂虽多，而棉花多仰给外货。上月日拓务省召开会议，金谓扩张棉花生产事业为日满经济上最紧要事项，而亟应使之具体化。此外，关于废弃日印约对策，则主张抵制印棉，而另事讲求棉花自给策之具体案，以为苟能将满洲方面适于种植之棉花土地之一千万町步中之三百五十万町步，与朝鲜之五千万町步，悉种棉花，则可达到自足自给之目的，并对于农民亦采取保障制度。

日本人深知棉业前途关系甚大，故朝野上下拼命的努力以求自给。若我国政府，不独不为之提倡种植与制造，反设种种苛捐杂税，使之不胜其担负，如产销税与统税等。即如日商购花卖纱，有条约保护，一税之后，即可通行全国；而华商各厂则不能享此项利益，须履行税捐之义务方可现诸市场。此种政见，不但棉业本身受其打击，即国家财政及国民经济皆受其影响。

秉国钧者尚其熟思而考虑之，毋使以后每年棉业与棉花再居入口货之第一位，则幸甚。

如何造成廉洁政治

（六月十四日）

自鼎革以来，我国贪污之风方之满清官员，有过之无不及之处。查满清御史一席，可以风闻入告，即有不实之处，当王者尚可原谅，不至遽加以罪。自北伐成功，设置监察院以监察全国大小臣工之廉污。无如虚有其名，对于有势力以及有枪阶级者，即使贪污盈千累万，不敢过问，仅对于无靠背委任职以下之官员加以惩戒。所以，"窃国者侯，窃钩者诛"，而中国官箴愈不堪设想。

然则中国政治如何方能免除贪污乎？曰：

第一，对于裙带官儿之有贪污行为者，当严加惩治。我国今日政府要角，多系直接或间接由裙带关系而来，一旦得志，其贪污行为绝不较普通官吏之有所顾忌。所以，今日之升大官、发大财者，惟视其与要人之裙带关系深浅而定。倘监察院不畏强御，对于此辈之有贪污行为严为处置，则惩一警百，亦可少杀贪污之风。

第二，要对于有枪阶级之有贪污行为者严加惩处。今日我国总预算军费占十成之七，政府每月将军饷发下，七折八扣，兵士所得无几，甚至有欠饷至一年半载未发者。驱此辈饥疲之士兵，使之从事于抗日剿匪，其胜负已不待龟筮。据报载，暴日侵入热河，政府给张学良以二千万元之军饷，一文未发，席卷海外。古人所谓："文臣不爱钱，武官不怕死，则天下太平矣。"今文臣要钱，武官要钱又怕死，如监察院能实行职权，对此辈要钱又怕死之武官加以弹劾，政府亦执法以绳其后，何患士气之不振哉？今而后以之抗日则胜！以之剿匪则利！"大臣法，小臣廉"之盛世不难再睹。非然者，政以贿成，上行下效，源浊而欲责流之清者，必无之事也。

谈谈鸡蛋

（六月十八日）

日昨路经小吴门外马路，见挂有培林洋行招牌收买鸡蛋。当时全城蛋行连络不绝，将蛋输入该行，顿时即成蛋堵。闻该行随收随运，输至汉口蛋品制造厂，制成干白、干黄、冻蛋等类，再行运往欧美各国云。

查鸡蛋之营养性最高，其滋补之成分品如下：蛋壳百分之十一，蛋黄居百分之三十二，蛋白居百分之五十七。据弗特氏云，鸡蛋一颗，含蛋白质六克，脂肪六克。其营养价值，约可当四十克肥肉或一百五十克牛乳。此鸡蛋对于食品之作用，因其富于"维他命"，故外人恒多珍重，视为一种最有价值之补品。

自晚近以来，工业上需用鸡蛋之处更多，如肥皂、假象牙、发光漆、皮革、油画、药剂、肥料、胶水墨以及照相软片等，无一不用蛋为之。所以用途既广，需要亦多，各国利用我国鸡蛋价廉，或来中国购运，或在中国设厂制成蛋品，再运回国。而我国鸡蛋出口，除豆丝外，遂居土货之第三位，而在茶之上矣。民二十一年出口价值为二千八百四十万八千九百一十五关两，占出口总数百分之五点七七，可谓盛矣。

鸡蛋本属微小之物，农民视之无关轻重，在政府视之亦卑之毋甚高论。所以中国养鸡事业尚墨守数千年传统之陈法，而不知改良。夫不改良养鸡之法，则蛋量必不能增加。今日虽为输出之国，但各国现正用科学方法养鸡，一旦事业发展，自给自足，则再不来中国采运，甚至用其倾销政策，以其所余转运来华，则鸡蛋出口之中国将变为入口之中国矣。

不佞对于鸡蛋向抱杞人之忧，曾于湖南《实业杂志》一七六号著有《中国之鸡蛋业》一文，将中国之已往及现在鸡蛋情况发挥尽致。所以不惜大声疾呼者，意欲养鸡为农民家庭最普通之副业，政府应加以提倡，并希望铁路运输予以便利，毋使留难，以致腐败。此外，对于出口税，请求特别减轻，以示奖励。本论为篇幅所限，恕不赘述。今世高谈复兴农村经济者亦曾注意及此否？

长沙市篾工之困苦

（一月十五日）

无论驻扎长沙市军队，或经过长沙市军队，需用伕子无不令行长沙县县长，转饬长沙市十二篾业，照数摊派伕子。"急急如律令"，有不可减少遗误之势。万一指定篾行，其人有不足之处，则勒令请人代替，以符派数。

查前清长沙篾码头摊派伕子，其范围不出湘潭、醴陵、浏阳、湘阴、宁乡等邻县。在赵前省长任内，亦复如是。且前清军队或兵差需用伕子，并不由篾行派出，系由扛索行摊派，篾行只管在码头上充当官差。

自民国反正以后，军队需用伕子始由篾行派遣。尤其是十九年以后，讨逆剿匪军队开拔，在在需用伕子，远则徐州、江西、桂林等处，千里奔劳，饱受冲锋陷阵之危险；近则本省所属府县，有披星带月之劳。其伕价非比北伐军之待遇，多有枵腹从公之痛苦。即全数发给，亦只有每日二角五分，兼之有数月未给分文者。若问及伕价，答以上峰未发为词。万一因公致命，仅得埋葬费二十元。至于因差致病，或成废残，政府既无医药费，亦无津贴与恤金，不能与士兵同一待遇。近来死者家族因生活陷于绝境，分别所辖码头有每伕一名摊派二三角之举。"穷鬼求饿鬼"，情形至为可悯。又闻各篾业码头所派出之伕，尚有八十四人不知下落。兹调查民国十九年五月二十六日起，至十二月十五日止，计工二十八万八千八百七十七工，每工以二角五分计，该伕价洋七万二千二百十九元。此项伕价系属军用费，并非我湖南一省之军用费，即徐州战争尚有清册可稽。夫以箩工血汗性命换来之工资，在中央应体恤此辈勇于革命之劳工，如数或分期发给，救济各伕家族遗后，俾无流离失所之痛苦。

现在所最难者，即各码头之箩业代表，前各伕遵派而去，至今非惟不能领到工价，且有身死异乡或成残疾而变为乞丐者。此种纠纷，当亦在所不免。北伐以来，工友之困苦者，以箩工为甚，因属"无智识卖死力"之劳工，无人齿及。而当时需用急迫，刻不容缓，招之即来，挥之即去。若要代价，不得要领，上令下，下呈上，不知延至何年何月。嗟我劳工，何能俟河之清！

记者深知箩工痛苦，丁此米珠薪桂、天寒地冻之时，用敢代为请命，请我贤明当局，造七级之浮屠，宏二天之德泽，将所欠工价以及死者之恤金、伤者之津贴早日发给，慰此嗷嗷，发政施仁，必先无告，望我政府诸公加之意焉。

由抵制日货谈到国货运动

（六月十二日）

抵制日货，闻之稔矣，进而考其成绩，几等于零！近且自《中日停战协定》签字之后，继之以天津"中日会议"，有取缔排日问题。此后日货运销，不久当可回复"九一八"前原状。吾人可根据从前抵制日货之旧文章，逆想而知。

当抵制日货高唱入云之时，有一般人为爱国热心所冲动，知抵制日货是消极的，于是积极的来提倡国货，并作种种国货运动。其志未尝不可嘉，无如中国人心已死，提倡者还是提倡，国货还是国货，总是销路不进展，推行无方，较之舶品来之畅旺，实有云泥之判。甚至有一般人口里说的提倡国货，身上穿着是很新鲜之洋货，这样的国货运动，其成绩又从那里说起？

试看本年一月至四月份海关报告："入超为国币二万万六千六百五十三万二千七百七十元。"当此国破民穷之日，四个月内已有如上巨大之数字，若果照上数推算到年底，其入超之数岂不更足惊人？当三四月份关内外炮火连天之时，而上海日货进口比平时陡增数倍。盖各地日商深恐战事扩大，或将妨碍海运，故纷纷将日本存货提前起运来华。

据南京关署人言："长城日寇进逼，华北形势日紧，但关税收入反见起色。原因仇货仍源源进口，俄货运华亦形活动，故有此现象。所以三月份与二月份相较，增加一百余万元之多。"

又据江汉关人言："《中日关税协定》已于上月十五期满，此后我国决不续订。故日商乘协定未满期以前，大批输入日货，并为维持其倾销政策起见，将各货跌价，利用奸商推销，改换商标冒充国货。故四月份关税收入激增，共计收入二百十八万四千九百八十八元四角五分，比较三月份增收六十四万余元。"

反观我国国货则何如？夫以中国人用中国货，此乃天经地义之义务，何待于提倡？又何待于运动？今虽经各省热心国货人士大声疾呼，而国货依然是一蹶不振，舶来品仍是充满市场，每岁漏卮之大何止数万万元？

倾销税议而不行！即对日实行新关税法，有吉公使亦向我提出抗议。"败军之将"日听人宰割束缚压迫，有到处行不通之叹，计惟有俯首听命于各帝国主义者经济侵略旗帜之下，辗转呻吟而已，明占土地，暗吸脂膏。

中国前途杞忧实甚！

首都娼禁问题

（六月十日）

首都娼禁问题，引起各界人士之注意。工商界固然主张开放。即党政当局亦主张开放，有切实取缔、严厉查验、勒令治疗、分别登记、不收花捐、指定住址、规定价额之种种办法。乃京市妇女会反对甚力，推举代表向政府请愿，由褚民谊接见，谓："对此项问题，行政院当郑重考虑。"继向内政部请愿，非达到反对开娼目的不止。这一个问题虽小，却惹得人人注意，亦为留心市政者有研究之必要。

我中国人作事，只唱高调，不谙事实；只要面子，不顾内容。凡事为世界各国所当禁而不禁者，如吃鸦片烟是也；不当禁而禁者，如娼妓是也。夫娼妓之流，本非正当营业，然与鸦片烟比较，宁舍娼而禁烟，乃利大者则极端进行，利轻者则倡言禁止。妇女因无职业始流落而为娼，生存所系，死亡所关，并非自甘于下贱，方之老太爷大少爷之藉子藉父以生活者，其一种自食其力之本领，尚胜一筹。自北伐成功以后，高唱人道主义，以娼妓有碍都市文明观瞻，主张禁娼，雷厉风行，使秦淮河数百花舫顿成废物，数千船工因而失业。而真正之娼妓则改头换面，变为歌女，何损于卖淫之毫末？加之公娼虽禁，而私娼充斥，都市文明既毫无增进，而都市繁荣反日见衰落。

世界称最文明之国，莫过于欧美，试一行经纽约、伦敦、巴黎、柏林等大都市，无不到处有娼，触目皆是，未闻有碍文明。其次则日本，亦为世界五强之一，虽然以卖淫闻于世，然今日之夺我东北，杀我同胞，未闻以娼而取败。今我首都禁娼矣，首都以外，无市无之。上海系我国土地，其娼妓之多，其行为之丑，有为各国所无而令人惊骇者，未闻政府设法制止以维人道。欧美对于我国，以教士为侦探；日本对于我国，以妓女为先锋，未闻政府有以取缔。何独对于我国娼妓反加禁止，殊不可解。如为人道计，则我国每年人民受兵灾匪患，不知死去多少冤枉鬼。即此次暴日入寇，大炮、飞机，弹如雨下，政府未闻抵抗，以致我同胞又不知丧失若干性命。所谓"明足以察秋毫之末，而不见舆薪"，其今日言禁娼之一般伟人是也。

不佞认为今日娼禁未免神经过敏。为维持工商业起见，为繁荣都市起见，为免除伤风败俗起见，为调剂旷夫急色儿起见，为救济贫苦女子起见，实有开放之必要。不过开放之后，要勒令每周向医院检验，以免广播梅毒，有伤卫生，此举决不可放松。

质之当局，以为何如？

昙花一现之布衣运动

（九月十七日）

卫文公大布之衣、大帛之冠，为后世提倡布衣之滥觞。今春我湖南当局鉴于世风奢侈，人竞新奇，于崇尚节俭之中寓提倡国货之意，并将布衣运动提交省府会议通过。其事情已趋于严重性矣，其用心亦良矣。无如昙花一现，缺乏继续维持之精神，当日之运动最力者，今则一身华丽，与世同风。习俗移人，贤者难免，可慨也矣。

布衣运动，其目的在提倡土布。查土布为我国农家之重要副业，男耕女织，自古已然。不但布系自织，即棉纱亦系自纺，完全于农隙之余进行足衣之事。近年来洋布充塞市场，国内销路已夺其半，而对外输出又一蹶不振。土布业之衰败，谓之为农村经济破产之致命伤，未尝不可。

土布之产地全国皆是，我湖南平江、零陵之大布久已驰名全国，但不若江苏、浙江二省之重要，所以每年运销于南洋群岛一带以及两广、东三省等处，其价值恒在二千万金以上。今受世界不景气之影响，价格惨落，销路滞塞。如：

十六匹浏阳夏布，去年价格为五十两，本年价格为四十九元；

百匹毛宝土布，去年价格为一百九十二两，今年价格为二百六十元；

通州大尺土布，去年价格为三十五两六钱，今年价格为四十六元五角；

中尺土布，去年价格为九十六两，今年价格为一百十九元；

百匹毛宝土布，去年价格为一百七十两，今年价格为二百三十元；

银灰土布，去年价格为一百四十两，今年价格为二百元；

京灰土布，去年价格为一百五十六两，今年价格为二百零三元。

总计各种价格跌十分之一（以上均指上海市价），而销售数则减十分之九，几无交易之可言。土布之衰颓，于此可见一般。

所以，上海县农民教育馆馆长张翼有见及此，提倡土布不遗余力。本年函致上海市商会，请求推广购买土布，以维农民生计，有云：

我苏、镇、武、锡、吴、昆、阴、通、海、崇、都、淮、铜及我上海各县盛产土布，行销南洋、两广以及津、渝各地，年值恒二千余万金。迩来洋布充斥，国人心理又复爱用外货，销场日滞，织女停机，农村经济于以困迫，其影响于自治之实施、教育之普及，至为重大。敝馆目击斯情，岂忍坐视？爰有土布改进会、服用国布会之组织，土布工厂特约织户之成立，土布商店、土布展览之举办。精选原料，加工织造，普遍宣传，廉价出售，呼号奔走，于兹经年。南洋、闽、粤、赣、皖、浙已纷纷来函表示同情。在省厅，有土布巡回展览之举办。在沪方，更有充作学生制服材料之明文。惟当外货倾销之际，若非群策群力，一致提倡，恐终归于消沉。况我邑连岁荒欠，盖藏已虚，所持以维生，厥为纱布。当此农闲，生产旺盛，若供过于求，物价必落，农友终为釜鱼。贵会领导群商，一言九鼎，恳求大力提倡，嘉惠农民，披沥陈词，不胜企祷之至。

衣敝缊袍与衣狐貉者立而不耻者，于古有之。今则举国竞华，相习成风，尤其是妇女们之衣着，日新月异，摩登炫奇。处此时期而欲以布衣战胜，挽已倒之狂澜，实戛戛乎其难矣。但是广西全省人民今已实行布衣化，凡有着新奇之服装者，警士见之，剪去衣角，以致现在全省自主席以至平民一律土布衣着。我湖南当道如果有心实现布衣运动，则广西陈规尚在，何不师而行之？

实业部之矛盾政策

（六月二十二日）

月前实业部有电来湖，略谓："本部现拟召集产矿各省政府代表，组织特种矿产贸易机关，主持全国矿产国际贸易事宜。所有全国矿产，凡关军用品物原料，一律禁止擅自发卖，并须禁止私人开采，收归国家经营，断绝日人军用品物原料"云云。此种伟大计划，吾人自当赞成。但是我湖南产矿最富，若严格的说，无一种不是有关军用，如果一一禁止，不准擅自发卖或私人开采，不但我湖南每年失去六百二十五万八千七百一十二两之收入，亦且各处数十万矿工直接间接之生活何法维持？于损失收入之外，又多一批失业人民，亦非良策。

查汉冶萍公司自失败之后，实业部有直辖监督与管理之权，自民国二年与日本订立四十年售砂合同，今已过半矣。每年在大冶所采出之铁砂，完全由日本人运去，即今年关外炮火连天以及人民经济绝交之中，而大冶铁矿局几毫无所闻，贸易如故，采掘如故。实业部长亦未闻有"断绝日人军用物品原料"之表示，岂真"明足以察秋毫之末，而不见舆薪"耶？复查大冶矿藏，据专门者言："只能采至四十年，即行告罄。"我国目前日日言建立钢铁厂，为将来接济原料计，应首先对大冶矿产不准擅自发卖，再言其他可也。

陈部长主持实业已年余矣，甚么种畜场与血清厂，甚么硫酸钲与钢铁厂，甚么酒精厂与造纸厂，又甚么钨矿与机器厂，"八大工厂""四年计划"，无不高唱入云，究竟成绩又表示在那里？今则又来谈全国矿产矣。我国矿藏最富，既不准售与外人，亦当自己尽量的发展工厂，以副"地尽其利"之遗训，乃一方面禁止售料与日人，一方面又准日人在大冶采运铁砂，此种政策非矛盾而何？

提倡资本主义

（五月十七日）

我尝见一般不明时世之青年，喊口号，贴标语，"打倒资本家"。究竟中国资本家何在？今不深加研究，一味盲从，致使中国工商业不发达，舶来品充满市场，其咎应归何人负责？

试检开民国二十一年海关贸易总册一看，出口净数为四万九千二百六十万两，而入口则为十万零四千九百万两，入超实占五万五千六百四十余万两。漏卮之大，骇人听闻！若我们不想法来抵制入超，年复一年，则中国躯壳虽存，膏脂已竭矣。

不佞来说一句反革命话："欲救中国，先提倡资本主义。"

因为中国目前已到民穷财尽、求生不获时代，欲挽回此种厄运，渡过此种难关，非有很多的大资本家在国内尽量的生产不足以自给而救济失业工人，非有很多的大资本家在国外尽量的输送不足以推销而抵制外货之入超。莫君觞清建议实业部组织丝业托辣司计划（见《工商业半月刊》五卷六号），即是提倡资本主义。时至今日，欲与外国周旋于世界商场之上，薄弱的资本不足当外商之一击，必须群策群力，合组生产公司，将国内所有各种原料制成熟货，或改良土货，使国际贸易场中我国亦有相当之地位。

"节制资本"，孙中山先生已长言之矣。"大贫小贫"，亦载在遗言中。但是，私人资本固宜节制，以免操纵；则国营资本亦必乘时而起，方足以保立国之元气。今我国中央财政已趋于山穷水尽之绝境，北伐统一以后，不但未成立一个国营工厂，并且将从前所有私人之实业机关概行摧残。现在中国所有厂、场、局、所，烟筒每日尚有煤烟冲出者，尽是中央所经营之杀人之兵工厂。此外倒者倒，闭者闭，中央无暇顾问也。我国人爱国心重，救国心诚，政府既不发给若干款项来经营实业，我们当然自动组织若干资本设立工场，以抵制外货之输入。苏俄"五年计划"成功，又继之以"五年计划"，在我国政府既望尘莫及，而"吹牛皮"工夫，在各国闻之，亦为之肉麻。

不佞以为，今日不欲救中国则已，如欲救中国，非尽力提倡资本主义不足以充裕国民经济。如果国民经济不充裕，任何军国大事都无办法。古语所谓："百姓足，君孰与不足？百姓不足，君孰与足？"彼日思打倒资本家者，系为中华民国帮倒忙、开倒车，此种人非打倒之不可。

鸦片烟与乞丐

（三月二十四日）

日来天气晴和，偶由南城马路进城，沿途有无数似贫非贫之二三幼女随后乞钱，挥之不去。行未数武，路傍坐有残疾之乞丐，故意将其腐臭不堪之足表示大众。再进至城湾子，见警士捉一烟犯，并附有烟具，两肩高耸，数行鼻水，安步徐行，捉将官里去。呜呼！吃鸦片烟与乞丐为世界各国所无而中国所独有者也，吾因之有感焉。

鸦片烟流毒中国已三百余年于兹。在明之世，吸者尚少。降及满清，逐渐增多。至民国，则瘾君子到处皆是，达官要人染有烟癖者尤不可胜数。迩年来各省有禁烟之举，中央政府亦屡次颁布禁令。无如禁者自禁，吃者自吃。近且变本加厉，如某省居然公卖矣。我湖南政府本年度下十二分决心禁止鸦片烟之种与吃，违者严惩。但政府所设之特税局、监护处依然存在，以谓"运输过境，于禁无妨"。则此项毒品以邻国为壑乎？而各省亦在禁止之列。以外国为市场乎？而外国人未有吃此毒品者。政府公开的运输，而欲禁人民之不吃，"只准州官放火，不准百姓点灯"，此事在今日亦说不通。我很希望我湖南贤明政府再加十二分决心，情愿牺牲此一笔特税，不容有少许毒品经过境内，澈底解决，则造福人民，其功不在禹下。

德国失业者有言："天生我五官四肢俱备，我要向政府要工作。"中国今日之乞丐并非五官四肢不完全之人，何以失业而流为乞丐，沿途追随，挨户告苦？人非自甘下贱，何至如此？实由政府不负教养保护之责，有无职业而变成乞丐者，有因被天灾而流为乞丐者，有因受匪患而逼为乞丐者。其原因虽不一致，总之政府应负其责。为今之计，应责令自治各县多设贫民习艺所，将一般乞丐授以普通之手工业，使之各有一艺之长，自食其力。至于残躯废疾之人，另设养老院，与以衣食，以终余年，虽加收乞丐捐亦未尝不可。

同是人也，同为父母所生也！希望今之从政者常抱"一夫不获，时予之辜"观念，则雨露所及，草木皆春矣。

错误耶？自慰耶？

（六月二十四日）

当"九一八"事变以来，举国人士无不气愤填胸，枕戈待旦。我中央政府再三劝谕人民"镇静"，并谓"最后之胜利，当属之于我"，种种自宽自解之说，不曰美国将与日本有如何举动，即曰俄国将与日本有如何冲突，一若我国本身之事，专希望他人出而牺牲，而我不出一兵、不折一矢即可坐以收回东三省者。据近来报纸纪载，一则曰日本共产布满全国，再则曰日本证券狂跌，三则曰日本金融极其混乱，此种忘却自己之弱点，而以他人之不景气为乐观，实属错误已极。

不佞以为，日本无论如何艰苦，有强有力之军备，有上下一心之团结，内无"共匪"之扰乱，外无强敌之压境。美、俄不过有时装模做样，对于三岛，如风马牛之不相及。今日大军出发我国，所死者我国无辜之良民，所烧者我国人民之屋宇，所奸淫者我国良家之妇女，所蹂躏者我国三省之土地，于日本本身并未受切肤之痛。欧战时德国对于比、法之举动，日本已师及之矣。

近来尤有最大错误者，即当此工业战争时代，我国人不自去振兴工业，专恃外货以供人民之求。自抵制日货以来，骨子里并未发生许多效力。近日中、俄复交，双方开始贸易，在政府与商人便欣欣然有喜色，以为俄货可以替代日货，奸商不再秘密贩运矣。买日货固不是，若永远靠俄货为生活，亦未见计之得也。希望我国政府对于人民日用常需之品迎头赶上去，拼命的发展，以保利权，毋以专销俄货为长久治安之策，幸甚，幸甚。

世界经济会议之结果

（六月二十五日）

自纽约股票交易所市价突落以来，引起全世界经济恐慌，各种货价相率大跌，失业的群众日日增加，生活费的指数日日减少。各国为维持本国利益起见，一面提高关税税率，杜绝外货之输入；一面压抑币制价值，力谋国品之向外倾销。所以各国国际贸易，无一不在剧烈激战之中。因为国际贸易竞争愈激烈，而世界的恐慌愈觉难治。在去年洛桑会议时，大家想到世界经济恐慌在所难免，于是发起此次世界经济会议，以克服恐慌。但是最大的障碍物，如军缩问题、战债问题、关税问题，均是同床异梦，各怀鬼胎，谁也不肯牺牲自己的立场，为世界撑门面。

时至今日，世界经济会议总辩论业已结束，开始作实际工作。甚么金融委员会、经济委员会，无处不受大国操纵，各小国委员虽有所提议，亦不见重视，以致各小国代表颇有不满之意。即四十一国加入关税休战，均附有条件。而日本则取观望形势。军费在今日，计全世界约需八十亿。各国因扩大军备，逐年增加，甚至以一国之收入，大部分用之于军费。此而不减缩，则经济恐慌终不能克服。目前各组委员会不过就不关痛痒以及空空泛泛议案作一段落。麦唐纳乃曰："此为余历来所主席最有条理与最爽快之会议。"赫尔则云："各主要国之代表团，对于世界痼疾之主因及其根本治疗办法，已表示特殊一致之同意。"说几句自慰文章，以表示结果而已。

德国学生之焚书救国

（五月二十日）

德国学生会鉴于近年来思想复杂，有危及民族与国家之趋势，非统制思想不足以巩固国基，尤其是一切"非德国"书籍最足以煽惑人心、影响社会。

据柏林五月六日电，本日学生会在此间开始肃清淆惑人心书籍之运动，向各大图书馆搜查书籍。学生分五队，向各方出发，搜索各图书馆之一切"非德国"著作，将其置于装货汽车上携去。其最注意之处，为侯施非尔教授之性学院。盖此院有图书馆，收藏性学书甚多，为全世界医界中人所共知也。学生从此院搬出书籍数百种与图画若干装上汽车，连同在他处所搜获之"非德国"书籍，定于十日当众焚毁，并唱歌曰："日耳曼之妇女兮，今已予以保护。"至该会列一黑表册，将禁止在德国发行之著作家，如美国之辛克莱，波兰之显尼支勒，德国之多玛与亨利曼兄弟、白恩司坦因、巴比塞、福艾王格、卢德卫、雷玛克及拉丹诺等，马克思、列宁与拉萨耳著作亦在禁止之列。并将普思士艺术学院诗歌组改组，俾能适合德国新国家理想。凡抱自由或和平或左倾倾向之作家以及代表犹太思想之著作名家，均令其辞职。

德国学生此举，不知者以为焚书坑儒，作欧洲之秦始皇。其实德国当战败之后，元气大伤，若果再加以邪说淫词，鼓惑人心，则社会浮动，正气不伸。欲图恢复欧战前之状况，非从教育入手不可。而教育事业，书籍最关重要。如果著作家不统一意志，则阅者思想最易走入歧途。所以德国学生鉴于国破家亡之惨，兢兢以统制思想为己任，将所有"非德国"书籍概行焚毁，其一种爱国热忱有非我中国人所能望其肩背。

我们中国人不但不焚毁或禁止"非中国"书籍，且从而著述之，有如雨后春笋，方兴未艾；又不但学生们著作一切"非中国"书籍，即自命为通儒博学或学者名流，何尝不于无聊之中写"非中国"之文章。在著者不过一时之兴趣，游戏成文，而不知影响后生至为重大。

饮食男女本为人生大欲，若必日日拿来作一研究题目，难免不近于诲淫之举。幸我国尚有数千年传统之礼教，对于性学，纵有少数青年公开演讲，尚未普遍与欢迎。但是中国人向来神经过敏，一定有那日变本加厉的举动，如裸体游街之事发生。所以德国学生全体觉悟，认性学院为侮辱妇女之总机关，除将该院关于性学书籍焚毁后，并派褐衫同志多人驻于学院中，以示肃清，并保护女性。若我中国讲性学者，欲求不以女性为玩物者鲜矣。

尤有进者，今年波斯举行东方妇女大会，其发表意见谓："欧洲妇女现已文明过度，甚至于将造物赋予彼等之仁慈心肠，情感主义之本能，失却大半。……"又云："欧西妇女，偏重物质文明，故对人类情感，不屑加以注意。"该会并力持东方妇女在道德上远超于欧洲妇女之上。

不佞很希望东方妇女自动的觉悟，根据宣言，共同保持旧日之道德，毋为讲性学者所欺骗与辱侮，幸甚，幸甚。

从南宋说到现在

（五月二十六日）

宋与金约夹攻辽，辽破，张毂以平州背金降宋，金人胁取毂首去，遂分道南侵。斡离不直指汴围之，粘罕侵山西，太原三镇固守不下。宋用李纲守汴，斡离不能下。援师大集，金人急欲取成会。姚平仲贪功，先期劫金营，不利，引其众遁去。宋人惧，罢李纲割三镇以和。金人引还，诸将请邀击，不许。既而三镇为宋守，义军蜂起，宋廷间使与往还，而不能出兵援应。金人以宋背约，复南侵，遂陷汴，执二帝去。三镇以无援相继陷，于是大河以北尽失。

宋之三镇，今之热、察也，河北义士，今之义勇军也。宋不敢昌言援河北，犹今之不接济义军也。宋之三镇，可以东瞰燕云，犹今之察哈尔可以拑热河之背，热河可以拊辽宁之背。而宋廷畏金如虎，利在言和以苟安旦夕。寇急乃言守御，寇去则宴然，犹今之言抵抗者而实不出击也。

苏子瞻谓："古之取国者必有数，犹取龆齿也，齿脱而儿不知。"金不遽下汴梁而胁取三镇，今之倭人不急入平津而尽撤我屏藩，其巧亦复相似。

再观岳武穆率师北上，主张以武力收复失地，有直抵黄龙与诸将痛饮之慨，而内有秦桧，极力主和，十二道金牌，将士短气。今日之宋哲元、何柱国等，正在前方与倭寇作殊死斗，而素抱"一面交涉，一面抵抗"之汪院长，派去变相式之秦桧，至北平实行"一面交涉"之半面老话，停战妥协，已公开的昭示于全国矣。

　　呜呼，宋室亡矣！而其所以致亡之道，吾人均得而知之。所望于今日之当国者，幸毋蹈宋室之覆辙，而遗骂名于万世也。

抗日军与“剿匪军”

（六月四日）

以三代上之大刀，与二十世纪之最新式军器暴日军队相周旋于关内外者，非我今日忠勇之抗日士兵乎？

以保国爱民之队伍，与杀人放火之野蛮土匪相驰驱于丛山峻岭之间者，非我今日忠勇之“剿匪”士兵乎？

夫抗日固难，“剿匪”亦不易，抗日与“剿匪”，诚属我国目前非常之事变，须举国上下精神团结，拿出十二分诚意，以为政府后援，其事乃克有济。不得假借抗日与“剿匪”之美名，作反抗日与反“剿匪”之事实，乃求之今日，未必尽然。

自“九一八”以来，华北军队与暴日相持将二年之久，各省当局以及各军事领袖未闻有提一旅之兵援助杀敌。今者中日人于休战期间，乃有愤日人之横暴，自动的组织抗日救国军之举，其名甚正，其志可嘉，惜乎时机错过，难免贻人以口实。果其行动确以救国为前提，乘此华北战事沉寂之中，转攘外之旗帜先行安内，则箪食壶浆以迎，绝不敢有一词之訾议。所谓抗日之障碍不除，抗日之目的终不能达到也。

友人周鳌山有言：“抗日军不能抗日，‘剿匪军’不能‘剿匪’。”

余更进之曰：“抗日军不能抗日，反为日抗；‘剿匪军’不能‘剿匪’，反为‘匪’剿。将来抗日军与抗日军对抗，‘剿匪军’与‘剿匪军’对剿，或抗日军与‘剿匪军’相抗，或‘剿匪军’与抗日军相剿。到那时谁是抗？谁是'剿'？谁是抗日军？谁是'剿匪军'？你要先抗后'剿'，我要先'剿'后抗。我们小百姓只见抗者抗，'剿'者剿，抗对'剿'，'剿'对抗，抗与'剿'拼，'剿'与抗合。"

抗也，'剿'也，无从分别，一塌糊涂而已，呜呼中国！

对于沪银行团农村放款之感想

（六月五日）

古人所谓"财散则民聚，财聚则民散"，此二语实有至理存焉。我国前以天灾匪祸，民不聊生，于是各省富户大都将所有资财汇至上海。即乡村间中等以上之地主逐年所收之租金，亦经代理人随收随汇。乡间于是有贫血症之虞，而上海遂成为膨胀之病。统计全国仅有十七万万银洋，而上海一埠已占七万万元，其余各处仅得十万万元。支配不均，农村破产，土匪当然蜂起，乡间愈不能安居，而金钱愈集中大埠。此即所谓"财聚则民散"之明证也。

沪银行团张公权等此次来湘考察，颇得一种良好印象。除关于工业、交通分别投资外，并对于我省农村决定放款以资救济，闻放款标准暂定每县十万元。至担保条件及如何放法，尚待磋商。张君此举实属救济中国农村根本办法，亦即办理银行者之正当原则。夫不救济农村，不但不能肃清土匪，且有与日俱长之势。釜底抽薪，厥在散财。财散则民聚，民聚则土匪当然减少，而社会亦得以安宁，金钱再不至都市集中，而各种建设事业亦可次第兴复。

希望张君迅速拟定条件，实行放款，毋作为画饼充饥之笑谈，则我湖南三千万人民所馨香祷祝者也。

中日停战后

（六月八日）

平日向以"打倒日本帝国主义"及"长期抵抗"种种口号为帜志者，今已不闻于耳鼓，即行经各通衢大道，墙壁上亦不多见，可谓受了日本人之一场大教训。今协定已签字矣，内中"不再前进"及"又不行一切挑战扰乱之暴动"二句，把中国想恢复东北四省之志愿，永远的陷于万劫不复之地位。从此四省人民永远的与我们抛弃了同胞关系，而直隶于三岛政府之下矣。台湾、琉球、朝鲜、安南等之殷鉴不远，思之不禁泫然泪下。

我不解政府当局诸公，其聪明才力，平日对内说话作事，觉得比我们老百姓高出万万，我们老百姓亦自认望尘莫及。抵抗就抵抗可也，停战就停战可也，二者实不能相提并论。今我们当道明明签订了卖身文契，而口中反说"对于抗日，决不稍懈"。试问"不再前进"及"又不行一切挑战扰乱之暴动"之谓何？观此，不但政府不能再言抵抗，即义勇军亦不得再行奋斗，硬将我东北四省被此五条协定于不知不觉中轻轻送掉。熊斌反夸耀于人曰："自问良心尚安！"

噫嘻！汝安则为之，余欲毋言。

湖南谷米产量之研究

（六月十三日）

今世重统计之学，惟我中国向取估计主义。近年来，中央及各省虽有统计处之设，仍不脱估计之弊。所以，外国人谓"中国政府之统计绝对不可靠"。即以全国人口一项而论：一九一〇年，民政部统计为三万万四千二百六十三万九千人；一九一二年，国务院统计为三万万七千七百六十七万三千四百二十三人（除蒙古）；一九二四年，外人向司米统计为四万万四千五百一十九万五千人；一九二五年，陈启修统计为五万万四千七百万人。此外各人所统计者均言人人殊，差数甚大。此种重大统计尚不的确，其余可想而知。

不佞今日来研究湖南谷米产量，究有何种材料可资参考？即使取得材料矣，其统计之数，是否可作为信史？询之湖南财政当局，即茫然也。即问之湖南谷米稽查处人员，恐亦茫然而又茫然。但是张财政厅长前次来函，有："谷米稽查处为两湖米捐局所改办，其性质以调节民食为主，岁丰则酌定输出总额，岁歉则禁运出省，统由谷米稽查处办理。"又云："查谷米稽查处之设置，其主旨专视岁收丰歉谷米盈绌以谋保护民食，非纯以收入为目的者也。"恐亦是官腔。实际上，所谓"酌定总额"，所谓"盈绌"，并非统计。不佞急欲知湖南谷米产量之数字，惟查财政厅所编湖南各县物产出品表，以及民政厅所编湖南各县物品出产表，均语焉不详，择焉不精。有某某县则填有谷米出产数目，有某某县则付阙如，欲得一整个数字，实无从下手。盖本省谷米出产，当局尚不能得到精确数目，所谓"调节民食"不过欺人而已。

兹据国民政府主计局统计处调查，由民十八至二十年，我湖南每年产米量为一万万零七百七十七万八千担，合谷量为二万万一千五百五十五万六千担。再据金陵大学农学经济系所编调查，谓湖南产谷量丰年为一万万四千八百五十八万担，民二十一年则为一万万三千零一十二万担，此外产麦量为九百六十万担，糯谷为七百七十一万担。今执二者而比较之，其差数几至一倍，吾人又乌从而信之？如以主计局数字为可信，则我湖南三千人民（此数亦不可信），每人每年平均最多以食谷四担计，则每年应需谷一万万二千万担，于二万万一千五百五十五万六千担内，扣除一万万二千万担，应余谷九千五百五十五万六千担。如以金陵大学数字为可信，则我湖南三千万人民除自食外，尚余谷一千零一十二万担，但是人民对于饲猪、酿酒、制糖等难免不消耗一小部分，但乡间人民多食杂粮，仍可省抵。所以财政厅究竟每年应放若干谷米出口，方不至有妨民食，此问题值得吾人研究，如欲研究此项问题，不得不先希望财政厅作一次详细调查，方有所说起。

复查二十一年洋米进口为二千二百四十八万八千六百三十九担，折合谷为四千四百八十七万三千一百七十八担。我湖南谷产量，除自食外，如以内政部数字为可信，则每年应余谷九千五百五十五万六千担，倘以之抵销洋米进口，尚余五千零五十八万二千七百二十二担；如以金陵大学数字为可信，则每年亦可以余谷一千零一十二万担抵销洋米三分之一。

总之，我湖南对于谷量尚无的确统计，内政部与金陵大学之数字只能作为一种估计可也。

各学校宜设立公共仪器室与工场

（六月十七日）

我湖南学校林立，而求其有一设备完全之学校，实属凤毛麟角。每年政府对于各校临时费项下，无不列有添置仪器若干元。不但一年如是，即年年亦复如是。在政府糜费一笔巨款，在学校用不得当，而学生仍不能得一完全实验之仪器工场以偿其欲望。此无他，实由历年主持教育者无整个之计划，枝枝节节，以求敷衍了事。今朱厅长来湘主政，对于各级教育成立设计委员会，用费甚少，收效甚多，实为改良湖南教育扼要之图，值得吾人赞助与钦佩者也。

湖南教育经朱厅长整理之后，大体已有可观。但尚有美中不足者，即对于各校之仪器与工场尚未成立公共的，听各校各自为政，断简残篇，破铜烂铁。公家之款项已发，学校之设备不全。为今之计，惟有实行下列二条，以图补救。

甲、公共仪器室。我湖南学校所在之地，为长沙、常德、衡阳三处，应就三处地点设立公共仪器室，先将各校已有之仪器收集，视其不完备者再为补充；成立一应有尽有之公共仪器室，使学生对于实验时不至有冥索之苦。其补充仪器之经费，即就各校本年所列之预算关于仪器项下一律截留，由教育厅代为购置。其各校所聘之仪器管理员及工役即行裁除，而将该员应得之薪俸亦画作添购仪器之用，款虽微少，合之则多。每校授课需用仪器时，即由该校教员先期开单向公共仪器室借用，用毕即行归行归还。在公家，每年可省去若干经费；在学校，亦得一整个完全之实验器具。否则，校自为政，重复叠出，即使善于设备，而每件仪器，每年每班仅用一次，即行弃置以待来年，纵使教育款项充足，亦觉太不经济。

乙、公共工场。当此职业教育高唱入云之际，湖南各职业学校无不感实习工场设备之不完全。甲校列一笔锅炉费数千元，乙校列一笔动力机数千元，甚至丙校又列机器修理费亦数千元。其备考栏内，说得如何紧急，如何需要，此一些钱可谓之冤枉花费矣。最好将现在各校所有实习工场机器集合一处，成立一合理化工厂，轮流派学生前往实习。将所有各校工场应给之费一概转发公共工场，成立一完全之实习工厂。所谓"分之则伤，合之则美"，该工场除供学生实习之外，并可以兼营业，一举而数善备，自在政府善于处理之。

总之，湖南教育经费既感困难，不求紧缩，只求善用，如果运用得法，即一文钱可作一文钱之事，否则，款縻无功，虽多亦奚以为？鄙意如此，质之当局，以为何如？

农民副业问题

（六月二十日）

大凡一国货物入口，制造品占最多数者，即表见一国之经济之盈亏及产业之兴败。吾国入口商品中即犯此弊，足证吾国工业之不振，而农产品亦占入口货物第二位，亦足以表见吾国近来农业之衰败。如果检查民国二十一年度海关册报，即可分别详知各农产品入口之数字，无所用其掩饰者也。

我国历代传统政策以农立国，其农民亦占全国人口总额百分之八十以上。此种巨大的农民国家即不能将自己农产品输出国外，无论如何，总可达到自给自足程度，而竟事乃大谬不然者。查我国洋米、麦入口之数，不佞前已言之，此系为农产之主要货品。此外农村副业亦与年进，如水果、烟草、糖食、鱼肉、木材等，无不仰给于外洋。利权外溢，国民经济发生崩溃，国民经济崩溃，即国家财政基础亦发生摇动，整个的农村经济破产即在目前。

夫农民之所以能独立于社会者，主要作业固在米、麦。但是，米、麦收获耕种有一定期限，此外农隙时间占全年之半数以上。农民尽可利用此等农隙从事于各种副业，如树木、养鱼、饲猪、栽果、植茶、喂牛、牧羊等，无一不可以为农家生产之补助。至于阃外之事，有非妇女能力所克勤务者，则家庭内尚有各种小手工业，如山东之草帽编、浏阳之夏布、江浙之蚕丝以及乡间之土布业等，在昔无不以妇女担任其工作。自各帝国主义者挟其经济侵略政策以来，所有各种机制物无不如狂风暴雨席卷而来，掠夺我固有各种传统之手工业，予全国整个经济以重创，使之不能生存于二十世纪之世界。虽则是诸国民麻醉舶来品之劣根性有以成之，而归根结蒂，则由于我国农民不去维持固有之副业有以致之也。

夫男耕女织为我国历史上之立国原则。今也不然，男则以当兵游荡为帜志，女则以恋爱摩登为自由，举凡人生职务上应行之事，反视之无关轻重。所以农村经济日趋枯涸，农民生活日就艰难。政府不知提倡，农户不知振作，是相率天下之人民共趋于死亡线上而不知觉悟。

兹为挽救既往之种种错误与放弃起见，亟盼当道诸公对于复兴农村之会议无唱高调，就农民本身上能力之所能及者切实加以督促与扶持，使之回复原状，则"十年生聚，十年教训"，中国其庶几乎。

何谓国力

（六月二十一日）

六月五日，汪院长在中央纪念周报告，有："以武力收复失地，这句话是不完备的，至少应该说以国力收复失地，因为武力只是国力一部分。"这一段演说，将此次失去东北四省事件干干净净推到国民身上，诚可谓善于说辞。设使汪院长今日如果在野，不手握行政院之大权，我敢说措辞必不如此之圆滑，必定将失去四省之责任完全放在政府身上。

夫今日之中国诚哉要国力，试问摧残中华民国国民之国力者是何等阶级人物？人民要抗日，东北则有不抵抗将军！蒋委员长要"长期抵抗"或"誓死抵抗"，而汪院长则主张"一面交涉，一面抵抗"！此外，我们要推销本国农产以维持农村经济，而政府则不断的向外国购运米、麦，惟恐农民之力不速斩！我们要推广土货，使中国各种小工业或手工业得以生存于国内，而政府则设变本加厉之营业税、产销税，种种名目，横征暴敛，惟恐工业之力不死亡！我们要发展国货，惟一之出路则在对于国际贸易场中进攻，以求战胜；而政府则对于商人之运货处处为难，关卡林立，百般敲榨！利益未见，血本已亏！不能仿日本政府之津贴倾销，亦当稍予维护，自行发达，何得自掘坟墓，惟恐商人之力不枯槁？

汪院长之所谓国力，总不出乎农、工、商之外。今农、工、商之力既摧残殆尽，则国力乌从而充足？国力不充足，则武力自然不能充足。而使其所以不充足者，是谁之过欤？天津《大公报》有

《是谁戕贼国力？》评论，末段有云："吾人承认抵御外侮，非发挥全体国民之精神的物质的总力量不足以制胜，然而戕贼此可贵的国力更不谋为之养成者非他，即自居领导负责统治之党政机关本身是也。"

呜呼，民以养兵，兵以卫民！国民在此种耻辱之下，当然愿毁家纾难，以图报复。若言执干戈以卫社稷，则不在赤手空拳之老百姓，而在握有实权之党国要人。处此种严重时局之下，只能说国力为武力之后援，若云"以国力收复失地"，此言不足以服天下。当此国破家亡之时，欲以"国力"二字诿责人民，实不能自圆其说。

往事已矣，请观汪院长将来国力之培植方法如何，万毋由武力推到国力，再由国力推到民力……则幸甚。

苏俄工业之不景气

（六月二十三日）

世界经济凋敝，无论是何种国制，均受影响。近世一般青年心醉俄国共产制，以为能解决一切生活。日前报载，俄国粮食将发生恐慌，近则工业亦为之不景。原世界各国经济衰微降落之时，即苏俄亦不能单独维持其经济超然之地位。

据国民社莫斯科三日电："苏俄报纸近日已时时发见各工厂工人薪资拖欠之纪载，如乌克兰那省马力坡地方之改索夫斯塔大铜铁厂，已积欠工人薪资至七十五万卢布之巨数。其他一切依此为生之副营业，均因之而不能支付工资。统计苏俄境内大工厂，积欠工人薪资约在数万万卢布以上"云。此种情形酿成之最大原因，为生产价格与售买价格之悬殊，如在铜铁事业中出产品之售价，往往较之生产原价低至百分之四十。此种不合经济原理之情状，恐不久即将引起发生事变。盖工人生计已至岌岌可危之境，物价既日涨，食物亦缺少，加以工资之不能按时发给，情形至为可悯也。

此次伦敦世界经济会议，俄代表李维诺夫演说有云："苏俄因为制度的关系，不受各国那样的经济恐慌。"究竟苏俄有无经济恐慌？这是事实问题。若如李维诺夫之言，则是俄国无经济恐慌，何以国民社三日之电所云"积欠工人薪资约在数万万卢布以上"？据此则李维诺夫之言大而夸，想系一种宣传作用。

总之，世界经济凋敝，苏俄亦不能例外，事实具在，无所用其掩饰者也。

替李鸿章张之洞呼冤

（七月二十七日）

国府七月十七日纪念周由居正委员报告，关于复兴农村与复兴民族有很长之演辞，内中有一段云："在满清时如李鸿章、张之洞等，亦注意产业革命，创设织布厂、缫丝厂、炼钢厂等，此后各种实业蜂然以起，却忘了数千年来立国之本的农村问题，结果只造成一二都市的发展，而农村日渐凋敝。……"

冤哉冤哉！晚近以来，我中国之人才如李鸿章、张之洞辈，其目光之远，识见之高，居官之廉，方之民国中各省长官，有几人能与李、张二人并驾齐驱？李鸿章创办招商局、机器局、船政局等，至今政府与人民犹视为国防上之重要工具。至于张之洞治鄂，创办织布厂、纺纱厂、缫丝局、制麻局、兵工厂、铁政局等，已先得产业革命之先声。孰意张去鄂督，继任者不肖，不克萧规曹随，光而大之，反将张任内历年惨淡经营之各厂，除杀人之兵工厂未停工外，其余今已有禾黍之叹。谁为为之？孰令致之？若以此归咎于张之洞，恐九泉之下亦不瞑目。

今日中央不曾有创办硫酸厂、炼钢厂等之议乎？夜长梦多，何年实现？不能谓今日之创办工厂，就有关农村，而李、张当日之创办工厂，就谓之为"忘却了立国之本"。此种信口开河之报告，是否有以折服天下人之心？吾人论事，当就事论事，不能以生死而异视。李鸿章签定《马关条约》，致招天下后世之唾骂，方之今日《塘沽协定》，其利害得失可否同日而语？张之洞督鄂十余年，除创办各工厂外，并开办农业学堂，何尝不农、工并重？又何尝忘却了数千年立国之本的农村问题？若以居委员所言者，责之现在之政府，洽合身分。以言李、张二公居官如此其久，其官又如此其大，清风两袖，身后萧条。反观民国之达官要人，无不数十百千万元存储银行；日日言建设，而一事无成；口口言廉洁，而黄白满腰。假使今日李、张二公尚在，吾敢说今日之中国决不至糟到如此地步。《诗》云："人之云亡，邦国殄瘁。"阅居委员之演辞，不能不为李、张二公呼冤，更不能不令我兴我思古人之叹。

李、张往矣！希望今日有李、张二公之地位者，如能作到李、张二公之事业勋功，则中华民国其庶几乎。

棉麦借款之研究

（六月二十六日）

自宋子文在美借五千万元之棉、麦，计棉占四千万元，麦占一千万元，在美国则誉之，在西南则毁之，在中国纱厂及粉厂则反对之。各有各的立场，即各有各的利害关系，所以各人的立言不能一致。今以旁观者地位，来研究此项问题。

在赞成一方面，不外乎中国民穷财尽，欲图各种事业之建设非吸收外资不可。但是世界经济恐慌，陡然欲借得一批现款，在事实上不可能，于是借外国剩余之农产品运之中国，变卖民间。虽非直接之借现，亦可称之为间接现款。加以现在中国纱厂及麦粉厂需料甚殷之秋，接济原料即所以维持厂务。将来政府收获此一笔巨款，亦可作种种事业，其与现款又有何分别哉？

在反对一方面，则曰中国自去年来全国丰收，只因外国的农产品不断的输入，夺我市场，吸我膏脂，以致中国的农产品反见屏弃，谷贱伤农，丰年饥馑。在人民一方面，天天呼吁政府加征洋食进口税以示遏制，并不得政府同意，反向美国借购五千万元之棉麦，是何异致全国农民于死地？于是，沿海各省大埠改用美国、棉麦，则内地之棉、麦更无处推销，除陈腐外，别无救济之策，而全国农民经济只有相率出于破产一途而已。

不佞以为赞成与反对者均有充分之理由，但均是皮毛之议论，而非根本解决之方法。我国处此内忧外患之秋，非借贷不足以生存，但是借贷要借贷我之所无者，不可借贷我之所固有者以自杀。

我国今日国内并不缺乏棉、麦，只因交通梗塞，不便流通，所以沿海各省仍以洋食度日。日本政府对于商人运货倾销予以津贴，我国政府何尝不可仿其道，行之国内，以抵制洋粮？今年借五千万之棉麦，势不能年年拾人之余唾，明年又借。在政府应想一根本办法，解决棉麦供给问题，则兴复农村，奖励耕种，乃为一劳永逸之计。若徒饮酖止渴，实非计之得也。

曾阅上海棉花同业公会呈中央文有云："……若以外人过剩之农产压迫垂毙之农民。……转瞬国棉登场，价值之惨落必更甚于今日，流弊所至，不特棉值愈贱，棉农直受其害，抑且纱积愈厚，纱商势难支持。"

上海面粉公会电宋部长有云："……现华麦丰收，消息传来，麦粉市价暴跌，农民粉厂大受影响，华粉已过剩，务请免购面粉，以保粉厂生机。购麦请缓四个月后陆续运华，以救农村。"

上海棉业联合会电致政府有云："……转瞬国中新棉登场，以美棉所在，销路日滞，产物始患不足，至此或变过剩。棉亦农产大宗，去年谷贱伤农之不幸，必又于棉农见之。……将来出货日多，乡间购买力已减，又将销于何所？……"

上海华商纱厂联合会致电汪院长有云："……惟此种办法对于纺业固非治平之策，而于国家经济更属巨大漏卮。故此款既因棉产不足而举债，允宜用于振兴实业与复兴农村之一途。"

天津纱业公会亦请取消美棉借款有云："……以政府借款购棉，意在救济纱业，而美棉纤维细长，不合于我国现在各纱厂所用，人所共见，将来购用美棉，定多损失。……认大量输入美棉于国棉有害，请即打销借款"等语。

综合以上各处反对之电文，至有理由，而天津纺业公会一电尤为事实上不能购用美棉之铁证。

夫棉为我国出产一大宗，其农民占全额十之四五。即二十一年度出口，除供内地各厂应用外，尚有六十六万三千二百六十四担，价值二千零六十五万四千七百五十二关银。所以日本此次抵制印棉，而有以华棉暂代之主张。

今我国立法院已通过《棉麦借款合同》矣！木已成舟，其又何说之词？夫以外人剩余之物，方且投诸大海之不顾，而我则视同珍宝，借运来华，则将来供过于求，则国棉势必被其压迫，而价值暴跌，与今年之谷价，同一弊病。查我国全国纱厂仅有八十四家，每年每厂平均用棉以七万担计，不过六百万担。如果国棉输运得法，当然不至于缺乏。近月来，因农村购买力微弱，销路停滞，各处纱厂有减工之举。倘商业常此不景气，则将来应需原料，难免不较今日有减少之处，则我国国产棉花，尚有过剩之虞，美棉之运华，无异视同废物。为外货作倾销之市场，为借款徒负利息之亏累，于国于民，两无裨益。

为今之计，惟有削平内乱，整理内政，发展交通，提倡农产，改良种植，作根本上之解决，使我以农立国之中华民国，有以其所有运往外国推销之一日。如果借贷农产品度日，终非长久善后之计。秉国钧者应从立国之大本着手，毋再为外人推行通货膨胀政策，则幸甚。

恢复华丰造纸厂谈何容易

（六月二十八日）

日来建设厅鉴于洋纸之畅销，非自行开场制造，不足以填塞漏卮，且亦不能供社会之需求，意欲因陋就简，将民元官商合办之猴子石华丰造纸厂改为湖南造纸公司，仍为官商合办性质，并拟具计划书一份，向省府委员会提议。意至善也！但该厂之恢复未有如此简单容易者。

据所拟该公司营业预算书载："每日出蓬莱纸七十令，以现在市价每令五元四角计算，日得生产费三百七十八元，全月出纸二千一百令，可得生产费一万一千三百四十元。又员薪、工资、原料、事务费等项，月需九千零二十四元，在每月所得生产费一万一千三百四十元内，扣除消耗费九千零二十四元，每月实获纯利二千三百七十六元，合计全年度可获纯利二万七千七百九十元。其开办基金，暂定五万元，计官股占五分之一，商股占五分之四"云。

查华丰造纸厂自民元开办，至民三始就现成之原料，日出一二令之纸以塞责。当时官派十足，厂长、副厂长、工程师、秘书科长、营业主任、发行所以及卫兵之流亚，无不应有尽有。未及数月，即以寿终正寝闻。民五欧战发轫，吾湘炼锑工厂林立，需要锅炉甚急，华丰商股即将锅炉变卖，并将一切修理机器及发电马达一并零售。至今所存者，仅有古色斑斑之造纸机以及残砖败瓦、将倒未倒之数栋厂屋而已。民国九年，政府批给高工以作应化科学生实习之用，高工未收。上年又批给湖大，湖大亦不接受。今建设厅废物利用，闻之曷胜欣慰！但有数事须就正于建设厅者：

一、每月需用九千零二十四元，而五万元之基金，可供若干时日之用，用完又将何以为继？

二、添购锅炉以及配置造纸机零件等，究竟要费若干款？能否基金仍为五万元已足？

三、蓬莱纸纸料系何种原质？来自何地？或该厂自制？

如果对于以上三项在未解决之先，冒昧开办，则今日之湖南造纸公司即成为曩日之华丰造纸厂，不待龟筮可坐而知。虽然，造纸厂在湖南原料丰富之地尽可以开办，惟建设厅所拟之计画未免言之单简而容易，窃期期以为不可。

反"以建设求统一"

（七月三十一日）

七月十七日，汪院长在纪念周讲演"以建设求统一"，词意甚长，而归根结蒂，不外三个方式：

（一）彼此都不注意建设，而惟知武力相角逐。其结果必两败俱伤。

（二）一个注意建设，一个不注意建设。其结果建设者胜，不建设者败。

（三）两个都注意建设，彼此以建设为竞争。此结果经济关系日益密切，分功合作，不能相离，彼此自动的取销对抗形势，而要求统一云。

此种伟大的重要的高远的主张，值得吾人钦佩与赞助，谁也不能批评，谁也不敢反对。

查辛亥革命以来，日日言建设，其结果不但不能建设，并将吾国所固有之建设破坏不留余地；日日言统一，其结果不但不能统一，并将吾国固有之整个疆域，自"九一八"以后，失掉了四省之多，尚无收复之望。此外，如四川之内战不休，西南形成脱离，北有同盟军，南有共产党，环顾国内，缺陷甚多。所谓建设者既如彼，所谓统一者又如此，若以建设求统一，相去何止十万八千里。汪院长主张虽是，似乎近倒果为因，舍本求末。

汪院长又有言："故欲求统一，惟有建设。不能建设，且不能自存，有何统一之可言。"不佞以为今日之中国纷乱极矣，非先有以整理之，决无建设之可言。与其言"以建设求统一"，不如言"以统一求建设"。何以言之？天下事建设最难，破坏最易。自民十五北伐之时，一切举动难免不带有破坏之性质。既成功以后，当然由破坏时期回返建设时期，乃事不崇朝，仍由建设趋于破坏，并日日破坏，而绝无建设之可言。十年建设之不足，一旦破坏而有余。省自为政，中央有尾大不掉之虞。事实具在，无所用其掩讳者也。吾人如果进推其故，在中国朝野心理，未尝不知今日之时势，只可建设，决不可再破坏。但武人之割据，内战之迭起，举吾人一身所有之膏脂，以供若辈穷兵黩武之资尚嫌不足，焉有余力进行建设？所以汪院长有言："曩时在广州，曾提出以建设求统一的主张，当时无反响。……"但事隔数年，并未实行其主张，其故可思也。

蒋委员长有言："攘外必先安内，在"共匪"未肃清以前，不准言抗日。"不佞敢易其言曰："建设必先统一，在中国未统一以前，绝对不能言建设。"盖建设者乃统一以后之文章，干戈扰攘之秋，人民救死之不暇，纵有资金，集中都市，纵有人才，散之四方，夹缝中之建设，乌足成为建设？所以，国内不统一，无论何种事业均不能建设，即已有之建设亦不能保其现状。如四川内战，如江西"共党"，经济破产，田庐为墟，工商失业，野有饿莩，任中央如何严令制止，或派兵痛剿，尚未克奏肤功。试问一切建设事业从何说起？与虎谋皮，决无是理。

在今日中国此种情况之下，只有希望各方面自动觉悟，放下屠刀，彼此互相谅解，化干戈为玉帛。对于中央，一致拥护，铲除尔虞我诈之心理，废弃入主出奴之主张；嫡系杂色，一视同仁；实行古时"普天之下莫非王土，率土之民莫非王臣"之两句老话，上下团结，全国统一。此而后，各省分别进行各种事业之建设，中央提纲于上，各长官实施于下，士、农、工、商各安其居，各乐其业，熙熙皞皞，和气致祥，耳不闻炮声，目不见兵灾，全国军队用以对外，全国收入画作建设之用，工厂林立，铁道网布，地尽其利，货尽其流。果用何术以致此？非先统一不可。余敢曰"以统一求建设"，则建设可以实现，可以永久；"以建设求统一"，则建设难以实现，难以永久。

以言汪院长今日之地位，系在一人之下，万人之上，如果有心建设，有心统一，何必他求。所谓"为政不在多言，顾力行何如耳"，应拿出墨沙里尼与希特拉之手段，毅然决然，坐言起行，惟力是视，否则议论多而成功少，不但以建设不能求统一，即以统一亦不能求建设。漂亮的演说，只能作为茶余酒后之闲谈可也。

总之，中国不统一，不但为建设之劲敌，并且为各种政治不上轨道之大障碍物。若欲求全国之一切事业推行尽利，先用快刀斩乱麻手腕，去其不统一者使之统一，统一之后，方有建设之可言。我之主张如此，未知汪院长以为然否？

继续抗日与结束战事

（七月二十二日）

　　"九一八"事变以来，将近二周年矣！回忆国联拟画出锦州为两国缓冲地带时，中央将有允意，被浙江一般士绅极端反对，意谓："锦州如成为中立区，则锦州以东各省已非我有。"中央徇浙绅之电请，未赞成斯议。论者惜之。淞沪之役，十九路军抵抗，有声有色，后经英使斡旋，而成城下之盟。迨后倭寇西进，取锦州，夺榆关，陷热河，而进窥华北。适国联通知中国，依照盟约，三个月后，中国可向日本宣战。昨已期满，此时被侵略国，可依法宣战，而得国联会员国之拥护。此项通知书送到，而汪院长实行素所主张"一面交涉"之半面文章，在塘沽令黄郛与日本成立"停战协定"，又成城下之盟，犹复大言："昭示全国停战并非屈服，仍须继续抵抗。"想阅报诸君尚未健忘！

　　曾几何时，"一面抵抗"之文章，全国几无人再为谈及，乃有不明了今日中国政府之主张之美记者何怀德，犹曰："日本已在远东造成一亚尔萨司劳莱，唯用武力始能使日本退出满洲。"并谓彼之所言，全系根据与中日领袖谈话所得之印象。无如近日平军分会，因战事结束，讨论军费缩减问题。三十五军军长傅作义亦以前以率部抗日，曾由绥省各县征集驼驴及伕子以供军用，刻以战事结束，通电各县派员前往会同军部专员押送回县。汪院长不曾说"仍须继续抵抗"乎？而平军分会及傅军长均曰"战事结束"，是中日从此后再无战争？试极目东北四省人民，展视四省地图颜色，究是谁家之天下？

再观七月八日，黄郛在平招待新闻记者有曰："郛受命以来，瞬将两月，当时华北局势，万分严重。……其时飞机高翔空际，炮声震于郊外，郛与诸君同处围城之中。……今日个人感到少有之愉快与荣幸，两月前在座诸君，谁也不容易预想今日北平之景气。……"黄委员此一段丑表功，阅之令人肉麻。所谓"愉快""荣幸""景气"，究竟因何得来？是不是用东北四省换来的一时愉快？是不是用东北四省换来的一时荣幸？是不是用东北四省换来的一时景气？以三十四万方哩之土地，易以一时之"愉快""荣幸""景气"，亡国外交，夫复何言！

呜呼，中国今日之时局！以言抗日，则失地四省！以言"剿共"，则丧师数万！水深火热之中华国民诚不知将来死所！蒋委员从前长期抵抗之主张，至今为亲日派所左右包围而不克自振。环境所迫，贤者不免。希望蒋委员长拿出再接再厉之勇气以及大无畏之精神，指挥全国军队，一面剿匪，一面抵抗。

宁为玉碎，不求瓦全！记者虽老，愿为前驱！

伪军问题

（七月二十日）

中日战事，已告结束；我们抵抗，业已到底。现在尚有一点余波未平者，只有处置伪军问题一事。查李际春以中国军人资格参预叛乱，为虎作伥，认贼作父，将我滦河流域各县扰乱不堪。论其罪恶，实在杀无赦之列，乃中国徇日本人之请求，将伪军收编。既要收编，则不能再称伪军，即成为正式国军矣。所谓以前种种，譬如昨日死，以后种种，譬如今日生，我中央政府宽大为怀，向来不藏怒，不宿怨，在伪军放下屠刀，立地成佛，此言虽是，不可为训。

据雷委员寿荣之报告，有大体已全决定，关于伪军决定收编四千人，分为两队，一队由我方改编，一队则由李际春负责改编，暂划滦州、丰润两县为改编地点，其余伪军，律遣散云。当大连会议之时，李际春随带军事政治及副官等一百余，声势喧赫。据称所部共有四旅七支队，后方尚有十二万预备队。接洽之际，几濒破裂，经日方参加谈判，始照上数改编。至李际春之名义，颇费斟酌，将来拟在北平军委会畀以位置。至原拟以李充任队长一职，未得李之同意，故不就，现已改派邓燕侯接充矣。

夫李际春者，乃中国军官也，无端叛乱，投降日本，今则"鸟尽弓藏，兔死狗煮"，不容于日本与伪国者，乃见容于堂堂之中华民国。在政府收编，或有其他苦衷，但叛将升官，是否政府含有奖励之心，不得而知。此种狗彘不食之军人，应即验明正身，枭首示众，则我国对于军事，尚有军律之可言，否则只能称之为"李军"，不能称之为"伪军"。盖华、伪不两立，不去伪，则华不能生存。今换汤不换药，名去而实存，万一将来李之野心未死，节制为难，即不然与日伪国接近长城，难免不为他人用作捣乱之工具。稗莠乱苗，姑息养奸，今日之迁就，即为日后之隐忧。

总之，不杀李际春，无以服天下之人心，设使人人效尤，国法何在？望当局有以考虑之。

流动武力

（七月十八日）

陆、海、空军为今日治国之要图，在中央固当竭力扩充，即各省与夫各军事长官，无一不力谋扩充个人势力。今日中国之要人所以能造成一举一动一言一语有关天下安危者，无他，先数数他的实力如何。如果从前仅一卒一兵，今日陡然升为师、军长或总司令、总指挥者，即乱说也有理。或从前拥有数十万精兵，跨有数省地盘，今日忽然卸职者，即言皆失效。观此可见世态炎凉，人情冷暖，而政府视之，尤比吾人为甚。所以，要作当代有势力之要人，须先有充实之武力，或恃某某之武力以作我之背景，否则谈不到，够不上。

若谈到陆、海、空军，本为国家之武力，非任何人所私有。在今日一般欺骗民众者，美名其曰："武力者，民众之武力。"于是，牛羊武力，仓廪武力，妻孥武力，举吾人一身一家所有之产业，无一不武力。卒之全国武力，全民武力，而成为今日之流动武力，何以言之？

大凡军人起身连、排长，则想由营长而师、旅长。其进行方法，无不诱惑运动他人之兵，使其带枪来归，以扩大自己之实力。下焉者勾引不成，则围住缴械。顽梗强项者则带其部下入山为匪，或加入红军。又有如邵本良之投降日本，又何国家观念之有？此中国陆军之流动也。

青岛三舰如"海圻""肇和""海琛"本隶海军部，系全国之军舰，听命于中央者也。今乃受人运动，自由南下，忙得该部出赏格寻舰，电报飞机，均查无下落，不意于七月五日开进广州矣。中国目前本无海军之可言，所有数十年前几只破兵舰，只能在沿海及长江作为一种点缀之品，或迎送各国兵舰时藉此鸣炮致敬（如上年淞沪正与敌人激战之时，日本兵舰来去下关，赖有海军敬礼）。此种海军之有无，无关重要，即使渤海队"永翔""楚豫""海鸥"三舰继续南下，亦系楚弓楚得。去年海南舰队不曾改隶十九路军乎？今兹青岛三舰来归南粤，有例可援。此中国海军之流动也。

曩观汉剧有借箭一出，当时孔明费尽智力，始获得如许之箭。今也不然，贿之以钱，诱之以官，则陆海空军均可为我所有。今日隶于甲者，明日隶于乙；今日泊于北方者，明日可泊于南方。陆、海、空军本是动产，独怪我国要人可以化中央所独有者为省有，并可以化省所独有者为私人所有，循环流动，靡所底止。此种怪现象，求之世界各国应不多觏。

寄语各军阀，今日中国之武力系流动的，绝对不能作为私人之工具，与其搜刮民财以扩展武力，毋宁轻赋减税，以固民心。古人云："尧舜之得天下也，得其民也，得其民者，得其心也；桀纣之失天下也，失其民也，失其民者，失其心也。"可不慎乎？

中日果总结账耶

（七月十六日）

当"九一八"事变发生之日，举国上下，如潮如沸。其民气之激昂，实有如雨后春笋之势，开会也，演说也，请愿也，刷标语也，喊口号也，无不应有尽有，极尽现代化之国民。无如政府别具苦衷，极力镇压，以"镇静"二字昭示吾人，并作自宽自慰之大言曰："最后之胜利，当属之于我。"今何如也？

回忆东北失陷，屈指已一年又十阅月矣！此二十二个月之中，我国同胞惨死于暴日淫威之下者不知凡几！我产业破坏于暴日炮火之下者又不知凡几！在从前，尚有各团体各志士实地援助救济，或空洞演说表演，各尽匹夫之责，不可不谓之为热心爱国之士。自塘沽协定停战以来，在内地报纸上不见有抗日救国之记载，在墙壁上不见有长期抵抗之标语，在会场中不闻有"打倒日本帝国主义"之口号，在商界中不闻有对日经济绝交之议论，在学校内不见有对日宣战之请愿，在军队中不闻有请缨杀敌之电讯，在绅界中亦不闻有航空救国之捐募。以前一切种种，暴日可谓对中国一笔总结账矣。

至于在国外方面，日内瓦已不旧事重提，甚么《九国公约》，甚么《非战公约》，甚么国联会议，尽可掷诸废纸堆中，付之一炬，免得再在世界上愚弄人民。各国之代表尽可撤消回国，免得再在日内瓦消耗旅费，徒增各该国人民之担负。谚云："求人不如求自己。"到不如大家来努力团结，毁家纾难，买些有用之枪炮，多练些抵抗之士兵，直截了当与日本杀一个你死我活。不然，这一肚皮闷气即割断咽喉也出不了。

我希望我们各种长官，准备着枪口向外，不收复东北失地，誓不甘休！

我希望我们各界同胞，要拿出"九一八"事变发生后之勇气，再接再厉，不以《塘沽停战协定》而自馁！

须知今日之《塘沽协定》，即为我中国自有历史以来之奇耻大辱第一页！较之袁世凯时代之"二十一条件"，尤为残酷！

嗟乎，毋忘日本人之占尔土地！毋忘日本人之杀尔同胞！

五分钟热度之讥讽，愿与全国人民一洗之。

请汪院长平心静气想想

（七月十四日）

此次宋部长在美借价值二万万元之棉麦巨款，引起多数人之反对，不仅西南及胡汉民数人而已。汪院长近来忍无可忍，如骨在喉，于七月十一日出席行政院纪念周，对目前政治有重要演说。除停战协定，认为自动主张外，其次就是棉麦借款之解释。其所持理由，谓："西南反对棉麦借款，未查海关册报，抹煞事实。因为我国每年要拿三万一千五百七十五万四千三百五十七元之现款，到外国去购运。今我借到棉麦，则今年不必再拿现款去买"等语。此种议论，表面上观来似乎近理，其实言伪而辩，不识治国大体，不得不加以批评。

汪院长此次演说，其一种愤怒之心已见于词令。回忆江院长就职之后，曾在通电内有："希望在野诸公，毋唱高调。"这一句话，尽反汪院长当时在野之面目。试看汪院长任职以来，贯澈"一面交涉，一面抵抗"之两句老话。今交涉已实行矣，送掉了东北四省，而抵抗又寂然无闻。华北军委分会近且为战事结束讨论各军军费如何缩减问题，假使汪院长今日在野，恐怕早已通电痛责政府丧地辱国，绝不稍有恕辞。即就所言"今年不必再拿现款去买"，何以前旬上海又有南美阿根廷三万五千吨小麦进口倾销，营业自由，政府又乌得专利？所以今日棉麦借款，任何人所当反对，却是西南不能反对，尤其是广东不能言反对。何以故？因为去年上海市商会呈请政府征收洋、米麦进口税，各省赞成，认为维持我国农民生命之第一先声，不意广东商会力持反对，致使以局部少数人吃安南暹逻米之利益，而全国大多数农民蒙极大之损失。《春秋》责备贤者，西南各要人当不能辞其咎。此次棉麦借款，西南无反对之权，不过闹闹意见而已。

我国农产不发达，致每年有巨量舶来品输入，是谁之咎？纵使由来者渐，未尝无补救之方。加以上年全国丰收，太仓之陈腐，各省皆然，谷贱伤农，其因在此。倘政府有心救济，将内地之米、麦运至缺乏之地以与洋米竞争，如果不能抵外货之倾销，我国家给予津贴，亦系楚弓楚得。即不然派遣几只破军舰陆续运输，以调剂各地之有无，亦为政府应作之事。

以言乎棉，我国产棉供不应求始于民八，以致海关有入超之纪录。近年来纺锭增加，棉产数量不能与之俱增，不得不取诸国外。上年进口棉值达一万八千万两。假使我国农产能增此数，即农村多此一笔收入。复查我国棉质与棉量，以陕西为最，但是经过河南东运，关卡林立，征收无厌，迨运至津沪，其价已超过美棉。倘政府有心保护国产，一纸命令即可解决。今不知自去扶植，拾人之余唾以充己之枯腹，将来外棉充斥市场，华棉势必跌价，与谷贱伤农同一病根。棉农见无利可图，不得不出减种，则所有棉农、棉贩、棉行、运商、堆栈、轧花及弹花工人相率而出于失业。则今年借一万万六千万之美棉，明日须加倍继购以维纱厂，此理至浅亦复至明。我政府既关心人民衣食，只要对于国农稍予体恤，何至有三万万元被外人吸吮以去？乃事前事后毫无计划，饮鸩止渴，剜肉补疮。西南之反对确有至理存焉。

中国今日不系一党治国乎？方之德国希忒勒、意国墨索里尼之地位，与汪院长有以异乎？何以德、意二国在今日世界之地位，有色有声，既无外患，亦无内忧？人民之所以俱俯首帖耳听命于一党统治之下毫无异议者，实希、墨两君以国家利益为前提，以人民好恶为行止。若果倒行逆施，则全民早已振振有词矣。

　　总之，政府在此农村经济颓败之时，不去培植扶助，反借外人剩余之棉、麦，以压迫垂毙之农民，无论其如何雄辩巧语，总不外乎借刀自杀。寄语汪院长，平心静气想想，中国民力尽矣，要救中国，先救农村，农村破产即全国总崩溃之预兆，无所容其徘徊者也。

说实话作实事

（七月六日）

去年蒋委员长在汉口时，对于禁烟雷厉风行，不崇朝而武汉烟馆肃清，瘾士藏匿，所巍然独存者，只有两湖清理特税处之招牌而已。究竟该处内容所司何事，尽人而知之。既然要禁人民吃烟，试问此种成千累万之烟土又向何处销售？若此言不顾行之禁令，实在损失政府威信。

河南本为陕甘及本土销场，政府还要兜销川土。据郑州六月十六日专电："湖北特税处驻豫专员李知白，因河南本土充斥，川土无法推销，及所委各县查缉人员蛮横不法，与地方纠纷时起，知难引退。鄂总处新委程甫到郑接替，对于川土已拟有妥当办法，将派大批查缉，分区进行兜销"云。噫，掩耳盗铃！分明是鸦片公卖也。

六月二十四日，蒋委员长又电豫、鄂、皖、苏各省主席及驻军长官，重申禁烟命令，内有云："……举凡私卖烟土，公开灯馆，均属绝对严禁。惟近迭据查报，各省乡镇竟有假借奉行禁烟法令为名，明目张胆，林立烟馆，诱人堕落。此种违法行为，实堪痛恨。……"我蒋委员长嫉恶如仇，拒毒心切，捧读之下，钦佩莫名。乃今日蒋委员长所驻地之南昌，据天津《大公报》载："两湖特税处在赣特设分处，公卖烟土，已有两年之历史，近则已由公卖烟土而改为烟灯公开，各特商之趸卖者，亦均分办零售部，并为增加特税收入，经决定假借防止新瘾名义，准许烟民向该处请领烟灯，规定征收税率，每灯每月收费四元，领灯二盏，则每月收费五元，领灯四盏，每月只纳八元，多则递减，现已达一千二百盏，将来可达到二千余盏"云。此就南昌省城一处而言，已有如许之烟灯。此种违法举动，不之他族，偏与蒋委员长驻地发生不解之缘，实在大煞风景。

或曰："蒋委员长向来遵守拒毒遗训，绝对不放松一步。公开烟馆，乃系瞒上不瞒下，惜蒋委员长未之知耳。"

或又曰："蒋委员长非不知之，不过因为筹饷关系，明知故昧，装聋作哑，两湖特税处之存在，即可证明。"

不佞以为，政府作事，要重实际，不重宣传。要禁烟就禁烟，何必留此特税处！要收灯捐就收灯捐，何必重申禁烟命令！天下未有对外发号施令坚决禁烟，而卧榻之侧反任人鼾睡者。希望此后我政府当局处处要说实话、作实事，乃克有济耳。

《霹雳报》周岁词

（七月四日）

办报难，在内地办报尤难。

何谓办报难？大凡创办一报，无不有党国要人以为背景。只要吹拍得好，宣传得力，每月应需之区区经费，无不为之设法筹措，并可对于馆内职员，予以兼差之干薪，事已多见，并不希奇。本报出刊于国难紧急之秋，经费异常困难，幸同人以公益为前提，以事业为帜志，不岌岌于金钱，不孳孳于富贵，茹苦含辛，再接再厉，此办报之所以难也。

何谓内地办报尤难？通商大埠，消息特别灵通，材料自较丰富。如以租界之内，言论自由，纵有时良心冲动，发为激烈议论，亦不至发生若何危险。若内地则不然，歌功颂德者，则惟恐言之不尽；摘奸发隐者，则惟恐有一字披露，危行言逊。明哲保身，居今之世，我岂不知？但用之于接物处世则可，用之于报纸议论，则有失天职。本报虽设在内地，顾忌本多，幸何主席遵守约法，许人民以言论自由之权。所以，本报不惜大刀阔斧，大声疾呼，威武不屈，强御不畏，彼城狐社鼠之辈，徒见心劳日拙而已，此内地办报之所以尤难也。

本报今已一周岁矣！过去之成绩如何，想阅报诸君当能记忆。不佞去年自京返省，适值陈桥兵变，黄袍加身，忝任社长以来，幸赖同人努力，艰苦撑持，尚无陨越。秉笔时每欲作痛快淋漓之文，以警世砭俗。加之外侮内患相迭而生，愤懑满腹，不知不觉流露于行间而无法遏止。明知见罪时贤，招人嫉视，但心实无他，有时或为阅者所原谅。嗣后当于可能范围内，纠正前非，俾本报"无灾无难到公卿"也。

今值周岁之日，用特郑重声明，须知本报宗旨，向不攻击个人私德，如果所作事实有违反社会人心之好恶者，本报不惜口诛笔伐，誓与周旋，虽鼎镬在前，吾往矣。

保存私塾

（七月三日）

在今日来说"保存私塾"四字，一般热心学校教育者，未有不斥之为腐化、目之为冬烘。不佞觉得要提倡固有文化，安定社会秩序，减少国家流氓，增加乡村生产，非保存私塾不为功，请分别略申其义。

何谓提倡固有文化？查"四书五经"为我国历代圣贤教人之金科玉律，古人所谓"半部《论语》可以治天下也"。自学校兴，私塾废，由五六岁入小学以至十二三岁高小止，每日所读者，尽是荒谬绝伦之禽言兽语，责以"蒙以养正"之义，适得其反。迨至中学，不过取名人之策论以及当今党国要人之文章选读数篇，或作几篇白话文，即称毕业，从此后辍学者毋论矣，即升学者一意致力于各种科学，而我国固有文化焉得而不斩？

何谓安定社会秩序？查我国社会各有各人传统家法，历代来父勉其子，兄诏其弟，惟恐有躐等妄想行为。自学校招收以后，实行"将相本无种"主义，觉得一纸文凭，定有意想不到之魔力，今日运动，明日钻营，得之则相安无事，失之则就有"秀才造反"之举，事虽不成，而社会秩序难免不有一场扰乱。今日之红军可为铁证。

何谓减少国家流氓？查国家每年费许多之公帑，原欲造就一般有用人才以为国用。但近年来风气丕变，学生多抱不甘家食之志。又有一般野心家，利用此辈青年以作个人升官发财之工具，"杀君马者道旁儿”，反谓解决学生之烦闷。所以每次毕业考试之后，即增多若干有知识流氓，不耕而食，不织而衣。都市既苦失业人数之激增，而此辈招之即来，麾之不去，无知识之失业者设法尚属容易，惟此辈高等流氓，更难以填其欲壑矣。

何谓增加乡村生产？凡人读书，在明大道，并非专为猎官而来。自进学校以来，耳濡目染，不能不令人希冀他人之荣华安逸幸福，有时明知不可一步登天，亦得抛弃固有立场，拼命向上猎取。查我国以农立国，乡村生产惟农民是赖，如能农之子恒为农，工之子恒为工，则生产当然增加。余并不反对农民之子读书，但步骤不可乱，办法不可太奇，须因地制宜，因材施教，本生众食寡之原则，以复兴农村之繁荣。所谓何必读书，然后为学。

总之，今日之初级学校，早为有识者所嫉视，世风所趋，然亦无可如何。惟有保存私塾，限制学校，以作挽救中华民国之生命线。若尽执全国青年而纳之学校之中，谅无广厦千万间，即有之，亦不宜使之离家别井，群向都市集中。况我国生活艰难，送读靡易，惟有乡间私塾轻而易举，半读半耕，农家子弟之常事，赤足裸体，亦得登夫子之门墙。读书私塾半载，胜于学校三年。且所学者尽是有关社会人心之书籍，较之鸟语禽言，其裨益风俗不可以道里计。

希望各县各教育局长对于私塾加以改良，万不可摧残殆尽，自为国粹之罪人，则幸甚。

为民请命

（八月二日）

我湖南举行救国公债五百万元，业经中央通过，谁也不敢反对，反对公债，即是反对救国。现省政府决定先收"剿匪"费二百五十万，补助筑路费五十万，并将各县应募之数指拨各军，派员提取，枪杆惠临，急如星火。人民困苦，不堪言状。日来披阅省垣各报纸登载，如：

攸县泣恳蠲免公债派款有云："……且对于灾民，有所谓救国公债、田赋抵借、团义抵借、教育抵借，其他如碉堡费、团保费、军米运费、筑路火食等费，名目繁多，脂膏已竭，日夕追索，闾里骚然，加以陈赋包征，搜取愈甚。长此以往，恐劫后孑遗，不死于'赤匪'之杀戮，必死于迫此之荼毒。……"

湘阴吁请减免救国公债有云："……况连年匪祸水灾，脂膏已竭，加以本夏又遭洪水，人民死亡流离，自救不暇，尚何余力负此债务？虽忍痛输将，然必假以时日，或可收集相当数目，如必责限解缴，恐人民骨枯血尽，无裨实际。……"

同时，湘潭县长亦呈请核减救国公债数目有云："……频年之灾待赈，四民失业，百废难兴，富者已贫，贫者更困，民穷财尽，膏脂已枯，市面农村，经济破产。……"

武冈县长呈文有云："……武冈素号瘠区，连年兵燹匪祸，水旱频仍，元气大伤，农村经济，久已破产，民间疾痛，更不堪言。……"

此外，各县之转呈人民呼吁减免者，尚不一而足。加以今年滨湖各县水灾，湖南各县旱灾，人民之困苦已达极点，谷贱伤农，求生无路。丁此农村经济破产之时，而欲崇朝募集三百万元之公债，其势有所不能。但西路"剿匪"总司令部业已成立，何总司令出发亦在目前。若果募款无着，则总司令部成为虚设，坐而言者或者不能起而行，贻误戎机，违反救国，将来"赤焰滔天"，家亡国破，任何人不能负此重大责任也。

"剿匪"既需巨款矣，何总司令如指挥军队前进痛剿，自不能不对于各军队士兵发足月饷，驱疲饿之士卒，使之效死于疆场之上，事实上有所不许可，所谓"兵以卫民，民以养兵"，实有互相维系之处。今湖南之民自救不暇，焉有余力救国？但是欲救国必先救民，"剿匪"原为救民起见，设使有国无民，则"皮之不存，毛将焉附"？今欲求一可以救国、可以救民之新途径，不如取消救国公债，将湖南全省第一纺纱厂向银行团押借上数，限期赎回，暂解人民之倒悬，实现"剿匪"之大计。其办法再无有善于此矣。

前次军政会议闭幕之日，何总司令临别赠言有曰："……视人民如子弟，不可剥削。……"不佞希望何总司令以身作则，实现所言，否则，竭泽而渔，我何总司令决不忍出此。用敢不揣冒昧，为民请命，希有以采纳施行，幸甚，幸甚。

李际春与冯玉祥

（八月四日）

自国难发生以来，李际春为虎作伥，认贼为父，随同敌伪各军与中国国军作敌视之行动，地方人民受其害者均欲食其肉而寝其皮。我中国长官宽大为怀，对于此种叛逆军队不予深究，既发给四十八万元之编遣费，又予为首者以战区杂军编遣委员长之名义，升官发财，二者俱备，奈之何欲各军官之不叛且逆也。在日本当日利用李氏以作向导，或扰后方，今虽鸟尽弓藏，不忍湮没前此走狗之微劳，由喜多少佐介绍，仍为李氏在中国要求善后之安全。日人眷念李际春，与中央位置李际春，功过赏罚，实不可同日而语。

《塘沽协定》签定之后，冯玉祥不忍坐视大好山河沦于异族，孤军崛起，自称民众抗日同盟军总司令。其出发点实有不合之处，迨一战而克康保、沽源、宝昌各县，再战而恢复多伦，百万方里之地，仍隶中华民国版图，将功赎罪，凡属国民，应表示同情，予以接助。所以上海各团体救国联合会、全国民众救国团体联合会、东北义勇军后援会、东南五省民众抗日救国会、江苏各县救国联合会、上海市民联合会、电信同人救国会、国际宣传社、上海市商会主席王晓籁、中委李烈钧、九十二老人马相伯等，无不欢声鼓舞，拍电致贺。乃汪院长覆陈铭枢、李济琛巧电，一则曰："守边而不秉命中央，则其结果必为丧失领土。"再则曰："日前多伦之失，并非由于战败，乃因热河溃兵蝟集多伦，食尽烧光，不得不退。"三则曰："今者多伦已告克复矣，惟非取之日本军队之手，乃取之伪军之手，此等傀儡，何足一击。"环诵再四，似怪冯氏不应收复多伦，并以收复为多事。何要人之主张，与全国国民心理大相径庭若是也？汪巧电并言不在多招散兵，此言诚是。但散兵若我不化零为整，焉知不为敌人利用？即不然散处四乡，为害尤烈，为地方人民计，招之诚是也。招之而又收复失地，则招之更有不容缓者也。

进一步言，冯玉祥不应多招散兵，何以叛党叛国之李际春逆兵不为之解散？政府既予以金钱，又予以名义，其将何以自解？又查此辈溃散察省之兵士多隶东北，辗转战斗，始抵察省，无家可归，无食可饱，前此驰驱于冰天雪地之中，出入枪林弹雨之下，不无微劳足录。方之李际春之部队，其效忠之处为多，而其结果实得其反。何政府厚于李际春之逆军，而薄待身经战斗之散兵也？即以人而论，冯玉祥纵如何假诈，人格总比李际春为高，乃中央能容李际春，反不能容冯玉祥，此真千思不得其解者也。或曰："冯玉祥与西南有勾结，所以中央对于冯氏有用兵解决之说。"第不知李际春是否与日伪义断恩绝，从此后能否效忠党国耳？

君子不以人废言，希望政府以民之所好好之，民之所恶恶之，赏冯玉祥而惩李际春，以副以民意为依归之旨，则幸甚。

中国与国联技术合作及日本之嫉妒

（八月五日）

民国二十年五月，曾由蒋委员长及宋部长以电报作正式的向国联行政院提议，内分财政、经济、卫生、教育、水利、铁道、工业等行政，有合作之可能性。行政院接受该项提议，于本年五月遂议决设立于中国有用的而非政治的协力之特别委员会，以便于统制发展之事。此系决定技术合作，内容仅限于人才之聘请。其有关于投资问题，则另行规定，不涉合作范围。在日本方面虽表示赞意，但仍认为各国此种援助，殊有助长中国以夷制夷主义之嫌。上月二十二日，日使署须磨书记官对华记者声称："日本现脱退国联，对此不能忽视。日本愿助中国发展，而中国今舍近求远，无非仍含有以夷制夷之意。万一有政治作用表现，日本将如何对付，不能明言，但酿成第二'满洲国'或上海事实，任何人不能保证其必无。"又日本外务当局发表非正式的声明有云："中国政府暗派代表在美国及欧洲各国策动，列国不察其究竟而援助中国，有对华成立借款及供给武器之事实，结果将助长中国内乱，及完成抗日之目的。然日政府视此有破坏东亚和平，故对列国此种援助政策，则绝对加以反对。如列国仍继续不变其态度，则日政府为阻止计，不得不讲求适当手段以应付之。"现在世界经济会议业已失败，列国之目标将注意远东，而尤以中国为各国之经济市场。此时中国与国联技术合作，有一般人士以为纵不引起列国共管中国之危机，难免不引起帝国主义之经济深入腹地。所以天津《大公报》与《益世报》曾著警告之评论，有因日本之单独的侵略，陷入国际共管之途径。其言亦似乎近理，吾人对于此种重大问题，在未经公布内容以前，无从遽下断语。大约此种技术合作，既规定不涉政治，则利多害少，可以预言，否则吹绉一池春水，干卿底事。而日本竟起而反对，夫日本与中国已成势不两立，如果技术合作与中国有害，日本方且幸灾乐祸，惟恐中国不速召共管，亦得分一杯羹；今乃见国联技术实行与中国合作，则表示种种恐吓言论以破坏之，有所谓"以强硬态度对付中国者"，有所谓"对于国联对华合作委员之活动，加以严重警告者"，是日本对于我国与国联技术合作，其一种恐慌情形，已于无形中流露出来。可见技术合作于中国有利无害之明证。

自"九一八"事变以来，稍有人心者，除汉奸以外，决不至再有亲日派之分子。乃日本外务省与军部决定方针内，有言："宋氏回国后，国民政府之欧美派压迫日本派，再向排日政策转移，故日本亦应于国联对华技术合作委员渡华之前，实行某种谅解运动之说渐次有力。"夫日本人口中之日本派，决非如郝鹏之一流，一定有一种人物，其举动可以系中国安危存亡者。此次《塘沽协定》，如曹汝霖辈，不知凡几以撮合之。如果欧美派将日本派推倒，试问东北四省炸弹又焉能平安吞下？所以，日本欲将来对华一帆风顺，所最惧者欧美派也，欲保育日本派，不得不反对宋子文，更不得不反对国联技术合作。但不知今日强弩之末的国联，是否因日本人之反对而中止与中国合作之政策，则在不可知之数。

我国并非无技术人才，亦并非无技术事业，特以我国人向来作事只讲求表面工夫，不知澈底，革命不革心。一般人居然是实抱着传统之劣根性，例如中国之各铁道、各邮电局、招商局等，其始也未尝不是由各国技术人员经营之，迨中国收回国有后，不但弊端百出，而且腐败不堪，岂"橘逾淮而为枳"？实因吾国人厉行升官发财之宗旨，不顾一切，惟利是图。今日我国欢迎国联技术合作，安知合作之后，其与今日各铁道、各邮电局、招商局等有以异乎？不知中国国民性者，深以为惧，若日本对于中国民情风俗知之最悉，恐无所用其惶恐，何必阻挠拉西曼来华？何必派杉村来华监督？又何必向国联秘书长亚文诺提出严重警告也。

再退一步言，南京不是设有外交顾问招待所乎？其各国各种专门人士约有百余人，内中又以军事顾问为最多，每次随同蒋委员长往赣"剿匪"者亦实繁有徒，长篇计画，实地指挥，何以无补于清剿？足证国联技术人才不可轻信。上年国联曾派农业专员特赖贡尼博士来华，其主要工作为襄助全国经济委员会研究并解决我国农业问题。提出意见有三：曰增加生产，曰增加耕地面积，曰改良农民生活。未见政府有以采纳施行，足证国联技术人才之贡献视为空谈。又上年国联特派德国柏刻博士、法国郎吉楚博士等来华考察教育，并著有《中国教育之改进》一书，经中央编辑所翻译发行，将中国之小学以至大学情形，原原本本，备尽改良之意。卒之条陈还条陈，未见政府有虚心采择之处，又足证国联技术人才之视察徒费心机。已往之国联技术合作既如此，则将来国联技术合作可想而知。在日本无所用其恐慌，亦无所用其嫉妒，技术合作与否，中国自有权衡，任何外人不得过问。希望我国政府既与国联技术合作，应拿出合作真诚，实行合作事业。若果是挂羊头卖狗肉，徒糜国家之款项，增加人民之担负，于中国前途并无丝毫裨益，似可不必。

总之，非我族类，其心必异。国联何厚于中国，而必以技术合作？不过见日本年来野心勃勃，"大陆政策"业已完成，东亚苟为日本所独有，则欧美虽遥，亦受影响，并非徒商业一项为日本所独占而已。所以，列国不忍坐视地大物博之中国将来为日本之藩属，故愿以技术合作使之生存于世界。其志可嘉，其心可谅，特不知麻木不仁之中华民族如"烂泥巴可以上墙"否？

孙殿英之谈话

（八月七日）

天津《大公报》七月二十六日登有孙督办过绥远时对记者谈话一则："……总计自出发以至部署，约需一百一十万元，仅沿途开拔费即须四十万元。……于可能范围之内，绝不扰害老百姓，如果军费万一不足时，只好叫老百姓管点吃喝。……"这一句话不是吓得青海人民将来寤寐不安吗？夫孙殿英今日所辖之军队，多寡不论，一律总是国军，每月应发之饷概由中央担任，与老百姓不相干，且系一堂堂青海屯垦督办，今尚未达到目的地，即说"如果军费万一不足时，只好叫老百姓管点吃喝"，则将来一到青海，老百姓还有孑遗吗？孙军开赴青海，其宗旨在屯垦，倘实施屯垦办法，不但不要老百姓管点吃喝，并可以其每月之收获，还可给老百姓一点吃喝。向中央每月应给之军费，完全可以免除，因为既给以官荒，以之替代月饷，并非无的放矢，为青海老百姓设想，当然不管吃喝矣。

孙督办既又言："……余此次既离开内争漩涡，开青屯垦，非至万不得已时，决不向国内轻发一弹。……"此语又来得奇怪，天下事无所谓得已与不得已，亦无所谓万得已与万不得已。曩日之护法、护宪、讨贼、讨逆、西征、北伐、讨冯、讨阎各役，只要当时大家相忍为心，于和平中求解决方法，未尝不可以省去若干军费，救活多少人民。只因一时之气愤，致使二十二年之中华民国，其人民无日不在枪林弹雨之中过生活。此番孙军开赴青海，玩其口吻，并非久伏枥下之人，将来或不久借口要求不遂，平地之上掀起风波，中央西顾之忧难免不无此日。余并非以不肖之心待人，证以今日之谈话，即可知将来之抱负矣。

总之，在中央政府今日对于孙军化兵为农，其办法甚为扼要，不但可以保全孙军，并可以实行当年编遣计划，一举两善，谁曰不宜？且青海面积有七十万七千零二十一之公方里，其人口为一百五十万人，计每方公里仅得二点一二安置军队，即是充实边域。且兵士大都来自田间，于农事素有相当的智识和经验，一经分地垦熟，兵士即成肥田之地主，永为良民。今日名列军籍者，一年内可称半军半农，二年后即可完全解卸军装矣。特不知孙军有无办法实行屯垦耳，否则，借垦屯之名，为广植鸦片之计，则大糟特糟矣。

珊瑚九岛问题

（八月九日）

南海珊瑚九小岛，据七月二十五日法国政府公报登载一通告，谓："在法属印度支那与菲律宾西北方中国海内之九小岛，现属于法国主权之下。各该小岛系于本年四月上半月先后由法国军舰竖立法国旗，作为占领"云。于是西南政会有电请中央向法严重交涉之举。查该九小岛，面积共约三百方哩，距菲律宾西二百海里，距我海南岛东南约五百三十海里，距西沙群岛之南约三百五十海里，在北纬十度至十二度及东经二百十五度之间。据粤外交界人言："该九岛在琼崖之南，为中国领土，每年以该地为产鱼之地。琼崖渔民每年春季由琼崖出发该岛捉鱼，至秋季即满载而归。日法两国，凯觎已久，不料忽为法海军占据"云。

查法国政府于一九三〇年四月十三日依照国际公法所规定之条件，由炮舰"麦里休士"号占领九小岛中最大之史柏拉雷岛，当时因有时令风，未能将附近各小岛同时占领。直至今年四月七日至十二日，始由通报舰"阿司得罗拉勃"及"阿莱尔德"号将其余各岛完全占领。事经三年，至上月二十九日西南政务会议，始讨论珊瑚九岛问题，议决将九岛在粤版图之位置形势及经纬度证据等详电国府，请据理向法严重抗争，务保领土完整。同时，日本因法国宣布占领越南与菲律宾间九岛事，引起外务省之忧虑。据日本所有档案，得悉一九一八年七月十日，有巨商贵族院议员桥本曾向当时外相内田呈请，宣布该地归日统治。是年十一月有日本探险队六人，赴九岛调查，其中有杜莱锡岛，日名为双子岛。一九二〇年五月，又有日人发现十二岛，向海军省呈请收入版图。一九二九年，又有日人向当时外相内田作同样请求，日人在该岛上从事开矿及其他事业。官场相信，在日政府对法国宣言之态度正式决定前，纵令法国占领该岛，亦不得在该处设立军港，只能用以便利国际事务云。日本此种声明，当然依照顾使维钧所云，置之不理可也。但是日本政府对于法人占领该岛非常注意，并云："因法国将召掌南海制海权全部之事态，缘法国于西贡与广州湾，备容纳一万吨级巡洋舰之船坞。此次将占领该群岛建筑飞机根据地，并因配备潜水舰，而得掌握南海之制海权，如是则英国进出远东新加坡与香港之海上交通将被切断，而英、法两国之势力恐将因此而发生冲突之危机。"此日本海部之意见也。至于台湾总督府所抱之见解，不在与法争珊瑚岛，而在单独占领我国之西沙群岛以平分南海之海权。据七月三十日通电，有云："台湾总督府之意，法国所宣言先占之岛，与台湾关系最深之西沙群岛或不相同，然若如法国以简单之声明决定属籍，日本亦将以同样之手段取西沙群岛。"此种荒谬绝伦之言论，吾人亦不可作听而不闻观。惟有先保全珊瑚儿岛，日本虽蛮暴无理，亦不敢藐视英、法、美在南洋之势利，而擅起兵戎耳。

广州政府以珊瑚九岛与华南地理关系，有特别注意之必要。据省府人言："该岛为中国领土已数百年。一八八三年，德政府曾派员测量该岛，旋经中国政府严重抗议而罢。前清光绪三十二年，中国政府曾派军事大员开发该岛。后民国政府亦曾准商业团体开发该地。距今一年前，中山大学特派学生多人调查该地。上年前粤省政府亦允某商业团体经营该岛，并在该地设无线电台。"此西南政会讨论法占九小岛及曾隶我国版图之证据，中央政府应即严重抗议，无所用其踌躇犹豫者也。

夫珊瑚九岛，属之我国，政府应即根据证据与法交涉，何得再电驻法使署及菲律宾领馆调查真相，再行提议？中央之不重视领土，于此可见一般，并谓该岛名称，所谓"西沙""珊瑚"均在疑似之中。外部之荒唐麻木已达极点。查该岛既为我国渔户历代萃集之地，其人民均操粤音，则为我国之领土毫无疑义。且法政府公报亦云"中国海内之九小岛"，继之云"作为占领"。夫既曰"中国海内"，曰"占领"，则该九小岛之主权当然属之我国。即英国回答"日本台湾"① 总务长官木村，认为属诸中国。今法国无端占领，果又有何凭据？寖假有人占领琼州、崇明两岛，我国亦能见出历代相传之契据否乎？不观夫东北四省之失，虽有证据，何补于事？即江心坡明明为我国领土，亦任英人之强占，至今中央政府并不齿及，久假不归，乌知其非有也？吾国疆域纵然广大，亦不应将历代祖宗相传之土地，听其日蹙百里。沿海一带，岛屿罗列，若果政府有保全疆土之心，应设立官员，驻岛管理。如谓经费困难，何不省裁内地各种骈枝机关及闲员，挹彼注兹。

有人此有土，有土此有国，有国此有政府。政府如不能保土保民，吾人又何所恃而不恐，恐继珊瑚九岛而起者大有人在也。吁！

---

① 中国台湾，因当时为日据时期，所以作者称"日本台湾"。

各县筹募救国公债之写真

（九月十一日）

此次回家路经衡阳、祁阳、零陵、东安等数县，每至一县，辄与一般父老谈及救国公债事，莫不疾首蹙额，长吁短叹，认扰乱乡村之最大症结，希望政府有悬崖勒马之举，以救人民于水深火热之中。原每县所摊派之救国公债数目，由县政府发交救国公债筹募处，再由处分摊至各区事务所，又由各事务所分摊至各团。数目指定之后，任何呼吁哀恳，不能减少分文。各区各团，每有贫富之不同、肥瘠之各异，在平日因权利关系（如选举投票），不相上下，及此次摊派公债，亦照区分配，一律平均。在富肥之区域，或不发生多大问题。若在贫瘠之团镇，发生种种困难。求之事务所，则曰："此数由筹募处派定，我无权更改。"求之筹募处，则曰："此数由县政府派定，我无权更改。"求之县政府，则曰："此数由区事务所呈报前来，我不便更改。"循环推诿，当事者不能得其涯岸，只有归家号泣、仰天长哭而已。谁知眼泪未干，而县政府之差役、事务所之公丁手执传票，如狼似虎的一般催收公债，登门惠顾矣。有所谓草鞋费、火食费、旅费、烟钱、酒资等名目，提出数目，自一元至数元不等。甲班方去，乙班又来。小民稍为拂意，即加以抗捐或土豪劣绅等头衔，捉将官里去。近来各县士绅明知捐不能抗，而又无力缴解，自愿请求县政府科以数月之徒刑者，实繁有徒也。

本年永属八县旱魃为灾，自古历五月中旬下雨后，迄今二阅月之久，未沛膏霖。稻禾收成，不过十之三四。杂粮已无希望，秋粮亦不能下种。在农民戴月披星、手胝足胼所得之代价，不足以偿全年血汗之劳，仰事俯蓄，相差太远，谚所谓"放下镰刀即寻饭吃"。在一般中产以上人家，除田赋每两正供须完至十五六元外，而救国公债至少须认十元之起码数，加以谷价低贱，每担在目前不过二元，筹措田粮及公债，势不得不取之于稻谷。农民既含泪收获，中产者亦忍痛变卖，结果农村经济相率而趋于死亡线上，岂徒破产而已哉？

我何主席主湘政垂五年之久，在民国历来之湘省长官以何主席为最久，其一切措施亦多有洽人心意之处，所以湘人之爱戴拥护罔有异词。惟此次救国公债之募集，全省人民未予赞同，各县父老及公法团电恳泣诉，请求收回成命，或减少数目，见诸报纸者，几无日无之。即如衡阳人民因公债关系，牢狱有人满之患，鄙人前次著论《为民请命》，亦本君子爱人以德之意，不欲政府多委聚敛之臣。湖南民力尽矣，培养生息，尚嫌有不周之处，如其竭泽而渔，实为盛德之累。希望何主席对于救国公债另有以设法补救之，则幸甚。

贪污为农村经济之劲敌

（九月十三日）

中国农村在今日已整个的破产，论者均归咎于世界经济不景气，中国亦不能例外。此言似是而非，以之评论欧美各国则可，以之研究中国则不可。原我国以农立国，与以工商立国者不同，一切富源均来自田间，所谓"官取于民，民取于土者"也。自海禁开后，各国不但席卷我国之金钱以去，并在内地设立银行，吸收我国之膏脂，为贪官污吏之外府。在逊清时代，未尝无贪污，而贪污官吏之所得，存之乡间，或广置田地，或息借民间，或设钱庄与当铺。其得之于甲省者，流用于乙省，或得之乙省者，亦流用于甲省，循环流通，实惠在民。虽则主权属之贪污，而农村经济并无枯涸之处。时至今日，贪污之官吏，较前为多；贪污之数目，较前为巨；贪污之技术，较前为工；贪污之胆量，较前为大。举农村一切所有之物，均为贪污，随时施其高压手段攫取以去，转存于外国银行，以供本身及子孙嫖赌之用。相习成风，上行下效，农村焉得不破产？农民焉得不死亡？共产党又焉得不成功哉？

今日一般有识之士谓欲救济农村，必先打倒土豪劣绅。此非探本之论，土劣虽能压迫农民，而土劣之所得，仍在本乡流通，并不若贪污之搜刮，转移到外国银行之能力。且土劣所得者等于窃钩，无伤于天地之大。唯此贪污，其来也易，其得也巨，外国银行之所以每年营业发达者，端赖此辈贪污，作"为丛驱雀，为渊驱鱼"之工具。设使外国银行无中国贪污存款，则各银行久已倒闭。设使中国农村无贪污官吏榨索，则全农何至有今日贫血现象？所以造成今日农村经济总崩溃者，贪官污吏为之也。

欲救农民，先去贪污，留心农村者未知以余言为然否？

为粤汉铁路枕木事敬告木商

（九月十五日）

　　我湖南向系木材出产之地，湘西为最，湘南次之。在满清时代，已销售至北平一带。至于武汉，尤非湖南木料不足以谈建筑，而鹦鹉洲即为湖南木商汇萃之所。近年来商场不景气，而木材价格比较前三年几降落一倍有奇。幸粤汉铁路长衡段开工在即，将来或不久需用枕木，约有数十万根之多。倘主持路政者全数采用湘木，未始非木商之福音。但是木商要自己有觉悟，不可视为奇货可居，垄断一切。如上年粤汉铁路武长段添换十万株，不之湖南，而之美国，利权外溢，殊为可惜。又前次湖南长途电话电杆投标，各木商相约开价，较平常零买杉树高至一倍，以致所开之标一律作为无效。须知湖南产木向系普遍，随地皆有，长沙市木商决不能一手掩尽天下人之耳目。倘此次所需用之枕木，木商仍用前次之手段操纵一切，结果我湖南人民大吃其亏，非徒木商一部分而已。须知木料一项并非一种专利品，如我湖南木商不就范围，虎视其旁者尚有外国木商在。万一此项贸易归外国人承领，则长沙木商已脐脐无及矣。

　　此外尤有告者，湘西杉木素来著名，只因交通上关系与驻军税款问题，往往发生困难，一时难以解决。属于前者，尚有法可设；属于后者，非得人前去疏通，即有木料，难以运出。然天下事在人为，并不成多少问题，希望全省木商拿出为群众谋利益心理、公平的价格，勿作居奇之恶想，则此项大批枕木将来非取诸我湖南不可。

　　为湖南推销一元之土产，即为湖南补充一元之元气。我湖南木商中不乏明达事理之人，特贡数言，尚希采纳。

"九一八"

（九月十八日）

今日何日？乃我中国自有历史以来之奇耻大辱之日！

我们今日身处内地，未亲历亡国之痛苦，试设身处地想想，当亦坐卧不安。东北四省沦于暴日之手，业已二载矣。此二载之中，属于个人者，财物被其占有，妻女被其奸淫，房屋被其焚毁，身体失其自由；属于国有者，铁路被其夺取，矿产被其开采，海关被其截留，土地被其割据。种种强暴情形，有非吾人所能枚举。尤其是四省人民，呻吟于暴日铁蹄之下，而莫可如何，日日盼望内地之援救，而内地各省领方且自救之不暇。论整个的，则有"赤匪"之扰乱于鄂、赣、皖、豫各省。论分析的，则四川两刘之战方终，黔省之王犹争端又起；西南与中央又处于敌视地位，稍不忍耐，即有爆发之虞。国民政府各长官从前所谓"誓复失地""誓雪国耻"，种种大言，现在已无兑现之可言。汪院长"一面抵抗，一面交涉"之两句老话，仅注重"交涉"，而忘却抵抗。须知"交涉"者，即"和"字之变相。今避言"和"而言"交涉"，致使我东北数千万同胞不知不觉在"交涉"中轻轻送掉。日言不签定丧权辱国之条件，而东北四省遂在《塘沽停战协定》后，中华民国政府完全失却领土主权。

当事变之时，日本认为"吞灭满洲，不啻吞咽炸弹"。今则满洲大炸弹竟为日本平安吞下，毫无轰裂之虞。国联既噤若寒蝉，即我国内地各军事长官，亦未闻提一旅之兵帮助中央，北发御侮。请缨有电，出兵无期，奈之何满洲不亡于倭寇之手也？如此情形，非但满洲亡于日本，恐继日本而起之强寇，亦大有人在。如俄之于外蒙，英之于西藏，无不虎视耽耽。而法占领珊瑚九小岛，业已有事实表现矣。

中国五十年来之土地被日本小鬼占去者，如高丽则有八万五千二百二十三面积方哩，如台湾则有一万三千九百九十四面积方哩（琉球群岛在外），如东三省则有二十八万面积方哩，如热河则有六万面积方哩。以岛国之人梦想之"大陆政策"竟得实现，从前日本所忧虑一切原料无所取给之地，今已如愿相偿，不但将来为东亚之戎首，恐世界和平难免不被捣乱性成之倭奴首先破坏。是日本之吞灭满洲，关系于世界者至为重大，尤其是"鲁难未已"之中国耳。

呜呼，满洲与中国脱离矣！

呜呼，满洲继高丽而为日本之附庸国矣！

我们岂忍令大好河山沦于夷狄，必思有以卧薪尝胆，作十年沼吴之计划。此为今日全国人民题中应有之文章，乃环顾国内，不但农村破产，市面萧条，工厂停顿，黉舍圮墟。一般军政长官以及士大夫，如燕雀之处堂，不知有亡国之恨。如此政府，如此国民，而欲在最短期间收复失地，有同缘木求鱼。

我为东北四省人民哭！

我尤为自身哭！

所哭者何？恐将来为东北四省之续！

我所希冀者，毋令将来东北四省人民与内地人民作"同声一哭"之举，则幸甚。

学生与募化

（九月二十日）

我湖南学界近年来有一种恶习，每当学期开始或放假之时，学校当局印成多种捐册，发交各个学生，向家庭及外间募捐。如建筑校舍也，如学校基金也，如成立图书馆也，种种名目，无不言之有理。在学生家长交情广大者，所受之捐册，不难逐页写足交卷。惟有一班贫苦学生，或自外县只身来省投考之学生，孑然一身，外无亲友，所领之捐册，既不忍交还白卷，遭学校当局之白眼，于是间接的间接，托人代募，其用心亦良苦矣。无如办理学校者，往往师政府对于此次募集救国公债之多寡，以为县长考成之故事，亦视各学生募捐数目之多寡，以为在校待遇之优劣。所以忙得学生两足不停，四处哀求，将来校读书之本意暂时抛诸九霄云外，为母校供犬马之劳，为社会试敲诈之法，此对于中等以上之学生而言。至对于小学生，尤其是岂有此理，入学方始，性情未定，学校亦给以募捐册，令其先行学习乞怜告化事业。不佞常见小学生募捐无着，终日号哭不食，并不敢往校上课者。此岂今日学校作育人才之本意耶？此岂今日自命为现代教育家之能事耶？若严格的说起来，似有近乎"贼夫人之子"之举动。

夫为学生者，对于学校有缴纳学膳费之义务，即为父兄者，对于子弟们之学膳费有筹措之义务。除此以外，学校之如何进行或扩充，则是学校当局本身之职责。如果学生家长有财力者，劝募若干，亦未尝不可。不能普发捐册，以学生为学校敲索金钱之工具。

为父兄者送子弟来校求学，并非为该校募捐而来，意义至为明了。今我湖南办学者，内有少数不明事理之人，每利用多数学生，驱之出外募化，师僧道之行为，作乞丐之举动。况此等学校，每年政府给予补助金至为优待，所收学膳杂费又比公立为多，何必年年募捐，致令社会上指责？或加以"捐阀"之头衔，并有谓某某因办学而发财致富，某某因办学而解决生活，种种谣言，多半从募捐而起。止谤莫如自修，彼日以募捐为能事者，当亦知所返矣。

此外又有少数私立学校，每学期中开一次成绩展览会、游艺会、恳亲会、电影会等，亦印发入场券，自一元起至十元不等，勒令学生各销若干。此种敲竹杠方法，其弊与募捐相等，在学生家庭既不胜其担负，在社会上亦带有几分讨厌。私立学校如果经费困难，不能禁止不设法募款，宜从大处着手，由学校当局直接募化，不可枝枝节节，以学生为募捐之大本营。

希望主持教育者为维持学生人格计，为养成高尚学风计，请稍予限制何如？

湘桂公路路线之商榷

（九月二十二日）

日前，广西李宗仁、黄旭初有寒电来湘，敦促我湖南政府，对于公路注意完成湘南公路，以利交通，内有云："……惟湘南至全一段，尚未衔接，以至两省文化商业均受极大影响。……拟请将湘南公路从速完成，俾得衔接通车，四省前途利赖非浅。……"查广西公路系采各县分工合作办法，路基桥梁虽不及我湖南之坚实平稳，而成本之轻，路线之长，又非我湖南所能望其肩背。今广西之公路久已筑至全县黄沙河，距湘边不远，而我湖南湘南公路停工未筑。去年路局曾派工程师测量由洪桥至祁阳一带，又未久弃而之他。当时询之工程师沈君以衡永路线之经过地点，据云系由祁阳城边过湘水，经阳明山麓直达永州，再过潇水至黄沙河，与广西公路衔接云云。不佞窃期期以为不可。

湘桂公路线是否照沈君所言者为定，或有更改之处，局外人不得而知。夫公路之设，在便利旅客及转运货物两大原则，今路线经过阳明山麓以达永州：

一、人烟寥落，旅客稀少。

二、除木料外，绝少土产。

三、阳明山向为土匪出没之所，难免不有劫车之事。

四、须经过潇湘两大河流。

根据以上四事，此线非更动不可。不佞以为须由洪桥经白地熊罴山后以至零陵之黄阳司、高溪司、冷水市，由此折而经东安之抬盘市、绿埠头，以抵全县之黄沙河，其便利如下：

一、傍湘江之西岸区域，始终不经过湘水与潇水之两大河流，无须大桥，可直达广西。

二、路线长短与原定者增多二十里，但是所经过之处均是零东大市埠，营业一定发达。

三、地势平坦，无高山大川。

难者曰："若照君所说，路线增多二十里，公家不亦多费二十里建筑之款乎？"

余曰：不观夫衡潭之路线乎？何以不直达衡山县城，而必由南岳山麓绕四十里之路线？南岳虽是名胜所在，而公家所费已属不赀。今湘桂路线不由各大市埠经过，目前虽省减公帑若干，究之将来于营业上大有妨碍。

现在公路局极端进行洪桃轻便铁道，以及近于赣边各县之公路，太平如永郡。因经费关系，虽有李、黄二君之催促，我政府电覆明年底成功，恐怕官样文章尚谈不到。不过个人将关于路线意见略为写出，以供参考而已。

全世界排斥日货之回顾与前瞻

（九月二十五日）

日本自近年来因利用劳资低廉、汇兑降落及产业合理化三大原则，将所有一切商品向海外各国市场作倾销之举动。列强有见及此，为保护本国工业计，除将关税壁垒提高外，并取消最惠国条约之待遇以示排斥。今将各国排斥事实分别列后：

一、英国对于日本商品中之铁制品、橡皮制品、磁陶品、丝及丝织品、染料帽等提高关税，以为抵制，并主张《日英通商条约》之废弃。

二、英领印度对于人制丝织品、棉织品、手巾、棉丝、纸类、水泥、铁制品、玻璃、橡皮、鞋革、铅笔、洋伞、啤酒、肥皂、生丝、贝扣、磁陶、棉布等提高关税，在去年十月十日，《日印通商条约》完全失效。

三、澳洲亦着手调查日货之倾销种类，并与英政府协议排斥之方。

四、马来联邦亦对日货中之棉布、人造丝等提高关税。

五、南洋柔佛亦对日货提高关税。

六、英领东阿非利加对于日货中之人造丝、布棉织品、脚踏车、毛巾等，除从前所定之从价税外，复设从量税，并阻止廉价品之输入。

七、英领西阿非利加已由英政府通告《日英通商条约》废弃。

八、南阿非利加联邦对于排斥日货虽未表面化，然鉴于英领各地状况，亦有步武之势。

九、马尔太岛阻止日本货中之棉制品、杂货等之廉价品。

十、荷领印度亦公布限制日本水泥之输入，并提高棉布、啤酒等关税。

十一、美国于一九三一年及一九三二年议会通过日货之输入品，赋课汇兑补偿附加税与其他特别税法案。目下对日货特别提高关税，一方依照《产业复兴法》，以行政命令对日货廉价品限制输入。

十二、埃及提高特税赋课日本之棉布及人造丝织品。

十三、希腊对于日货之输入，禁止廉价品之汇兑交换，以后除物之交换外，不许日货对希腊输入。

十四、土耳其规定输入许可量，并阻止廉价日货之输入。

十五、比利时对日货输入加以限制，并研究排斥之策。

十六、安南对日货倾销政策已感觉产业上之不安，对日货将提高关税，抵制其倾销政策。

十七、德国政府因保护本国中之小工业，对于日货曾提高输入税，依最近之形势，似将第二次增税。

十八、则有无办法、不彻底之中国抵制日货。

自"九一八"事变以来，日本人之狰狞面目已揭示于世界：一方面，用暴力以强占我东北四省；一方面，利用政府津贴，将所制成工业品向各国倾销，以作经济侵略之远举。孰意各国窥破其隐，马上制止，使之不得发展。独惜我中国政府及人民既无武力以御侮，复无能力以抵货，任其明占土地，暗吸膏脂，藉寇仇而赍盗粮，不能不谓之为失计。自世界经济会议失败后，各国采取极端关税自卫政策。因此，日本国内对于中国组织经济联盟，所谓防御政策是也。其目的除在海外获得新市场外，专力向中国进攻，失之东隅，冀以收之桑榆。近在上海、青岛进行大规模组织，使日货倾销如水银泻地，无孔不入，将来华南、华北概由日货支配，以遂其经济侵略之计划。设使此种计画成功，则中国经济前途不堪设想矣。

我国以农立国，人民所需要者并不在极大之工业品，粗衣淡饭即可过其平民生活。我们对外贸易既一蹶不振，惟有深筑关垒，任何国货物一律排斥，则每年巨大之入超可免。无如国民多劣根性，以使用外货为荣，对于国货反遭鄙弃。试证以两年来抵制日货，不过是一种宣传工作。实际上日货之倾销，据东京电，八月份日货对华贸易，出超为二千三百十九万七千元，比较去年同月出口，实际增加一千零五十五万三千元。观此，我国不是抵制日货，乃是提倡日货。近来首都与长沙犹进行焚毁仇货，作最后之挣扎。无如人心已死，其何损乎日货之畅销。

各国排斥日货，则言行相顾；我国排斥日货，则言与行违。君子观于此，可以觇国民爱国之心理焉。噫！

航空救国之根本问题

（九月二十七日）

我中国对于现代之一切事业，处处幼稚，事事落后。有时认为有必要时候，实行"有的就是钱"主义，拿去数十百万元，向外国去买，以应付国民一般心理之需要。航空即其一事也。

中国商业航空始于民国八年费克斯飞机借款，昙花一现，终无成效之可言。至十八年，有中、美合作之中国航空公司。二十年，又有中、德合作之欧亚航空公司。今日中国之航空交通，悉为该二公司支配。而本国人民并无自行组织航空之事业，大好天空任外人之横冲直撞，良可叹也。不意近来中央政府有建设大空军之计划，竟惹起日本各方面之冲动。

据日陆军部见解如下："有谓依中国日下状态，纵令整备机材，亦不足惧者。然据美国将派多数教官赴华认真教练，则亦未可轻视。既建设空军，飞行机数亦必增加。故在日本可恐之空军国，将在邻邦。惟能否实现，未能即断，有注视其趋势之必要。"

又日海军部见解如下："中国如受他国之援助建设空军，开设航空路，有将被该国左右国策之虞。尤其除日本外，为中、日双方之遗恨，海军仅注视其趋势而已。"

我国力谋航空建设，即遭日本之嫉视，可见航空救国此语并不欺人。在各国对于航空事业无不官民合作，尤其是对于民业航空奖励不遗余力，一方面可以培养人才，一方面更可以发展商业，无事时作为工商输运或旅行之用，一遇战事，即可征用于阵线之间。德国近本此宗旨进行，即本年热河之役，日本以军用飞机作战，而担任后方输运工作，悉用民业飞机为之。可见民业航空不但效力等于军用，并可为政府平时减轻多少担负耳。

查日本提倡飞机事业，系在民国初年发其端，而正式研究组织约在民国八九年间。其始也亦系购用外国制造之机，近数年来，对于自造飞机已坚具信仰，且使用自造飞机以来，鲜有意外情事，较购外货尤其安稳。因此，目下川崎之三菱造船所等工厂，均从事于此项制造飞机之营业。报载："日本海陆军各式军用飞机约在千架以上，驾驶员计有万人。"近且企图霸占远东航空线，阻止欧美航业向远东发展。据东京十六日电讯，约云："欧美各国近图以中国为中心，而扩充国际航空路，因之日本亦以速定航空根本政策，而图军事与民间航空之强化，为刻下之急务。"又云："兹根据此种见解，将与各国缔结航空协定，延长对欧美、澳洲、中国、'满洲'、苏俄等各大航空干线，而与各国之航空联络。"

回顾我国则何如？飞机多购自外洋，驾驶人员又寥如晨星，飞机捐则徒有虚名，尚未有将捐款征送者（见行政院九月二十二日通令）。是航空救国之美名已不符其实矣。

不佞以为提倡航空救国，首在谋一根本解决方法：

一、设厂自造飞机。

二、设立航空学校。

三、发展民业航空。

四、开发石油。

以上四事，实有互相维系之必要，若欲实行航空救国主义，此四者缺一不可。望我国上下人士一致起来，完成此项救国救民大国策。

此次孙君桐岗飞行全国，并非专在表演技术之优熟，实欲借此唤起全民注意航空救国，坐言起行，急起直追。我们应共体谅孙君之志而后可。

更正国耻纪念日

（九月二十九日）

暴日处心蓄虑，图吞我满蒙四省，已匪伊朝夕矣。当欧战方酣、列强无暇东顾之时，暴日于四年一月八日向北政府提出"二十一条件"，其中侵略南满、东蒙、山东、福建权利甚巨。至五月七日提出最后通牒以威胁政府，袁世凯未交议院通过，为之屈服，遽尔于五月九日签字，此我全国人民永远不能承认者也！此我全国人民所以定为国耻纪念日也！

夫袁世凯素以雄才自命，有不可一世之慨，一经暴日威胁，即行屈服。在袁氏当日之心理，欲保全满蒙，不得不暂时承认以忍痛于一时。但是自民国四年至今，袁氏久已骨腐，主持民国者已非袁氏，而骂袁氏、罪袁氏、恨袁氏者至今犹未稍息，谓袁氏不应签订"二十一条件"，以损辱国权。今者沈阳事变，主持国事者一切应付，应较袁氏为优，何以今年五月三十一日在塘沽签订停战协约，将满蒙四省疆域完全送掉？袁氏所订者，虽于国权有损，尚存告朔之饩羊。而熊斌所订者，更进一步，根本解决，作为长痛不如短痛之快举。呜呼！在袁氏不应签订"二十一条件"，在熊氏岂应签订塘沽五条约乎？签订"二十一条件"固属国耻，签订五条约独非国耻乎？前者全国人民以五月九日为国耻纪念日，后者竟无人计议，恍若认熊氏之签字保全平津，大有造于民国者也。此种违反人民爱国之心理殊不可解。

我为袁世凯呼冤，我更为袁世凯鸣不平。"窃国者侯，窃钩者诛"，古今本无真是非之可言。夫治国而无真是非，其何以使全国人民心悦诚服？袁氏签订"二十一条"，遭全国之唾骂，宜也！何以熊氏签订塘沽五条，不遭全国之唾骂？何以时至今日，欲求为袁氏"二十一条"而不可得？东北四省主人翁，于塘沽协订之后究属何人，至今莫明其妙。五条约虽未明白规定，我敢说满蒙地图变色已二年余矣。李鸿章变身之熊斌，其破国丧地手段之巧妙，至今无人敢说。而主持其事者，近且"好官我自为之"。须知中华民国者，四万万人之中华民国也，自不能任一二秦桧之徒轻轻断送。但是举国大小臣工，在今日既噤若寒蝉，我何人斯，时来呻吟，遭当局之忌刻，亦非明哲保身之道。

木已成舟，成事不说，请将国耻纪念日改五月九日为五月三十一日。

因为五月九日之《二十一条》虽属国耻，尚有满蒙躯壳存在。而本年五月三十一日停战协订五条完全断送满蒙，这才是真正国耻！嗣后国耻纪念日，应以五月三十一日为国耻纪念日！以五月三十一日午前十一时十分签字时，为满蒙告终正寝时。

此种痛心之事，质之全民，以为然否？

呜呼华北

（十月一日）

呜呼！中国今日之全国土地，果有何种权力管领耶？

呜呼！中国今日人民之生命，果有何种法律保障耶？

呜呼！中国今日之国家，究竟是次殖民地或日本人之殖民地耶？

呜呼！中国今日之中央政府，是否置华北土地人民于不顾，日任暴日之横冲直撞而默默无言耶？

呜呼！今日之中国尚有独立国家之资格耶？不然何以暴日之飞机日在华北投掷炸弹，我国不为制止，致令如入无人之境？是大可异矣！

据报载，九月二十七日，日驻津司令部派武官一员至高丽营晤赵团长，对日机投弹炸伤我军事表示歉意，分恤伤兵每人十元了事。二十八日晨几时，日机一架分飞平东区域上空，盘旋十余分钟。又日机四架，二十八日晨八时忽飞汤山南北两市，投弹一枚，后在平市投弹十余枚，损失未详。

呜呼！此何为者？

《塘沽停战协定》不明明彼此签定乎？

华北不明明为我国之领土乎？

今日已非战争时期，日机屡次在华北惠顾，并投以炸弹，我中国如尚有政府存在，应严厉抗议。如果日军不受约束，即重开战局，要在所不惜，自不能听日本军之横蛮，示人以弱。

寝假我国飞机至东京投以炸弹，可乎？

寝假掷伤日军民，恤以十元，可乎？

查平市在战区以外，日机至今何故屡飞？日本人目中，岂尚有中华民国耶？俎上之肉，听人宰割，是可忍，孰不可忍！东北四省以不抵抗而失掉。今日机之飞平，如果我国再不去抵抗，其不步满蒙之后尘者几希。近且图占榆关，嗾使汉奸请愿；秦皇岛、唐山等地又欲设置日警；滦东各县尚未完全收复；长城以外更无过问之权。此情此景，言之痛心！

我蒋委员长此次对日记者谈话，有"三年之后，收复失地"之语，此种决心值得吾人雀跃三百，浮一大白。现在蒋委员长坐镇南昌，一意剿匪，先安内再行攘外，其步骤本不可乱。但在此三年之内，北平军分会亦要多负点责任，拿出强硬态度，以与暴日相周旋，不可遇事迁就，养成日本人之骄气。宁为玉碎，不为瓦全，这才是中华民国之官吏。

若今日拿公理以与强权之日本人交涉，何异对牛弹琴。记者希望政府诸公竭力保全华北，毋令暴日得寸进尺，中华民国幸甚。

复兴农村中之先决问题

（十月二日）

现在自命为名流学者以及政府聘请之专门委员，对于复兴农村，当有宏谋硕论以慰吾人之企望，俾此次所借美国棉麦巨款，不至掷诸虚牝，绝无效果之可言。不佞以为复兴农村，物质为次，而其先决问题则在农村文化。所谓文化者，系包括一切礼教在内。若舍农村文化而谈复兴农村，似近乎倒履为冠，以果为因，请申其义。

我们现居在城市，与农村情形颇形隔阂，所谈者几有近乎隔靴搔痒。今试身入农村，见一般三五成群，不是赌博，即是吃鸦片烟，劈头一句即曰："这种民国世界，何不快乐一点。"于是因赌博而负者，因吃烟无钱者，生出种种不法行为，子弑其父者有之，弟殴其兄者有之，一切作法犯科之事，在农村中应有尽有。甚至农村中偶有一二良民，肯与若辈为伍者，诬栽捏报，不使之生存。时至今日，农村之文化业已破产。

文化者，农村之魂魄也。今欲复兴农村，必先复兴文化，使农村之精神充足，而后农村之物质有所付托。今之侈谈复兴农村者，动辄改良种籽、讲求水利等，而对于根本上农村文化问题，在报纸上从未见有人齿及。种籽、水利，在今日之农村，当然要改良与讲求之必要，而不知今日农村最需要者则在文化。若不复兴农村文化，则农村秩序难以维持。农村秩序不能维持，即是社会上不得安宁，而农村之复兴仍不能持久，又趋于萎靡颓惰或犯上作乱之途。此次何主席在大麓学校讲演"孝弟为仁之本"，有云："大凡不孝不弟之人，都是奸狡凶恶之徒。……"今不以文化去裁制此般"奸狡凶恶之徒"，而使之生存于农村，有此辈害群之马、乱苗之莠，复兴农村能乎不能？

梁漱溟君对于农村素有研究，此次《乡村建设理论提纲》有云："为害乡村最大的政治——此谓今日中国之政治，统治力为多个的，无复法律秩序，但有一往不顾之破坏。每个统治力各顾自己，乃绝不稍顾惜乡村，乡村于此乃纯落于被牺牲地位。"此论亦系就事描写。

现在政府既对于复兴农村下最大的决心，则铲除此种恶势力的政治，并扶持之使之上轨道，不难达到目的。惟农村文化一层，非一朝一夕之功所能收效。"七年之病，求三年之艾。苟为不蓄，终身不得。"今日进行复兴农村计划者，毋舍本而求末，至少限度，文化与物质二者同时并举而后可。

洋米征税问题

（十月四日）

　　湘、皖、赣、豫、鄂五省主席联名电请中央政府，加征洋米进口税，以维农村经济。行政院曾将该电交由财政、外交、实业三部审查，均认为原则上不成问题，应由中央妥筹办法，颁行遵守。蒋委员长对于救济农村亦曾注意，日前自庐山电令湘、鄂等省指示救农方针，饬推派代表赴赣会议详商办法。此外，安徽省商会联合会、福建漳浦县商会、全国商会联合会、湖北主席张群等，均各有电呈政府，请增洋米税。并电广东省政府，一致主张以遏倾销而维国本。全国人民既视洋米征税为目前最严重问题，所以吾人对于洋米进口税有详细研究之必要。

　　吾国以农立国，农民占人口八十五以上。兹阅八月二十四日报载，南京财政部据海关报告："自本年一月至七月止，入超二万万八千九百五十七万余元，进口货中粮食居第一位，值七千五百四十九万余元。"是外粮进口之数已占进口货之第一位，则本国农产谷米致被侵销，无法出售。查洋米进口向与书报列入免税之中，始则行销两粤，为南服荒歉之补助；继则利用无税优点，倾销于沿海、沿江各省，夺我市场，则国粮之销路益狭，而价值愈贱。目前全国农民并不忧粮食之缺乏或粮价跌落，所恐者在销路为难。其所以国粮无销路者，虽则因交通不便、关卡林立等有碍推销，而其最大原因则在洋米倾销。夫农民全年手胝足胼，以血汗换来之农产品，原欲以其所有易其所无，以偿身世之用，以敷耕耨之资。此就佃农一方面言。若系业主，虽谷贱如泥，或颗粒无收，然应完之钱粮及附加，分文不能幸免。今则粮价低落，一切应付俱感困难，于是而商场凋敝，于是而农民失业，于是而农村破产，无一不受谷贱之影响。揆厥原因，实由于洋米倾销之所致。去年已有熟荒之叹，今年丰收，谷价更贱。农民痛苦之深，有非吾人笔墨所能尽述者。将来农民舍其耒耜，改换职业，则全国田畴半成荒芜。目前有谷贱伤农之苦，将来又有谷贵病民之忧，其关系于国家存亡者至为重大。

为防止目前之伤农以及将来之病民起见，只有重征洋米税一着。各国关税壁垒主义，当道想已知之，我国既无能力深筑壁垒，亦应于向来免税之荒谬条例毅然废止。保护农民，即所以保护国家；安定农民，即所以安定社会。欲治其国，必先劝农；欲民务农，必先贵粟。倘至今犹豫不决，则将来农业崩溃已属噬脐无及，虽有复兴农村委员会之设立，亦无所措手足。

近来，广东对洋米进口每百斤征税一元，谷每担税六角，港商纷纷反对。以一省缺乏之食粮，而累及全国农村破产，此种丧尽天良之商家应即明正典刑。此外，又有类似港商之举动者，即各省之米捐是也。行政院屡次通令全国取消米捐，在我湖南每担谷出口收护照捐二角。日前，省商联呈请省府取消，尚未见效，而津市营业税局又复变更向例，肆行重征（见商联呈省府文）。此种怪现象实难多觏。不意主张推销国米最力之皖省，墨渖未干，言犹在耳，鉴于建设无款，拟恢复米捐，在芜设局酌收捐费，专作建设用途（见《钱业月报》十三卷九号）。此外，南京市米厘捐依然存在。是欲其行之速而先缚其足也，矛盾政策，自杀主义，惟我中国政府有之。

反对洋米征税之广东，今则已设专局，开始征收。所征之税，全数作为救济农村之用，决不拨充政费。如果中央开征洋米税，粤自愿取消专局。此种毅然决然之处置，不啻为全国农民之续命汤。所以，粤商会主席邹殿邦来湘采运湘米，其眼光之远大，值得吾人钦佩者也。

　　总之，国运至此，非救济农民，别无他径。救济之道，端在重征洋米税并推广国粮二者。为顾全全国人民多数利益起见，纵有一二反对之徒，尽可置诸不论不议之列。否则，夜长梦多，农民已不胜其痛苦，复兴农村委员会之设立，亦成为骈枝机关而已。

华北扰乱之检讨

（十月六日）

冯玉祥解甲上泰山，已置抗日事于不问矣。而残余之方振武、吉鸿昌两部队，究何所恃而不恐，至今犹在横冲直撞之中，并联合石友三、汤玉麟残部招收悍匪，备资扰乱华北，并有进攻平津之计划，以组织荒谬之华东共和国。前次攻击抚宁，因县长刘兴沛竭力抵抗，卒不得逞，至九月二十五日得到大批弹药之接济，反攻抚宁，而抚宁陷，而昌黎告急，而平津戒严，而华北遂告吃紧矣。

查方、吉两部敢于在华北扰乱，为其背景者当然是日本。证以前次宋部长由欧返国，日本朝野甚为注意，其电通社有云："……宋氏归国后之行动，诚有注视之必要，惟对宋个人之行动，刻下亦不必周章，万一因宋归国，国府仍继续抗日侮日政策，日本采最适当之方法已足，故多主张以严重之态度，注视事态之推移可矣。"又华联社电有云："财宋因已得到欧美之支持，返国后或更坚决与日本作经济战，提高关税，及新定提防倾销关税法等，与日开始更激烈之关税战，此种政策或难得避免。……"统观以上二电，其日本人之忌妒，已情见乎词，而归根结蒂，则在国联与我国技术合作。所以，日人谓"宋氏毅然不顾，招聘莱西曼博士等，造成国联干与中国国政之基础"之愤恨语。至十月一日，有吉公使向国府提出四项抗议，尤其是岂有此理，当另文驳斥。

再言方、吉部队，不在察省或其他地带停驻，而必在中日停战协定内规定不许驻兵区域滋扰，苟非事前与日本有所勾结，何得大步迈进，使中央政府有投鼠忌器之虞。平北既有日军之助桀为虐，局势日趋于紧急，将来中国纵使与国联技术合作，亦不得从容布置，人尽其才。所以，日本广田外相就任之时有言："对华政策并非自谋妥协，亦必需要代价，乃使中国为自身之利益与幸福，必然的不能不变更现在之对日态度。"国人试想想广田之语，则知此次方、吉之捣乱实奉有日军之使命，使中国疲于奔命，无生聚教训之余暇，来作建设事宜。方、吉残部之举动，实有关于华北全局，而未可轻视者也。

总之，日本与我国彼此均处生死关头地位。我国强实非日本之福，所以我国与国联技术合作，最遭日本人之嫉妒。其处心积虑，总使全国不能统一，全国不能安宁，彼方徐图对付世界各国，而无后顾之忧。独惜方、吉为敌人作傀儡，自掘坟墓，将华北劫后黎民再遭蹂躏。希望政府沉着处理，毋使星火燎原，造成严重局势，则幸甚。

劝政府不要害怕

（十月七日）

我中国一贯传统政策向来怕洋人，而洋人深悉中国人弱点，遇事以恫吓手段出之，已屡试屡效矣。但是，天下事不能因怕了事，愈怕事愈多事，惟有强项到底，则减少许多麻烦。即如十月一日广田外相训令有吉公使，向我政府抗议。我首先劝政府胆大些，不要害怕。兹将所提四项照录于后：

（甲）中政府口头标榜亲日，内幕仍持反对态度，殊为遗恨。

（乙）顾维钧又在国联提出中日问题，益使中日关系恶化，若此事为国府所默认，将取断然之手段。

（丙）日正在努力增加亲善，国府乃反其道而行，则日政府对于进行中之全权问题及履行中之停战协定等问题，将再行考虑。

（丁）国府为增进中日友好关系与和平计，应严重取缔此类反日态度。

日本此种抗议究有何理由？

难道我东北四省从此私行断送而不诉诸"纸老虎"之国联乎？

难道我中日问题从此一帆风顺诸事解决乎？

难道我中日人民从此恢复从前友善地位相亲相爱乎？

此种恫吓手段本无价值之可言。但是，恫吓人民则不足，恫吓政府恐容易生效。我中国人民既受此特别重大之侮辱与损失，即在国联中提出解决中日问题，亦顾使应负之责任。如谓我方提出中日问题即谓反日态度，则我们国民既受人恶打，并不许对人放声啼哭乎？此次日使抗议，究竟中央政府如何答复及如何训令顾使，外交秘密，吾人无从得知梗概。如果将来顾使在国联席上再提中日问题，则我中央政府尚不失泱泱大国之态度。若果从此默无一言，国联无法解决东北问题，则我国民无需有此代表，并无需加入国联，马上退出，尚可为国家每年减省数十万之金钱。

中国与日本同种同文，向来亲善，并无特别恶感。自日本一而再、再而三向我国进攻，割我土地，索我赔偿，人非木石，谁能隐忍？而造成此种恶感者，在日不在华。今不返躬自省，又有所谓"将取断然之手段""将再行考虑"之恫吓，难道我中国人"是吓大的吗"？但是此种主张可为国人言，难为政府道也。

据新联电云："广田就任时之声明，显然系以调整对华外交为其重要政策之一，故对于停止抗日暂时退却之中国，正经由驻华公使有吉，于每有机会即与中国政府折冲，并努力树立中日关系之常道化。"并谓："广田态度，似或放弃从来之静观主义，而出于积极的方针。"此次训令有吉向我政府抗议，即是一种积极的表见，吾人再不能为日本人之假亲善所欺骗，须要日本拿出真正亲善事实来证明。吾人所日夜痛心疾首而不忘者，即在东北四省，如果日本取消伪国，奉还满蒙，则中日亲善自然达到美满目的。明知此事实上做不到，而我们反日决心当视失地何日恢复为止。纵然是政府与日本亲善，而全国人民则反。国势危急已到此等田步，我相信政府一定以人民意志为意志，共同站在一条战线上，以与暴日作殊死奋斗耳。

所谓抗议四项，望政府诸公郑重答复，"毋长他人之志气，灭自己之威风"，则中华民国万岁矣。

我们小报也来谈谈提倡国货

（十月九日）

提倡国货，本报纸应尽之天职，何分大小？提倡国货，亦国民应负之责任，何分朝野？此次长沙举行提倡国货运动大会，函请本市国民、大公、全民、民国、市民五大报馆编印特刊，又请党政名流出席讲演。而对于我们办小报的，卑之毋甚高论。我们小报同人只好趁此时期，各来唱一出独脚戏以助兴。

不意于最枯寂无味之长沙市城，忽于今日有最摩登有趣之提倡国货运动花样出现，以唤醒一般鄙弃国货及醉心外货者，大家来挽回利权。此事在上海已屡行之矣，若在我长沙市，可谓破天荒之举动。究竟此种举动，能否对于已死之人心收微毫之效果，吾人实无若干把握，不过略尽国民一番之天职，似未可以厚非。

查我国近六十四年来之入口出口统计，计入口为二千五百四十八万万七千二百七十六万七千二百元，出口仅一千九百四十二万万元，相差之数为六百万万元。以全国四万万人口平均担负，要每人占一百五十元。试问我国人民财力有几家能每人担负一百五十元之重大损失？即就经济一项而论，已足亡国败家而有余。

现在不亦高呼抵制日货之口号乎？试看看七月份日货输入，其总量已达一万二千二百二十一吨，较之六月份进口一万一千三百八十三吨，增加二百八十吨。其中转入长江沿岸各口者有二千三百二十八吨，比较六月份输入长江各口岸之五百一十吨，亦有二倍之增加。再观江海关发表八月份全国对外贸易统计，共为一万万五千一百五十八万一千七百六十一元，内计输入为一万万零二十二万七千三百三十七元，输出为五千一百三十五万四千四百二十四元，入超四千八百八十七万二千九百一十三元。此种金钱外溢，实外人利用工业制造品运销全国各地施行经济侵略之一种手段。独惜我国四万万阿斗日处于醉生梦死之中，而不知振兴工业，以图抵塞漏卮，言之至为痛心。今者大梦初醒，全国人士共知非提倡国货无以救中国之危亡。于是，提倡国货运动今日已轮到我长沙市矣。据报载，今日举行提倡国货运动大会，并有提灯广告大游行，一方面敦请党政名流，届时出席讲演；一方面函致各大报馆，编印提倡国货特刊。猗欤盛哉！不可不谓之国货寂寞中之一段热闹史。究竟提倡国货之方法与步骤未尝标榜于民众之前，吾侪小民无所适从，只好追随诸位发起人之后，提着灯笼，在街上凑凑热闹。在参加者，实行"鲁人猎戈，孔子亦猎戈"主义；在提倡国货大会各委员，实行"民可使由之，不可使知之"两句老话，彼此尽在不言中而已。我相信今日提倡国货与参加提灯诸君，决计不至如此，一定有一种良法拿出来，叮以坐言起行。即党政名流，此次出席讲演，一言九鼎，我们定可以拿着这一篇文章，作为提倡国货之金科玉律，决不至讲几句漂亮言语、摩登议论，成为一种空头支票已也。

"闲话少说，言归正传。"提倡国货，凡属国民，均有提倡之责任，君子不以人废言，亦不能以言废人。兹将我之个人主张与理由写出来，以供国人之采择。

提倡国货，不外乎生产与消费二者，苟于二者处理得当，即是提倡国货。倘舍此二者不谈，空空洞洞乱说一番，任你有如簧之舌、悬河之口，终于事实无济。兹将国货生产与国货消费之办法宣布如下。

关于国货生产方面

国货最大的销路是农村，国货最大的来源也是农村。我国工业幼稚，经济破产，若欲在国内普遍开设工厂，资本、人才均形缺乏，惟有实行我们三代以上古法，提倡手工业。当此机器发达时期，我来主张手工业，岂不是不合潮流吗？但我亦不反对机器工业，因为我国国货多用手工业制成，且为农民一种重要副业。我们并不希望大资本家来操纵，以及各大工厂都设在都市之中，使一般谋工作之贫民都抛弃农村，跑进都市，每日里整个作工，而将固有之农业本职弃而不顾。假若是有良善政府，对于一般手工业，借以一百或五十之款，使于农隙之时附带生产国货，未使非农民一宗补助，未使非救济农村经济之一道。

至于用机器生产国货，先要考察其地出产某种原料。至于人工、运输、地点、资本等，亦必事前有精密之研究。最好将此种小工厂分设到乡村适宜地点，使人人得有谋工作之机会，不至集团城市易为一二人嗾使，时常发生罢工风潮，以致影响生产。且工厂设在乡间，一切工资、原料、房屋、生活、卫生等都比城市为合理，可以拯救垂毙之农民经济，与夫农村副业之提倡均有莫大之关系。并可以将各种土产设法改良，或增加出产，以应社会之需求。

大凡开办一生产工厂，其要素有四，土地、原料、劳力、资本是也。土地、原料、劳力三者在乡村不成问题，所缺乏者只有资本。现在各城市金钱有膨胀之虞，而乡村又患贫血之症，若果开办国货生产工厂，不难向银行借贷，玉成其事。我素主张办小工厂，因为创设既易，管理不难，纵使倒闭，社会上不至发生多数失业恐慌，难于救济。加之此辈生长乡间，回籍亦易，朝为工人，夕即农民。如果各县根据此点，各就所产之原料开设一厂，则我国国货不期然而然的发达起来。方之站在城市中，扛着高旗，张着嘴巴，来喊提倡国货，其办法似近乎实际。我们既然要提倡国货，当然要实行提倡国货。喊口号，贴标语，此是宣传家所作之事，我们要拿自己之货物替代舶来之商品，耕田而食，纺织而衣，与夫一切日用所需之物品，使本国皆有工厂制造，由乡村推行全省，由全省而推行全国，并非如天之不可阶而升。至于工厂改善，现在全世界先进各国所公认对于工厂设施最完善方法，莫如用科学管理，使生产合理化，不但出品精良，生产增加，且成本亦复减轻。即如苏俄本以农立国，自"五年计划"成功之后，一跃而为工业国，现在并将所制造之品陆续向外国推销。可见，事在人为，有志竟成，空口提倡，于事无济。

此外，对于生产家尤有进者，近来有用仇货而改换国货名目在市场销售者，最为可恶。不意我国有最优美之货，不注明华字，满纸英文，冒充外货，其意以为可以增广销路，而不知自己不相信自己之货，反责人之不购国货，天下岂有此理？天津《大公报》，我平生所最爱阅之报纸，不意封面上亦有英文所拼之《大公报》三字，而内中满纸则属华文也，其意又何居？我想此辈生产家于国货上注入英文，大约系模仿《人公报》之封面而为之也。因谈国货用洋文封面，故附带及之。

关于国货消费方面

有人说："目前我国农村经济破产，购买力弱，推销国货实属困难。"此极不通之论。夫同一货也，何以外货不以我国农村经济破产发生阻障？何独对于国货即有阻障之可言？实因一般奸商运进外货其利厚，运进国货其利薄。因利有厚薄之分，即货有爱憎之别。加之顾客喜其色样新鲜，价又较廉，亦与奸商同一主张，弃国货而用外货。所以，我们国货，在重重压迫、处处不通之下，怎样能够发展起来？毋已，惟有向农村谋出路。我国农民占人口百分之八十以上，消耗力最强，若要谋国货发达，当然靠农民。奈近年来帝国经济侵略深入农村，所有膏脂业已吸尽，以致造成今日农村整个崩溃。加以天灾、匪祸充满全国，即食的问题尚需外粮。即以民国二十一年而论，已达洋米进口为二千二百四十八万六千六百三十九担，小麦进口为一千五百零八万四千七百二十三担，面粉进口为六百六十三万六千六百五十八担，总共价值为一万万七千五百三十六万五千零五十六金单位。据报载，今年外粮进口比上年还要增加，此系最不合理之消耗。我们今日来讲求国货消费，当然食粮在内，必定想法子去推广销路。对于人民购买力，也要想法子去增加。而归根结蒂，则在救济农村。若进一步言，救济农村，即是提倡国货，此二者实有连带关系焉。所以，我们今日在城里喊提倡国货，乡村人民那里知道。我们一方面要将国货推行到农间去，一方面又要将乡村国货运进城来，组织国货流动展览会、消费合作社、同业联合会，禁止同行生忌心，禁止商人私运仇货。在小孩子时节，各训子弟使用国货。各家主妇严禁购用外货，禁止穿西装。实行关税壁垒，各人并铲除崇拜舶来品之劣根性，养成爱护国货之爱国心。此外，生产与消费者共同努力，来敦促政府取消各种苛捐杂税，直接减少生产者之成本，即间接减少消费者之担负，使国货与外货之价值处于水平地位，则商家与用户断未有不乐用国货者也。

呜呼！我国各种工业已处在帝国经济铁蹄之下，无法使之发展。加以外国生产过剩，欲谋出路，只有向中国之大好市场。居今日而言提倡国货，人才、资本处处落后。外人又凭借不平等条约，在内地有创设工厂、建筑铁路、行驶轮船、开办银行等权，薄弱如中国之国民经济自然不能与之抗衡。今欲在死中求活，除全国上下人士一致起来提倡国货补充元气外，别无他法可设。但是，我们贵国人向来只有五分钟热度，经一次提倡，等于打一次吗啡针，眼前虽奋兴一下，不久即仍萎靡不堪。此种国民，虽有善者亦末如之何也矣。

时至今日，国难未除，蔉苻遍地，提倡国货实属一个严重问题。我长沙市民素富爱国性，当仁不让。我们要把从前的一种喜运仇货、喜用仇货之心理，一变而为喜运、喜用国货之热忱。父诰其子，兄勉其弟。非国货之服不敢服！非国产之粮不敢食！一切家常用具，一色清的国货！

兹录大战前德国国民协会所印《提倡国货十诫》于后，以结束本文，并作我们小报提倡国货标语：

一、你用钱时，切勿忘记谋本国人的利益。

二、你买外国货品时，切勿忘记你的国家是贫弱的。

三、你的金钱切勿用于增大他人的国富。

四、你买外国货品时，切记本国的商人制造家也正渴望你来买。

五、请你用本国的钢笔墨水来写本国的纸，并用本国的吸水纸。

六、本国的物品就是恶劣，但用他的人却是光荣。

七、你要用忍耐克服本国恶劣的物品。

八、不要用外国的机器玷污你的工场，不要用外国的食品玷污你的食桌。

九、惟有德国的面包才能使你身体强健。

十、你若不喜德国咖啡，请你用他殖民地的出产。

此之谓提倡国货运动耶

（十月十三日）

这一回长沙市城举行提倡国货运动，不佞亦素来主张提倡国货之一人，难免见热心急，既看了提灯游街盛会，又趋车向青年会游览国货市场，以偿素愿。今先将提灯会写出，次言国货市场，以宣传此次筹备委员之苦心孤诣为不可湮没者也。

是日，站在八角亭街上，果然一群灯笼整队而来，头上横挂着白洋布所写之标语，其灯笼用洋纸糊着，外注明国货，灯笼内燃着一根洋烛，参加游行及提灯者，手中拿着一盒哈德门纸烟，内中亦有一二穿着西装者随队而行。其游行意义，固在市民注意提倡国货，而各商家之本意，要在购户认清"老董同兴"与"真正老老董同兴"，尤为紧切。

次言基督教青年会之国货市场，以容膝之桌球室布置国货，参加商家计十余家之多。一般市民见报纸鼓吹得力，前往看热闹者亦实繁有徒，诚哉拥挤不堪。内中所陈列者，亦有真正国货。若取外国之成料，用中国之手工制成器皿者，亦复不少。如某家所陈列之铝锅，究竟此物产自何地，炼铝厂何在，不佞孤陋寡闻，实欲作详细之考察。此外，有纸质之皮件（国货陈列馆恐亦有之），询之商家，据称牛皮，非纸皮也。转询以皮之出地，则曰常德。再问何厂，据称岳陵。予告之曰，若岳陵公司，乃系我之门徒所设，并无此种纸货。继问我姓名，据实以对，默默无言而退。但市场中我最爱者三友实业公司出品，除赞美之外，实值得吾人提倡。

提倡国货运动，此问题何等重要，决不以儿戏出之。此事应由国货陈列馆发起，以馆长为主体，并就该馆地址函请"党政名流"出席讲演，指示我们的办法。我们依着他们所讲的办法，实地实施起来，使国货逐日发达与改良，方不负提倡之本意。今乃在洋化下之青年会借一席之地，拉几个商家出品陈列，谓之为临时拍卖场则可，谓之为提倡国货则未也。所以，何市长有云："……各商店传单都价廉拍卖，以示欢迎。……"此言实名副其实。据不佞看来，等于乡间之圩场而已。但是，此次提倡国货运动会，每夜请坤角演湘剧，票价一角，饱饱眼福，这岂是提倡国货各委员之本意耶？

不佞以为今日国货诚哉要提倡也，但是要作大规模之举动，不能取市中每日我们目中常见惯者纳于国货市场，即谓之提倡国货。我们要用数个月工夫，向外县乡村征集出品，如浏阳醴陵之夏布、平江之大布、益阳之竹器、醴陵之瓷器、益阳沅江之银鱼、邵阳之漆、常德之土靛、浏阳之纸以及各县所产之特产，汇集市场，使商家睹此国货，可以代谋销路，这才是提倡国货。须知国货之销路是乡村，而国货最大来源亦是乡村。今乃舍乡村出产不谈，仅仅于市内数商家征发出品，又何贵多此一举？或曰青年会另有作用，目前或不久即有捐款簿送来，其然？岂其然乎？

呜呼！帝国经济主义侵略已如大炮之轰击，始在各通商大埠，今则已深入乡村，将我中国数千年传遗之手工业完全击破，使之不能生存。手工业既趋于崩溃，而机器工业又不能代兴，于是，所谓国货者一天一天的淘汰，而全国人民不得不依赖舶来品以应需求。今则全民大梦初醒，知救中国之危亡只有"提倡国货"四字。在民族工业未发达以前，对于乡村环境，亦只有提倡手工业，以为农事闲暇时之副产品，就我国固有之原料改良制造。其出品虽然恶劣，在今日一般生民生活之艰难时代，未尝不可以将就，使大家不鄙弃或厌恶此种恶劣之品，即是实行提倡国货矣。

彩票与奖券

（十月十五日）

在逊清末年，彩票盛行国内，除资格最老之广东闱票外，各省亦多有举行者，而尤以湖北省彩票为最。入民国后，政府认彩票为赌博性质，严令禁止。惟租界内跑马票以及最近新出跑狗票极盛一时，而政府莫可如何者也。此外，中法储蓄会、万国储蓄会每月开奖一次，通行全国，已十余年矣。所以政府并未干涉者，认为是奖券而非彩票也。

时至今日，彩票是不准开的，奖券是准开的。首先发行一号奖五十万之航空公路建设奖券，业已在上海开第一次矣。于是，各省羡慕此种不费血本而获利最大之奖券，有摇摇欲动之心。所以，山西、江西及北平市政府等纷呈财部，请援中央发行航空公路建设奖券例，发行奖券，借筹巨款办理地方事业。准否不得而知。

至上海各银行，近年来有创办特别有奖储蓄及特种优息储蓄等名目，财政部以此项办法关系颇大，未便照准，故特命令各银行即行停止办理。此外，各商家以引起用户购买起见，临时发行微而又微之彩票，或曰奖券，事近儿戏，无伤大雅。乃京市执委会九月二十六日决议，政府机关及商店发行彩票或性质相同之奖券，无异奖励赌博，影响国计民生，呈中央函国府明令禁止云。

统观以上情形，彩票是绝对禁止，惟中央航空救国奖券可以办；国内各银行有奖储蓄是要停止，惟外人所办之中法及万国储蓄会可以办；各商店发行之临时数角小奖券有影响国计民生，惟五十万元之头奖可以办。此种矛盾政策令人费解。不佞以为今日之世界乃一大赌博也，而尤以交易所为最，试看各富商倾家破产者十之九起于该所，而一般醉心轮盘者次之。此外，内地之买空卖空以及屯积货物，何一不带赌博性质？并非四人叉麻雀、七人打囙克以及数十人推牌九摇骰子等方谓之为赌博。若欲禁绝，则世界无商场矣。况中国处此时代，与其用压力向一般小民敲骨吸髓以求，或小民卖妻鬻子以应之苛捐杂税，毋宁多设几种奖券（或彩票）以应政府之急。因为此种奖券之购买，系出于人民心甘情愿的，虽不中，亦不至怨天尤人。且购奖券者多系富户，而贫民不与焉；多系都市人民，而农村不与焉。如果取消减轻一切苛税，发行奖券，是亦间接救济农村之一道也。彼京市执委会谓商店发行之奖券有影响国计民生，我真不懂，大约是"只准州官放火，不准百姓点灯"之两句陈语耳。

拉西曼来华

（十月十六日）

中山先生倡议利用外资与技术以建设新中国以来，迄今已十余年矣，此项建议，政府并未实行。自国民政府奠都南京，薛笃弼部长致函国联卫生股长拉西曼，请其来华襄助卫生事宜。嗣后又通过国府所提技术合作建议案，于是中国与国联技术合作已成为具体化。当时由国联派遣来华之技术人员，有教育组、农业组、经济组、工程组、行政组五项专门家，各组考察完毕之后，均撰有报告书及改良之建议送呈国府以备参考。

此次宋子文部长往欧，旧事重提，行政院开会讨论此事，结果指派小组委员会。至七月十八日，在巴黎举行第一次会议，计有八国代表出席，议决委派拉西曼博士为国联驻华技术合作联络员，并声明国联与中国技术合作纯粹为技术性质，不含政治作用，并规定联络员任期为一年。拉西曼博士遂于十月抵沪，并偕宋部长晋京矣。

国联与中国技术合作，凡属中国人，在原则上无有不赞成者也；即世界各国，除日本外，亦无有不赞成此项原则者也。所以，日本一闻我国与国联技术合作，为谋对策起见，派杉村来华监督中国对日之态度，采取一切必要之手段，并谓："杉村与拉西曼交谊甚厚，且与中国政府之联盟派亦极相得，俾可传达日本之意见，缓和中国政府之抗日感情"云。继又鉴于国联所新成立之中国技术合作委员会将来定对华谋政治的援助无疑，于是日政府曾向国联秘书长亚文诺提出严重警告，即谓"日本因鉴于拉西曼过去在华之不谨慎的活动，此次务要中止来华"云云。而国联之回文，其大意如下："中国技术合作委员会既有先例，至拉氏活动之性质，乃限于技术的范围，故此事并非日本所当抗议，本会当向拉氏注意，嘱其在华活动勿涉及政治方面，顾拉氏在华活动则无由日方提出指示之必要。"于是日方以国联已不听劝阻，专意向中国谋活动，所以日本对于华北故意捣乱，近且在天津建筑飞机场，总使中国应付不暇，纵使国联技术人员来华，亦无暇计及建设事宜，以免将来中国复兴，日本先受其影响。此日本此次阻挠技术合作之本意也。

查我国过去三年间，与国联技术合作早经成立，其先后奉派来华而现尚在华工作者，有捷克人鲍熙卫生合作、义大利人玛利蚕桑合作、德国人维司门地理合作、波兰人敖京基道路合作、荷兰人浦德利水利合作、德国人郎格电话电报合作、英国人沈慕维行政合作、德国人宴纳克行政合作。此等专家皆各以其技术来华设计，图谋各项事业之发展，受全国经济委员之支配与接待，毫不含有政治作用。但是，国联既有这一批技术人员在华，应该表现若干成绩，以慰我们之渴望。倘若此次所派遣之技术人员仍旧是"清净无为"，日本又何必恐慌，不过我们每年多消耗数十万之薪俸而已。我决不相信事实上如此，多少总可以得到一点效果。

我国既欢迎国联技术人员来华矣，我们应对于他们的建议尽量的容纳；不但容纳已也，还要尽量的实施起来。如果照前次工程专家波利叶及古德等所草拟的导淮、华北水利及上海建港等报告书，农业专家特拉贡尼及白利对于改良土地及农业的报告书，德法博士所草拟之《中国教育之改进》报告书，应拿出来公开研究，何者可以实行，何者可以改良，何者可以参考，何者窒碍难行，决不可一律束之高阁，致负诸君一番苦心孤诣。我们既不相信他们的计划，仍抱着我行我素主义，又何必多此一举，冤枉花去若干国帑。我们中国若要复兴，也不必借他们之名义来点缀门面。所以，我们既聘请国联技术人员来此，应依据他们的计划，根据我们的国情，择其善者从之。

拉西曼来矣！希望拉氏拿出十二分精神，注意到我们的民生问题。并希望政府解决我们的民生问题，实行"庶富教"三字之妙诀，少唱高调，多做实事，毋使日本人在旁又笑中国"以夷制夷"之抗日政策为空谈，则幸甚。

"革命"感言

（十月十八日）

在逊清时代，我同胞内受满人之压迫，外受列强之凌夷，国势颠危，人民涂炭，于是中山先生登高一呼，而辛亥革命得以告厥成功。自入民国以来，一般都督及督军飞扬跋扈，袁世凯以共和之不适于我国也，于是有洪宪之举。迨袁氏失败，迁延数载，至十五年北伐一举，全国统一，中国至此当有可为矣。不意"九一八"国难以来，失地四省，前有淞沪之役，后有华北之乱，至于今日，依然如故。而土匪之扰乱于湘、鄂、赣、豫、皖、蜀、闽诸省，至今无法解决，瞻望前途，不寒而栗。

夫革命所以解除人民痛苦也，人民固如此希望，而革命领袖亦曾以此号召于民众之前。我中国革命在苏俄、土耳其之先，人家革命反弱为强，我国革命由生趋死，岂"橘逾淮而为枳"？实因一般革命伟人扛着革命招牌，视革命为他们一种专利品，把持垄断，以为一生富贵，总不使他人问津，如稍有一二主持正论之人，即目为反动派——党贼——枭首拘押，在所不惜。所以，他们常常呼口号，则曰"革命万岁"。夫革命要万岁之久，今则不过初步已耳。

革命要革心，心不革，所谓革命者皮毛而已。以今日积弱之中国，如大家不把历来因循敷衍苟且偷安之传统观念澈底涤荡清洁，无论如何革命，总是换汤不换药。并且要大众认清中国革命，为救自己起见，并非单纯是一种现代化新潮流所激成，我们要视革命为救国救族之一种紧急工作，不能作袖手旁观态度。即如蒋委员长出发江西，席不暇暖，卧不安枕，兢兢业业，以剿匪为目前之唯一任务。而其他少数公职员则拥红抱绿，日溺于声色之间而流连忘返。至陷"匪区"之民众，饥饿情形不堪缕举。而"朱门酒臭，庖有肥肉"之一般达官富户，几视同秦越，而不加以援手。所以，李顿爵士前次来华调查东三省案件，笑语我国代表顾维钧曰："东北民众身受如此惨境，而关内竟歌舞升平，若无其事，一关之隔，悲乐悬殊，贵国人诚可谓善于自慰矣。"顾竟无言以答。今者甚么跳舞厅，甚么影戏场，人山人海，拥挤不堪，甚至有"娱乐不忘救国"之妙语揭诸各通衢大道之前。此种怪现相，惟中华民族始有之。《申报月刊》周宪文君有言：

中国目前议论庞杂，本来也是"无所谓"的，可是像现在一般人们这样借发议论来赶时髦，就有点可怕。中国目前不需要这种赶时髦的议论，是需要各人本其所信，埋头苦干。换句话说，中国目前已经不是高谈阔论的时期了，"起来干"这是每个中国人应有的觉悟。我本了这一点意见，我固然佩服梁漱溟，我也佩服朱德、毛泽东，甚而至于我还佩服郑孝胥。我本了这一点意见，我佩服一切埋头苦干不求闻达的"无名英雄"。我本了这一点意见，我不以一切借国难来制造其升官发财的机会的人为然，不以一切以军阀与帝国主义者为其衣食父母，而以"打倒军阀""打倒帝国主义"为其口号的为然。同样的，我本了这一点意见，我也不以一切充满了封建的思想而强欲做反封建工作的人为然。

周君此段议论，我佩服至于五体投地。你看中国今日一般伟人，只见他今日在报纸上发表一篇谈话，明日在某会场中发表一篇演说，均是老生常谈之陈语，并无了不得的特别见解，风头只管出，实事则不做，讲尽了千古圣贤格言好话，做尽千古强盗土匪勾当，拿着"革命"二字以为一生衣食之资源。在野娓娓而谈，牵其狐群狗党，对政府攻击不遗余力。一旦得势，即忘其当年之面目，派某死党也做某某有收入之机关长官，派某裙带也做某某重要机关之领袖，只要升官发财，那管他革命不革命。今日自命为要人，我们亦承认他为要人者，比比皆是，而求其以革命为平生志愿，"富贵不能淫，贫贱不能移，威武不能屈"，如中山先生其人者，全国中能有几个信徒？呜呼！有中山先生之志则可，无中山先生之志则乱矣。

寄语革命同志，革命要革心，心不革，与历代帝王革一姓之命何以异？不如不谈革命为好。

民力尽矣

（十月二十日）

国难已如此严重，民力又如此贫穷，欲救中国，欲救人民，惟有节缩一切不急之需，将整个中华民国建设起来，以拯救目前垂危之国、垂毙之民于不败不死之地位。在我们当然如此希望，在一般当道伟人亦应人同此心，加以怜悯，加以援手。不意近来要人之举动大有出人意外者。

今何时乎？都市萧条，农村破产，人民除特殊阶级住在租界享尽了天上人间艳福外，无处不呻吟于天灾人祸惨痛环境之下，几有求生不能求死不得之状态。人民所以不群起作反抗之举动者，实因政府御侮剿匪，在在需款，故踊跃输将，毫无异议。即岳阳某氏鬻子以完田赋者，亦属大义纾难之别开生面举动。政府睹此情，谅亦有动于心。无如国难以来，戴院长有繁荣西北及修理寺观之举；杭州之金顶塔刚才成功，西湖岳侯之庙又要大兴土木；而隆中武侯庙，亦经筹款恢复。近来林主席鉴于上古黄帝陵道年久湮没，有兴修之必要，现正组织委员会，已于八日在国府开成立会，并决定筹款兴工办法。而我湖南人士亦效颦此种举动，去年修岳阳楼，今年修南岳，近又拟修昭山。不佞是向来主张保存古迹之一人，并不反对此举。虽则是各要人捐廉，不是作正开销，我觉得国难当头，疮痍满目，点缀风景，今尚非其时。

东北难民，布满内地；黄河水汛，延及三省；战区灾黎，嗷嗷待哺；西北旱灾，人食树皮。此种急要待赈之民众，已不胜屈指。

今乃不此之图，而惟对于死人泥塑风景之是务，缓其所急，而急其所缓，各要人之闲情逸致与众不同。推其心，惟恐现在中国没有重要事可作，惟恐现在中国没有好处可以用钱，师古人好整以暇之举，忘却了节用爱人之道。今日各要人口口言廉洁，事事求紧缩，试检阅天津《大公报·每日画刊》所影印各要人之上海住宅，无不大厦高楼，陈列美丽。当其未上台也，还不是与我一样的是一个穷措大；一旦得志，则画宇雕梁，有非凡人所可拟议。据报载，某院长近且有四海银行之宏举，资金定一千万元，地址在香港。此种银行之设，不过是私人一个外府，何不拿出来办办目前应急需之工业以挽利权？此乃是生产事业，与靠利息生活者实有云泥之判。

总之，中国民力已尽，政府之征求又无所不用其极，倘取之于人民者，仍用之于人民身上，犹有不胜担负之痛。今乃取之尽锱铢，用之如沙泥，奈之何民不穷且盗也？用特代表民众，请即罢免不急之土木，留待后日工作。质之当道，以为然否？

德国退出国联及军缩会议以后

（十月二十四日）

自暴日肆意武力侵占我东北四省以来，纸老虎之国联深恐日本独占东亚市场，亦曾假猩猩否认。日本悍然不顾，声明退出国联，任所欲为，不顾一切。至是而国联之威信扫地，而视为无足轻重者矣。此次军缩会议各国对于渐次强化之日耳曼民族不许整军，而自己却秣马厉兵穷兵黩武不遗余力。所以，德国观此情形，屡争无效，于是于忍无可忍之中作最后之举动，即退出国联与军缩会议是也。希特拉演词中有云："……吾人之职责均已尽到，现吾人要求军备强大之国家，亦须尽彼辈之职。……如他人废弃所有之军器，吾人亦愿遵从，但吾人绝不甘心居于二等国及受耻辱之地位。……《凡尔赛条约》不仅不能产生和平，且造成不安，德国现所冀者仅在自行其是，不受干涉。"德国此举，不但国联空气紧张，而且全世界时局愈形严重，尤其是与德国毗连及世仇之法国，将大起恐慌。无怪乎巴黎各报加以攻击，并谓德国阻挠裁军计划，应负完全责任者也。

国于天地，必先有立国之资格。所谓资格者非他，即在现代化之军备。苟非顽冥不灵、勇于内战之中华民族外，未有不于应需保国卫民之军实，加以相当之准备。今军缩会议各国代表认德国之民族亦与中华民族相等，加以限制，不使与各国享同等之待遇。事之不平，莫甚于此。如谓德国恢复武装，即为世界之危险物，则各国亦应缩减军备，以示不复用兵，而取和平途径也。德国现位置在欧洲中心，环顾四邻，均有强大之军备，此时而欲德国束手引颈，任人宰割，人非至愚，谁能忍此？希特拉训令日内瓦代表退出国联，亦事所必至，理有固然，吾人无所用其怀疑者也。

目前最得意者莫过于日本，前因退出国联，深恐各强协以相谋，对于外交时有孤立之恐怖，所以对于中国不能畅所欲为。今即霹雳一声，德国亦以退出国联见诸事实。在欧美各国，今且手忙足乱，自顾不暇，不但裁军会议成为僵局，而国联会议亦令人扫兴，一切事务之进行至此均遭障碍。此后国联视欧州本身问题，较视东亚问题更为切肤之痛，不得不舍轻就重，谋一抵御或解决方法，再无余力来空谈中日问题也。证以日来中日直接交涉之说，不为无因，而加重日、德接洽共抗国联之趋向。我等视之，又其次焉者矣。

总之，此种空谈无补之国联，在弱国视之为生命线，在不甘屈服他人之强化民族，卑之无甚高论。所以，日本退出于前，德国退出于后。我以为中国亦在退出之列，但中国退出与否无关紧要。即日本退出，世界亦未注意。惟有德国此次退出，惊动全球，不但关系欧洲之安危，亦与远东问题有连带之影响。是否发生世界第二次大战争，又看希特拉将来之处理与其他列强之应付方法如何耳。吾不为欧洲忧惧，所忧惧者，惟日本目前对于中国又遭逢一好机会耳。

日美造舰狂

（十月二十五日）

美国以二万万五千万元作海军建设计划，实使世界不安。美国海军次长享利罗斯福声称："充分之海军乃经济的保障。今有人以美国造舰程序将又引起造舰竞为虑者，实无理由，须知英、日海军皆超过美国"云。而美总统罗斯福拟自由进行美国造舰事，而达条约所许的限度。此项程序，约需经费合英金四千七百万镑，计造军舰三十七艘，内有万吨巡洋舰四艘。开工事业经准备，并声称承揽造舰合同现已发出，无论如何不能取消。美国既进行此种巨大计划，反说此项造舰程序仍使美国海军较一九三六年所应有之力量少军舰百艘云。至十月一日，美海军部长史旺森出巡海港至檀香山，发表谈话，有云："余相信应扩张美国之海军力至《伦敦条约》所规定之最大限度，然列强如缩少，则美国之海军当然不予扩张。"继又向新闻记者发表谈话，谓："现在进行中之海军建造程序完成以后，美国当再建造军舰一百零一艘，始能达到《伦敦条约》所许可之数。此项军舰他日建造与否，当视美国经济状况为断"云。

至于日本对于美国海军作突飞猛晋的军备充实情形，虽碍难参加此种遽急的造舰竞争，而大角海相运动扩充海军经费则极端进行，并谓："必须在补充计划总经费四亿七千万元中，务期使大藏省承认来年度之第二次支出额一亿九千万元，则属海军全体之意见。"闻第二次补充计划所造飞机及军舰等将悉用国货，以资大规模的实行失业救济与产业奖励。

英国海军至为充足，今见日、美两国间发生造舰竞争，则英国不能无所动于中。所以，英政府代表台维斯表示："造舰竞争，又将发生恐慌，谓在军缩会议将开时，美国造舰程序将予人以不良印象，届时英国亦将不得已加入竞争"云。

夫今日世界各国海军力量最强者，莫过于英、日、美三国，而军缩会议中之代表委员亦以此三国为重要，乃军缩会是军缩会，而扩充军实犹尽量的扩充。各国有各国的造舰程序，无论人民如何痛苦，军缩会如何限制，在穷兵黩武之国家绝不少顾，亦实因处此弱肉强食之世界，陆、海、空三者如果不能与人平衡，则必受人之侮辱，甚至其国丧失独立国家之资格。反观我国，其练海军也，系在日本之前，军舰又比日本为多。甲午一役，如"镇远"战舰，"平远""济远""广丙"三巡洋舰，"镇东""镇南""镇西""镇北""镇中""镇边"六炮舰，尽被敌捕，并赔偿银二万万两，以作日本扩张海军之资。今则我国所存之兵舰，已成为历上老朽之废物，即历年所加造者均是内河小舰。若与今日各国巡舰比较，真是小巫见大巫，惭愧已极。即使我国酷爱和平，无攻击他人之举，但是沿海岸线之长，非有多数军舰不能制止他人之不我攻。所以，欲保护领海及国土，海军实未可轻视。今观日、美造舰之狂热已达极点，独惜我国政府于一部预算中尽属事务费，而对于海军建设，自元年以至二十二年，从未列有专条，亦可慨矣。

穿衣吃饭问题

（十月二十七日）

人生需要最切迫者，莫过于穿衣、吃饭二事，无衣不足以御寒，无饭不足以充饥，此问题不解决，即不能生存于世界。人生一世之所以孳孳营求不已拼命进行者，实欲解决此项问题。此项问题一经解决，则真是天下太平、世界大同矣。

关于衣的方面，上年度棉花进口，其量为三百七十二万八百五十六担，其价为一万万零一百八十三万九千零八十四两；毛织物进口，其价为一千八百四十八万七千七百七十三两。关于饭的方面，洋米进口，其量为二千二百四十八万六千六百三十九担，其价为一万万零一百二十八万三千九百九十四两；小麦进口，其量为一千五百零八万四千七百二十三担，其价为四千三百九十六万八千七百二十两；面粉进口，其量为六百六十三万六千六百五十八担，其价为三千零一十一万二千三百四十二两。查上年我国棉、麦、谷、米产量丰收，而外洋米、麦、棉花已输入锐增。以言今年，据海关报告，自本年一月起至八月止，入超共三万万一千八百三十四万六百六十六元，进口货中粮食居第一位，棉花棉纱居第二位。一般人认，值国内各地，均苦谷贱伤农，而有如此巨量农产品输入，此并非我国生产不足，或求过于供，实因外人以中国为其生产过剩之尾闾，将大批棉、米尽量的向中国倾销，致使国内之农产品无法与之竞争。销路既疲，价格愈落，于是各省农民均视本业为畏途，田畴荒芜，桑麻废弃，至是感觉衣食有不足之虞。目前，反对外人以棉、麦向中国倾销者，将来视外洋棉、麦进口为中国人之生命线矣，而穿衣吃饭遂发生问题。

好个宋部长，恐吾民之无衣穿也，则借美棉以为衣料；恐吾民之无饭吃也，则借美麦以为食料。征之古人"解衣衣我，推食食我"之风，不遑多让。吾国有此种长官，方且感戴之不暇，何敢妄加批评。但是，吾国以农立国，有百分之八十五以上农民，每年终岁勤动，其以血汗换来之代价品，受外国生产过剩之打击，其痛苦不堪言状。若出之外人之倾销，我们可高筑关税壁垒以防之，今我当道开门揖盗，饮鸩止渴，方自诩救济农村，有大功劳于民国，在吾侪小民眼光看来，何异借外人之刀，杀自己之农民。吾国正苦外国工商业之如怒潮狂涌而来，无法抵制，今若又将外国之农产品任其源源而来，或大批借贷则全农只有共趋于死亡线上，岂破产而已哉？夫美国为维持农村计，则推销存货，强制铲除；而我国为维持农村计，则购运大宗美国剩余之农品，以压倒国内之农产品，两相比较，背道而驰，政府所谓复兴农村者，实际上不啻摧残农村也。丁此农民生命弥留之时，又加上一道催命符，几何其不速死也耶？

在借贷棉、麦者，其意在复兴农村。夫今日中国之农村诚有复兴之必要，何不舍棉、麦之外，另借他物或现款，不以外国之产品害中国之农民，岂不甚善？第一批棉花已抵上海，因原价比较国产为高，各厂家尚不允承受，又有以四千包美棉出售与日本人之说，此美报所以视为骇人听闻之举。夫借美棉、麦以复兴农村，其步骤如何，条理如何，须待乎复兴农村委员会之颁布，但以这一般住洋房、穿长衫、坐汽车之人来谈复兴农村，不是隔靴搔痒，即是削足就屦，欲其适合今日中国农民心理之所需要，相去何止十万八千里。马马虎虎，乱行支配，所谓复兴农村，毫无影响，结果不但我们穿衣吃饭问题不能解决，照目前情形递演下去，恐怕我们将来穿衣吃饭成为严重问题而无法解决也。

衣食足而后礼义生，若果衣食不足，礼义当然不生，瞻望前途，不寒而栗矣。

日本之石油国防计划

（十月二十八日）

日本感于世界情势急迫，深恐一旦战事发生，军舰、战车、飞机以及各种交通机关之石油燃料，如果需要外国供给，于国防上甚为危险，已决定基础原则如下：

一、采用石油自给政策，此与日本国防及实业关系甚轻。

二、政府草定五年计划，俾石油基础稳固。

并决定提倡液体燃料，以经费二千六百万元完成此项事业；明年度之经费约六百万元，在商工省矿山局内新设一科，专办此事，以备战时煤油来路被断时之用。

其军部之主张：

一、极力援助"液化煤"之研究。

二、助成变性火酒工业以代煤油，其原料如糖与蜜，在日本国内甚为丰富，在非常时不致中途挫折。

三、积极援助桦太煤油试掘之矿区，提高煤油生产量。

四、利用台湾锦水油田之天然瓦斯制造汽油。

五、对现有之燃料公司援助事业之发展。

六、与英、美、俄协定进口油量。

日本在今日除石油外可谓事事不求人。查石油本是一种天然物品，日本竟思以人工得之，但是"有志者事竟成"，又"重赏之下，必有勇夫"。德国当欧战时代，有许多物质均用人工造成，安知今日日本之人造石油不有成功之一日乎？独惜我国石油满地，委而弃之，日日言航空，日日坐汽车，不知推动此项飞机与汽车者究属何种原料。人方于本无有中求其自有，而我竟于固有中视为无有，日人固智，华人未免太愚耳。现在处此石油战争时代，我中国不欲讲求国防则已，如欲讲求国防，舍开采石油外不足以言国防。秉国钧者望三复斯言。

中国何故贫穷

（十月三十日）

客有问于余曰：中国地大物博，何故至今日弄成经济破产，民不聊生，其故安在？

余告之曰：中国人民素来勤俭劳苦，过其牛马生活，食其豚犬饮食，衣则褴褛不堪，住则仅堪遮雨，此就多数国民而言。若少数之住洋房、食珍馐、衣狐裘、坐汽车之大人先生伟人少爷，不在此例。我们既有此多数人之勤俭劳苦，应该全国丰富，超过于黄金之美国，揆之事实，竟有大谬不然者。

大凡社会之进步、国家之强，均赖个人发挥固有之生命能力。今我国人口号称四万万，除农民外，其余均可谓之为失业。而此辈失业之人，不以个人生命能力发挥一种事业，而惟口口依赖政府予以一官半职，以过目前之生活，此中国各种事业无进步之一人原因也。事业既无进步，所谓衣、食、住、行不得不仰给于外货。而外国现正忧生产过剩，中国又欢迎承销，各国于竞争之下遂各施其倾销政策矣，实行关税壁垒主义矣，而我国遂变成各国销货之尾闾矣，而全国工商业遂趋于总崩溃矣。即以最近抵制日货时期之七月份日货输入而论，其总量已达一万二千二百二十一吨，较之六月份进口一万一千三百八十三吨，增加二百八十吨。其中转入长江沿岸各口者，有二千三百二十八吨，比较六月份输入长江各口岸之五百一十吨，亦有两倍之增加。设非在抵货时代，其增加更不可思议。最近此种输入增加之事实，日方官商咸感对华有转好之兆，大多均抱乐观。因此，正足以表明我国民反日抵货运动之沉寂也。再观于江海关发表八月份全国对外贸易统计，共为一万万五千一百五十八万一千七百六十一元，内计输入一万万零二十二万七千三百三十七元，输出五千一百三十五万四千四百二十四元，入超四千八百八十七万二千九百一十三元。再以近六十四年之入口出口统计而言，计入口为二千五百四十八万万七千二百七十六万七千二百元，出口仅一千九百四十二万万元，相差之数为六百万万元。以全国四万万人平均担负，要每人占一百五十元。试问我国人民全家财力有几家能每人担任一百五十元之巨数？此种金钱外溢，并非外国人照我国官吏手段明捐暗刮攫取而去，实用其工业品向中国各地倾销换易以去。我国人民日处于醉生梦死之中，而不自知将本国之工商业整理以图抵制。所谓日日言扩充军队，补充军实，何以倾全国之兵力，大之不能抵抗日本之侵掠，小之不能消灭"共党"之扰乱？假若每年省一师之军饷用作生产事业，则生产定有可观，何得任国内之工商业日趋崩溃之途而不知拯救？何得日咒外人帝国主义施行经济侵略？试平心想想，究竟我国民有多少之财力，可以每年担任偌大之损失？即就经济一项而论，已足亡国而有余，岂徒人民之贫穷而已？印度之亡，亡于一公司。瞻望前途，不寒而栗。

欲救贫穷，厥在振兴工业。因振兴工业之故，连想到湖北省有工厂。不佞前在湖北两湖书院肄业，目睹张文襄公手创各实业工厂煞费苦心。自辛亥鼎革以还，各厂多已停闭，且因年久失修，房屋腐杇，机件损坏，坐令大好生产工厂有故宫禾黍之悲。如纺纱局，如毡呢厂，如造纸厂，如缫丝局，如制麻局，如铁政局等，除织布局现租与民生实业公司，制革厂租与军政部，官砖厂租与恒泰公司承办外，其余均由建设厅派员保管。查汉口为全国工商业之中心点，倘湖北建设厅对于张任内所创之厂每年恢复一处，期以十年即可完全工作，于生产之中并可救济若干失业人数，挽回多少利权。

今不此之是求，而张着嘴巴"以建设求统一"，岂非是一种宣传作用？语云："创业难，守成亦不易。"因言中国贫穷之原因，故对湖北各省有工厂附带及之。倘蒙鄂政府采纳，湖北幸甚，全国幸甚，何贫穷之有云？

日本米输入中国感言

（十一月四日）

自洋米倾销中国，夺我农品出路，以致谷贱伤农，经济破产。前有湘、鄂、皖、赣、豫五省主席联电国府，请求征收洋米入口税。后又有全国商联会一再呈请府院，迅速实施征收洋米入口税。官厅与人民之呼吁，业已力竭声嘶。其征税原则，虽经立法院通过，而洋米征税之率，犹待财政部详拟，如此拖延，河清难俟。不但一般奸商将乘此时机，以全力运进洋米，囤积待枭，而日本亦将所储存之陈米五百万包向中国市场倾销，另囤新米。计每包一百五十斤，价格六元三角，此米若在本国出售，米价势必低落。兹为避免低落影响农民生计起见，特运至无进口税之我国，已委托上海美商汉来道洋行在沪出售。而承销此项洋米者，又为南京市慎丰等八家米行。现在新米上市之时，突遭日米之打击，其影响新米价格自不待言。农村熟荒之惨剧更将甚于去年矣。

前宋部长曾发表宣言，略云："前此所以未实行征收洋米税者，恐西南发生误会。"今则广东已实行洋米抽税，虽经少数米商反对，但当局已决意实施，以保护本地多数农民，其政策最为可佩。查广东每年进口洋米约值一万万元，其影响华南财政基础至为重大。今则征收米税，则洋米之输运自然减少。同时，华中各产米之省亦得陆续将国米推销。其计之善，再无有过于此矣。

据某农业专家言："中国全国需要粮食总额为二十九万万三千万担之数，而国产粮食，如稻为十万万担，麦约五万万五千万担，余为高粱、玉米以及他谷类，为二十一万五千余担。两相统计，短少七万万七千余万担，即短少五分之一。"又据报载，京讯："我国每年产米九万万八千余万担，即稻谷十九万万担，又产麦三万万八千五百万担，合计约为二十三万万担。"以四万万人每人每年吃谷麦平均约三担计，每年应需十二万万担，两抵应余谷麦十一万万担；即每人平均每年以四担计，只需十六万万担，亦应余谷麦七万万担，何至于缺少粮食，而待于舶来品接济耶？不过我国交通梗塞，关卡林立，往往产米之省有陈腐之虞，而缺米之域有饿莩之惨。此无他，调剂不均，流通失当，有以致之也。

不佞以为今日欲维持农村，首先在抵制洋米入口，而抵制之法则在关税壁垒之一途。查二十一年度洋米入口计二千二百四十八万六千六百三十九担，价值一万万零一百二十八万三千九百九十四金单位。倘今年全年洋米每担只征税一元，计全年可得洋二千二百四十八万六千六百三十九元。即以此项所收之款特别储存，留作建筑全国铁道之用，俾将来推销国产米粮更为方便。如此逐年推进，不但农民生计得以维持，即农村经济亦可复兴，而孙中山先生所拟之铁道计划亦得以早日实现。至实业部长陈公博拟将火柴、卷烟、食盐公卖，每年可得数千万元，以作建设实业之用。何不舍彼就此，保我农民？一得之愚，尚冀采纳施行为幸。

对建设厅成立"农村复兴委员会"之感想

（十一月六日）

近据报载，省政府因本省农村经济破产，应该规划复兴，已令建设厅筹设"湖南农村复兴委员会"负责进行。消息传来，令人鼓舞，从此后我湖南农村复兴，端赖此辈委员之各抒宏谋，计划一切。厅长当然为主席委员，其余各科长、秘书均得加委员头衔。于是，先读总理遗嘱，次照像，再拟章程，并提出议案，就纸上咬文嚼字，每月或每周开会一次，即毕乃事矣。

不佞以为此种委员会之设立，系一种骈枝机关。农村原系该厅直辖之地盘，在平日应当积极为农村谋利益与幸福，农村如果破产，该厅当然负一部分责任，不能因今日加上委员头衔，便来谋农村之复兴，否则，置之不理。且会中将来任委员职者，又系今日在厅中任有职务之人，难道未任委员以前，则尸位素餐；既任委员以后，则一旦豁然而贯通，天下亦无此道理。在今日最时髦之议论，莫过于复兴农村，中央与各省市无不以此为惧。所以，聘请中外专家、名流学者，拟有翔实之计划，卒之束之高阁，未见实行。如果我湖南政府有意复兴农村，取其已成之计划实施起来已穷于应付，何必又成立委员会，乱人耳目，迹近宣传。今将中央各部院及各省市关于复兴委员会之计划目录，汇书于左。

蒋委员长有《救济农村三条》：

一、调剂各省粮食盈亏，杜塞洋米侵销。

二、预储丰年余粮，备荒歉之不足。

三、活动乡村金融，平准粮价惨落。

农村复兴委员会拟《改进我国茶叶计划三条》：

一、调查产地。

二、养成专才。

三、研究种植改善制品。

并设茶业局及中央茶业委员会，进行以下任务：

一、组织茶农。

二、厘定茶区。

三、协助运销。

四、指导宣传。

农村复兴委员会近来延聘专家多人，草定《改进中国农业计划大纲七条》：

一、稻麦改进计划。

二、棉业改进计划。

三、蚕业改进计划附畜牲防疫计划。

四、园艺改进计划。

五、森林改进计划。

六、植物病虫害防治计划。

七、农村经济改进计划。

内务部拟订《食粮管理方案六条》：

一、由政府制定粮食管理法，从速颁布施行。

二、依全国粮食出产及运输各费之多寡，划分全国为若干食粮区，以便管理及调剂。此种粮食区纯为经济性质，应不随政治区为转移。从前政治区之长官每有局部禁运粮食之举，此后宜加取缔，以使统盘酌盈剂虚。

三、食粮运输宜妥订办法，较其他货物予以优先转运及减轻运费之优待。

四、粮食贸易宜以法规为之节制，或采由政府公卖之政策，同时竭力提倡各项粮食合作社，以利购运。

五、节制食粮消费，如提倡食用糙米，禁止以食粮作为他用及减少不必要之消费等等。

六、各省县地方仓储制度应切实整理恢复，并各设仓储委员会以管理之。

大之有国联技术合作，其内容分五项：

一、建设重工业。

二、开辟水利。

三、修筑铁道。

四、卫生事业新设施。

五、改良农业。

财政部根据农村复兴委员会决议，六月二十五日通令各省市财厅局，分饬调查妨碍农村发展税捐，限文到一周内，一律撤消，不得借故稽延，并将该项税捐日月及撤消经过呈报核办。

上海银行业成立农村金融调剂委员会。

行政院通令全国米麦流通，不得阻留。

内务部通令各省民厅转饬各县，奖励设立食粮合作仓库，调节粮价民食。

财政部召集内教两部及建委会各机关联席会，决定《减征办法十一条》，规定附加不得超过正税百分之百，并限定本年度内各省一律减至上项定率内。

此外，又有浙江棉业改进委员会之棉业计划。

安徽复兴农村计划。

广东救济下级金融、维持贫民生计计划。

陕西棉花生产计划。

江苏救济农村计划。

广西农垦计划。

上海市渔业计划。

水利委员会水利计划、全国战区农振计划。

中央模范农业仓库委员会计划。

实业部提倡国货四大计划。

实业部成立农村金融委员会，并筹设中央农民银行计划。

经济委员会复兴农村经济计划。

农村复兴委员会救济丝业之计划暨全国各县设立农村仓库计划。

最近，又有粮食统制委员会成立，并讨论洋米征税问题，同时立法院通过洋米征税法规。

至于八省粮食会议，议决计划如下：

甲、排除障碍：

一、杜绝外米倾销。

二、废除苛捐杂税。

三、限制田赋附加。

四、减免运输困难。

五、禁止遏籴阻运。

六、防止高利盘剥。

七、取缔粮商操纵。

八、革除商行陋病。

乙、图谋便利：

一、设立粮栈。

二、举办押款押汇。

三、流通农村金融。

四、检定品质包装。

五、交换市况情报。

六、调查统计。

丙、设施：

一、组织粮食机关。

二、恢复仓储等。

如果我湖南照上开各计划逐一实现，则湖南之农村可比美国，再不必劳建设厅各委员摇头伏案，作考试硕学宏词之文章。不佞希望政府不要去复兴农村，只要求政府以后莫再去摧残农村，如不摧残农村，即是复兴农村之治本办法。所谓不摧残之最小限度，请遵照中央六月二十五日命令，"撤消妨碍农村发展税捐"，及联席会议决定《减征办法十一条》所规定："田赋附加，不得超过正税百分之百"。此外，所谓复兴农村之一切计划，暂从缓议。所以，十一月三日农村复兴委员会通电各省市，将各该地各种捐税名目额数详细报告到会，以便整理，汇呈行政院查核，并召集各机关妥议废除整理之法，以苏民困。电文内有云："必废除苛捐杂税，始可言复兴农村。"话虽有理，未见得各省政府照办耳。

至曹委员此次在纪念周中讲演《农村崩坏与农村救济》文内第二条"解决问题必须从研究问题入手"，其言亦足以动听，不过有点犯了文人的毛病。今就民政厅所职司的禁种鸦片一事而言，何以我湖南尚有此摧残农村之病根，不能严厉禁绝？我敢说一句，今日全中国之官吏视农村为搜刮之策源地，全民一日不死，政府自凭他要钱的，所谓复兴农村不过人云亦云，那里实心去复兴农村？

古人云："为政不在多言，顾力行如何耳。"我湖南建厅之"农村复兴委员会"是亦可以已矣乎？

克复悲观的环境

（十一月八日）

注定苦命的中国，时至今日，我们试撑开眼睛，扪着良心想想，无处不是十二分的悲观现象。

就建设言，中国所有之新建设，不过是几个有钱的衙门以及私人的几座住宅。

就交通言，不过是逊清遗下来摇摇摆摆的几条铁路、几个腐朽不堪的招商局旧船。

就工业言，不过是私人所设的小小工厂几处，而公家设立之大工厂不但不能扩充而光大之，甚至停顿不能开工，例如湖北张文襄公所创设者是也。

就农桑言，则年来已愈趋愈下，每年丝、茶出口则尖锐化的退减，而棉花、米、麦进口则逐年增加不已。

就教育言，则全国有十分之八九为文盲，而现在所享盛名之私立学校，不是贵族化，即是营业化，而公立者不过是告朔之饩羊而已。

就矿产言，全国所有大矿山开采有成绩者，尽为外人所有。例如我国最负盛名之萍乡煤矿，今且宣告停工矣。

以言政治，不是贪污，即是溺职，今日查封，明日通缉，此见诸报纸者已如此。若言其未破案者，恐全国官吏中无一完人。

至于社会之毒氛，充满全国，政府面子上则悬为厉禁，骨子里则借抽收税款，以济急用。此外匪盗横行，土劣当道，人民不安定极矣。

以言经济，则都市萧条，农村破产，军阀官僚所在各处搜括来之民膏民脂赃物，尽量的输送至外人所设立之银行存储，以为子孙万世衣食之资源。外人用中国之金银来宰割中国民生经济。总计外人在中国设立之银行有四十余个，共有五千万美金，一千一百万金镑，一千三百万两，一万万八千二百万戈尔登，五万万四千三百万日金。此外在我国产业投资之数，约达六万万一千七百万乃至七万万二千万镑。是全国金融权、工业权已尽操诸外人之手矣。加以苛捐杂税遍满国内，安居乐业在目前无复希望，而天灾人祸又相率惠顾，真所谓"周余黎民，靡有孑遗"矣。

至于军阀以内战为能事，二十二年以来，不是南征北伐，即是甲派与乙系相争，直接或间接以人民为其牺牲品，盈城盈野，至今未已。

日本此次入寇东北四省，主权之丧失，国土之割损，更非本篇所能历数矣。据报载，中日将开始直接交涉，两年来之争执果何为者？"早知今日，何必当初。"统观以上各情，我们的国家环境如此，事实告诉我们又如此，虽欲不悲观，其可得乎？

悲观！我们岂永久听其悲观乎？我们须设法打破悲观、战胜悲观，并消灭一切悲观。倘人人俱存悲观之心理，则悲观将与我们终古，并且遗传及子孙矣。我们要于悲观之中求乐观，无论环境如何困难，只要大家努力、团结、前进、硬干，则此种闷局自能打开一条新出路，使四万万同胞共登衽席。记者从前对于国事亦系一悲观之一人，今则认悲观无益于事，觉得我国有此民众、有此土地、有此物产，并有此数千年立国之历史，自不像亡国之奴隶。希望大家起来，迎头赶上，各抱定"我在国何敢亡"之宗旨，乐观到底，积极进行，自有剥极必复之一日。不要垂头丧气、长吁短叹，灭自己之威风！来吗！大家来埋头苦干，少出风头，多做实事，区区三岛，何难沼乎？

棉麦借款与宋子文辞职

（十一月十日）

宋子文在美签定五千万美金大借款，其中五分之四购美棉，五分之一购美麦。此事关系我国经济实业前途至为重大，但我国人士素以感情用事，屏除真理，是者非之，非者是之，"简直胡闹"而已。当宋子文贷购美国棉、麦之时，纱业界表示赞成，面粉业亦表示赞成，并谓不影响我国农产品。此种"拍马"之人，其言本无足轻重，但他们的立场确有若干势力可以左右一切。所谓"黄钟毁弃，瓦釜雷鸣"，其今日一般社会之谓乎？

本报对于棉麦借款自始至终持反对论调，并谓借美国棉、麦以打击中国农产品，无异借美国农民之刀以杀中国之农民，大声疾呼，至再至三。乃一般丧心病狂之辈，誉宋子文为现代财神，恍如中国农民之得一救星，恍如纱面厂之获一续命汤。在普通人言之并不足怪，即如汪精卫院长云："……此次棉麦借款，决不至发生吾国农产物有停滞之影响，且适足以应国内之需要，而易现金购买而为赊借，于金融上亦有便利。"孙院长则云："……希望美国在物质上帮助中国复兴经济，经宋氏奉令在美再三磋商，棉麦借款始告成功。"中央银行孔祥熙总裁则云："国商纺厂及面粉厂，因原料价昂，至生产困难，多致停工，故将来美国棉麦运来后，自直接分配各厂，以救济原料缺乏之困苦。……"此外，又有言得最紧急者有二人焉。一为实业部长陈公博云："……以全国棉纱原料，仅足以维持六星期（此系六月十日之《申报》专电所载），已飞电宋部长，请速将所订购之美棉于十一月初内运回接济。"一为出席上海救济棉织业会议之工业司长刘荫茀六月七日云："现在全国棉纱原料至多可接济一个月，国棉登场之期尚远，已由财部飞电宋部长，将所购美棉首批提早起运，以应急需。……"统观以上主张，官官相顾，极尽长君之恶之能事，而事实上究竟真相如何，则无暇计及耳。

查我国棉花各地均产，二十一年度据商品检验局载，产额为八百十万零五千六百三十七担，是年全国纱厂销用棉花为八百九十六万五千九百三十五担，两抵仅差八十六万零二百九十八担，而是年外棉入口三百七十一万二千八百五十六担。若将在华中外各纱厂分别统计，则所差者并非尽属华厂，而入口之销路亦非尽属华厂。如果政府对于农村略施整顿，区区之差数不难弥补。据上海纱业团体某君言："年来纱业不振，花价高涨，固属主因之一，但所以高涨之故，并非华棉产额缺乏，而系由于种种影响，不能源源供给。"观此可知其症结之所在矣。

至于麦，我国无论南北，产量甚富，不过所食者北多于南。年来世界经济恐慌，中国不能例外。目下，小麦市价每担仅值二元余，大麦更无论矣。价廉固足有益于民食，但农民以每年种植工资及肥料等，耗去成本甚大，若果得不偿失，农民将有舍其耒耜之念。今再外借麦运华，则正面受其害者厥为农民。如此而欲农村经济不破产、全国经济不总崩溃者，其可得乎？

以上所说，宋前部长岂不知之？全国当道亦岂不知之？既知之而附和盲从，并佩服到十二分地步，不识是何居心？今者棉花已到上海矣！除各省市电请瓜分棉麦借款不敷分配不计外，而最大原因即为美棉纤维细长，适于纺织六十支左右之细纱，普通华商纱厂之出品向系为三十支至四十支之粗纱，如获石田，完全不适于用。加以美棉价值约六十余元，而华棉则不过四十五六元而已。至于小麦，今年长江以北尽属丰收。据《申报》载，江北通、泰各属，运有大宗麦籽至上海，其数量约在三十万上下。麦价大跌，较之数年每担七八元者，相差有三四倍之多，亦实因受洋麦倾销之影响。今则宋子文自悔此次贷购棉麦，事实卤莽，不但打击中国之农民，且所运来之棉又不适用，售押日商又遭卡价，闻约计损失有一万万元之巨。某要人既责难之余，又要求筹拨现款，宋氏不得已，只好辞职了事，此棉麦借款之结果，亦即宋子文去职之原因。载誉归国之宋子文，今则毁满全国矣！外间未明真相，有谓"亲日派打击亲美派"者，非也！

孙总理诞辰念及国难

（十一月十二日）

打开一部《中国国耻纪念史》一看，其失地之迅速且多而大，孰有过于南京革命政府所遭遇之"九一八"国难者乎？从前满清时代，列强对于中国纵有夺取领土之野心，尚畏全国上下人士有一番正气，不敢觊觎内地。每于边疆行之，例如安南、台湾、高丽、缅甸等处遭其宰割是也。但有时为经商起见，则在内地各大口岸要求租借地，如澳门、天津、沙面、上海、汉口、厦门等，立约租借，并不敢明目张胆，有占领整个省份之举。当时只有老翰林，并无洋博士；只有皇帝，并非民主，其丧失土地宜也。试检阅当年革命党议论以及宣布满清罪状等文字，骂得有口皆哑，无言可答。革命党之所以成功，与夫中国之所以不瓜分者，未始非全民受了革命党鼓吹民族思想、爱国心理，一致起来，遂促成辛亥之役。归根结蒂，则在革命党对于腐败政府作不客气的批评，作不断的攻击，而孙中山先生又复从中指示一切，并容纳各方意见，熔冶一炉，实见精神团结，才得产生中华民国。查当日革命党员至今日尚有若干存在，并亦有在今日政局中握有重权者，倘于公余之暇，检阅当日所撰之文字，以证今日政府所行之事，未知作何感想。

我中国现在实行以党治国，一党专政矣！诋党者，除"共党"当然不赦外，余均以反动治罪。主政者，除国民党员外，不许有异党参加。希特勒、墨索里尼之主张，实属救国之一剂良药，而希、墨俱以法西斯蒂为依归者也，假使德、意两国今日无端失去四省之土地，是否人民缄默不言？是否政府安于其位？是否国务员靦面当朝？今世已无李鸿章第二，而秦桧之信徒却为数不少。须知中华民国者，四万万五千万人民之中华民国也。我们既有此多数人民，如果非尽属阿斗之后裔，也应起来向政府质问。全国军队有三百万人之多，如果非尽属吃干粮之绿营部队，也应听命全国最高军事长官，为中华民国收回失地。如果国务员尚有一点天良、一节骨格，也应即日下诏罪己，自动向全民辞职，改弦更张，为天地间留正气，为后世作榜样。不意事至今日，防民之口甚于防川，倘有责备政府不应崇朝失地四省者，即为大逆不道。但是，满清失地，革命党人从前尽可以臭骂，今日革命政府失地，是不许你们小百姓置喙。满人丧失汉土是不可的，若汉人丧失满土，难道是就应该的吗？我们中国全国又有几个四省？若以此次为比例，再经过五次，中华民国即可举行正式毕业典礼矣。

我们全国人民隐忍缄默不发一言，已属麻木。尚又有所谓亲日派者，出见于青天白日旗帜之下，反颜事仇，认贼作父。无怪荒木有言："中国人如不亲日，是无天理。"斯言也，是可忍孰不可忍！呜呼！国势阽危，已到此等田地，我们老百姓对于此辈亡国大夫，既无法使之引咎辞职，亦应设法使之有所振作，以保我残余之国土，延黄帝子孙一脉宗亲于不坠。如果抱定"笑骂由他笑骂"之宗旨，则栋折榱崩，侨将压焉！

阅者疑吾言近于激烈乎？请观天津《大公报·政局之忠告》社评后一段：

……上述二者，为近年来国民党不安之大原因。苟此种风气不能根本革除，则较诸世界上特别专政式的政党，固不能同日而语，即比诸普通宪政式的政党，亦岂可比肩相论？而竟以之专执朝政，诚国家之不幸，而亦国民党之不幸也。国民党之不幸事小，国家之不幸事大。吾人实不能不以诚意进忠告，更不能不以严词作警告。国民党当局者须知"九一八"以来，国土失去四省之多，无论其远因如何，在现政府专政地位之国民党不幸适逢其会，对国民自应负其全责。若在世界上任何国家，不待国民指摘，早已罪己引退。即在如义、如俄之党治国家，果有此种重大失败的事实发生，吾人亦敢断言法西斯政府及苏维埃政府，决不会取如此麻木步骤，不声明责任，自决进退者。乃两年余来，因中国国民之无力，社会各方亦不容有政治组织，国民党府不肯退，国民无力使之退，且恐退后亦无相当继任之团体与人物，重误国家，遂转而原谅国民党政府，希望国民党政府，拥护国民党政府，甘作阿斗，仍听训诲。在此等可怜的国民之雅量厚意，国民党当局苟稍有同情心、责任心，应如何奋发团结，以带罪图功，岂可复蹈覆辙，再起纠纷？吾人此种议论是否苛责，国民党不乏贤者，自当认识。吾人再设一例，假使"九一八"事件发生于另一政府之时，国民党人将作何议论？吾人亟希望国民党人尤希望其领袖，推己及人，一加反省，自省党事能有办法，快快团结振作，负起国家大任起来，不必再闹家务。如无办法，亦须早为国家着想，另谋出路。国民在此存亡危急之秋，日闻某某要人仆仆道路，疏通某某要人，天天闹家务之消息，实不胜忿懑之至。

长沙市自来水问题之商榷

（十一月十五日）

斗大之长沙市，既值农村破产、市况萧条时期，建设厅有筹办自来水计划，主持其事者，下势在必行之决心。不佞认为此项问题实有研究之必要，谨提出三点于下。

第一点，创开自来水工程与机器等项，约计总在二三百万元上下。此项经费来源不外乎市款与省款二者。前者则全市百业凋敝，住户日稀，在今日此种情况之下，长沙市而欲筹出上项巨款，势有所不能。以言乎后者，亦非易事。三百万元救国公债无法推销，虽经政府令行各县长限期扫解，而天怒人怨，已与公债成正比例。自来水决不能与救国事同日而语，亦决不能以二千九百七十万人民之膏脂，作长沙市三十万人民之饮料。可见，市款与省款均无法筹措，如欲在国税庚款内设法局部建设，恐不能得中央之许可。若组织公司或招致海外华侨投资，在今日政治未上轨道之内地各省，恐亦无人入股。纵然我湖南称模范省，与众不同，待到拿出实在事实证明后，方可开议。

第二点，以湖南全省而言，应办之事急于自来水者甚多。如疏浚洞庭湖，即其一事。以长沙市地势而言，自来水亦非急要之工作。西北有湘江，南有沙水，所苦者只有东城一带，而卖河水与沙水之贫民不下数千人。若以将来吃自来水之价格，用之今日吃河水与沙水，亦属便利。查中国除各大租界外，北平有自来水，南京今年始行成功。以杭州之繁荣富庶，其自来水厂每月尚亏六七千余元，若我贫穷之长沙市，即使自来水厂成功，将来须预备若干金亏折方可。

第三点，讲求卫生者。饮料本属一种，若仅求之于饮料，而于一切起居屋宇、衣服、酒肉等略而不慎，其妨害卫生乌可避免？今日之长沙市城，龌龊已到十二分田地。满街屠宰，四处便溺，居民与猪畜同室，灰堆与屋檐并耸，辉皇堂构，厨厕毗连，酒肆污羹，贫民抢食，未见市政府出示禁止，亦未见建设厅设法救济。古人云："太山不让土壤，故能成其大；河海不择细流，故能就其深。"今欲市民注意卫生，要合种种方面同时进行，乃克有济。若仅云开办自来水即是卫生之道，未免所见者小也。且国内自办之自来水厂只有水管，并无排粪管，肥料不除，亦足以妨碍卫生。如果双管齐下，为数更巨。能否办到，只看自来水能否充居民之饥饿。但是，中产以上人家例外，而中产以上住在城外之人家又例外的例外，与水无缘矣。

不佞并非反对自来水之人，觉物有本末，事有先后，以今日民穷财尽之长沙市民，去吃自来水之日尚早。计惟有从其轻而易举者先行举办。第一步工作，在城东水荒一带区域，多开几个自来水井，以济目前之急。第二步工作，则在收买电灯厂，以为将来水电合办之张本。若舍此二者不图，而曰开办自来水厂，画饼既不能充饥，河清亦复以难俟。按步就班，毋唱高调。质之热心筹办自来水厂者，以为然否？

苛捐杂税

（十一月十七日）

苛捐杂税，入民国已臻极盛时代。犹忆在满清末年，湖南盐运每斤加明钱二文，奏至再三，始克俞允。湘南减轻钱粮，每两正供只明钱二文，亦经陈御史再三出奏，方克批准。可见专制政府对于人民之负担郑重考虑，斟酌增减，决不任地方官吏随便处置，有如今日者。

此次农村复兴委员会汪委员长，根据前次内政会议、复兴委员会议及八省粮食会议各代表痛陈症结，以废除苛捐杂税为先决条件。十一月一日，汪院长通电内有云："……盖必废除苛细捐税，而后可言复兴农村，尤需先有详确调查，而后可言废除苛细。……"言之亦似有物，但政府自奠都南京后，绝少有为民众解除痛苦之事。厘金裁撤，而变本加厉之营业税、产销税，方之厘金完纳，尤为加重。而最足以骇人听闻者，莫过于田赋附加。

即如中央政府所在地之江苏而言，查该省省正税银每两合大洋一元二角八分，米每担二元六角，县正税每两三角，米每担一元，均有一定标准。此外，各种附加计有三十种之多，超过正税二十倍以上。

又如以模范省驰名之湖南，其田赋每两由一元六角至三元六角不等，而田赋附加七倍于正供，统计各种杂税又有五十七种之多。

至于四川田赋之綦重，更属不忍笔述。横征暴敛，扩充兵力，人民是否能胜担负，则在所不计。即如崇宁县为二十八军第二师黄隐防区，县小民贫，一年凡十余征，其用粮已收至民国六十年。双流县为刘文辉之区地，十月九征。该县县党整委会呈文有云："……陈县长奉军部命令于四十六、四十七两年粮税中附加十分之三，即四万余元，限一个半月扫解等语。……去岁自八月以还，迄今不过十月，征收至九年粮税，连杂税各项，计额已逾八十余万，粮民勉力输将，已觉筋疲力竭，应付为难，贫苦之家尤属断绝生机。……"在前月间"赤匪"窜川，各军不但不一致联合，早日扑灭，反借"赤匪"之来，大派其捐，以充"剿赤"经费。计二十军杨森，因此筹得两百万元；二十一军刘湘，筹得两千万元；二十四军刘文辉，筹得七百余万元；二十八军邓锡侯，筹得三百余万元；二十九军田颂尧，筹得一千万元左右；川陕军刘存厚，筹得一百余万元。于是，川民平空增加四千二百余万元之负担。刘湘为谋扩大该军范围及实力作统一川局之准备，竟变本加厉，每粮一两除纳正税六元外，另加军费三十元，附加二十元，临时派款十元，烟亩捐六元，团费六元五角，计每粮一斗已负担至七十余元左右矣。至于各区乡镇，亦任意附加，有一斗粮米缴款至九十余元或一百余元者。在刘湘军成区，粮税已征至五十八年。据刘湘宣称，每年只征收四次，实则每月一次，若再过五年，则可预缴至民国百年以上，人民生机从而绝矣。至成渝道上，关卡林立，途程八百二十里，其中之税捐关卡竟达五十余处，平均计算，每十余里即有税收机关。如由重庆买一百元杂货，从小川北运往成都，统计捐税在一百元左右，名目奇特，以护商税独多。如此川局，民何以生？现在"赤匪"已深入川省，刘湘除加紧向各县摊筹四百万元外，并向其成区内借垫一年粮款一次，命名曰安川军费，限各县于本年十一月底扫数解省。其原令有云："……绅等牺牲一时利益，期求永久安全，忍痛输将，共救危局，一面淬厉精神，负责筹办。……"统计成都田赋，已征至民国六十七年，而士兵已有三月未发饷，计官兵每日发食米粮十八两，官发菜钱一角，兵只发五分。如此饥军，何能作战？此种奇怪现象，惟川省军阀有之，亦惟川省军阀忍心为之。

此外，各省市苛捐杂税无不大同小异，无所用其列举矣。

此次，孔部长宣布大政方针，则曰："于节流之下，同时开源，俾便度支无亏，出入相抵。"汪院长发表谈话，亦云："此后惟有力事节流，以待开源，俾收支相抵，不致短少如许之巨。"其言亦足以动听。究竟所谓流如何节法？源又如何开法？当局并无具体表示。及至需要款项之时，在中央则滥发公债，在各省则加征田赋或多设税卡。"一朝权在手，便把令来行。"那管你小百姓呼天抢地、卖妻鬻子，不由你不如数以筹付者也。

人非生而为匪，所以迫之使为匪者，政府与军阀是也。而政府与军阀逼迫良民为匪之工具，则是苛捐杂税。无苛捐杂税，政府与军阀不能任意挥霍。有苛捐杂税，而民众又不能仰事俯蓄，出于匪化，又岂民之性也哉？今日"剿匪"之根本办法，在先取消一切苛捐杂税，使群众有一线生机之希望。在已为匪者，或可回头，未加入者，不至盲从。"钱与命相连"，俗言亦属至理。至于中央一切不急之需，闲散之员立即罢免，实行紧缩政策，以渡此难关。并盼国府乾纲独振，将各省现在横征暴敛之官吏予以惩撤。只要政府树立威信，即"开明独裁"亦无不可。否则，省自为政，民无孑遗矣。

各国答复国联不承认伪"满洲国"矣

（十一月十九日）

　　国联会于本年六月十四日，以顾问委员会提出关于不承认"满洲国"之计划，通告国联会员国与非会员国，并另具一函致在委员会中有代表之十八国，谓若不接反对之覆书，则此次计划将视为成立云。至十一月八日，国联秘书长爱文诺发表关于不承认"满洲国"伪组织政策之提议，已接十国答复，无有不赞成者。美国虽有一二小节声明作为例外，但其性质，据闻反足以增加此项提议之力量。英国覆称通告中，遗漏两种公约：一《海上安全公约》，二《载货限度公约》。墨西哥对于原则表示同意。古巴、委内瑞拉、海地、哥伦比亚、尼加拉圭答称，彼等正在考虑通告中所列各计划。印度答称，印度对于此事与英政府同一态度。又非会员国之埃及政府亦有覆文，内称关于不承认"满洲国"问题当采取如何态度及行动，至必要时，顾与国联各会员国协商之。惟有暹罗政府答称，暹罗与此事无直接关系，因暹罗与"满洲"之间未尝发生关系，目前亦未必能有何关系事项云。观此可知，世界各国对于伪"满洲国"之组织已一致否认，而其所以否认伪组织者，因"满洲国"系日本人用暴力一手所造成，所谓傀儡政府是也。

　　各国既不承认伪"满洲国"矣，而中国处此时机之下，正好秣马厉兵，蓄精养锐，作将来或不久收复失地之预备。各国主持正义，只能以公理表示于天下，而实行收复之举动，则在我有相当之决心与武力，驱暴日于东北四省之外，使破镜得以重圆。各国自不能兴师动众，从井救人，为中国土地故，而牺牲自己若干国力，纸上之帮忙，各国均优为之，实际之工作，厥在自己。近据报载，北宁路通车事，有与伪国接洽之举，并有谓以北宁路局名义与"对方"交涉。此"对方"二字意颇含糊。此外，邮政事宜亦在进行交涉之中。果尔，各国不承认伪"满洲国"者，而我国已先自承认。此种矛盾举动，因外交秘密，无从悬揣。政府虽愚，决不至此。但事实又告诉我们，中国政府又有点靠不住，往往民之所好者恶之，民之所恶者好之，政府与人民常有背道而驰之处。所以，我们当此千钧一发之秋，人民对于政府动作要有监视纠正之责任，如果自行放弃，则秦桧之徒无所不用其极，不但东北四省无法收回，而国联此番不承认"满洲国"之苦心亦付诸流水矣。

国联对于伪"满洲国"既不予以承认矣，所以国联鸦片顾问委员会在不日送出之报告书内，凡涉及"满洲"伪组织处，皆称为"满洲及热河"，亦称为"满洲国"等字样。此种技术的名称，因各委员国鉴于秘书长爱文诺发表各大国一致主张维持不承认伪组织政策而后决定。乃九日日内瓦电，日本代表横山要求报告书内所称"满洲及热河"地名之下，须加注"即所称'满洲国'领土"字样。经法律股审查之后，准予照办。此种矛盾主张令人惊异。在国联大会不承认"满洲国"，而国联鸦片烟会徇日代表之请求，公然于"满洲及热河"地名之下擅行加注"满洲国领土"五字，是无异国联鸦片会已首先承认矣。在各个国联会员国单独答复国联大会不承认"满洲国"，而国联鸦片烟委员会承认之，将来难免不予日本人以口实。希望国联对于该会有以惩处并设法挽回，以贯澈不承认之主张，则今日之国联尚有一线之公理存在。虽然，不承认由人不承认，东北四省，日本人已好自为之矣。倘国联真正有心维持世界和平，百尺竿头，再进一步，即日实行会章第十六条，对日经济绝交，不患暴日不俯首帖耳也。

亡国之兆

（七月十日）

历观古来亡国之兆，必先有一种士大夫提倡一切荒淫无度之举动，置国家重要之事于不顾，而并忘其自身所负国家安危之重任，浑浑噩噩，无思无虑。此种人在承平世界尚且不可以参预军国大事，况当国家多事之秋，使之置身高位，职掌经纶，其不覆败乃事者鲜矣。当宋之南渡也，大局危急有如累卵，临安半壁朝不保夕，而贾似道身居要职，不思励精图治恢复中原，日以斗蟋蟀为能事，此宋之所以亡也。明之南迁也，桂王、福王继登大宝，南京一隅危若朝露，阮大铖身负军国重任，不思卧薪尝胆匡救朝政，挟妓演剧竟无虚日，甚至将所著之《燕子笺》播之乐府，以资娱乐。秦淮河尤其是达官要人聚会之所，此明之所以亡也。洎乎有清末年，一般贝子亲王以养鸟、唱戏、狎妓等为每日功课，即军国大事多半在妓院内解决。上行下效，举国从风，迨至武昌举义，北京瓦解，此清之所以亡也。

时至民国，北京政府一仍旧贯，习俗移人，积重难返，于是有迁都南京之举，冀以痛改从前之恶习，与民更始，所以禁娼、禁赌以为天下先，其意亦未可厚非。无如明娼虽禁，暗娼满城。加以南京至上海不过五六时火车，每星期六各机关要人往上海，以及星期夜由上海返南京，头等车之拥挤不堪可想而知。此辈之来去匆匆，果为公事起见乎？曰："非也！为娱乐而往上海也！"上海既为万恶之薮，而一般要人又挟有巨大金钱，狂嫖阔赌，脑海中那还记得本身所负之职责？贻误戎机，坏败政治，不知不觉遂埋伏了亡国祸根。所以，谓上海一地为中华民国之劲敌亦不为过。

尤可异者，褚民谊为行政院秘书长，其责任之重几等于行政院院长。当此国难期间，纵夜以继日，尚恐政事有丛脞之虞，乃竟割须上台，大演其剧，牺牲色相，好整以暇。真如李顿爵士之言："贵国人亦可谓善于自慰矣！"又如南京前年有某店开设跳舞厅，仅一夜之久即为警察厅所禁止。乃今日铁道部内自开跳舞厅，每夜统率部内男女职员，拥红抱绿，软玉温香，极尽人间之乐事。又如某部部长，据报纸所载，与夫子庙茶楼歌女曹俊佩发生暧昧不明之事，卿卿我我，已非一日，日则同车，夜则共枕，人以"风流部长"目之，恬不为怪。李石曾则借给庚款，资送程砚秋往法学戏（见报载）。蔡子民则筹款建筑音乐院，均非目前急须之工作。至日来程砚秋在演剧，而褚秘书长则为之捧场，因送免票关系，又与京市党部发生意见，又劳褚秘书长竭力调解，始行开台。以一日万机之秘书长，舍其田而耘人之田，是亦可以已矣乎。

夫以今日国难如此其严重，而各要人心目中如无所事事，揆之宋之贾似道、明之阮大铖以及前清之各贝勒亲王，前后如出一辙。君子观于宋明清所以致亡之道，回想今日中央各要人之情形，不胜感慨系之矣。

日本人心目中那里还有中华民国

（十一月二十六日）

人民所赖以有政府者，为其能保护性命财产不遭非法之蹂躏或异族之凌夷。所以，每年愿尽若干义务，以博得相当之权利，此固人民所期望，抑亦政府应尽之职责。无如自"九一八"国难以来，日本不折一矢、不费一兵，唾手而得我四省之土地，气焰之张莫之与京。于是，挟其得寸进尺之霸道，对于我中华民国久已不在心目中，任所欲为，毫无顾忌。阅者如疑吾言乎？今列举十一月内之事实于下：

北平电："十一月二日，日军五六十名全副武装，由日兵营出发，经左安门马家埠一带，转往金鹿庄游行，并在空地试放空枪，下午入城返营。"

青岛电："二日，日考察专家二百余人秘密赴鲁，秘查军政、地理、农村，不久回国，日对鲁野心极显明。"

北平电："永宁县城被日机掷下百余磅炸弹两枚，死居民四人，伤骡马三头、房屋数十栋。"

广东电："有日机二架飞粤平海侦察，并摄影地形，历数十分钟始向台湾方面飞去。"

兰州通讯："欧亚航空飞机第六号到达兰州，一行计共日本武官四人，身怀西北军用地图，并在飞机上使用照像快镜摄取地形。"

广州电："日本人擅在广州逮捕韩人义朴一，至今尚未释放。"

《申报》载："日本排斥华人，禁止华工入境，甚至营成衣及理发业者亦只许离东回华，不准由华赴日，每月中恒有多数被逐之侨胞到沪。此次留学生吴乘先、李荣等，因在日本各地游览时摄取风景相片，将各人扣押于警察署中，不问是非，强迫驱逐回国。"

北平电："十七日，日人在热河境内航空飞机，近日因日俄形势紧张，每于夜间飞行，故北平一带常于夜间发现日机行踪，并以手电灯探照。"

天津郊外系中国之领土，并未租与任何国家，日本不顾一切，擅在天津附近建筑飞机场。

统观以上各情，日本人之在中国国内横冲直撞，如入无人之境；而我国侨胞及留学生在日本国内者，则均被逐回国。前者政府不予以制止，任其在中华民国作无法无天之举动；后者政府不予以保护，听其拘押逐驱，无处呼吁。试看俄国捕押英国工程师，则两国断绝邦交；德国逐驱俄国新闻记者，几至爆发战事。他人之保护本国人民无微不至。独惜我国政府，对于子民，除特殊阶级外，一任外人之牛马奴隶、宰割虔刘，而不知保护扶持。悲哉！

卷烟统税局有设立之必要

（十一月二十四日）

湖南省政府，鉴于目前流行之卷烟每年消耗甚大，非寓禁于征不足以塞漏卮，现拟设立全省卷烟统税局，实行征收卷烟税。其捐率决取累进法，以货品等级为标准，最低级约在百分之二十以上，预计每月可达三十万云。

考烟草输入中国系在十七世纪，即明崇祯年间，曾经下令禁种烟草，违者处徒刑。当时人民鉴于种烟之利益甚大，与今日之种鸦片烟相似，愈禁愈多，利之所在，人咸趋之。政府莫可如何，于是加重刑法，违者处斩。无如当时边塞军人多犯寒病，非烟草莫治，于是政府为体恤军人起见，仍行弛禁。至崇祯末年，吸烟之人遍满全国，虽妇人童子亦皆吸烟矣。但当时所谓吸烟者，系用竹筒为之，俗称为旱烟杆是也。其后，查知烟内含有"尼可清"毒质，改用水烟，因为烟气通过液体，可免毒气，今日所盛行之水烟袋是也。至于吸卷烟，为时不过三十余年，始则仅行于通商大埠与夫上等社会人家，当时每盒十枝不过明钱十余文，今也穷乡僻壤盛行卷烟，上等人则薄"白金龙""美丽牌"而不吸，动辄"大炮台""贾礼克"。今试对于此等人款以国货卷烟，则再三察看，令人难堪，甚至退搁桌上，出其衣袋中所带之外国卷烟。此种亡国奴本不足深责，何也？因其金钱多，而将爱国心排除于五脏之外也。至于农村与夫乞丐，亦莫不有哈德门之癖。吸烟之普遍，即为漏卮之增加，欲中国之不民穷财尽，乌可得乎？

查外国烟输入中国数目究竟每年若干？远者不必论，试取近五年来之进口观之，计十七年为六千一百九十三万六千五百二十二元，十八年为四千九百一十六万二千四百三十三元，十九年为六千零二十八万零四百七十四元，二十年为六千二百三十一万八千二百零一元，二十一年为二千八百三十一万二千一百九十九元，共计此五年中外国卷烟进口为二万万六千二百万九千八百二十九元。任比世界何国，均无此种巨大烟草输入之数目也。

据上月路透电载："广州市社会局统计，广州贫民之恃拾香烟头为生者共有二千五百四十人。彼等逐日沿街拾取香烟头，每日平均可收入二角至二角五分。彼等将全城分为五区，各守界限，不相侵犯"云。曾闻上海并有人拾香烟头以致巨富者。查广州市吸香烟之人不及上海远甚。广州每日香烟头可值七百余元，则上海可想而知矣。居今之世，欲将香烟禁止吸乎？在此种全世界普通流行之品，其势有所不能。在各国国民，均喜吸国货，纸烟之禁否，楚弓楚得，本不关重要。只有我国人民以吸外货为荣，以致每年利权损失至为庞大，禁之不能，惟有对于舶来品增高关税，各国已有先例，我国当局尽可引用。此次，我湖南省政府有鉴及此，设立卷烟统税局，实可补中央关制之阙，望政府即日施行，以资抵制。但此中亦有分别之处，如系外货纸烟，不妨加重征税；若系国货，亦宜酌予从轻，于禁烟之中仍寓维持国货之意。是在财政厅起草各员加以注意，幸甚，幸甚。

中国国内政府之多

（十一月二十七日）

自来立国者，只有一个政府以统辖全国土地人民政治，即古人所谓"天无二日，民无二王"之义。我国自北伐统一以后，自一个中央国民政府变成无数个政府，而成为四分五裂之中华民国。《烧饼歌》所谓"分南分北分东西"，怕莫是此其时乎？兹将中国国内之各种政府列举于下：

（一）南京国民政府。

（二）福建人民政府。

（三）长春"满洲"政府。

（四）外蒙古独立政府。

（五）江西苏维埃政府。

（六）内蒙古自治政府。

（七）西藏政府。

（八）华东共和国政府。

若果将上各政府分析来说，当以南京国民政府为正统。

此外，福建人民政府产生不久，据报载自称辖有五省之多，又有十九路军为主力，有空军与海军，其势力亦不甚弱，中央有无办法使之消灭尚在不可知之数。

至于长春"满洲"政府，有日本人为背景。目前之所以能暂时生存，全赖日本人之实力。今欲取消"满洲"政府，非与日本大战一场不可。以中国今日之国情而论，能否对日宣战，三尺童子均知其不能也。所以，亲日之空气弥漫首都。而日本人竟言："中国抗日是违天理。"在今日中国此种情况之下，收回东北，取消伪国，恐尚非其时。

至于外蒙古独立政府，自成立以来已经五载。一切主持全赖俄人，心目中久已无复有中央国民政府。又因其年来以外蒙古为范围，尚无占领邻省之野心。所以，中央政府对之不加征剿，置之若有若无之列。

至于江西苏维埃政府亦有六年之历史，一切组织较国民党为缜密，而实力之雄厚，虽经国军三年来之"痛剿"，尚待肃清，其势力亦未可轻视。

至于内蒙古自治政府，其报告有云："今年七月二十六日在乌盟百灵庙招集全体长官会议，金曰采用高度自治，设立内蒙自治政府，急谋团结改进，以助中央之所不及。"话虽冠冕堂皇，事实却不如此单简。不观夫今年春间内蒙王公七人首乘飞机往伪京。最近，日军驻热河特务机关长松室孝良，在总王召集会议前到多伦，个中真相不待智者而后知。中央现派黄绍雄、赵丕廉前往竭力疏通，能否打消，尚不可必。

以言西藏政府，由英人支配一切，历年来屡在西康挑衅，与国军取对抗形势，时而言和，时而进攻。西陲之不靖，即中央政府未克将西藏政府打倒耳。

至于华东共和国政府，因避日本人之炮火，无一定地点，但是一般义勇军多隶属此政府之下以生存者也。

又日本在大连所拟设之临时政府，有此计划，尚待实现耳。

夫以中国一国之内竟有八个政府，而各个政府除国民政府外，又各有背景。情形之复杂，事实之困难，国民政府之应付尚无具体办法，不过接了一些各省具市党部通电声讨，与夫"中央开除党籍"一个刻板文章而已。所以，在中国这种国势之下，主持国事者应拿十二分精诚，以与各省军政长官相周旋，不应运用手段或贿以金钱，以长异志者之意气。明赏罚，重气节，定是非，遇事一秉至公，以德服人而不以力，摒除裙带之私情，放弃死党之盘据。国家大事公诸舆论，则中央政府日益强固。各省纵有少数野心家，亦必怵于中央之威信不敢乱动，非然者，恐照目前此种情形推演下去，将来政府之多尚不止此数。

心所谓危，难安缄默，质之当局，以为然否？

一九三六年之预言

（十一月二十九日）

世局日恶，光阴易逝，转瞬即到一九三六年。是年也，可谓世界最恶劣危险之期。而全世界之视线，均注意于远东，有的是作防御工作，有的是作准备军储，几举全国之财力，以为未雨绸缪之计，处心积虑，各自为谋。大家均在此时期等到一九三六年之爆发，谁胜谁败，关系于今日之预备程度至为重大，是不因其年远而忽了。

查一九三六年《华盛顿与伦敦海军公约》期满，第二次海军会议能否重行召集尚属问题。日本退出国联预告期间，亦于是年告满。南洋群岛统治权又会发生问题。因此，日本至正式脱离后，一定不顾一切，自由行动。彼时之"满洲国"宣告寿终正寝，实行作为附庸。美、俄当然不能袖手旁观，或者联络向日本宣战，否则必引用国联第十六条以裁制日本。日本届时小不甘受人威胁，势必实逼处此，与美或俄作背城之战。日本而果败也，则满洲或者如当时旅顺之故事，物归原主。日本而果胜也，不但东北四省无收复之望，即华北一带亦成为"九一八"以前之东三省，纵有长城，亦难禁止日本势力之不侵入。至于南洋群岛统治权，当时日本系国联会员之一，故国联委托日本统治。至一九三六年，日本实行退出国联，则国联必收回治权，另委托他国，或隶于国联之下。在日本近年来对于该群岛惨淡经营，军港与飞机场秘密布置，决不愿拱手退让，失去这一块肥肉。国联又岂肯令日本人久假不归？势必兴师动众，与日人周旋。是一九三六年第二次世界大战，不之他族，当在远东，而中国尤首当其冲者也。

所以，日本现在诰诚国人，均以美俄为假想敌。美之海军今年在太平洋会操，似对于日本作威胁之举动。而俄国近来在西北利亚运兵囤粮，日不暇给，对日战争正在积极作预备工夫，并非一种空谈恐吓，如我国一般人喊"打倒日本帝国主义"之口号而已。日本在今日亦不示弱，所以尽量扩充海陆空军。而荒木陆相历次发表谈话，都注意一九三六年之危机，以唤起国人原谅政府备战之苦衷。观于日本五相第一次会议，提出四项方案；第二次会议，海陆相则主张"国防第一"主义，不惜实行增税，以扩充国防。十月十日第三次会议，适苏俄业已宣布日"满"秘密文件，日本企图以武力侵占中东路之阴谋，尽情披露。日情俄势，颇为紧张。荒木乃更坚决主张，打开危局惟有战争，故扩张军备至为急切。至十六日第四次会议，高桥藏相承认荒木所主张原则，而预算案大致可以通过，黩武主义亦可以实现，而对俄问题更为紧急矣。但是，俄国在今日陆海空军实力超过日本，亦不示弱。所以，近月来俄国在满洲边境备战，军队集中，武器转运，并不止像煞有介事而已，实有一旦爆发之可虑。据此情形与事实看来，或者不待一九三六年，即有世界大战之事实入于耳鼓、呈于眼帘者也。至于美、俄复交，尤足证明大战之为期不远。

世界大势已如此其恶险，各国正在备战之不遑，而当事人之我国似尚有未曾梦见之处，并日以内战为能事。四川、江西正在闹着"赤色恐怖"，而福建之人民政府又呱呱堕地。如果政见有不同之处，尽可开诚讨论，以兵相谏，在今日此种情形之下，难免不发生内战之嫌，而况另组政府乎？倘各方面均能敝屣尊荣，礼让为国，愿以在野之身作救国救民之运动，追随各国准备第二次大战之后，也来筹备一九三六年战争之计划，毋以"酷爱和平"四字自慰，则中华民国万岁矣。

亡国可怕亡种更可怕

（十二月一日）

安南、台湾、琉球、朝鲜等为我国之爪牙，爪牙所以卫护躯干者也。今我国之爪牙均陆续被人宰割，所存者仅有躯干。而东北四省之正躯，又无端被日人侵占。而新疆、云南、西藏、内外蒙古，又日在危急之中。边疆既如是，而内地如四川、江西又遭"土匪"之割据，忧时之士恒惧中国之将亡。不佞以为亡国固属可怕，而亡种更属可怕。波兰犹太，不曾在欧洲大战前为亡国之国乎？及《凡尔赛条约》成立，不仍恢复为独立国乎？在今日德国崛起之"英雄"希特勒，不亦与波兰订立互不侵犯之条约乎？所以，亡国者暂时之痛苦，惟亡种者乃是万劫不复之痛苦也。

孙总理在民族讲演中，对于中国人口之消灭，引为民族前途之一大隐忧。但中国人口之的数，言人人殊。有谓四万万者，有谓四万万七千万者，有谓三万万七千万者，有谓五万万四千万者，莫衷一是。兹姑无论的数为若干，总之我国人口死亡率与生产率每年两不相抵。历年内战之多，与夫"九一八"外侮之来，其直接间接所死亡之人民不知若干。据内政部调查，民国十九年一年统计十六省刀兵水旱之灾，死人六千万。若合历年内战、天灾而计，至少也有六千万人。加以东北四省之失陷，又失去人口四千万。统计以上三者，约有一万万六千万人口之损失。假定全国人口以四万万计，则今日所存者仅二万万四千万人而已。

现在全世界人口究竟有多少呢？据本年国际联盟统计局调查，

全世界人口总数约有二十亿，澳洲一千万，非洲一亿四千二百万，美洲二亿五千二百万，欧洲五亿六百万，亚洲十一亿三百万，此就是五大洲现在的人口分配数。不佞以为亚洲之数亦不甚确。因中国根本上无翔实之调查，则其和数亦发生疑问。加之亚洲之数以中国为最大，中国之统计不确，则引用者当亦不确，不待智者而后知也。

日本自近年来生产率非常增高，每年约增一百万人，每小时增百余人。据统计局数字，去年增一百万零七千三百九十八人，比一九三一年多十四万五千五百零五人；日本人口共六千八百八十八万四千九百七十二人，生二百一十八万二千七百四十二人，死一百一十七万五千三百四十四人，生产率为三十二点九二，死亡率为十七点七二。是生产率之高为全世界第二，印度为第一。回顾我国则何如？卫生不讲，医药不良，天灾匪祸，相逼而来，加以人多烟癖，又患梅毒，生产率之减少当属意中事。今日自命为地广人众之中国，恐不数年后即变为地窄人少之中国也，可不惧哉？

意大利有心称伯，惧人口之不繁也，墨索里尼规定结婚节，奖励人民结婚。今年一日在罗马结婚者达二千余人。曾忆墨氏在法西斯集会中演讲，预言明年一九三四年将为单身人之凶年云。说者谓墨氏此言，系暗示明年意政府将增加单身人之捐税，而公役官吏中之未婚娶者，将尽量以有家室之男子代之，而尤以儿女众多者为最有希望。而德国则在"改善"人种之是图。查德国仅有人口六千五百三十万人，十一月公布一种法律，任何人民，如系不可疗治之醉汉、性欲罪犯、癫狂及患有不可疗治之恶疾，足以传徙及于后嗣者，一经医生大多数决定，为国家幸福计，当局可将彼等之生殖腺消灭。该项法律明年元旦实行。德国除"改善"人种外，希特勒并鼓励青年结婚，曾由政府颁布命令，凡结婚之男女，得向政府借款，以为一切费用。现在此项计划已著成效。柏林一地上月即有一万人向注册处呈请借款。统观意、德二国政府之举动，一在人口之众多，一在人口众多之中又加以"改善"，二者均为民族前途计也。

天津《大公报·论中国人口问题之严重》有云："今之论国事者，率集目光于建设与御侮，而将最严重之人口问题转忽略之，吾人窃以为忧。盖人口之维持为民族国家存在之第一要义，若人口日渐减少，国民健康日渐衰微，此民族国家且将有根本消灭之危险，其他一切夫复何言。"不佞以为，有人此有土，不怕亡国，所怕者亡种。但是，今之灭人国者兼灭人种，所谓"去其根本，而后枝叶从之"。虽有善者，亦末如之何也矣。

重农国策

（六月三十日）

古人所谓"齐家、治国、平天下"之大道，不外乎男耕女织。自近代来，帝国主义者挟其资本主义，向中国不断的经济侵略，将我国旧日以农立国之根本原则完全打破。而一般壮年遂各弃其传统之耕种主义，趋向城市以谋生活，而农村遂呈荒芜现象，生产渐形不足。其结果农村经济破产，而城市之经济亦受其影响，并且整个国家之经济亦站在死点之上，而无法使之打开一条新出路，以救此危亡。虽国人咸知此种症结所在，组织复兴农村委员会以图补救，但是该会自成立以来虚有其名，既无成效之可言，徒耗国府之公帑，反不如撤废之为尤愈。

此次德国庆祝秋收节，希特勒向五十万民众演说有言："自由主义，过于奖励个人人格，致将个人地位矗入云霄。马克思主义，则以全人类为对象。均不如国家社会主义之热烈拥护本国民族。须知耕种土地，以养民众，发达家庭，垂久远者，乃为德国民族最可敬之代表。农民为德国栋梁及其前途之唯一保障。……独立农民之耕地若被夺去，则国家经济上之损失永远不可恢复。因此，吾人决计挽救德国农民。……"查德国从前以工业立国，自欧战时代感受食粮缺乏，致受《凡尔赛条约》之耻辱。今则除整理工业以外，并提倡农业，认农民为国家栋梁。可见，农民无论在那时代及任何国家均占有重要地位。

在昔日本本由农业而改向工业，目前农相后藤探知本国农村有振兴之必要，并谋达成强化组织化及解决负债起见，列举十项要目，使其相互具有有机的作用，堪称划期内农村恒久策。该十项即：（一）振兴农村精神；（二）农村共同组织；（三）减轻负担；（四）医疗之设施；（五）重要肥料对策；（六）整理农地负债；（七）自作农与小作农关系；（八）农村工业化与移殖；（九）试验研究之设施；（十）农业统制。后藤又云："按此问题，可大别为农家之保全安定、农村组织、农村生活安定及振作农村精神四项，故确信若能确立此四项方针，则农村当立获更生之机，而负担之减轻与产业组合及肥料问题等亦可包含在内"云云。至荒木陆相曾对记者谈话有言："……日本以农为本，故当路者应振兴农业，养成纯真素朴风气，使其达到高尚使命。农业发达，则中小各商工业亦随之进步，确立农业之本。虽有种种利害关系，然为更生日本，不能犹豫一刻，日本亦以此基础始能确立也。……"观此则日本注意农业可想而知。

至于意大利刻正着手进行保护农民与增加国产小麦方案。新颁法律内曾列有面粉厂副产品输出新条文，规定颇为详密。又面粉厂内必须搭用国产小麦之成数，亦已著为法律。各地农民已多遵行墨索里尼首相发起之小麦奋斗运动矣。

惟我国近年来醉心欧化，渐舍其末耜，趋向机器工业之一途。新者既未见效，旧者又弃如敝屣，加以天灾、匪祸迭相惠顾，社会不宁，农村崩溃，以致每年舶来之米粮尽量输入。上年居入口货之第二位，今年上半年入口商品，洋米一跃而为第一位，计四千七百一十七万九千三百六十六金单位，小麦为四千一百万四千三百五十八金单位，共占入口货百分之二十二点二五。若合全年统计，其数量不更惊人耶？

夫国以民为本，民以食为天，我国今日农民之地位，在一般伟人均视之毋足轻重，所以奴隶之、犬马之，毫无所顾惜。但是，一旦需用款项，则又向农民敲骨吸髓以求，将全农生活送至十八层地狱以下，使之无法翻身。日前，蒋委员长致八省主席电有云："查我国以农立国，小民终岁勤劳，所得尽有麦谷一宗，衣食生活，胥取诸此。乃近查各产米省份，每多借口政费无出，竟忍以米谷为征收捐税之对象。甚至县府以下各地方团体，亦对米谷巧立名目，私自收捐，竟未报省备案。层层剥削，重苦农民。……"捧读此电，可谓对症下药。目前，中国各省主席已成尾大不掉之趋势，能否遵办尚未可知。若果轻视农民、压迫农民，则农民生产率必日见退缩，即全国食料消耗日形不足，结果不得不仰给洋食以过生活。居今之世，欲求农村繁荣，首在重农。重农之道多端，而时最关重要。所谓："不违农时，谷不可胜食也；数罟不入洿池，鱼鳖不可胜食也；斧斤以时入山林，材木不可胜用也。"又曰："百亩之田，勿夺其时，数口之家，可以无饥矣。"又曰："使民以时。"倘在上位者，一方面对于农时加以注意，一方面对于农业加以提倡，则人民咸知今日之农业为立国之基本原则，人尽其才，地尽其地，而劳工神圣之徽号，亦只有农民可以当之而无愧辞。所以，欲保持我国以农立国之传统政策，自在今日之为政者。

应如何提倡毛织业

（十二月三日）

我国为纱厂一事已闹得手忙脚乱，那里还顾虑到毛织业。但是，天下事不能因困难就发生畏惧或灰心之表露。我们若果从民生问题着想，愈难愈要办的，此外一切不急之需尽可搁置在后，等到民生问题稍有点解决方法再说。

现届冬令，忽想起毛织品一事，想去买一件毛织衣，所最怕者外国货，欲不购则无以御寒，正在踌躇之间，尚未知适从。查我国创办毛织厂之始祖，系左文襄公在甘督任内成立皋兰之织呢总局。自嗣厥后，整理乏人，出产不旺，且有时开时辍之举。近年来，上海、天津始有一二毛纺厂之设置，然规模不大，资金亦甚薄弱。若恃此数厂出品以供给全国今日社会上所需毛织品之多，实在不可能之事。据十一月四日国民社电称："山西阎锡山不日创办毛纺厂，业向法国订购全部机器"云。记者希望马上成为事实，不至画饼充饥，或系宣传作用已耳。

日本本国向不产毛业，所需用之毛料大部分来自澳洲，今则夺我东北四省，则其毛料之输入将来不必尽靠澳洲。本年五月间，英国制毛业代表于三日在纽西兰下院关税委员会声称："最近日本物品猛烈的向我国市场输入，倘若照现状予以放任，则国内之毛织工业除破产外无他途。"于是，力言对于日本物品有设立课以一定额之输入税之必要。至十一月四日第九届国际羊毛业大会，义国代表团提出报告书，谓："日本原为毛织品输入之国，数年以来，一变而为毛织品输出之国，使欧市场亦受威胁。"并引用数字以为佐证，谓："与此事有关系者，首为英国，但法、德及其他欧洲出产毛织品各国，自亦受其影响"云。是日本对于毛织业已突飞猛进，全世界已受其倾销之害，并不止我中国一国已也。

我国西北物产丰富，至今日尚在半处女时代。工业既不发达，原料悉供外人之取夺。所以，中山先生在《民生主义》第四讲有云："外国收中国的毛制成呢绒，又再运回中国来卖，赚中国的钱。如果我们恢复主权，用国家的力量来经营毛业，也可以同棉业同时发达。毛工业能够发达，中国人在冬天所需要的绒呢便可以不用外国货，有盈余的时候，更可以像丝一样，推广到外国去销行。"奈现在一般伟人先生开口民生主义，闭口也民生主义，究竟那一条、那一件实行民生主义？我希望当局先解决民生主义。在这隆冬时候，我认为毛织业尤其重要且紧急。试检查民国十八年海关进口毛织品，为三千五百五十七万五千四百七十六银两，其数目之大至为惊人。但是我国毛织原料出口，合绵羊、山羊、骆驼毛三种，十八年亦有三千六百六十九万零二百八十二两，出、进两比，每年损失金钱一千八百八十六万五千一百九十四两。此种利权外溢至为痛心。中国在今日已由破坏而趋于建设时期，实业部之"十年计划"自减至"五年计划"，近又自减至"四年计划"（见《国际贸易导报》）。皇皇大篇，煞是宏谋，可惜尽是宣传，未见实施。我以为今日人民之最需要者，莫过于穿衣吃饭，其余一切均可从缓。而毛织品亦为穿衣之一种，中央建设委员会所拟之计划五，对于毛织工业有详细之计划，因限于经费，起行无期。在中央如果将此次在明故宫建筑国民大会会场经费五百万元，以及建筑钱塘江大桥借用庚款六百二十万元拿作创设毛织厂之用，不难克日兴工。而届时国民会议会场尽可仿前届之例，借用中央大学大礼堂，亦不至失国民会议之尊严。而钱塘江暂仍旧作一苇航之之举，亦无危险之可言。

因言毛织业之急欲提倡，又恐经费之无从筹措，故附带及之。望政府垂念民力维艰，毋轻重倒置，缓急逆行，则中国工业振兴，利权挽回，不难拭目俟之。

长沙市抗日会烧仇货之感言

（十二月四日）

长沙市自成立抗日会以来，对于仇货检查不遗余力。即各商家门首亦贴有门挥，证明无仇货。是长沙市之仇货久已绝迹矣！何以屡次烧毁，仍有"不尽长江滚滚来"之势？据《申报》十一月二十一日载，最近一礼拜中，满装劣货到沪之日轮共计十三艘，每船装运数目自一万二三千件至一万八九千件不等。例如十九日进口，"三笠丸"运到一万八千余件；二十日进口，"阿苏丸"装来一万四千四百三十七件。十之八在上海起运，余则转往四川与湖南者亦颇不少。至于往青岛、天津者，均直接运去。本星期内尚有劣货六船到沪，此十四日可谓劣货输入最拥挤之时也。

我长沙市抗日会会员，均是一般党、政、军、学、商重要分子，应对于抗日会有澈底之主张，并不是专以烧毁仇货为能事。今日烧一批，明日又来一批，此项所烧者，于日本人无丝毫之损失。所损失者，还不是中国商人已给价之货物？还不是中国商人之血本？夫烧之者，表明恨极之义，烧之即借此以泄积愤于万一。不佞以为将沧海一粟之仇货来烧，毋宁将此种仇货有可为贫民用者，如孤儿院、贫女院、贫儿院等，不妨改烧为施，并可表示中国用仇货之人，只有鳏寡孤独无靠之辈，以存一种鄙视之心理，行见全国上中等社会之人士不愿再买。刀下留情，废物利用，想该会诸君定必采纳。

今日又为该会没收仇货烧毁之期，此种举动，与法院民厅县政府焚烧烟土情形相似。所以，年年烧年年又有，而特税处之烟土如山，则未之闻也。不佞以为抗日会所烧之仇货，约值一万余元，尽属日用普通之品，并无特别神秘之件；以该会重要人物之多，若果登高一呼，不难马上成立工厂，自行制造代替品。今不揣其本，而惟以烧货为宗旨，毋乃反乎长期抗日之原则？即使商人怵于抗日会之威权不进仇货，而买欧美之货，究竟欧美与我何亲？是不异前门拒狼，后门进虎？且消耗货物之最大本营系在乡村，长沙市能消几何？如能肃清长沙市，未必能肃清全省乡村也。且《申报》不亦载乎"余则转往四川与湖南者亦颇不少"，则我湖南除长沙市以外，仍是遍地为日货之销场。不然，此种日货之来，难道是尽属旅湘日侨所自用乎？

　　总之，抗日会作事要澈底，要谋根本解决，除了自办工厂制成代替品以作永久抗日外，别无其他办法。质之抗日会诸公，以为然否？

反对用外国人造肥料

（十二月六日）

　　我国农家历代传统肥料政策，向取用人粪、油饼以及六畜粪等以作肥田之用，行之已数千年矣。自近年来，农民耕田，也效颦洋化，舍其本地天然之"国料"，而采用人造肥料。因之人造肥料每年输入中国，亦与年俱进，有所谓气质人造肥料、磷酸肥料、钾质肥料等。而人造肥料之输入国，计有德、法、英、荷兰、坎拿大、日本等六国。计本年一月至七月之进口数量，计坎拿大四万八千九百零四担，值十五万一千七百一十金单位；德国四十一万六千四百五十担，值一百七十九万六千九百七十二金单位；英国六十二万八千七百九十一担，值二百五十一万五千九百五十四金单位；香港四千六百九十六担，值二万三千九百一十六金单位；荷兰四万五千二百一十担，值二十一万零三百六十二金单位；美国一万九千一百五十七担，值八万二千七百二十二金单位；其他各国二千三百五十三担，值九千五百六十三金单位；统计一百一十六万五千五百六十一担，值四百七十九万一千一百九十九金单位。姑毋论农家所用人造肥料功用如何甚大，而此一笔外溢利权，已足令人惊异。

　　农民不能整日或整年在田间工作，往往于农隙之时则自造肥料，如烧灰、拌草等，均为农夫对于自耕之田所应行准备之事项，加以六畜所排泄之粪，以及吾人所遗下之粪，皆可为农民耕田一种好肥料。今之提倡农业者以及研究农业者，动辄代外人肥料公司作种种宣传之工作，而不去督促农民对于我国固有之肥料，于农隙之时加紧预备以助禾苗之长，实昧乎提倡国货之道。现在中国农村业已破产，补塞扶持尚恐无济于事，若果令农人于破产之中又加以购买人造肥料之一笔开支，则只有促成全国农村之总崩溃而已。我国以农立国，在昔并不知人造肥料，设非天旱水灾，每年之收入亦不亚于用人造肥料。且用人造肥料之田亩，经过此次发酵之后，如果来年不采用，则收成不及半数，与现在农夫用石灰肥田者同一效果。我国人民在今日衣食住行，无处非充满洋货化，惟农夫对于畎亩尚称完人。若政府提倡用人造肥料，则洋货又深入乡间土内，试用甚易，戒除为难，将来漏卮之大，不可以道里计。如认为今日改良农业非用人造肥料不可，则我国当局应先自办人造肥料厂，以供农民之需求。今乃代舶来品作推销之工具，打倒本国天然之肥料，不知是何用意？

希望政府藏富于民，对于外国人造肥料进口高筑关税壁垒，为国家保存一部分利权，此亦是复兴农村之中之一道也。

欢迎无线电发明家马可尼

（十二月八日）

今世无线电报组织之法有三种：

（一）马可尼（Marconi）组织法，实行者为英国马可尼公司；

（二）布老恩（Bravn）组织法，实行者为德国西门子电汽厂；

（三）司拉毕（Slabg）、阿可（Arca）组织法，实行者为德国普通电汽公司。

此三种无线电报组织之法，虽各有不同之点，而归根结蒂，当以马可尼之法发明为最早。若布老恩与司拉毕、阿可三氏，不过取马可尼氏已成之法，加以变更而已。所以，马可尼可谓发明无线电报之始祖，在今日全世界盛行无线电报之时，马氏不远万里携眷来华，实值得吾人欢迎者也。

查马氏为意大利人，一八七四年生于意大利波罗那地方，今年六十岁。幼时在莱行读书，后入波罗那大学，专心研究无线电，继又移居英国，与英国勃里司共同研究，并在卜列司多试验。至一八九七年，在英国得到短距离试验的成功。一八九九年，英、法两国无线电开始传信。一九〇〇年，成立马可尼无线电公司。一九〇一年，大西洋最初通信成立。一九〇二年，英国通信至美国及坎拿大。一九〇四年，于康巴纳船上设立通信处。一九一〇年，爱尔兰与阿根廷五千六百英里成立无线局。一九三〇年，马氏在本国可与澳洲通无线电话，并可用本国之电燃澳洲之电灯。自此以后，马可尼之声名遂遍满全球矣。

当马氏试验无线电时，其先已有种种器具之发明，足供研究时之使用，有莱登业（Legdener）之聚电瓶；有法阿岛（Faraday）之试验震动器；有马之弗勒（Masewell）之电磁传染具；有妥吾生（Thomsen）、克汶（Kelvin）前后发明之电流阻力；自染及收容各方法；有布郎里（Branly）之熔质管；有弗德生（Federsen）之镜，巴磋（Paalrow）之管；以及各科学家所发明之种种理论为之证明，种种仪器为之辅助。而最得力于美国李氏（Lee de Porest）所发明之三极真空管。马氏并自行创制一种玻璃真空管，内盛坚质白镍与银拌合之粉，而无线电遂大告成功矣。

德人布老恩与司拉毕及阿可于马氏原则之外，对于一切仪器加以改良。如司拉毕之多数电报收发组织法，如阿可移动之同调缠线及射力断截法，均与今日无线电报之进步有莫大之关系。至于三氏组织法分别之处，在发电杆与火星节之设立，有直接法与间接法不同，马可尼与司拉毕及阿可系用直接法，惟布老恩则用间接法而已，但是今世用司拉毕及阿可之法，较用马可尼之法为多，则又后来居上矣。

总之，今世无线电报之发明，其功当归诸马氏。今马氏于无线电报人功告成之后来华游历，并考察东方无线电报之建设。吾人对于此老科学奋斗之精神，与夫世界上之真正伟人，要拿出十二分诚意欢迎与崇拜，不可等闲视之者也。

实业部果分区派员"予以指导"耶

（十二月十日）

　　余最恶强不知以为知，况动辄予以指导，古人所谓"人之患在好为人师"。今也不然，一般青年受了一二月之训练，或在速成科毕业，既乏普通知识，复少办事经验，襁褓方脱，乳气尚存，百般运动，领得一纸委状，俨然自命为先进，对于一般有知识阶级人士也来予以指导。若反叩其所学，则茫无所知，甚至老羞成怒，戴以反动派之头衔，不患其不就范围，而听他糊里糊涂乱说一番。中国国事之不可为，未始非乱用"指导"二字之误。

　　往事不谈。据报载，实业部因鉴于国内实业不发达，生产落后，为发展全国实业起见，特将全国画为六大实业区，编制各种表册，派员前往调查各该市生产数额及建设状况，予以指导，俾分期改良。此种伟大计划，煞是惊人，实部多才于此益信。天下事各有各人所长，矧在技术一途，尤非素所习者决不能妄加批评。今实部将全国画为六大区，各区内之实业无所不有，派员前往予以指导，究竟所派若干员方敷指导之用并称指导之职，吾不能谓实部无人材；究竟派出至外省者是否头等名角，吾敢说一定所派者为差遣办事员以及咨议顾问之闲曹散职。一方面敷衍国人之耳目，一方面调剂属员之方法，究竟这一般人在平日对于实业有无研究，不得而知。今使之遥临外省，授以予以指导之权，能乎否乎？且各省之实业，今日尚能存在未至于倒闭者，多半系家庭式之工业，或为农家之副业，就地取材，各尽所能，将指导用新式簿记乎？抑指导多用文牍庶务乎？将指导大启尔宇合于合理工厂乎？抑指导购置机器节省人工乎？若对于出品如何改良，原料如何节用，在一般企业家固所欢迎。但实部所派之员未必有此本事，即使有之，则长于泥工者，未必长于木工，优于化学者，未必优于机械，则予以指导之责，试问从何下手？在无实业知识之员固不敢启齿，即使有实业知识而无实业经验者亦不敢问津，遑言指导。无实部派员指导，则各企业家各就传统习惯行之，尚觉有效，若一经实部派员指导，则各业势必多数停顿，因各种实业受特派员妄加指导之影响，而无法使之生存也矣。

至于实部自成立以来，本身又何曾办有一二件可慰吾人希望之事？硫酸铔厂、钢铁厂、机器厂、造纸厂、清血厂等，说得天花乱坠，未见一事实现。何妨将这一般多才多艺之指导员留在本部，指导本部人员进行一切实业，行见上行下效，各省实业有不期然而然振兴者，指导云乎哉？

中国到底如何生存

（十二月十一日）

我国自推翻满清成立民国以来，无年不是南征北伐、西征东讨，甚至各省内之争城争地种种内战。在政府视为革命应有之过程，在老百姓亦视内战为家常便饭，痛定思痛，而无可如何者也。时至今日，以言外患，则东北四省被暴日强占，业经两载有余。《塘沽协定》签字之后，究竟该四省主权属之中国乎？或属之日本乎？抑伪国独立自主乎？汪院长向来主张"一面交涉，一面抵抗"，今交涉业已成功，我们老百姓还不明了东北四省主权何属。衮衮诸公，既不肯将经过实情布告天下，咸使闻知，而月来各省报纸也噤若寒蝉，无再有慷慨陈言，唤起民众，作长期抵抗之工作；只闻亲日派与亲美派之明争暗斗，棉麦借款之专电分赃。东北失地，颇有成事不说、既往不咎之慨。东北如果永远失陷，中国到底如何生存？

以言内忧，自武汉"清共"以后，"共党"所有枪支为数甚微。各省主席讳言"匪祸"，使其潜滋暗长，其甚焉者，或有借"养匪"自卫之心理。迨至星火燎原，始劳中央之内顾。我蒋委员长不忍人民身遭涂炭，"御驾亲征"已有三年之久，肃清尚属有待。近更益以陈、顾、何三总司令协同"共剿"，以期迅速。无如赣省未清，"川共"又炽。万一川、赣"共党"合作，联成一气，则声势之浩大，十倍于今。中央军既疲于奔命，"共党"若告厥成功，中国到底如何生存？

即退一步言，寝假东北收复矣！寝假"共匪"肃清矣！寝假而人民政府取消矣！一切外患内忧概行弭灭，中国似可以生存矣！然试看上年全年贸易出口净数为四万万九千二百六十四万一千四百二十一关两，入口净数值十万万零四千九百二十四万六千六百六十一关两，总计为十五万万四千一百八十八万八千零八十二关两，较上均有极端之惨落，出口仅占前年百分之五十四点一七，入口仅占前年百分之七十三点一九，总计仅占前年百分之六十五点八一。与历年比较，上年贸易实为近十年来之最低纪录，而以出口为尤甚，此四万九千二百万两之数字，为欧战以后（一九一八）十五年来所仅见，且为廿二年所陡落者。且就出入口成分言，上年十五万万贸易总值中，入口占百分之六十八，出口占百分之三十二。以此入超之国家，纵无外患内忧，试问民力有几？倘长此以往，工商业不振，中国到底如何生存？

进一步言，国家兴亡，匹夫有责，处此弱肉强食时代，如果民族不知自奋，则此民族即不能生存于世界，古人之卧薪尝胆即此义也。我国内忧外患至今日极矣，在政府固然要励精图治，为天下先；在人民也要如丧考妣，四海遏密八音，各抱一种有敌无我之心，渡过难关。乃进而考其实际，竟大谬不然。即以我长沙市而论，前次言菊朋此次花想容米湘献技，戏院内则人山人海，拥挤不堪，戏院外则汽车包车，途为之塞。即各电影院亦莫不每夜如是，不惜出其全家整日油盐柴米之资，以作个人一夜赏心悦目之事。救国公债，无力认募也；途有饿莩，无钱救济也。此种民族，何其昧于今日优胜劣败之原理！所以，李顿爵士返平时，目击我国官民歌舞升平，笑语顾维钧曰："东北民众身受如此惨境，而关内竟歌舞达旦，若无其事，一关之隔，悲乐悬殊，贵国人诚可谓善于自慰矣。"民族如此堕落，中国到底如何生存？

远东风云日益紧迫，人好中国将来或不久即变成第二次世界大战战场。无论谁胜谁败，结果总是中国吃亏。自美、俄复交以后，俄国对于日本态度日益强硬化，已不如从前之虚与委蛇。不观夫日联六日长春电，十一日午后十时，驻在吉拉堤对岸之苏俄军队，突然向满洲境内开始放枪扫射，满洲方面取镇静态度，未出应战，以防未然。是俄"满"将开始冲突，即日俄将开始战争与夫远东开始宣战之预兆。所以，日本全国近来备战不遗余力，独惜我国人对于内战总闹个不休，由一个政府变成无数个政府，对外既无能力，对内亦自相残杀，经济破产，疆土日蹙，大战之来近在眉睫，何所恃而不恐？中国到底如何生存？

不佞是希望中国生存的，并希望中国永久生存的，所谓"中华民国万岁"是也。但是，证以今日一般人心理，上自政府，下至平民之行为，与我所希望者大相径庭。只知宣传，不顾实行；只用手段，不讲信实；只争党派，不念大局；只知有己，不知有国。满口仁义道德，做起事来完全相反。为民上者既然如此，吾侪小民，只有在死亡道上等候等候一路同行。古语云"予及女偕亡"，此之谓也。

日货倾销与世界恐慌

（十二月十五日）

自伦敦世界经济会议失败以后，今日之世界经济已变为世界经济战争时代。在此经济战争开始之时，日本运用其货币低贱、工资价廉又有政府津贴之三大原因，遂凌驾列国，侵略世界市场，使世界各国为之不安。各国现为自卫计，对此世界市场之侵略主，由种种方面以各称形式抵抗日本，毫无疑义。于是，全世界于恐慌之下防止倾销，兹汇录各国抵制方法如下。

中国对于日货，则关税提高。英领印度与英领马莱半岛，则提高关税。荷领印度，则实行输入限制令或提高关税。法领印度支那，除输入限制、提高关税外，并于输入商实施汇兑之补偿附加税。非律滨则关税提高及汇兑关税法。暹逻则提高关税。英国则关税提高。法国则关税提高与汇兑附加税。德国则汇兑管理。比利时则行输入许可制。瑞士则实行输入许可与输入比率。奥国与捷克则于输入许可之外汇兑管理。荷兰则实施输入比率。土耳其则输入许可、输入比率、汇兑管理三者并行。希腊则输入比率，禁止对日汇兑之汇兑管理。美国则关税法伸缩条项倾销法。阿根廷与智利，则汇兑管理。埃及则提高关税。南斐联邦即提高关税与倾销税并进。东亚非利加则关税提高。澳洲倾销税正在研究中。据十一月三十日日商工省贸易局之调查，世界各国对于日货之输入防止，已有二十七国之多。可见，日货在今日各国市场，已呈四面楚歌之象矣。

近来，日印棉会将成僵局，自日方作最后提案以来，已达两星期之久。惟据日代表部意见，似决依照既定方针迈进，若印方坚持曩时所持态度，则仍充分有决裂之危险性。至于意大利谓日本经济之发展，极为罗马所忧虑，意国各报满载奇异之数字，以证明日本倾销政策之危险，并谓欲阻止日本商务侵略，惟有由意国与其他各国感受同一威胁者，互相妥协，在商务上树立严紧纪律，以防范之。以言德国，近来鉴于日货之倾销，感觉不安。据《柏林日报》所言，略谓："南美各国，在实际上赖二三种货物之输出以支持其经济。自欧战以后，此项货物在欧、美两洲销路日狭，以廉价售诸亚洲市场，在日本得此廉价原料，更易振兴其实业，而其出口遂日见发达。假以时日，恐西方各国在新旧大陆之势力，均将为日本所摧毁"云。

英国对于日货倾销，愤慨已达极点。十一月，下议院数议员指英政府对于日本人造丝与毛绒品之竞争绝无举动，甚不以为然。商部大臣任锡曼声称，政府深知受日本竞争之影响者，不仅纺织业，刻正对此全部问题予以极慎重之考虑。英国全国工商联合会主席威廉勋爵，于讨论日货竞争时，宣称吾人非同意即宣战，并主张由国家规定一种贸易政策，解决对日本竞争之方案，并要求政府立即由商人扶助，及由商业之出发点，解决此项问题。是日本用经济侵略欧洲，现已发生极大严重问题，各国由恐慌而变成实际防御政策矣。

当日本未占领我东北四省以前，一切原料尚有待于他求，现在已不成问题。矿业与麦豆，尤其是为东北输出之重要物品。近如日本新兴酒工业、纺织工业、人造丝业等，无不充满于各国市场，成为不可轻侮之劲敌。所以，意相墨索里尼谓日本商品之海外跃进，使意大利政府为之头痛，主张各国一致团结，而谋阻止日本品出口之必要。日本至今日，已知众怒难犯，为暂免世界恐慌起见，闻对于出品将有统制之举。但日本对于欧美或者施行统制，若对于我销耗力最强之中国，绝对不能实行，行见"失之东隅者，收之桑榆"。

我国向来以恐慌过日习与性成，无所谓恐慌，觉世界所谓恐慌于中国人无与焉。即"恐慌"二字，在今日中国字典中亦找不出也。不料抵制日货中，中国亦得列入二十七国之一，岂非异事？

日本人不讲道德，惟利是图，甚至于将货物冒充英牌，英人斥之为无耻。此种事惟日人优为之。现在日货在世界市场已成日暮途穷之势，惟一目的在向中国找出路，阅者疑吾言乎？请观日本人之主张。

日人铃木茂三郎本年十月号《世界市场战论》有云："日满集团，视为军事上集团尚可，视为经济集团则不免是经济的物质的基础俱弱的集团，即是说为日本的商品市场，满洲是过于狭小的市场，仅此经济的集团是不能成立的。……职是之故，于日满集团之外，想拉入中国的动向，实属当然。"

日人菊池文吉在《东洋经济新报》又云："……既不惜如是之牺牲，而结果满洲国独立了，盼望百尺竿头再进一步地，将中国澈底地对付一下。对付一下，诚有病语，即是说澈底地置于日本势力之下，仅藉武力置于其支配之下，无甚意义，结果应当像曾在青岛由日本军舰保护的当时贸易，颇为兴隆似的。用那样方式来推广贸易，以达于中国全土。抑以武力，抑怀柔之，何者奏效，何者即可。所以，中、日两国更须结合，如未结合则结合之，日本应在中国更伸张其势力。……"

此二段引文见《时事月报》第五十号。

我中国人听着

（十二月十七日）

日本杉村阳太郎视察中国各地，归与朝野所谈中国问题，及军部与广田外相之主张，有下列几点，统制如下：

一、对外关系问题。据余（杉村自称）所见闻，中国对外关系此前变更，即中国人从来专依赖欧美实行诸事，今一变其态度，信赖自己之思想。

二、国联与中国合作问题。日本方面虽重视内容，然中国政府并不以为重大问题，其专员拉希曼亦不过缠绵宋子文一人而已。宋子文今日之立场有何能力为事乎？

三、中国对日问题。现在中国对于日本之观察颇多误点。即中国对于日本之经济困难，议会政治与法西斯蒂之冲突，日本所谓国难等，作中国式之夸大观察。在此状态之中，独有留日学生出身之人物有正当之对日观察，其认识日本之正确，非与欧美留学者流之无识可比。

四、日本对华问题。日本对中国之观察，应在何处置其重点为紧要问题，只观察上海等繁华都会，以为观察中国之对照不可也，应观察中国全局，而决定于实际之政策为要。

五、亲日派问题。由现在之国际事情观之，徒逼进列国压迫日本，最后惟有中国感受痛苦。然从欧洲派之法律论盛唱满洲返还论等之今日所谓亲日派，力量甚弱。我等对于亲日之人，余意应极力援助。

六、杉村访问广田外相，对于今后之对华政策，进言如下：
（一）中国中央政府之失势，致地方政权有扩张之机运，对华政策应一变向来之单一的而为多面的；（二）中国民众关于满洲问题，已认识抗日政策之无效（未必）；（三）迅速确立一九三五年之非常时对策，届时免被中国所困；（四）确保中日提携计，由有力者到华，与华方交换意见。

七、广田外相所发起对华政策之官民恳亲谈话会，广田并主张："打开对华关系，必须分化工作"云。又，广田在东京召开日美要人谈话会，有云："日本须集其全力建设满蒙，使此地方化为日本之'殖民地'。"

八、对华政策须采用强硬政策，其具体办法如左：

（一）援助国民政府，但须连络地方政权为要挟，使其承认日本之对满政策；（二）日方同意取消治外法权，牵制英美之对华政策；（三）解决华北与伪国之通车、通邮问题；（四）经营长春、北平、天津间之航空事业，谋得华北之航空路权；（五）建设热河、北平间之军用铁路。

日军部以右列五项为对华政策急要解决之问题，迫外务省积极交涉。

以上列举各节，系十一月二十九日以后之议论与主张。日本人谋我之急已至深刻时代，处心积虑匪伊朝夕。所谓"焦土外交"，所谓"不战而胜之主义"，志在实行。自美、俄复交，中国之国势更形紧张。观于杉村向广田建议对我行分化政策，前途甚为危险，并且现在已有几分事实表见。如中央要封锁闽海，各国皆可赞同，惟日本独持异议。中央通知日本，使令饬日侨退出福建，则答云："日侨不易撤退"，非帮助"福建政府"，使之与中央分化而何？如果日本对中国分化政策成功，则中国完成统一永无成功希望。加以华北尚未平静，华南继起内哄，新疆与内外蒙正在多事之秋，而藏军近又向东迈进，有国若此，何能健全？所以，台湾总督有言："今后演剧，轮到吾辈！"玩其口吻，将来华南分化至如何程度不得而知。若进而考其内容，无一不有日本人从中作祟。独惜日本人太智而我国要人太蠢耳！国家亡矣！种族危矣！若当局再不去开诚布公、精诚团结，而各以意气与感情用事，以致中国闹成四分五裂局面，则责有攸归矣！

近来政府有促张学良回国之意，有召集四全大会之举。究竟张学良回国与夫召开四全大会，能否救中国之危亡，尚属问题。处此千钧一发时期，为政不在多言，要拿出法西斯蒂之精神，对于国是作快刀斩乱麻之举动。敷衍与苟延主义绝对不可医中国目前之老病。希望军政当局，与夫福建人民政府，新疆之马、盛，及黔省之王、车等，准备着枪口向外，以国家为前提，救此孑遗，保兹邦土，毋使沦于万劫不复之地位，则幸甚。

为中学会考进一言

（十二月十八日）

　　我湖南举行第四届中学毕业会考，已于十四日开始办公，决定请何主席兼任委员长，朱厅长自任副委员长。此乃是当然之事，无所容其拟议者也。

　　在举办会考之意义，第一以为各办中学之教职员，对于功课与管理或者放任敷衍，恐有贻误人家子弟之虞；第二私立专门学校或大学校，恐有虚报名额、出卖毕业证书之事。此外并无其他意义。若由前之说，以会考补救人家子弟之功课，是不对的。因为青年入校业已三载，父兄送读，煞费苦心，希望子弟毕业后，或可另谋相当职业。今教育厅平日对于各校取放纵主义，不去认真考查功课，及到修学期满，以一二日之光阴统制三年前之功课，苟非记忆力强之学生，鲜有能如数家珠。万一偶有所答非所问之处，即谓之不及格，即须留校补习，在学校并无损失之处，学膳杂费还不是与新生一样征收？所苦者为父兄的冤枉多出了一年金钱，在学生本身又冤枉虚耗一年光阴，实在有点不合算。由后之说，在昔湖南学界，或有虚报毕业名额、出卖证书，但是多半属之法政学校。自近年来，此种弊端业已消灭。主办学校者，在校生与毕业生均属实报实销，则会考一举，均属无大意义之存在。

　　说者谓中学会考即是竞赛之道，并非别有作用，实是鼓励学生读书之良法。不佞以为此种理由并不充足。查今日之教课书乱七八糟，不是狗叫便是猫喊，商务、中华、世界等书局之教课书，各人所采集之材料不同，即办理学校者所采用之书本各异。往往甲书所有者，乙书所无；或乙书所有者，甲书又无。若主考官就甲书局之课本命题，则用乙书之学校学生失败；若就乙书局之课本命题，则用甲书之学校学生又失败。此必然之事也。若因此而致学生不及格留校，岂不冤哉枉也？凭心而论，此种考试事宜应以本校教员主持之，方昭公允。否则出题时，应采取各校所用各书局之课本，分别命题，事先调查清楚，以免落第者呼冤。

若严格的说起来，此种会考实含有几分侮辱中学生性质。当第一届会考时，二中学生竟有全班不及格之事。假使在本校考试，我敢说不及格者不过一二人而已。今全班留校，非侮辱人格而何？若谓其办理不善，则系省立者也。若谓教员不良，则系省立校长所聘来者也，于学生何与焉？再进一步言，中学生要会考，何以大学生就不要会考？是尊重大学生人格而侮辱中学生人格也。若认考试院高等文官考试为大学生会考之变相，则此种考试系考做官，并非考学问。若认学校毕业非会考不可，则中学生要会考，大学也要连合邻近数省举行会考，以免单独侮辱中学生。

总之，今日中学会考，业已由教部颁布规程，废除会考一层万难做到。最后，为中学会考进一言，中学毕业考试，须各在本校举行，及格者均一律发给证书，告一段落。如有志升学者，即须加入会考，会考及格后，将其姓名通告全国专门或大学校（在初中者兼通知高中），得免除入学试验，即谓今日之中学会考，系代替各高中各专门或各大学校入学试验亦无不可。鄙意如此，特与现代大教育家一商榷之。

提倡国货与学生制服

（十二月二十日）

据黄省委剑平云，有一子在修业学校初小部读书，年方七岁，求制外套，不与则啼哭不去上学。并云："全班同学均着外套，今我独亡，似有愧色。"结果费洋十四元，制一洋货外套。不佞亦有一子在文艺初中读书，年方十三岁，日来回舍，亦求制外套。予告之曰："如有国货，准制一件。"可怜走尽全市各西装店，均以国货未到回答，至今未予制成。非吝也，实欲养成爱护国货之意耳。

在今日全国人民提倡国货最热心之人为谁？不消说就是一般教职员与学生。喊口号，贴标语，焚仇货，与夫登台演说，无处不表现教育界十足的提倡国货之热烈。若一进而考察其事实，则每学生身上不是全副西装，即是舶来品之外套，最少也有一双洋货手套或一双洋货袜子，求其完全着国货之学生，恐百人中难觅一二。所以中央政府有鉴及此，曾令知各院部会及所属各机关团体公务人员，一律提倡服用国货呢绒哔叽。对于达隆毛织厂出品，广为推用（查达隆呢绒厂系沪商王延松等所办，规模不大，设备不全，不能自纺，仅有织机四十台，所有毛纱、毛线皆向外洋购办，不能称之为国货，行政院此项通令无异推销外国毛纱、毛线，而完全自纺、自织、自染之章华毛绒股份有限公司出品，反遗漏不予推用，似欠公允，实不足以服人心）。又，教育部严令各学生教员穿国货衣服，但是命令早已宣布，全国皆知。究竟发动命令之本人以及被命令之公务员及学生，是否实行服用国货？今不但不奉行中央政府以及各省教育厅之命令，反嗾使学生穿洋货之外套，未知是何居心？富于知识及爱国心之教育界尚且如此，则提倡国货成为泡影矣。

在今日我国毛织品未发达以前，学生制服，在春、夏、秋三季，准其穿国货之短衣；及至隆冬，无论各级学生，一律国货布长袍，以表示朴实节俭之精神，并无伤教育界之大雅。尤其是各校小学生，披着坚硬外套，动作毫不自由，未闻教育当局有取缔之明文。若学校为保护学生身体计，应一律提倡服用国货大布棉外套以御风雪。请教育界当局试想想，全国大小学生有如许之多，纵不为各生父兄筹款艰难计，也应为国家利权外溢计。目前正闹着农村破产、经济恐慌，爱惜一文之金钱即为国家保留一文之元气，教育界不提倡国货，又谁去提倡国货呢？

不佞又敬告各学生曰：卫文公大布之衣、大帛之冠，颜子一箪食、一瓢饮，子路衣敝缊袍与衣狐貉者立而不耻。可见人有学问，并不在衣冠之外饰。若果在求学时代不注重终身之学业，而惟以摩登之衣服是则是效，难免不有"金玉其外，败絮其中"之讥。现代之英雄甘地，犹着其自纺、自织之印度式衣裳，人并不鄙弃，反尊崇之。日本人之和服，亦尝着现于大庭广众之中，并不以为奇异，而且自行骄傲。今我国毛织业尚在萌芽时代，而学生惟以着外国货为荣，其出发点已属错误，而纠正此种错误不在他求，而在教育界自身之觉悟。据报载，学生抗日会决定寒假检查办法，其讨论各点甚是正大，希望学生以身作则，百尺竿头，再进一步，于雠检会之外，并取缔着外货衣服之学生。作广义的检查，是所望于今日热心之学生抗日会诸君，不然，日本虽与我为雠，欧美又何尝与我为亲？舍近求远，窃期期以为不可。

民穷财尽之中国

（十二月二十二日）

曩与友人谈及"民穷财尽"四字，颇不相信，以为有人此有土，有土此有财，民何至于穷？财何至于尽？时至今日，已有事实告诉我矣。中国民穷矣！中国财尽矣！而中国之民所以穷、财所以尽，其原因何在？

我国自辛亥鼎革以来，无年不有战事发生，始则内战，今则内外夹攻，庐舍为墟，田畴荒芜，工商停顿，农变为兵。加以土匪遍地，民不安居，外货倾销，无法抵制，入超之数与年俱进。既不开源，复不节流，生产既形不足，消耗比前更大。以有限之金钱，何能填无底之深壑？民又乌得而不穷？财又乌得而不尽？

此次日本杉村阳太郎视察中国后，向广田外相建议对华政策，其三项有云："日本对中国之观察，应在何处置其重点为紧要问题，只观上海等繁华都市，以为观察中国之对照不可也。内地方面，内乱续发，各地富豪带其家产集中上海，因此，一千万现银流入上海，以致现出变态的通货膨胀景气。然农工民众之穷迫疲惫达于极点。日本为政者应观察中国全局面，而决定即于实际之政策为要也。"杉村之观察诚属事实。因内地之不靖，农村破产，而各富豪尽席卷其所有寄存中外银行。据《工商半月刊》载，去年上半年银两移入上海达一万万八千四百万两，移出则全年未有所闻。统计中外各银行库存现金，去年年底为四万万三千八百三十三万九千元。今年至六月底止，为四万万四千六百七十六万一千元。有此多金集中，遂极尽骄奢淫逸之能事。而乡村所遗留之民众，大都是无隔夜之粮，苛捐所不及，土匪所不要。但是，地主之权，又握在此富豪之手，榨取于农民，挥霍于都市，野有暴骨，途有饿莩，在彼辈则目不见耳不闻焉。此民之所以穷、财之所以尽也。

古之为官也藏富于民，深得"百姓足，君孰与不足；百姓不足，君孰与足"之三昧。所以，富商大贾到处皆有，只见有经营工商业致富者，未闻以做官发大财者也。今也不然，富商变为穷商，大贾变为小贾，惟有一官半职之人借政府之威力，对于农工商贾无所不用其敲诈手腕。现在只有未做官之平民尽被做官者之宰割奴隶，都会之铺屋、乡间之田地，一转移间尽入此辈做官人之手，以供其妻妾之娱乐、子孙之嫖赌，穷奢极欲，不念稼穑之艰难，至此而民愈穷而财愈尽矣。

今年我湘南大旱，收成仅及往年之半数。若论其谷价，每担仅及一元五角，尚无人问津，似乎贫民可以过其保暖之生活矣。乃日来家乡人纷纷来省谋苦力工作，男男女女，联络不绝。进而叩其所以出外谋生之故，金云："谷虽贱，其如无钱买何？欲经商，则无资本；欲挑盐，则无盐可挑；欲做手艺，则非所素习；欲抬轿，则有汽车、轮船之劲敌；欲为匪，则难抛却父母妻孥；贱卖田产，无人承受；出鬻儿女，老来谁依？目前，除谷以外，百物皆贵。当此青年时代，决不能坐以待毙，只好率同妻子乞食抵省，谋一噉饭之所度此残冬，俟明春耕种之时再返故乡，重理旧业。"不佞听了这一段谈话，故作此《民穷财尽之中国》之论。倘贾太傅尚在，观此情形，其"痛哭流涕长太息"又当何如耶？

由国医谈到国药之危机

（十二月二十六日）

前汪院长因国药未能将糖尿病医愈，主张废止国医，而以西医代之。当时提倡国医药会员大为惊骇，而陈中委果夫反对亦力，以致此案未能通过，是国医药之前途不绝如缕。不佞对于医药一途向乏研究，不敢有所批评，觉得我国药材出口为数至巨，欲振兴药材，必先整理国医，二者实有连锁性质。不观夫日本对于汉医历来多所研究，所出书籍几至汗牛充栋，比较中国人还要多几倍；不过近代来西医盛兴，而汉医已不若当年之重视而已。

医药亦中国固有文化之一种，处晚近科学极发明时代，中国各种科学均属幼稚，因为要迎头赶上去，所以将中国固有之学术略而不讲，国医药即一例。我国医药有悠久之历史，自神农尝百草以后，历代多所增加，诊治病人亦不能说完全无效。不过中国人对于国医看得太容易了，乡村学究与夫一般略识之无之人平日对于国医毫无研究，动辄为人治病，庸医杀人在所不免，弄得国药变成毒药，医生变成刽子手。要知中国医药实有高深价值，时至近代，与其听其自生自灭，或在自生自灭过程中，作种种害人之举动，毋宁集合全国医学界同人，作积极整理工夫，使之渐趋于科学化。为民族固有文化计，为我国学术前途计，国医实有整理与取缔之必要。

以言我国药材，在国内者毋须计，若果将我国各种药材输出于东西洋各国之关册数目统计，数亦不小。即以每年输入朝鲜及日本者计，约有六百万元之多。现在日本为谋夺我国药材市场起见，特别奖励朝鲜农民栽培汉药药材，除自用外，并使之向中国推销。目前，朝鲜之汉药除人参、高丽参外，仰给中国药材有二百种之多，其价值达一百二十万元。所以，京城帝国大学校认为有栽培汉药之必要，自五六年之前设立药草园及调查研究之结果，已有适当之指导奖励，则将来朝鲜产之汉药定能增加达到自给自足之程度。在不久并研究中国之汉药在朝鲜栽培方法，由警务局卫生课之川口技师为中心，嘱托京城帝国大学讲师右户谷勉氏及教授杉原药学博士，研究具体指导及奖励之方法，通知各道知事，自本年起奖励栽培汉药于朝鲜全境。近据我国驻朝鲜总领事卢春芳报告："此次日本由医药方面研究汉药确认为有治疗的效果及有效的成绩，颇为明白，故渐次制造新药在续出之中。至日本每年试用价值六百万元之药材，完全由中国输入者。……又为农村经济奖励农村副业的栽培起见，将来日本由中国输入之莫大汉药，可由朝鲜产出之充足汉药以代之。"可见，将来朝鲜汉药发达，即是我国每年输出之受一打击，其危机不言而喻矣。

不佞希望我国医药界有一种团体，对于国医药有极深刻之研究，不要徒挂着一块中国国医学院木招牌就算是毕乃事，要将国医药视为中国一种高深学术，并视为中国民族上一种有价值之传统文化，加倍猛进整兴医学，即所以挽回汉药。何主席手抄《伤寒论》自序有云："……其文古而隽，其义精而约，其法周而密，其用药立方，纯一而不杂。……"可见，中国医学之深微奥妙，非浅见涉猎之辈所能望及肩背、升堂入室。是所望于医学界同仁，事关民族健康及药材出口贸易，故敬书以告国人。若汪院长废止国医药之论调，系为今日本身立场而言，一旦有病，在上海医也可，即出洋医亦可，有的就是钱，一切痛苦当可减少，我想他在十年前仍是用中药医病。吾辈今日大多数群众衣食尚虞不足，那里有钱请外国人医治？既不欲束手待毙，只有希望中国医药界诸君对于民族之医学学术发挥而光大之，幸甚，幸甚。

请女界提倡国货

（十二月二十七日）

"提倡国货"四字闻之稔矣。究竟年来我国提倡国货，究有若干效力，不外乎言之谆谆，听之藐藐。此种劣根性之民族，实在无法使之改善。尤其是妇女们，对于国货认识不真，专以美观摩登为先决条件。在本身，时而高领长衫，时而矮领短襦；时而大袖，时而曲线；时而披胸，又时而露肘，举男子每月之所入，不足供妇女们一套之衣资。除本身之外，于男子及子女，亦欲其着摩登之装以夸耀于人世。所以，购买之权，完全采之于妇人之手，设使全国妇女同胞热心国货，则国货不提倡而自然提倡矣。

不但此也，香水脂粉专为妇女们化妆专用品，男子们无有用之者。据国际贸易局发表木午一月至十月各国进口之香水脂粉，价格已达一百三十九万八千六百六十四元。其来自美国者最多，约占全数三分之一强；其次为英、法、日本、德国等。又据十二月日本《上海日报》云："近来由日本输入品中，最显著者首推杂货，而杂货中以镜为最多。上月进口合计在三百箱以上，每箱以十二打计，约在四万面左右。中国人爱穿皮鞋，其为妇女用者亦不在少数，每船多至六十箱，每箱装有二百双者达四百箱。自仲秋以来，一般消耗品之需要非常旺盛，足征中国妇女购买力增加"云。统观以上所指明之舶来品，均为妇女们之消耗物。查此种物品，并非人生所必需之物，有"得之则生，不得则死"之概。倘各妇女同胞有心提倡国货，一转移间即可将金钱保留国内，不至藉寇仇而赍盗粮，资敌人以扩充军备向我国进攻，使女界受外族蹂躏之痛苦也。

十二月四日，土耳其政府为鼓励本国织业起见，现议定全国农民男妇所衣之标准服式，将强迫施行。又，德国自受《凡尔赛条约》拘束以来，其妇女们对于服装国货尽力提倡。尤恐全国妇女不明了国产衣料之广阔与性质，于是有设立妇女时装局之举。其局长一席，即系现任宣传文化部部长高博尔夫人。其目的在求德国妇女衣装式样之能超然独立，并于本年八月间开国货衣装材料展览会于柏林。该会之目的，乃在使衣服裁制家与式样图案制作者及衣料织造者，三方此后能密切合作，苟式样制作者能明了国产衣料之广阔与性质，则新式样自然能由之发生，而裁制者能对于衣装之颜色、式样、质地、边缘等有所贡献，则制作方面亦易于畅销矣。说者谓此种企图，实为改革现代妇女心理，引起爱国之特性，而期与男子相并而进，实现男女平等之精神，故先从国货衣装起。我国女界同胞爱国心亦不弱于德国，倘能仿而行之，亦系提倡国货之良法，不使德国妇女专美于前也。

查各国现正以其生产过剩之物品，以中国为其畅消之尾闾，实行其倾销政策，将经济侵略主义露骨的表见出来。我全国同胞苟尚有一线天良，即应提倡国货，共挽利权，使国际贸易出入平衡，不至发生畸形怪相。近日有人云："提倡国货，应从家庭始。"此言亦甚有理。盖积家成国，而国之本在家，家之本在妇女。所以，提倡国货，虽不必尽责备妇女，究竟妇女们一身消耗，比男子们为多。吾为此文，亦"《春秋》责备贤者"之义，希望妇女同胞一致起来提倡国货。

入超与抵货

（十二月二十九日）

我国对外贸易一年不如一年，一种不景气象比任何国所未有。自东北海关既失之后，本年前半年入超已有四万万七千四百六十四万一千五百六十六元之巨。因下半年无特殊变动，其贸易之态度，则本年全年入超之推测，或将为八万万二千八百七十余万。但是，下半年有借美棉麦值五千万元美金两项入口，其入超当有大量增加，或者增至九万万元左右，想不久关务署当有正式数目宣布耳。

试披开一部《海关国际贸易册》一看，其中源源而来之货物等，果系吾人应需之物品否也？据笔者眼光看来，十之九非吾人所必需之货物，并非如"得之则生，弗得则死"之重要。而且所输入各品，本为中国所自有，不过美观则稍逊于舶来之品，若论结实，则有过之无不及之处。乃吾国人爱国心弱，媚外心重，喜用外货之心理牢不破，纵有提倡国货诸君口诛笔伐，总不能挽回已死之人心。年来，我国人虽处于内忧外患之挣扎中，而民气日趋于奢侈，一般伟人先生一衣千金，一食百金，惟洋货之是尚，只求价昂，不问好歹。所以，每年入超之数字与年俱进，即以洋酒、洋烟二项而论，此皆我国自有之货也，乃本年一月至九月止，其进口数竟达一千万关金元之大。例如香槟酒也，除飞机命名时掷破一瓶外，其余无需此种贵酒；《塘沽协定》签字所饮之香槟酒，日本人已代备之矣。说者谓此项消耗，并不在今日农村经济破产之内地，乃在万恶滔天之上海，如跳舞场、妓院、影戏院，无处不沉湎于香槟、雪茄之中。是足证我国民气之颓废与夫青年之堕落也。

在今日世界各国最沉痛之国为中国，而最得意之国则为日本。日本之所以得意而跻于富强者，非他，对于国际贸易不但能保其平衡，而且每年出超以作扩张军备或建设之用。此无他，日本人爱用国货之心使之然也。丁此世界贸易萧条之时，而日本则否，且如雨后春笋，方兴未艾。据日本商工省贸易局调查，自本年一月至十月底止，日、英、美、德、法五主要国之对外贸易状况，除日本外，余均因受各国经济单位强化之通商障碍，及依世界经济恐慌过程发展之一般的购买力减少，而较诸上年同期，示萎靡不振之象。缘日本利用货币低降、工资低廉与夫工业管理之合理化，乃得角逐于国际商场。现虽遭各国之排斥，而日本则谋新销路之开拓，既有辽、吉、黑、热四省之销场，尚不足以餍其欲壑，近且以青岛、天津两市作为对华经济外交的华北根据地，并在云南、四川及边远省份添设商务机关，以图发展对华贸易。

至广东抗日情形较各省为剧烈，排货亦比较上澈底，西南各市场日货几乎绝迹。现在广东当局徇日本领事之要求，将有取缔抗日运动及解散抗日会之举。不独日货目前在长江流域已恢复原状，恐西南一隅从此亦遭日货之蹂躏矣。

呜呼！吾等既受失地之痛苦，复遭经济之侵略，瞻望前途，何以善后？

中国食粮不足问题之检讨

（十二月三十日）

在前清康熙六十一年，因为广东、福建一时缺乏粮食，当时闻暹逻米贱，遂运回三十万担，并准予免税，以资鼓励。至同治六年迄光绪十二年间，每年洋米进口约百万担。自光绪十三年至民国九年，每年增至千万担。自民国十年至二十年，每年增至二千万担。至民国二十一年，又增至二千二百四十八万余担，而小麦亦至一千五百余万担，面粉六百六十余万担。是年米、麦、粉三项共值洋一万万七千五百三十六万五千零五十六金单位。其漏卮之大至为惊骇。政府现为推销国粮、抵制外粮倾销起见，已于十二月十六日起征收进口税：计洋米一担，征税一元；洋麦一百斤，征税零点三零（即金单位三角）；面粉一百斤，征税零点七五（即金单位七角五分）。千呼万唤，至今日洋粮征税问题始获实见。将来国内产米省份之销场定可扩大发展，有裨村农经济，岂曰小补之哉？

我国农村经济，晚近以来日趋崩溃，几有不可收拾之势。查农村为全国经济之重心，人口又占总数百分之八十以上。今欲发展中国经济，首在推动中国之农村经济使之向上。欲使推动中国之农村经济，又在地尽其利、人尽其力，然后都市工商业之购买力始能加强，此必然之事也。但是，自帝国资本主义侵入中国后，不但以中国为其推销生产过剩之尾闾，且为其原料资源之大本营。人工既廉，出产亦富，于是外人挟其雄厚金钱，所需之原料无不予取予求。而我国农民亦见钱眼红，往往舍其生命线之食粮耕种地，改植外人所需要之原料。例如棉花，在中国从前多栽植于荒地之上，自近年来，棉花价值比谷米为优。在长江以北各省，如陕西，多弃麦而种棉花。据《中国农村经济资料》载，关中产棉占全省十之九，在一九一五年产三十万担，至一九二五年竟至七十七万二千担。据中华棉业统计会公布，综计河北、山东、山西、河南、陕西、湖南、湖北、江西、安徽、江苏、浙江十一省，棉田已达三千九百六十八万四千三百六十九亩，又益以废田数（即种棉后因特殊原因完全废去），则民国二十二年下种棉田达四千零二十五万九千四百六十亩，为十年来最高之数字。中国既有此广大之棉田，何以每年尚运购或赊借美棉以资救济呢？因为我国每年棉熟之后，为日本人贱价收去，以致国内反闹棉荒，至为惋惜。又据《大晚报》载，皖北方面，各种农产均形衰落，而英美及南洋等烟草公司授命农民所种植烟叶却告丰收，数达四五百万担。又据《统计月报》载，在江苏省，甘薯所占的面积有三四百万亩，在各种主要的农产物中已占到第三位；浙江省甘薯所占的面积也有九十余万亩，占到所有主要农产物中第一位。尤其是鸦片烟之种植几遍全国，获利之厚，比种粮食多至数倍。所以，农民多抛弃向来粮食耕种之地，广植毒卉。又有一般军阀，为增收税款计，勒令农民种植鸦片烟，否则处以懒捐。据新闻报载，皋兰附近的许多良好水田都种了鸦片，间或种些水烟。又陕西友人告我云，西安故宫土地甚广且肥，素来租与农民种植杂粮，今则尽改种鸦片烟。据天津《大公报》载，四川每到春间，罂花遍地，举目一望，原野无垠，虽土角田畔，无不遍植罂花，至于重要粮食，反如凤毛麟角。据上年《民生报》载，河南洛阳良田遍放罂花，鲜见豆麦，今年麦收不及三成，人民欠八个月粮食。上年，有河北口、北临、抚迁三县边区自治局自治员密令民众自行种植鸦片，有四万余亩之多。又据报载，福建诏安一县植烟苗八千亩，而拒毒会函蔡军长有云："前者闽南驻军张贞、陈国辉、何显祖朋比为奸，勒迫农民种鸦片烟。"上海报载，安徽在华南亦可称产烟之省，当马联甲督皖之时，每年烟税收入已有三百余万元。今则吸者既多，种者亦广。又载，浙江近年来发现种鸦片烟甚多，初从千亩增至万亩，今则已达五万亩以上。江苏之灌县一县，种植鸦片烟多至二百顷以上。又，绥远有烟苗一万五千顷，而云南、贵州尤为鸦片策源之地，其种烟之区占全省耕地三分之二。

统观以上情形，一则由于为外人取资原料而夺我粮食之产地，一则由于广植毒卉而减少粮食之产额。有此二大原因，则本国粮食不足乃意中事。加以内战不息，违我农时，壮丁当兵，增加荒地，与夫天旱虫灾、苛捐杂税，在在使农民受莫大之打击，不但妨碍谷麦生产额之向上，而且使谷麦生产额日呈退缩低降之纪录。据《工商半月刊》载，山东新泰县全县种落花生占田三万一千四百亩，种烟叶占田六百亩，种豆子占田十九万二千亩，种芝麻占田一千三百亩，若进而调查种稻，则仅十二万八千四百一十亩。谷少人多，何能足食？

今欲达到粮食自给自足程度，非恢复农产地、取缔一切排斥农产正粮之烟卉等不可，未知农村复兴委员会亦曾计及否？

民国二十二年总结账

（十二月三十一日）

回忆二十二年，实为我国最沉痛、最凄惨之一年！此一年之中，所谓险阻艰难备尝之矣！呜呼！谁为为之？孰令致之？则责有攸归矣！

兹将本年内一切大数总结如下：

一月

日本占榆关

九门口被日军攻陷

日航空母舰抵塘沽

日飞机开鲁掷弹

日调重兵攻热河

日机飞凌源掷弹

日军攻开鲁

日军攻南岭

日军沿长城趋喜峰口

二月

日军通牒热河，声称："热军如不撤退，即行总攻。"

日军猛袭纱帽山

日骑兵突袭沙河寨

日机轰炸九门口一带

三月

汤玉麟不战退出热河，承德陷

孙殿英退多伦

古北口发生激战

日本飞机、大炮猛轰我喜峰口阵地

川军与"赤匪"徐向前部激战

日军攻罗文峪

日军猛攻界岭口、冷口

日军袭击滦东

日军分二路进攻石门寨

四月

赣"匪"猖獗，南昌、抚州吃紧

海阳镇发生激战

日机轰炸滦东各县

日军进袭秦皇岛

日军力攻长城各口

冷口失陷

日军占北戴河

日军炮轰南天门阵地，我军放弃

全国华商纱厂一律减工

新疆事变扩大，金树仁已离迪化

多伦陷落

五月

滦东、迁安、抚宁失陷

日机四次飞北平威胁

日军渡滦河西犯

四川内战再起，形势扩大

滦县我军陆续后撤

日军节节进逼，对平津取包围势

日便衣队在天津暴动

冯玉祥通电就民众抗日同盟军总司令职

中日停战谈判正式举行会议

中日《华北停战协定》在塘沽签字

六月　中美成立五千万棉麦借款

日伪军大侵察哈尔

《青藏和约》签字

各地水势益呈险恶，武汉成泽国

青岛三舰队离去青岛至广州

七月

刘文辉放弃成都，刘湘入据

多伦发生激战，旋即陷落

冯玉祥克复多伦

法国占据太平洋中我九小岛并正式通告

日飞机连日飞察东掷弹

八月　四川二刘军发生激战

黄河水涨，冀、豫、鲁及苏北成巨灾

闽省"赤匪"猖獗，与国军发生剧战

九月

二次飓风猛袭上海

方、吉部南图高丽营发生剧战

贵州王、毛发生战事

十月

内蒙古成立自治政府

国府发行关税库券一万万元

新疆南方发生战事，甘新交通断绝

冀保安队在昌黎下总攻令剿滦东土匪

川"匪"猖獗，刘存厚退开江

宁夏黄河溃决

十一月

驻平日军武装游行

四川宣绥被匪攻陷

福建成立人民政府

十二月

日军突袭察东

闽浙边发生战事，飞机轰炸闽垣

日伪军攻沽源

俄边华侨二万余人入新疆就食

贵州王、车在铜仁激战

日伪军占据多伦

黄河决口，莘泽汛大溜

统观以上十二个月中，无一事不使我人身受其痛苦。有天灾，有匪祸，有内战，有外患，举各国人民一生所梦想不到之悲境，而我人竟日在此种悲境中过生活。前年失去东三省，今年又失去热河，侵及察哈尔与华北一带。外患刚才告终，而福建之风云又起。中国疆域虽大，试问那里有一块干净土留作避秦之用？在当局不克师禹、汤之罪己，犹复大言欺人！

甚么"长期抵抗"？

甚么"誓死抵抗"？

甚么"不丧权辱国"？

甚么"一面交涉，一面抵抗"？

甚么"以建设求统一"？

甚么"精诚团结"？

一些口号，将全国人民蒙蔽到十二分田地，将中国整个领土任外人蚕食鲸吞而不能保存。若依此推演下去，恐十年后中华民国已无立锥之地。到那时不佞想再来总结账，已无账可结矣，可不惧哉？

我之革命史

（六月十八日）

清光绪乙巳年，余在德国留学，对于孙中山先生在欧组织革命事业身历其境，知之甚详。自辛亥鼎革以后，秘密者变为公开，各人著作虽多，对于在欧情形颇有不尽之处。即《中山先生传略》亦仅云："开第一次会于比京，加盟的三十余人；开第二次会于柏林，加盟的二十余人；开第三次会于巴黎，加盟的十余人。"即邹鲁君所编《中国国民党史稿》亦仅云："朱和中回柏林，刘家佺、宾步程等复请总理至柏林"云云。但此中有大关键，知者甚少。惟蔡子民君前为家母撰寿文，略为及之。兹将总理在欧经过情形叙述如后，以备编史者作为参考之材料。

乙巳年六月，闻总理在美，由留欧同学中数人秘密发起，汇去川资请总理来欧，先抵比京，由贺子才、冯承钧、胡铮等招待，入会者二十余人。留德学界闻讯，公推朱和中代表欢迎，由余在柏林等备一切。数日后，总理偕朱和中莅德，住于余寓内。是夜，即召集同人，如刘家佺、马德润、周泽春、王相楚、王发科等十余人，即在余寓内入会，签字摩指，并举手盟誓。当时，马德润因"五权宪法"一条宗旨不甚相合，临时退会，此外并无异议。次日，余与刘、朱三人陪总理漫游柏林胜地，并摄相纪别。住三日即至法国巴黎，临行时并指定余寓为通讯总机关。至所需车票，余已为定妥，并电巴黎友人至车站迎接。孰意总理去后，有王发科、王相楚二人追踵秘密至法，适总理有事外去，取其皮包剖之，将比、德同人会册携去，奔告驻法公使孙宝琦。孙认为此事关系汉人在欧留学生前途甚大，接受名册而斥之去。孙公使比即将册邮寄驻比欧洲留学生监督阎海明，听其如何处理。阎接册后，将各人之姓名逐一剪下，邮还本人。余等远在柏林，接此函后，始知事泄。同时，总理亦有函来，示知情形，属其各自防范，以免危险。

事败之后，总理一人住在巴黎，川资尚无所出，来函示余速筹速汇，以便启程。接函后，商之留德同人，均无人承认，遂与朱和中二人私议，计总理来函有属汇至新加坡一路川资等语，彼此切实核算，二等船费若干，由巴黎至马赛二等车费若干，沿途零用钱若干，统计汇去佛郎二千元。孰意总理接款后，即邮函申斥，略云："吾乃中国革命领袖，若以来函所云，车船均以二等计算，有失中国革命家脸面，绝对不可，望再筹汇"云云。此时，余与朱君罗掘俱穷，同人亦不敢再谈革命，幸当时余任留德学生会会长，遂将会金二千余马克合成三千佛郎汇去，总理得以成行。余亦于二年内陆续将膳费节省，归还会金。

总理去后，留德同人中有败类者，将以上情形密告驻德公使荫昌。荫系旗人也。七月十八日，接荫昌手函云："有事相商，望明日或后日午前约十一点钟来署面谈。此颂近祺。荫昌手泐，七月十八日。"（在柏林时所接总理缄件及共照之像业已毁去，惟此片至今尚存。）比即往商朱和中，说明："荫昌约我，恐非美意，不去不可，去则有无危险不得而知。我想结果，不过撤消公费而已。如有危险，请你在公使署外招呼。"次日，余身怀手枪，大胆去进公使馆。候至半时许，荫始下办公室至会客室，彼此坐在炕上，半晌未言，继又移至近街窗下，又久不语。余问之，始告我云："近日有人说你在柏林招待孙文，并住在你寓内，有诸乎？"余始未承认，再三诘问，乃答云："实有其事，但我不承认孙文革命不革命，我承认他系中国人，无论中国甚么人到柏林，我忝任学生会长，有出面招待之义务。"彼此辩论甚久，结果荫则曰："湖北每年糜费若干公帑，送你们来此留学，应用心于学问，不得再谈革命，否则撤费送回惩办。望以后有则改之，无则加勉"等语。余即兴辞出署，朱君已在外候至二点钟之久矣。自此以后，同人无不唾骂二王卖友，然亦无可如何。月余，孙宝琦游历来德，学生会开会欢迎，演说中有"敝本家孙文来欧组织革命党，闻已有加入者，望痛自忏悔"云云，并私地对余劝导数次，切不可再作通讯总机关。

丙午，黄克强革命失败逃往南洋，财政甚形拮据，因属两湖同学来函嘱集款接济，俾得遄返东京。同人中鉴于前次泄露，对于此次筹款接济革命党人再无人承认。于是转向江苏留德同学十余人中，如王鹗、李鼐、高孔时等，共筹得二千马克，汇至南洋，并取得克强条，以昭信用，而克强得此款后即往日本去矣。

民元革命成功，总理嘱克强访余，不知住址，登之《申报》。余于二月得讯，驰赴南京，就兵工厂厂长之职。总理见面时，就谈及柏林汇款事。至民二南京独立，余为克强向上海禅臣洋行定购枪炮子弹。议将定，而克强离宁。余亦为袁世凯侦探知购军械之事，密电缉拿。至汉口时，兵工厂长刘国庆告我密电原委，即行返湘。继思此事不可畏怯，乃走谒汤芗铭，询其真相。渠云："以后不再妄动，当可无事。"随即返里。三年，任湖南高等工业学校校长。四年，水口山矿局梁鼎甫局长辞职，荐我自代，总局邓局长同意，呈报汤芗铭。汤云："某系孙党，在欧洲时我知之甚详。该局工人数千，万一率领暴动，可以燎原，须另觅人可也。"自后余无所进行，困守高工者十年。

当此革命成功之日，我来追述已往情形，似有近乎丑表功。我觉得各人所叙欧洲革命往事多有语焉不详之处，用特将我之经过实情缕述如左。

（附载）蔡元培君为家母所撰寿文

（上略）元培初至德国柏林，言语不通，风俗不习，步程君事事指导之。其待元培挚爱如是，待他同学莫不如是。凡我国人与外人有权利争执，君必出当其冲，经济劳力，躬为之倡，虽独任而无馁色。且君在中国国民党有悠久之历史，总理至柏林组织同盟会，其机关即在君寓，及行抵巴黎，行箧为王某所发，得留德会员录，以献驻德公使荫昌，君几遭不测。其后总理贻书措归国川资，君于留德同人中集二千佛郎寄之，不足又益以三千佛郎。黄克强先生广州失败，流寓南洋，亦集二千余马克助之。（下略）

艺庐言论集初编跋

方　新

　　右言论集初编三本，系吾师东安宾敏陔先生五十五岁时所手订。先生门人数千，而以文字商榷最密而且久者，要以新为最。今刻斯集，亦得与于校字之末。将竣，尚有三事，不能不为读者敬告焉。

　　先生于中山先生为患难之交，近年虽休养林泉，而忠国之心未尝稍衰，见国事日非，慨然有所论列，辄奋笔疾书，亟欲公世，不暇修饰，故其文不古不今，自成一派。阅者倘以古文义法绳之，则失之矣。昔明海忠介有《备忘集》十卷，《四库提要》云："其孤忠介节，实人所难能，故平日不以文章名，而所作劲气直达，侃侃而谈，有凛然不可犯之概。当嘉隆间士气颓靡之际，切墨引绳，振瞆醒瞆，诚亦救时之药石，涤秽解结，非大黄、芒硝不能收效，未可以竣利疑也。"以此数语移置于先生之集，允为洽当，此其一。

　　自古名人著作，多编于门人之手，如李翱、皇甫湜之于《韩昌黎集》，黄幹之于《朱文公集》，潘耒之于《顾亭林集》，其最著者也。然偶一不慎，去取之间不当，反贻士林之讥。如侯铨编订其师陆陇其之《三鱼堂集》，距陇其没已九年。后之论者谓其集中必有陇其未定之稿，与夫偶然涉笔之作，讥为滥收。足见文集以自订为当。此编全为先生自订，新亦未参与去取之列。先生为湘中工界先达，其文见于《实业杂志》不下数十百首，曾数数言尽以收入，卒不获允，足见此编幸无门人滥收滥刻之气弊，此其二。

昔顾亭林不读无益之书，不作无益之文，故曰"一作文人，便不足观"。此编之文，泰半见诸《霹雳报》，当路往往采纳，见诸施行，如粤汉铁路收买衡宜公路诸篇是也。是先生之文为有用之文，非书生之论，此其三。

抑更有感者，《荆溪林下偶谈》云："叶适汲引后进，以文字之传，未有所属。晚得陈耆卿，即倾倒付属之。时士论犹未厌，适举《东坡大息》一篇为证，谓他日终当论定。其后才十数年，世上文字日益衰落，而耆卿卓然为学者宗。"先生平日不以新为不肖，可与文字之役，颇有倾倒付属之意，新益兢兢自惧，恐数十年后不能如耆卿者，能副师门期许也。

门人常宁方新西耕甫谨跋